中国短篇小说排行榜

2023

手稿、猴子，或行李箱奇谭

邱华栋　何平　主编

百花洲文艺出版社
BAIHUAZHOU LITERATURE AND ART PRESS

图书在版编目（CIP）数据

手稿、猴子，或行李箱奇谭：2023年中国短篇小说排行榜 / 邱华栋，何平主编. -- 南昌：百花洲文艺出版社，2023.12
　ISBN 978-7-5500-5371-7

Ⅰ.①手… Ⅱ.①邱…②何… Ⅲ.①短篇小说－小说集－中国－当代 Ⅳ.①I247.7

中国国家版本馆CIP数据核字（2023）第228566号

手稿、猴子，或行李箱奇谭：2023年中国短篇小说排行榜
SHOUGAO、HOUZI, HUO XINGLIXIANG QITAN: 2023 NIAN ZHONGGUO DUANPIAN XIAOSHUO PAIHANGBANG

邱华栋　何　平　主编

出 版 人	陈　波
责任编辑	游灵通
书籍设计	方　方
制　　作	何　丹
出版发行	百花洲文艺出版社
社　　址	南昌市红谷滩区世贸路898号博能中心一期A座20楼
邮　　编	330038
经　　销	全国新华书店
印　　刷	湖北金港彩印有限公司
开　　本	720mm×1000mm 1/16
印　　张	21.5
版　　次	2023年12月第1版
印　　次	2023年12月第1次印刷
字　　数	300千字
书　　号	ISBN 978-7-5500-5371-7
定　　价	48.00元

赣版权登字 05-2023-398
版权所有，侵权必究

邮购联系　0791-86895108
网　　址　http://www.bhzwy.com

图书若有印装错误，影响阅读，可与承印厂联系调换。

目录

1	冯骥才	俗世奇人新篇
23	莫　言	小亲疙瘩
34	徐小斌	蒲地蓝
44	肖江虹	九三年
58	徐则臣	手稿、猴子，或行李箱奇谭
71	黄咏梅	昙花现
88	蔡　东	外面下雨了吗
105	大头马	所罗门王的指环
128	朱　婧	吃东西的女人
141	黄　平	鲁迅遗稿
169	杨知寒	喜　丧
186	焦　典	山中有虎
203	路　魆	魔一般的黉夜

219	**袁德音**	鱼，鱼，鱼
251	**穆 萨**	骷 髅
266	**别 鸣**	双 桨
280	**索南才让**	午夜的海晏县大街
295	**陈萨日娜**	云中的呼麦
307	**糖 匪**	亚丁的羊
323	**付 强**	黑域密室

俗世奇人新篇

冯骥才

篇首歌

格色津门人称奇，
谁有绝活谁第一，
位重钱多排不上，
请到一边待着去。

史上英豪全入土，
田野才俊照样活，
异事妙闻信口扯，
扯完请我吃一桌。

抱小姐

清初以降，天津卫妇女缠脚的风习日盛。无论嘛事，只要成风，往往就走极端，甚至成了邪。比方说东南角二道街鲍家的抱小姐。

抱小姐姓鲍。鲍家靠贩卖皮草发家，有很多钱。虽然和八大家比还差着点，却"比上不足，比下有余"。鲍家老爷说，他若是现在把铺子关了，不买不卖，彻底闲下来，一家人坐着吃，鸡鸭鱼肉，活虾活蟹，精米白面，能吃上三辈子。

人有了钱就生闲心。有了闲心，就有闲情、雅好，迷恋的事。鲍老爷爱小脚，渐渐走火入魔，那时候缠足尚小，愈小愈珍贵，鲍老爷就在自己闺女的脚上下了功夫。非要叫闺女的小脚冠绝全城，美到顶美，小到最小。

人要把所有的劲都使在一个事上，铁杵磨成针。闺女的小脚真叫他鼓捣得最美最小。穿上金色的绣鞋时像一对金莲，穿上红色的绣鞋时像一对香菱。特别是小脚的小，任何人都别想和她比——小到头小到家了。白衣庵下家二小姐的小脚三寸整，北城里佟家大少奶奶戈香莲那双称王的小脚二寸九，鲍家小姐二寸二。连老天爷也不知道这双小脚是怎么鼓捣出来的。不少人家跑到鲍家打听秘籍，没人问出一二三。有人说，最大的秘诀是生下来就裹。别人五岁时裹，鲍家小姐生下来几个月就缠上了。

脚太小，藏在裙底瞧不见，偶尔一动，小脚一闪，小荷才露尖尖角，鲜亮，上翘，灵动；再一动就不见了，好赛娇小的雏雀。

每每看着来客们脸上的惊奇和艳羡，鲍老爷感到无上满足。他说："做事不到头，做人难出头。"这话另一层意思是，单凭着闺女这双小脚，自己在天津也算一号。

脚小虽好，麻烦跟着也来了。闺女周岁那天，鲍老爷请进宝斋的伊德元出了一套"彩云追凤"的花样，绣在闺女的小鞋上，准备抓周时，一提裙子，露出双脚，叫来宾见识一下嘛样的小脚叫"盖世绝伦"。可是给小姐试鞋时，发现闺女站不住，原以为新鞋不合脚，可是换上平日穿的鞋也站不好，迈步就倒。鲍太太说："这孩子娇，不愿走路，叫人抱惯了。"

老爷没说话，悄悄捏了捏闺女的脚，心里一惊！闺女的小脚怎么像个小软柿子，里边好赛没骨头？他埋怨太太总不叫闺女下地走路，可是一走就倒怎么办？就得人抱着。往后人愈长愈大，身子愈大就愈走不了，去这儿去那儿全得人抱着。

这渐渐成了老爷的一个心病。

小时候丫鬟抱着，大了丫鬟背着。一次穿过院子时，丫鬟踩上鸟屎滑倒。小姐虽然只摔伤皮肉，丫鬟却摔断腿，而且断成四截，骨头又没接好，背不了人了。鲍家这个丫鬟是落垡人，难得一个大块头，从小干农活有力气。这样的丫鬟再也难找。更大的麻烦是小姐愈大，身子愈重。

鲍老爷脑袋里转悠起一个人来，是老管家齐洪忠的儿子连贵。齐洪忠一辈子为鲍家效力。先是跟着鲍老爷的爹，后是跟着鲍老爷。齐洪忠娶妻生子，丧妻养子，直到儿子连贵长大成人，全在鲍家。

齐家父子长得不像爷儿俩。齐洪忠瘦小，儿子连贵大胳膊大腿。齐洪忠心细，会干活，会办事；儿子连贵有点憨，缺心眼，连句整话都不会说，人粗粗拉拉，可是身上有使不完的力气，又不惜力气。鲍家所有需要用劲儿的事全归他干。他任劳任怨，顺从听话。他爹听鲍老爷的，他比他爹更听老爷的。他比小姐大四岁，虽是主仆，和小姐在鲍家的宅子里一块儿长大，而且小姐叫他干吗他就干吗，从上树逮鸟到掀起地砖抓蝎子。不管笨手笨脚从树上掉下来，还是被蝎子蜇，都不在乎。如果找一个男人来抱自己的女儿，连贵再合适不过。

鲍老爷把自己的念头告诉给太太，不料太太笑道：

"你怎么和我一个心思呢？连贵是个二傻子，只有连贵让我放心！"

由此，齐连贵就像小姐一个活轿子，小姐无论去哪儿，随身丫鬟都来呼他。他一呼即到，抱起小姐，小姐说去哪儿就抱到哪儿。只是偶尔出门时，由爹来抱。渐渐爹抱不动了，便很少外出。外边的人都叫她"抱小姐"。听似"鲍小姐"，实是"抱小姐"。这外号，一是笑话她整天叫人抱着，一是贬损她的脚。特别是那些讲究缠足的人说她脚虽小，可是小得走不了路，还能叫脚？不是烂蹄子？再难听的话还多着呢。

烂话虽多，可是没人说齐连贵坏话。大概因为这傻大个子憨直愚呆，没脑子干坏事，没嘛可说的。

鲍老爷看得出，无论他是背还是抱，都是干活。他好像不知道自己抱的人是男是女，好像不是小姐，而是一件金贵的大瓷器，他只是小心抱好了，别叫她碰着磕着摔着。小姐给他抱了七八年，只出了一次差错。那天，太太发现小姐脸色不好，像纸赛的刷白，便叫连贵抱着小姐在院里晒晒太阳。他一直抱着小姐在院里火热的大太阳地儿站着。过了许久，太太出屋，看见他居然还抱着小姐在太阳下站着，小姐脸蛋通红，满头是汗，昏昏欲睡。太太骂他：

"你想把小姐晒死！"

吓得他一连几天，没事就在院里太阳地里跪着，代太太惩罚自己。鲍老爷说：

"这样才好，嘛都不懂才好，咱才放心。"

这么抱长了。一次小姐竟在连贵怀里睡着了。嘿，在哪儿也没有给他抱着舒服呢。

连贵抱着小姐直到她25岁。

光绪二十六年，洋人和官府及拳民打仗，一时炮火连天，城被破了。鲍太太被塌了的房子砸死，三个丫鬟里死了一个，两个跑了。齐家父子随鲍家父女逃出城，路上齐洪忠被流弹击中胸脯，流着血对儿子说，活要为老爷和小姐活，死也要为老爷和小姐死。

连贵抱着小姐跟在鲍老爷身后，到了南运河边就不知往哪儿走了，一直待到肠饥肚饿，只好返回城里，老宅子被炸得不成样子，还冒着火冒着烟。

往后的日子就一半靠老爷的脑子，一半靠连贵的力气了。

五年后，鲍老爷才缓过气来，却没什么财力了。不多一点皮草的生意使他们勉强糊口。鲍老爷想，如果要想今后把他们这三个人绑定，只有把女儿嫁给连贵。这事要是在十年前，连想都不会想，可是现在他和女儿都离不开这个二傻子了，离了没法活。尤其女儿，从屋里到屋外都得他抱。女儿三十了，一步都不能走，完全一个废人，谁会娶这么一个媳妇？嘛也干不了，还得天天伺候着。现在只一个办法，是让他们结合了。他把这个意思告诉女儿和连贵，两人都不说话。女儿沉默，似乎认可；连贵不语，好似不懂。

于是鲍老爷悄悄把这"婚事"办了。

结了婚，看不出与不结婚有嘛两样，只是连贵住进女儿的屋子。连贵照旧一边干活，一边把小姐抱来抱去。他俩不像夫妻，依旧是主仆。更奇怪的是，两三年过去，没有孩子。为嘛没孩子？当爹的不好问，托一个姑表亲家的女孩来探听。不探则已，一探吓一跳。原来齐连贵根本不懂得夫妻的事。更要命的是，他把小姐依旧当作小姐，不敢去碰，连嘴巴都没亲一下。这叫鲍老爷怎么办？女儿居然没做了女人。这脚叫他缠的——罪孽啊！

几年后老爷病死了。皮草的买卖没人会做，家里没了进项。连贵虽然有力气却没法出去卖力气，家里还得抱小姐呢。

抱小姐活着是嘛滋味没人知道。她生下来，缠足，不能走，半躺半卧几十年，连站都没站过。接下来又遭灾受穷，常挨饿，结了婚和没结婚一样，后来身体虚弱下来，瘦成干柴，病病歪歪，一天坐在那里一口气没上来，便走了。

剩下的只有连贵一人，模样没变，眼睛仍旧像死鱼眼痴呆无神，一字样地横着大嘴岔，不会笑，也不会和人说话。但细一看，还是有点变化。胡楂有些白的了，额头多了几条蚯蚓状的皱纹，常年抱着小姐，身子将就小姐惯了，有点驼背。过去抱着小姐看不出来，现在小姐没了显出来了。特别是抱小姐那两条大胳膊，好像不知往哪儿搁。

欢　喜

　　针市街和估衣街一样老。老街上什么怪人都有。清末民初，有个人叫欢喜。家住在针市街最靠西的一边，再往西就没有道儿了。

　　欢喜姓于，欢喜是大名，小名叫笑笑。

　　这可不是因为他妈想叫他笑，才取名笑笑；而是他生来就笑。

　　也不是他生来爱笑，是他天生长着一张笑脸，不笑也像笑。眉毛像一对弯弯月，眼睛像一双桃花瓣，嘴巴像一只鲜菱角，两个嘴角上边各有一个浅浅的酒窝儿，一闪一闪。

　　他一生出来就这样，总像在笑；可心，叫人高兴，喜欢。于是大名就叫欢喜，小名就叫笑笑。

　　可是，他不会哭吗？他没有难受的时候吗？他饿的时候也笑吗？他妈说："什么时候都笑，都哄你高兴。他从来不哭不闹，懂事着呢。"

　　这样的人没见过。老于家穷，老于是穷教书匠，人虽好，人穷还得受穷。邻人说，这生来喜兴的小人儿说不定是老于家一颗福星、一个吉兆，这张像花儿的小脸仿佛带着几分神秘。

　　可是事与愿违，欢喜三岁时，老于患上痨病，整天咳嗽不停，为了治病把家里的存项快花光了，最后还是带着咳嗽声上了西天。这一来，欢喜脸上的笑便没了秘密。他却依然故我，总是那个笑眯眯的表情，无论对他说嘛，碰到嘛事，他都这样。可是面对着这张一成不变，并非真笑的笑脸是嘛感觉呢？人都是久交生厌，周围的人渐渐有点讨厌他。甚至有人说这个三岁丧父的孩子不是吉星，是克星，是笑面虎。

　　欢喜十岁时，守寡的于大妈穷得快揭不开锅，带着他嫁给一个开车行的马大牙。马大牙是个粗人，刚死了老婆，有俩儿子，没人管家，像个大车店，乱作一团，就把于大妈娶过来料理家务。马大牙的车行生意不错，顿顿有肉吃，天天有钱花，按说日子好过。可是马大牙好喝酒，每喝必醉，醉后撒疯，虽然不打人，但爱骂人，骂得凶狠难听，尤其爱当着欢喜骂他妈。

叫马大牙和两个儿子感到奇怪的是，马大牙骂欢喜他妈时，欢喜居然还笑。马大牙便骂得愈加肮脏粗野，想激怒欢喜，可是无论他怎么骂，欢喜都不改脸上的笑容。

只有于大妈知道自己儿子这张笑脸后边是怎么回事。她怕哪天儿子被憋疯了。她找到当年老于认识的一个体面人，把欢喜推荐到城里一个姓章的大户人家当差，扫地擦房，端茶倒水，看守房门，侍候主家。这些活儿欢喜全干得了。章家很有钱，家大业大，房套房院套院，上上下下人多，可是个耕读人家，规矩很严。不喜欢下人们竖着耳朵，探头探脑，多嘴多舌。这些恰恰也不符合欢喜的性情。他自小受父亲的管教，人很本分，从不多言多语；而且家中清贫，干活很勤。尤其是他天生的笑脸，待客再合适不过，笑脸相迎相送，叫人高高兴兴。

欢喜在章家干了三个月，得到主家认可。主家叫他搬到府上的用人房里来住。这一下好了，离开了那个天天有人骂街的车行了。

欢喜的好事还没到头。不久，他又叫这家老太太看上了，老太太说：

"我就喜欢看这张小脸儿，谁的脸也不能总笑。总笑就成假的了，可欢喜这张小脸笑眯眯是天生的。一见到他，心里嘛愁事也没有了。叫他给我看院子，侍候人吧。"

老太太金口玉言，他便去侍候老太太。他在老太太院里一连干了四年，据说老太太整天笑逐颜开，待他像待孙子，总给他好吃的。老太太过世时，欢喜全身披麻戴孝，守灵堂门外，几天几夜不吃不睡，尽忠尽孝。可有人说，他一直在偷偷笑。这说法传开了，就被人留意了，果然他直挺挺站在灵堂外一直在眯眯地笑。

起灵那天，大家哭天抢地，好几个人看见他站在那里，耸肩扬头，张着大嘴，好似大笑，模样极其荒诞。

有人把这事告诉给章家老爷。老爷把欢喜叫来审问，欢喜说天打雷劈也不敢笑，老太太待他恩重如山，自己到现在还悲痛欲绝呢。老爷说：

"你会哭吗？我怎么从来没见过你哭？"

"我心里觉得疼时，脸上的肉发紧，紧得难受，什么样不知道。"

老爷忽然叫人拉他下去，打六大板子，再拖上来。他半跪地上，垂着头，嘴里叫疼。老爷叫他抬起头来，想来一定是痛苦不堪的表情，可是头一抬起，叫老爷一惊，居然还是那张眯眯的笑脸！

老爷是个见多识广的人。心里明白，这欢喜算得上一个奇人。这个人是母亲生前喜欢的，就应当留在家里，留下对母亲的一个念想。这便叫人扶他去养伤，养好后仍在府上当差，并一直干下去。

洋（杨）掌柜

杨掌柜和洋掌柜是同一个人，一人二姓，音同字不同。这是因为他有两个古董店，开在不同地方。在租界那边他叫杨掌柜，店名叫杨记古董铺，专卖中国的老东西。在老城这边他叫洋掌柜，店名叫洋记洋货店，只卖洋人的洋东西。

洋人喜欢中国人的老东西，中国人喜欢洋人的洋东西。头一个看明白这些事的是他，头一个干这种事的也是他。于是，他拿中国的东西卖给洋人，再弄来洋人的东西卖给中国人。这事他干得相当成功，没少赚钱。关键是他还有许多诀窍。

要想把东西卖得好，首先要把店铺、车马、行头都做得像模像样。租界那边的杨记古董铺看上去无奇不有，老城这边的洋记洋货店看上去古怪离奇。杨记古董铺在戈登堂西边街对面，戈登堂东边是利顺德大饭店，来天津办事或游玩的洋人都住在利顺德大饭店里，走出饭店便能瞧见古色古香的杨记古董铺了。洋记洋货店在海河边娘娘宫前广场旁的一条横街上，到娘娘宫来上香的人很容易逛到洋货店。两边店铺的选址都好，风水宝地，人气旺足，买卖好做。

他更着意在自己的行头上做文章。

在租界那边，他把自己扮成一个地道的中国人。一身袍子马褂，缎帽皮靴，材料上等，做工考究，关键是样子一定要古里古气，大拇指套着鹿骨扳指，叫洋人看得好奇。在老城这边，他胸前总垂着一根怀表的金链子，脖子上系一根深红色细绳领带，洋里洋气。洋人看不伦不类，中国人看洋气十足。还有，他身上总冒一股子只洋人才用的香水的味儿。这一来，他就成了店铺里最招人的肉幌子。

他刚刚干这买卖时，不缺中国古董，就缺洋货。他想出了一招——以物易物。这招很得用。若是洋人喜欢上哪一样中国的老东西，不用钱买，拿件洋东西来交换即可。然后他把这些从租界那边换来的洋货，再拿回到老城这边的洋货店来卖。两边的货源都不缺，买卖都好做。尤其是，洋人不懂中国东西的价钱，中国人也不懂洋东西的价钱。中间的差价全由他随机应变，怎么合适怎么来，这种无本买卖干起来就太容易了。

没几年，他就在粮店街上买了一块挺宽敞的空地，大约六七亩，盖一座两进的大瓦房，磨砖对缝的高墙，石雕门楼，比得上东门里的徐家大院。他还买了一辆新式轿车，去宫前或租界全都舒舒服服坐在自家的车上。有多少钱享多大的福。在海河两岸上干古董这行的，没人不羡慕他。有人骂他吃里爬外，吃洋饭，卖祖宗，可是你有他这种本事——一手托两家，两头赚，来回赚，华洋通吃吗？人家杨老板还下功夫学了几句洋话呢，谁行？再说，在租界里开古董铺，人家是第一个，在老城这边开洋货店，人家也是头一号。过去天津人知道嘛叫洋货店吗？都是人家杨老板开的头儿。别听人骂他，这帮人一边骂他，一边学他，也开洋货店。如今在他周边冒出六七家洋货店来。这条原本不知名的小街，人人都称作"小洋贸街"了。

洋货店多了，争嘴的人多了。做买卖的人都是各显其能，各出招数，渐渐使他的洋记洋货店变得平平常常。同时，租界里的洋人们更喜欢跑到南门外的破烂市上淘老东西，那边的杨记古董铺也不新鲜了。

这事难了他，却难不住他。一年后，他忽然在两边店铺各花一笔钱，各使出了一招，这招别人同样想不到。

他从租界花钱请来一个法国人，叫马尔乐。人高腿长，金色鬈发和胡须，尖鼻子可以扎人，八哥赛的蓝眼睛，胳膊上长了许多金毛，个头至少比中国人高两头。这种人若是发起疯来，会不会咬人？但是马尔乐分外和蔼可亲，总是迷人地笑着，身上散出一种特殊的既不好闻也不难闻的气味。他磕磕巴巴用中国话耐心向买家解释每一件洋货。他还挺会开玩笑，这很适合天津人的口味。

洋人才能把洋货说明白。马尔乐的出现，表明只有洋记洋货店里的洋货才是地道的洋货。别的店里的洋货都是靠不住的。于是，杨家的大旗再一次在老城这边飘扬。

他租界这边也用了一个奇招。

他花钱把杨记古董铺后边一个空仓库买下来，打通了隔墙。这仓库铁顶木墙，高大宽阔，纵深很深。他从老城那边找了三四十个倒腾古玩的小商贩在这里摆摊。待小商贩们把中国人五彩缤纷、五花八门的老东西一铺开，这仓库就像一个魅力十足的古玩市场。租界里的洋人不用再跑到老城那边去找古玩市场了。它开在了洋人身边，一扭身就进去了。半年之后，这里便成了洋人们来天津必来逛一逛、十分好玩和必有收获的"黄金去处"。杨掌柜一句话切中其中的奥秘："洋人最喜欢自己来发现。"

他目光如炬，能够看透买家的心理，买卖必然是战无不胜了。他还不时把马尔乐调到租界这边来，帮着洋人寻宝淘宝。洋人信洋人，买卖真叫他玩活了。

北京那边干古董这行的，都羡慕他。但那边没有杨掌柜这种人。

小尊王五

保定府的李大人调到天津当知县，李大人周围的人劝他别去，都说天津地面上的混混太厉害，个个脑袋别在裤腰带上，天不怕地不怕，那时官场都怵来天津做官。可是人家李大人是李中堂的远房侄子，自视甚高，根本没把土棍地痞当回事。他带来的滕大班头又是出名的恶汉，谁敢不服？李大人笑道：

"我是强龙不怕地头蛇。"

李大人来到天津卫，屁股往县衙门大堂上一坐，不等混混来闹事，就主动出击，叫滕大班头找几个本地出名厉害的混混镇服一下，来个下马威。头一个目标是小尊王五。

王五在西城内白衣庵一带卖铁器，长得白白净净，好穿白衣，脸上带笑，却是一个恶人。不知他功夫如何，都知他死活不怕，心狠没底。在天津闹过几件事，动静很大，件件都叫人心惊胆战，故此混混们送给他一个绰号叫作"小尊"。他手下的小混混有四五十个，个个能为他担当"死千"，拿出命来。白衣庵东边是镇署，再往东过了鼓楼北大街就是县衙门。李大人当然要先把身边这根钉子拔了。

这天一早，几个小混混给王五端来豆腐脑、油炸果子和刚烙出来的热腾腾的大饼。大伙在院子里吃早点时，一个小混混说，这几天县大人叫全城的混混都去县衙门登记，打过架的更要登记，不登记就抓。

王五说："甭理他，没人敢来叫咱们登记。"

小混混说，县衙门的一位滕大班头管这事。这人是李大人的左膀右臂，人凶手狠，已经有几个混混落在他手中了。

王五说："这王八蛋住在哪儿？"

混混说："很近，就在仓门口那边一条横街上。"

王五说："走，你们带路！"说完，从身边铁器中哗啦拿起一把菜刀，气势汹汹夺门而出。一帮混混前呼后拥跟着他。

到了滕大班头家就哐哐砸门。滕大班头也在吃早点，叼着半根果子开门出来，见是王五便问："你干吗？"

王五扬起菜刀，刀刃不是对着滕大班头，而是对着自己，嘛话没说，咔嚓一声，对着自己脑门砍出一条大口子，鲜血冒出来。然后才对滕大班头说：

"你拿刀砍了我，咱俩去见官！"

滕大班头一怔，跟着就明白。这是混混找他比恶来了。按照这里混混们的规矩，如果这时候滕大班头说"谁砍你了？"那就是怕了，认栽，那哪行？滕大班头脸上的肉一横说："你说得对，大爷高兴砍你，见官就见官！"

小尊王五瞅他一眼。心想这班头够恶。两人去了县衙。李大人升堂问案。小尊王五跪下来抢先把话说了："小人姓王名五，城里卖香干的。您这班头天天吃我香干不给钱，今早我去他家要钱，他二话没说，从屋里拿出菜刀给我一下，凶器在这儿，我抢过来的。伤在这儿，还滴答着血呢。青天大老爷，您得给小民做主。"

李大人心想，我这儿正在抓打架闹事的，你县里的班头却去惹事。他问滕大班头这事是否当真。

如果这时滕大班头说"我没砍他，是他自己砍的自己"，也还是说明自己怕事，还是算栽。只见滕大班头脸又一横说："这小子的话没错。我是吃他的香干了，凭嘛给钱？今天早上他居然上门找我要钱。我给他一刀。"

小尊王五又瞅他一眼，心想这班头还真够恶的。

"你怎么知法犯法！"李大人大怒，左手指着滕大班头，右手一拍惊堂木，叫道，"来人！掌手！五十！"

衙役们一拥而上，把掌手架抬了上来，拉起滕大班头的手，把他的大拇指往架子上一个窟窿眼儿里一插，再一掰，手掌挺起来，抡起枣木板子就打。啪啪啪啪十下过去，眼看着手掌肿起两寸厚；啪啪啪啪啪再十五下，前后加起来二十五，才一半，滕大班头便挺不住了，硬邦邦的肩膀赛给抽去了筋，耷拉下来。小尊王五在旁边见了，嘴角一挑，嘿地一笑，抬手说：

"青天大老爷，先别打了，刚才我说的不是真的，是我跟咱滕大班头闹着玩呢。我不是卖香干的是卖铁器的，他没吃我香干也没欠我债，这一刀不是他砍的是我自己砍的，这刀也不是他家的是我铁铺里的，您看刀上还刻着'王记'两个字呢！"

李大人给闹糊涂了，不明白这个到底是嘛事。他叫衙役验过刀，果然上边有"王记"二字。再问滕大班头，滕大班头就不好说了。如果滕大班头说小尊王五说得不对，自己还得接着挨那剩下的二十五下。如果他点头说对，那就认栽了。可是他手是肉长的，掌心的肉已经打飞了，再多一下也受不住，只好耷拉脑袋，承认王五的话不假。

这一来李大人就难办了。王五说他是自己砍自己，那么给谁定罪？如果就此作罢，县里边上上下下一衙门人不是都叫这小子耍了？滕大班头还白白挨了二十五板子呢。如果承认王五说的是真的，不就等于承认他自己是蠢蛋，叫一个混混戏弄了？他心里边冒火，脑袋里没法子，正在骑虎难下时，王五出来给他解了套儿。只见王五忽说：

"青天大老爷，王五不知深浅，只顾取乐，胡闹乱闹竟闹到衙门里。您不该就这么便宜了王五，怎么也得给我掌五十！您把刚刚滕大班头剩下那二十五下也算在我身上，总共七十五下！"

李大人正火没处撒，台阶没处下，心想这一来正好，便大叫：

"他这叫自作自受，自己认打。好！来人，掌七十五！"

王五没等衙役过来，自己已经走到掌手架前，把大拇指往窟窿眼儿里一插，肩膀一抬，手心一挺，这就开打，啪啪啪啪啪啪啪啪，随着枣木板轮番落下，掌心一下一下高起来，跟着便是血肉横飞。王五看着自己打烂的手掌，没事儿，还乐，好像饭馆吃饭时端上来一碟鲜亮的爆三样。挨过了打，谢过了县大人，扭头便走，把滕大班头晾在大厅。

事过一个月，滕大班头说自己手腕坏了，拿不了刀，辞了官差回保定府，整治混混一事由此搁下没人再提。天津卫小尊王五的故事从此又多了一桩。

秦六枝

咸丰庚申年，洋人开始在天津开埠，设租界。一下子，天津卫这块地便大红大紫，挤满商机，好赛天上掉馅饼。要想赚钱发财，到处有机可乘。于是，江南各地有钱的人都紧着往这儿跑。

这些江南富家大户不仅有本事弄钱，还会享福。他们举家搬来天津时，大多还带上五种人：管家、账房、贴身丫鬟、厨子和花匠。有这五种人，活得舒坦。管家管好家，账房管好账，丫鬟管好身边事，厨师做好一日三餐，花匠养好屋前屋后的花花草草。江浙人把花看得重。花要养得美，养得有姿有态，养得精致。他们看不惯北方人，有点大红大绿就行了。至于花园，不仅收拾得漂漂亮亮，还要有滋有味。

秦六枝是虞山人。虞山人自古都善画。清初时，画得最好的是王石谷，王石谷自己创立了虞山画派，压倒了当时画坛所有名家。秦六枝自小爱画，有才气。人长得秀气。六枝是他的外号，据说他很年轻就能画好这六枝：一是松枝，二是柳枝，三是梅枝，四是竹枝，五是寒枝，六是春枝。都说他画画会有出息，可是他命不行，他上边几代人全是穷花匠。富人善画，可以出名，画可以卖钱；穷人爱画，难出大名，画不能卖钱。家里没钱养他画画，他身上这点才气打小就给憋住了。要想活着，还是和泥土花木打交道。他心里的画渐渐就混进园艺中了。若是叫他拿花草树石配个景儿，他干起来都像画画。

苏州一位富人陈良哲搬到天津时，把秦六枝一家人带来。秦六枝的父亲秦老大在陈家干了半辈子花匠，为人老实巴交，花儿摆弄得好，把院子交给他放心。陈家迁到天津那年，六枝十八岁。

陈良哲把家安在北门里的府署街。那一带全是深宅大院，灰墙黑门，古木纵横。秦老大住在陈家大宅后边一条小街上，两间砖房，一个长条小院，院里还有口井。平民百姓，在天津有这么一个窝就很不错了。陈家老爷在租界那边还有一处花园洋房。秦老大父子要两边忙，租界老城两边来回跑，六枝常常给父亲当帮手。后来两边事多，都离不开人，爷儿俩就分工，秦老大在租界那边忙，秦六枝在老城这边干，有空时帮着母亲在小院养些小花小草，摆在家门口卖。

六枝人灵手巧，花儿在他手里一摆弄就分外鲜亮。尤其是他养的草茉莉花，只要端一盆往门口一放，那香味就立刻勾住街上的人，被人请走。六枝愿意在家养花，不愿意去主家干活。在家养花由着自己，想养哪种养哪种。扶苗培花，修枝剪叶，全凭自己的眼光。一盆花若是养得有姿有态，婀娜招人，惹来喜欢和夸赞，他就像画出一幅好画那么高兴。可是，在主家干活就不同了。你在花丛下边摆一块石头衬一衬，主人家可能说看着堵心。你在亭子侧面栽几根细长的绿竹，添点情致，主人家会说"挡眼"。你呢，马上就得改。

六枝懂画，懂园林，人自负，可是不能违抗主家。园子是人家的，只能顺从人家。一次，为了园子里种什么花争不过主家，心里不舒服，禁不住跟父亲说："说什么我将来也得给自己造个园子，准是天下第一。"

父亲骂他：

"天津城里有几个爷造得起园子？你敢说这狂话？"

儿子大了，真不知道他是怎么想的了。

几年过去，陈家老爷买卖做得好，外边的事愈来愈多，官场商场的事多在租界那边了，人也常在那边，住在老城不方便，家就一点点挪过去了。手下的原班人马跟了过去。秦老大和老婆也住到租界去。只留下六枝看守府署街这边的大房子。可是东西一点点搬走，这房子便空了大半。六枝守着这高宅深院无事可干，就在这大院里养点花，养好了，送到租界那边去。快过年时，他依照天津本地的习俗，养了金橘、蜡梅、水仙和朱槿牡丹四样，各八盆，运过去。花儿叶子养得饱满光鲜，正好除夕开花，叫主家一家十分欢喜。秦老大觉得脸上有光。

可是这种日子不会长，大房子不能总扔在城里当花房用。陈良哲是商人，商人手里不能有死钱，也不能叫任何一样东西窝着，便把这房子卖给了一个住惯老房子的徽商。只留大院东边一个院落，暂存一时难以处理掉的家具和杂物，以及大院中一些石雕的桌子、凳子和奇石。秦六枝去河边找来几个脚夫，足足用了一个月，把东西都堆在东边一个小院落里。完事这小院落就归秦六枝看守了。

自打头一天，把大院石头木头的物件搬到这边小院时，秦六枝就动了心思。他心中忽想，何不利用这些东西，在这小院里造出一个自己脑袋里的园子来？反正这些东西是要堆在院里的，怎么堆也没人管。

他白天想夜里思，琢磨这些东西怎么摆、怎么攒、怎么配。他在脑袋里想，心中画，纸上改。然后叫脚夫们把东西依照自己画的图纸搬放。这些脚夫不知为嘛非这么摆么放，费了牛劲，才把这些死重的东西折腾好。完事六枝把门一关，自己一个人开始大干起来，干的嘛谁也不知。街坊们只是看到他在忙，或是扛一袋重重的东西回来，不知袋子里边装着嘛；用小车推进去一棵老梅树桩。房子都卖了，还种嘛树？

反正他一个人没人管，娘跟着爹在租界那边，秦老大只知道他在这边看守着老屋，养养花。逢到换季，用手推车往租界送些花，每次都是香喷喷、花花绿绿的一车。

转年入夏，秦六枝送二十盆五彩月季到租界这边，临走时对秦老大说：
"爹要是哪天得空，到老城那边看看。"
秦老大说：
"破房子破院看什么？"
六枝说："自然有的看。"说完笑了笑。
秦老大不信这小子能养出什么奇花异卉，寻到了空儿，就去了老城。

秦六枝白天守着那个堆东西的院落，晚上还是住在原先小街上那两间小屋里。秦老大许久没回来，进去一看，屋外全是花，屋里老样子，只是到处是纸，画着各式各样山石花木。秦老大问他画这些东西干吗用。六枝没吭声，把他爹领出来，走到府署街，沿着老宅子侧边的高墙走不远，一拐，来到一扇又窄又长的门前，六枝掏出钥匙开锁。
秦老大说：
"你得常来这里查看查看。这里边的东西不怕偷，就怕火。"
六枝说："我一天来好几回呢。"说着门儿咔嚓一声打开。
秦老大一迈进门槛，就闻到一股气味，不是堆东西的仓库味儿，而是一片清新、浓郁、沁人心脾之气扑面而来。他是一辈子花把式，知道这气味儿只有深山里有。这老房子里怎么会有这种气味？待推门进了屋子，见里边堆满旧家具，窗户全关着，但是山林的气味反而更加浓郁更加清透，还有种湿凉的气息。六枝知道父亲心里疑惑，他上去把临院子的十二扇花窗哗啦打开。秦老大突然看到一幅绝美的山水园林的通景，立在面前！只见层层峰峦，怪石崚嶒，巉岩绝壁；还有重重密林，竹木竞茂，蒙络摇缀。再往纵深一看，中有沟壑，似可步入。不知不觉间，秦老大已经给六枝引入院中，过一道三步小桥，桥有石栏，桥下有水，水中有鱼，怡然游弋。桥头一洞口，洞上藤蔓垂拂，洞畔花枝遮翳；涧流清浅，绿苔肥厚。这淙淙水流从何来？

六枝引父亲穿过石洞。洞虽小，极尽曲折；路不长，婉转萦回。待走出石洞，人已在高处，完全另一番景象；再拾级而上，处处巧思，颇具情致。秦老大看见一块石笋后边，有个木头亭子，两边竹篁相衬，头上梧桐覆盖，坐在其中，别有情味。再看，这巨大的梧桐是从邻居院中伸过来的。秦老大说：

"你这借景借得好。"

父亲是夸自己，六枝心里得意。说：

"看这亭子，我是把您原先在大院东北角做的那个'半亭'挪过来了。"

"看到了，你这里的东西，都是巧用原先大院子的东西，真难为你了。这小院不过半亩多地，叫你做出这么多景来！"秦老大不禁感慨地说，"当爹的最不该小看了儿子！"

秦六枝听了这话，噗噔给他爹跪了下来。

事后，秦老大想办法，将陈家老爷请到老城这边来，看看六枝造的这个园子。陈老爷看得大惊大喜，呼好呼妙。说他看了太多园子，却"无出其右"，"可以'一览众园小'了"。老爷的隶书写得好，给这园子题名为"半亩园"。当即刻匾、悬匾，叫人把房中堆放的杂物清理出去，收拾好待客，还不断邀请朋友来观赏，友人无不称绝，从此六枝和他爹受到老爷另眼看待。

然世上的好事难以持久。三年后，庚子变乱，英国人的一颗炮弹落到半亩园中，园子成了一堆野木乱石。陈家老爷避难于上海。避难用不着带着花匠。秦老大一家只能逃回虞山老家。但这一走，从此音信杳无。

胡 天

胡天，一个大白唬，嘛事也不干，到处乱串，听风就是雨，满嘴跑火车。再添油加醋，添点歪的、加点邪的、扯些不着边际的；也别说，这种胡说人们还好喜听，好喜知道，好喜传。正经八百的事有嘛说道呢？

这两天胡天到处说一件事，劝业场大楼剪彩那天，有个干买卖破产的人从这楼顶跳下来，正好马路中央下水井没盖盖儿，大口敞着，这人恰恰好好不偏不斜一头栽进去。人们捞了半天没见人影，这人竟给井里边的水冲进了海河，捞上来居然还活着。这个荒唐透顶的胡诌，一时传遍了天津，而且传来传去，这个人居然还有名有姓了。

再一件事，更瞎掰，传得更厉害。据说也是打胡天的破嘴里冒出来的——

说的是大盐商罗仕昆家的大奶奶吃橄榄，核儿卡在食管里了。橄榄核儿不像鱼骨头，咽一块馒头就能顶下去。核儿两头尖，扎在食管两边，愈咽东西扎得愈牢，愈疼，喝水更疼，疼得直蹦，叫老爷急得在屋里背着手转来转去，有钱也没辙。这时忽然有个老道从门口路过，说能治百病，罗家的用人上去一说，老道说能治，便赶忙把老道请到家中。

这老道青衣黑裤，长须长发，斜背布囊，手拄一根古藤枝，这种人一看，总跟深山老庙连着，气象异常不凡。老道问明白大奶奶病由。解开背囊，拿出个竹筒，拔下塞子，往外一倒，竟是一条七寸青蛇，光溜溜，筷子一般细，弯起小脑袋口中不停地吐着芯子，不知有没有毒。老道把青蛇放在小碗里洗了洗，对大奶奶说了一句："它不伤人。"然后叫大奶奶把嘴张大，只见老道手一甩，袖子上下一翻，那小青蛇已经进了大奶奶口中。大奶奶先惊，后呆，两眼朝天，身边的丫鬟以为大奶奶咽气了，未及呼喊，却听大奶奶说：

"凉森森到肚子里了。"

道士俯下身子问：

"那核儿呢？"

大奶奶竟说："没了。怎么没了？"她瞪大眼睛，感到惊讶。

道士说："叫我那青儿顶下去了。"随即给了大奶奶一包朱砂色的药末子，叫大奶奶冲了喝下。道士说，这药末子下去一个时辰后便会出恭，那小蛇自己会跟着一块儿出来。道士嘱咐道，这小蛇万万不可倒入粪池，一定要用井水洗干净后送到河里或水塘中放生。道士说罢起身告辞而去。老爷再三道谢并送一大包银子给他。

大奶奶喝掉药末子后，肚子开始发胀，有股气咕噜咕噜，跟着放两个响屁，出恭时屁眼奇痒，原来是道士的"青儿"爬出来了，同时那橄榄核儿也咔嗒一声掉在桶里。

老爷忙叫人把小青蛇洗净，拿到海河放生。老爷是念书的人，知道的事多，心想这老道为什么用青儿解救大奶奶？而且如此灵验！蛇是保家五大仙中的柳仙啊。这老道必是柳仙化身来救他家的。想到这儿，当即叫人去纸画铺请来一幅五大仙像，挂起来，烧香磕头，磕头烧香。

这事一传开，天津卫就买不到五大仙像了。天津的神像都是从出名的画乡杨柳青张家窝那边趸来的。据说很快连杨柳青那边也买不到五大仙像了。

今年以来，天津卫传得最厉害的事，全是胡天的嘴说出来的。其中一事有鼻子有眼儿，而且有年有月有日——就是今年七月二十八日天津卫要闹大地震。翻天覆地，房倒屋塌，鼓楼成平地，租界变开洼。最厉害的是娘娘宫要被夷为平地，娘娘塑像顷刻间化作一堆黄土。这就麻烦了！天津人都知道当年建娘娘宫时，老娘娘像的下边是海眼，直通渤海。老娘娘屁股坐在这儿，就是为了镇住大海。老娘娘的像绝不能动，一动海水就从这海眼里冒出来，立马万里汪洋，淹掉天津。这传闻吓坏了天津人。这些天去娘娘宫烧香的人眼瞧着多起来。老城里地势低，平日下雨时雨水都从街上往屋里倒灌。

海水一上来怎么办？于是家家户户都在门前筑拦水坝，杂货店里淘水用的木桶铁桶连同水舀子也被抢购一空。

还有个传闻更好玩。刚刚到任的天津警察局局长细皮嫩肉，弯眉俊眼，女里女气，纯粹一个娘儿们局长。胡天说，他听人说，这局长是个"二尾子"，单身一人，结过两次婚都没孩子，最后全离了。至于为嘛没孩子，就任凭人们瞎掰去了。

这话如果叫新局长听见可就麻烦了，人家可是能够拿枪抓人的警察局局长。

人人都说这事听胡天说的，可胡天说打死他也不敢去惹新到任的警察局局长。一连好几天，胡天没有公开露头，有人说他吓得躲在家，有人说他被这新局长弄进去了。

其实，胡天嘛事也没有。

这天下晌他在四面钟附近，被两个穿袍子戴礼帽的男人拦住，人家说话挺客气，说要请他吃饭，把他拉进一个馆子。这两个人一个面黑，长得威武，一个脸白，模样英俊。不等他问，其中面黑的人说："我们是警察局的。"然后直截了当问他，"是你说我们局长是二尾子？"

他慌忙摇手否定。面黑的便衣警察接着问他：

"你认不认都一样，反正现在全天津没人不知道警察局局长是二尾子。你说该怎么办？"

胡天干瞪眼，不知怎么回答。

旁边那个白脸的警察笑嘻嘻地说："你能不能再加上几句，叫这位老娘儿们在天津待不住，滚蛋算了！"

胡天一听，蒙了。他没马上听明白。可是他四十多岁了，脑子够用，又在世上混了二十年，嘛不懂？嘛能不懂？

警察找他，原来不是因为他满口胡诌，妖言惑众，辱骂局长；恰恰相反，人家是想借他的巧舌和烂嘴，再给这娘儿们局长泼几盆脏水，把他赶走。

　　这事对他来说不难，但他有他的打算。他笑嘻嘻对这两个便衣警察说："你俩听说过盐商家罗大奶奶吞橄榄核那个段子吧，那可是我特意为天祥画铺编的，这段子立竿见影，直至今天五大仙像还是供不应求！"他停了一下，接着说，"再有，今年闹大地震的传闻也是我帮振兴木桶厂造的，木桶也一直脱销。你们俩可听明白，我可不是白编——白说的。"

　　白脸警察露出会意的笑，从衣兜掏出十个银圆哗地撂在桌上。

　　黑面的警察说："真是做嘛买卖的都有，敢情你胡说八道也能赚钱。"可是他忽然板起脸说，"这娘儿们要是走不了，我们可还来找你。"

　　胡天笑道："不是谁胡说八道都能赚钱。"然后眼睛看着这黑脸白脸两个警察，把银圆揣在兜里走了。

　　十天后，上上下下到处都说新任警察局局长正托人找一个太太。他这太太要得特别，要身上有孕的，当然这事不能叫人知道。

　　两个月后，这位新局长便给上边调走了。

原载《北京文学》2023年第1期

小亲疙瘩

莫　言

从前，有一个老婆婆，住在一个小山村里，寂寞地生活着。

有一天她切菜时，不慎将中指切破，流了很多血。她顺手将这些血抹在一个用秃了的炊帚疙瘩上，然后把这把炊帚疙瘩扔到院子里的鸡窝旁边。

许多天后的一个月圆之夜，老婆婆被鸡的尖叫声惊醒。她知道是黄鼠狼来偷鸡了，便从炕边抓起一把扫炕用的笤帚疙瘩，哆哆嗦嗦地走到院子里。她看到一只肥胖的黄鼠狼正从鸡窝门的缝隙往里钻。窝里的鸡发出阵阵惊叫。

老婆婆将手中的笤帚疙瘩对准黄鼠狼投过去，同时怒骂着："该死的话痞子，滚！"

为什么老婆婆骂黄鼠狼为话痞子呢？因为这窝黄鼠狼住在破庙里的供桌后，偷偷地跟着那些寄宿在破庙里的流浪汉学会了说人话，它们不但会说人话，而且话还特别多，特别贫，特别会装腔作势，特别喜欢使用大词儿。老婆婆曾经看到一个话痞子站在她家院墙上做人立状，一只前爪叉着腰，另一只前爪挥舞着，嘴巴像小喇叭一样哇哇哇地喊着："滚滚长江东逝水，浪花淘尽英雄……天下大势，分久必合，合久必分……乱拳打死老师傅，骗子最怕老乡亲……人靠衣裳马靠鞍，快马也要打三鞭……酒逢知己千杯少，话不投机半句多……此处必须有掌声……"老婆婆捡起一块石头投过去，骂道："掌你娘的腿！"话痦子跳下墙头跑了。从此，这窝话痦子就跟老婆婆结了仇，经常来偷她的鸡。

笤帚疙瘩落到话痦子背上，它从鸡窝里把头退出来，立起身体，一爪扶腰，一爪指着老婆婆骂道："死老婆子！我跟你没完！"然后便一溜烟地跑了。

老婆婆捡回笤帚疙瘩，又找了一块石头将鸡窝口堵严。这时，她发现，在月光的照耀下，有一个小东西在墙脚处蹦蹦跳跳。她近前一步，弯下腰，端详着，原来竟是那个沾了她中指血的小炊帚疙瘩。起初她还有些害怕，但很快就发现那小炊帚疙瘩浑身闪烁着浅蓝色的光芒，再仔细一看，竟是一个有胳膊有腿有鼻子有眼的小儿形象。他有板有眼地蹦跳着，同时还发出一种嘤嘤的蜜蜂振翅般的歌唱声。

老婆婆忘了话痦子带给她的不快，高声对小疙瘩说："大声点儿唱。你不知道我耳背吗？"

那小疙瘩发出的声音大了一些，但老婆婆还是听不真切，于是她又说："再大点声儿！"

这下终于听清楚了，那小疙瘩显然是使出了最大的气力在喊叫："你好，老婆子！"

"不许你叫我老婆子，我是你奶奶！"

"你不是我奶奶。"

"你是沾了我中指上的血才成为精灵的，所以，我就是你奶奶。"

"好吧，"小疙瘩似乎有些不情愿地说，"奶奶。"

老婆婆孤身生活了好多年，梦里都盼望着能有个小孩子与自己做伴儿。小疙瘩奶声奶气的一声"奶奶"让她的心都蜜了。

老婆婆将笤帚疙瘩夹在腋下，弯下腰，伸出双手说："好孩子，你跳到我手心里，让我看看你的小模样。"小疙瘩蹦到老婆婆手心，又甜甜地叫了一声"奶奶"，她愉快地答应着，眯起眼睛端详着。只见他有半尺多高，有一颗核桃般的圆头，头上竖着一撮乱蓬蓬的毛，有两只招风大耳朵，两只小眼睛细眯着，一粒花生米般大小的鼻子，还有一张蚕豆大的嘴巴，两条黄豆芽般的小细胳膊，两条豆秸棍儿般的小短腿。

老婆婆双手捧着他，高兴地说："小亲疙瘩，这下好了，我有了做伴儿的了。"

老婆婆捧着小疙瘩回到炕上，给他找了一只袜子当睡袋、一个火柴盒当枕头。

小疙瘩说："我白天睡觉，夜里唱歌。"

老婆婆说："好，你唱吧。"

小疙瘩在炕上一边蹦跳着，一边唱歌："我是小炊帚疙瘩，我是小炊帚疙瘩，唱歌跳舞真快活，唱歌跳舞真快活！"

老婆婆高兴极了，不知不觉地跟着小疙瘩唱起来。小疙瘩调皮地说："奶奶，我是小疙瘩，你是老疙瘩。"

老婆婆被他逗得哈哈大笑。

第二天夜里，鸡窝里的鸡又尖叫起来。老婆婆用笤帚疙瘩敲打着窗棂，并大声吆喝着，想把话痞子吓走，但话痞子根本不理睬。鸡叫声越来越凄惨，好像被话痞子咬住翅膀一样。

小疙瘩自告奋勇地说："奶奶，我去把它赶跑。"

老婆婆看看小疙瘩，叹息道："我的小亲疙瘩，就你这小身板如何斗得过它？还是我去吧。"

老婆婆抄起笤帚疙瘩就要下炕，小疙瘩道："秤砣小，坠千斤；胡椒小，辣人心。别看我炊帚疙瘩小，却有武艺藏在身！"

老婆婆笑道:"我的小亲疙瘩,还会数快板儿。好吧,咱俩一起去。"

小疙瘩道:"奶奶,你给我一根针。"

老婆婆从针线盒里找出一根纳鞋底子的粗针递给小疙瘩,并说:"小心,别扎着自己。"

"瞧您说的,奶奶!"小疙瘩舞弄着手里的针,"您就看我的吧。"然后,一个蹦跳就到炕下去了。

"小心点儿,宝贝儿。"老婆婆担心地说着,紧跟着小疙瘩来到了院子里。

今夜的月光比昨夜还亮,照耀得地上的草棍儿都清晰可辨。只见那话痞子已经将堵鸡窝门口的石头拱开一条缝,大半个身体已经挤进鸡窝,一条大尾巴在左右摇摆着。

小疙瘩喊叫着:"呔!话痞子,你疙瘩爷爷来也!"

老婆婆看到小疙瘩挥舞着钢针向话痞子蹦去,那根针在他手里闪闪发光。

那话痞子从鸡窝里退出,身体人立,打量着,冷笑一声道:"我还以为来了个好汉,原来是个烂炊帚疙瘩。"说着它就将沾在前爪上的一根鸡毛举到嘴边,噘口一吹,只见鸡毛飘飘摇摇地飞到月光中去了。

话痞子斜着身体,大尾巴拖在身后,一只脚打拍子一样有节奏地点着地,两只前爪抔着腰,嘴里吹出一首欢快的曲子。

它的傲慢和蔑视激怒了小疙瘩,他在地上蹦了一下,便呐喊着向话痞子冲去。

话痞子一个轻盈的闪身便让小疙瘩扑了空,巨大的惯性让小疙瘩撞到了鸡窝上。他摇摇晃晃地站起来,似乎有些头晕的样子。

老婆婆心痛地大喊:"宝贝儿,小心!"

只见话痞子拎着小疙瘩头顶上那撮毛,就像掷铁饼一样悠起来,话痞子的身体快速旋转到三圈半的时候就松开了提着小疙瘩头毛的前爪,小疙瘩喊叫着飞了出去。

如果不是老婆婆用胸膛挡住了他，他还不知要飞多远呢。老婆婆在他的冲击下，连连倒退了几步，一屁股坐在了地上。

老婆婆心疼地抚摸着小疙瘩问道："孩子，你没事吧？"

小疙瘩定了定神，道："没事，奶奶放心。"

话痞子得意地踮着后腿道："孙子，服不服？不服再来！"

小疙瘩蹦跳着向话痞子逼近，他汲取了刚才的教训，没再使用莽撞之力猛冲，而是围着话痞子蹦跳着绕圈子。有时候，他摆出架势，猛地往前一冲，话痞子绷紧身体准备接招时，他却突然又跳了回来。他左转右转，一圈一圈又一圈，挥舞着那根闪光的钢针。他时而似乎逼近了话痞子的身体，时而又退回，就这样一会儿就把话痞子绕得晕头转向。它恼怒地说："孙子，你这是干吗呀？老子不陪你玩了。"

就在话痞子四爪着地准备离开的时候，老婆婆看到她的小亲疙瘩，闪电般蹦到了话痞子背上。他手里的钢针一闪烁，就看到一股绿色的液体从话痞子的右眼里滋出来，随即听到话痞子发出一声惨叫。

老婆婆看到她的小疙瘩与话痞子纠缠在一起，在地上翻来滚去，急得不停跺脚，想帮忙也帮不上。突然，她听到话痞子屁股里发出一声闷响，冒出一股黄烟，便大喊一声："小心！"她的话未落音，便有一股浓烈的臭气弥漫起来，老婆婆感到头晕恶心，慌忙掀起衣襟遮住了口鼻。她看到小疙瘩从话痞子背上跌下来，直挺挺地躺在地上，而那受了伤的话痞子歪歪斜斜地逃跑了。老婆婆屏住呼吸，移步向前，弯腰把小疙瘩捡起来，走到那盘石磨前，把他放在磨盘上，让他躺着。

老婆婆以为小疙瘩死了，难过地哭起来，她一边哭，一边叨念着："小亲疙瘩，我的孩子，我们才认识两天，想不到你就被话痞子的臭屁给熏死了。都怪我没事先提醒你……"

小疙瘩从磨盘上慢慢地爬起来，他脚步踉跄，差点儿跌到磨盘下。他捂着嘴，干呕了几声，又用小手扇了扇鼻子前的空气，喘息着说："我的天哪，这臭气实在太冲了呀！"

老婆婆道："奶奶知道这些话痦子会放臭屁，但想不到这么厉害。"

小疙瘩道："我刺瞎了它一只眼睛，只怕它明天晚上会来报仇，这可怎么办呢？"

"是啊，这可怎么办呢？"老婆婆忧愁地说。

第二天，老婆婆让小疙瘩在炕上睡觉。她自己用砖头和石头加固了鸡窝，又从邻村的猎户家借来了几个夹野兽的铁夹子。等晚上鸡进了窝后，老婆婆把铁夹子支起来，安放在鸡窝的周围。

月亮升起来了，光线透过窗棂，把屋子里都照亮了。老婆婆坐在炕上，不时地探头到窗棂边，透过窗户纸上的破洞往外张望着。小疙瘩扛着那根钢针在炕上蹦着，一边蹦一边说："不怕天，不怕地，就怕话痦子放臭屁；不怕地，不怕天，就怕话痦子喷黄烟……"

老婆婆忧虑重重地说："是啊，这可怎么办呢？"小疙瘩突然停止了蹦跳，一只手拄着钢针，一只手拍了一下脑门，说："奶奶，我想出了一个办法。"

"小亲疙瘩，快说，什么办法？"老婆婆兴奋又焦虑地问。

小疙瘩说："奶奶，您能不能找几块蚊帐布叠起来，两边缝上带子挂在耳朵上？这样，蚊帐布遮住了口鼻，就不怕话痦子放黄烟臭屁了。"

老婆婆一想，说："我的小亲疙瘩，这主意太好了！箱子里正好有一块去年缝蚊帐时余下的布头，奶奶这就缝起来。"

老婆婆年轻时是做针线活儿的好手，虽然老了，但技艺还在。

小疙瘩趴在她的前面，双手支着下巴，观看着她的裁剪缝纫，并不时发出赞叹之声。

老婆婆先做了一个小口罩，让小疙瘩试戴，小疙瘩说："带子长了一点儿。"老婆婆调整了一下，让小疙瘩再戴。

"这下正好了！"小疙瘩戴着口罩愉快地说，"不怕话痞子喷烟放屁了。"

老婆婆动手为自己做口罩。

院子里传来一阵喧哗。

老婆婆和小疙瘩透过窗纸上的窟窿，看到院子里聚集了几十个话痞子，领头的就是昨晚那个。只见它戴着一个黑色的眼罩，像人一样立着，前爪挥舞着一面黑色的小旗，对着窗户骂阵："烂炊帚疙瘩，臭老婆子，滚出来，今天老子要与你们决一死战！"

老婆婆飞针走线缝制着口罩。

话痞子们在院子里发出阵阵鼓噪。

戴眼罩的话痞子一挥小黑旗，喊道："孩儿们听令！"

话痞子们列成一队，齐声回应："有！"

"向鸡窝发起进攻！"

"冲啊！"话痞子争先恐后地向鸡窝冲去，但紧接着传来几声铁夹合击的巨响和被夹伤的话痞子的哀号。

戴眼罩的话痞子慌忙下令撤退。它远远地看着那两个被夹死的小话痞子和那两个被夹住了腿哀鸣不止的小话痞子，气急败坏地骂着："你这个心狠手毒的臭老婆子，老子跟你拼了！有种你出来，躲在屋子里干啥？还有那个烂炊帚疙瘩，你刺瞎了老子一只眼睛。今晚上，咱们新仇旧恨一起算！"

在独眼话痞子的指挥下，话痞子们对着窗户发动了进攻。它们用前爪捡起石子、挖起泥土，对着窗户投掷、抛撒，窗户纸被打得啪啪响，有两块小石子穿透窗纸，落在了炕上，还有一只胆大的小话痞子竟然跳到外面的窗台上，手扶着窗棂立起来。老婆婆和小疙瘩清楚地看到了它的影子。又跳上来一只，竟然把尖尖的嘴巴从窗纸的窟窿里伸进来，要闻什么味道似的，小疙瘩对准那黑黑的鼻尖猛刺了一针，外面那个话痞子痛苦地喊叫着："亲娘哎……疼死我了……"接着，就听到一声闷响，似乎有一股液体滋到了窗纸上，臭气从窗纸的窟窿里钻进来，小疙瘩戴着口罩，没闻到什么气味。老婆婆赶紧把刚刚缝好的口罩戴上。老婆婆和小疙瘩听到独眼话痞子训斥那个被扎了鼻子的小话痞子："混蛋，谁让你放屁的？"

"他扎了我的鼻子！"小话痞子哭泣着说。

"我再重复一遍，"独眼话痞子说，"屁是我们救命的武器，不到紧急关头不许放！"

小疙瘩对老婆婆说："奶奶，我明白了。"

老婆婆道："你明白了什么？"

"它们好多天才能憋一个屁，放出来之后就没有了。"

老婆婆说："我们有了口罩，不怕它们了。"

小疙瘩说："我们出去与它们打仗吗？"

老婆婆说："小亲疙瘩，别急，让它们先闹腾着，待会儿我们再出去。"

那些话痞子，为了引诱老婆婆与小疙瘩出屋，一会儿排队骂阵，用尽了所有的肮脏语言；一会儿又合伙抬出一根木棍，在头儿的指挥下冲撞那个安放在梨树下的大水缸。它们倒退十几步，然后猛力前冲，再后退，再前冲，木棍撞着缸壁，发出咚咚的响声。

水缸终于被它们撞破了，一股汹涌的水奔流出来，小话痞子们兴奋得嗷嗷叫。有一只小话痞子被水流冲倒，冲出去好远才爬起，浑身湿漉漉的，大尾巴的毛都贴在了尾骨上，于是那尾巴就成了一条死蛇的样子。

老婆婆心痛地说："我这个大水缸用了五十年了，今日竟被这帮话痞子给毁了。"

小疙瘩说："奶奶，我们冲出去给水缸报仇！"

老婆婆说："孩子，沉住气，我倒想看看它们还能做什么！"

水缸里的水流尽了，半个院子都湿了。在月光照耀下，明晃晃的一大片。只见那些话痞子围在石磨周围，独眼头儿举着一把生锈的破剪刀，扔到磨眼里，说："孩儿们，毁了她一口缸，让她没水喝，再毁了她这盘磨，让她没面吃。渴死她，饿死她！"

"渴死她！"众话痞子举爪呼喊着，"饿死她！"

"孩儿们，上！"

那些话痞子纷纷跳到磨盘下的圈板上，有的推着磨棍，有的直接推动磨盘。那盘石磨，竟然转了起来。不但转了，而且越转越快。独眼头儿蹲在磨眼旁边，用力往下按着那把破剪刀。只听到磨眼里发出刺耳的声音，伴随着声音，还有一些灿烂的火星子，从磨眼里飞溅出来。其实，小话痞子都是些爱玩闹的小动物，像调皮捣蛋的坏孩子一样，它们看到从磨眼里溅出的火星子，一个个兴奋得嗷嗷叫。为了让更多的火星子溅出来，它们把吃奶的劲都使了出来，磨盘飞快地旋转着，火星子一阵阵往外迸，把月光都照暗了。终于，小话痞子们都累了，一个个东倒西歪，哼哼唧唧、嘻嘻哈哈，你捅我一下，我戳它一下，滚成一大团，似乎忘了此行的目的。

"好了，小亲疙瘩，"老婆婆说，"我们该出去了。"

老婆婆攥着笤帚疙瘩，小疙瘩握着他的钢针，悄悄地到了门口。

老婆婆轻轻拉开门闩，猛地拉开门，月光像水一样扑进来。他们冲到院子里，冲到磨盘边。老婆婆把两个躺在磨盘上的小话痞子打翻在地，小疙瘩与独眼话痞子单打独斗。因为戴上了口罩，不惧臭屁，小疙瘩把一根钢针耍得如风轮一般，银光闪闪，水泼不进。独眼失去一目，视野受限，虽然身躯比小疙瘩大了许多，但明显地落了下风。它的耳朵上又挨了小疙瘩一针。它尖叫着，撅起屁股，正要放屁，就听到墙头上传下来一声威严的话语：

"住腔，憋着！"

大家都抬头往墙头上看，只见有两个小话痞子，一个举着一柄斧头，一个举着一柄方天画戟，护卫着一个身披红斗篷的大话痞子，它的身体比那个独眼头儿还要大一倍。它身上的毛看上去十分华丽，放着金灿灿的光芒。

众话痞子一起趴在地上，齐声呼唤："大王威武！威武大王！"

只见那大王将斗篷往后一抖，身后的侍卫熟练地接了。

大王纵身跳下墙头，气势汹汹地说："臭老婆子，你暗设铁夹，伤害了我的子孙，该当何罪？"

老婆婆冷笑道："话痞子戴上金冠，也还是个黄鼠狼！"

大王又居高临下地问小疙瘩："烂炊帚疙瘩，你刺伤了我的部下，该受什么惩罚？"

小疙瘩笑嘻嘻地说："你的部下咬伤了我奶奶的鸡，该当何罪？"

大王一举手，它身后的话痞子便把方天画戟递了过来。

大王挥舞着画戟，果然身手不凡。小疙瘩蹦跳着朝大王冲去，但每次都被大王的画戟拨到了一边去，有好几次还差点儿被刺中。

老婆婆生怕小疙瘩受伤，便挥着笤帚疙瘩冲上去，但她的脚踩在泥里，一下子滑倒了。她听到自己的脚骨节响了一声，知道自己受了伤。她瞄准大王，将笤帚疙瘩投了过去。大王用画戟轻轻一拨，笤帚疙瘩便落在了地上。大王一脚将笤帚疙瘩踢到了话痞子群里，它们一拥而上，口咬爪挠，将笤帚疙瘩撕成了条条缕缕。

大王挺着画戟，率领着小话痞子们一步步向瘫坐在地上的老婆婆逼近。

小疙瘩奋不顾身地冲向大王。他撞在了大王肚皮上，同时迅速地在大王肚子上刺了一针。大王怪叫一声，扔掉画戟，用两只前爪抓住了小疙瘩，然后在他的脑袋上狠狠地咬了一口。

老婆婆惨叫一声，晕了过去。

第二天早晨，太阳升起来时，老婆婆醒过来了。她用悲哀又愤怒的眼光看着院子里被撞破的水缸、被掀翻的磨盘、被拆毁的鸡窝、被咬死的鸡，还有被撕碎了的小疙瘩与笤帚疙瘩。

她爬行着，将小疙瘩与笤帚疙瘩的碎片收拢在一起，用衣襟兜着。

她爬到墙根，手扶着墙壁站起来，然后扶着墙，一瘸一拐地回到屋里，爬到炕上。她将小疙瘩与笤帚疙瘩的条条缕缕分开，然后刺破左手中指，让血珠儿滴到那些碎片上。她从针线盒里找出红线、蓝线与黄线，将小疙瘩与笤帚疙瘩捆扎起来。

最后，她又刺破了自己右手中指，让晶莹的血珠儿滴到小疙瘩与笤帚疙瘩上。

老婆婆感到累极了，她把两个小宝贝放在自己胸口搂着，然后便睡着了。

她仿佛是在梦里，又好像亲眼看到，两个疙瘩活了。他们在她的两个手心里，跳着唱着："我是炊帚疙瘩，我是笤帚疙瘩，我们唱歌，我们跳舞，我们好快活……"

原载《人民文学》2023年第6期

蒲地蓝

徐小斌

这家新开的苏式面馆让他惦记好几天了。

他是骑着共享单车来的，从城西到城东，骑了四十多分钟。对于他这个年纪和身体来说，也算是极限了，好在迎面扑来的面香让他精神一振。当然照例要扫码。但是突然看见健康宝的绿码前面挡上了一个文字框，顿时心一凉：糟了！这是健康宝弹窗了！

一周前，他扁桃体发炎，在京东上买了一盒蒲地蓝，是专治嗓子的一种中成药。当时他就有点儿犯嘀咕，怎么买个药还要写这么多个人信息？但是忽然想起一年前，他在天猫买助睡眠药的时候也得填个人信息，加上当时嗓子确实难受，心一横就把信息给填了。药到了嗓子也好了，一片儿没吃，但是两天前他突然接到一个电话："您在京东买药了？""是的。""您是自用还是给他人？是有症状还是备用？"

他已感到大事不好，犹豫了两秒钟："备……备用。"声音略有颤抖。

他是个孤老头，没结过婚。年轻时也谈过几次恋爱，因为各种不顺，没结成婚。亲戚朋友也不怎么来往，外面的信息就闭塞些。他报了老年大学，学习手机使用，即便如此，对于手机，对于微信，对于所有的电子产品，他依然感到非常陌生，早就觉得这个世界不要他了，每天如一个影子一般，只敢在天擦黑儿之后在小区逛一圈儿。也曾试过养只狗，养个花儿什么的，可小狗三个月之后就跑丢了。他也顾不上面子了，又写告示又四处打听，终于有人描述一只流浪小西施很像他的小狗，说是经常在晚上十点左右在某立交桥附近出没，害他大冷天站在寒风里等了一个多月，得了重感冒，依然不见踪影，遂作罢。

花买的是最好养的一种草本植物，即使干了也能做干花的，也好看，可不知怎么到了他这儿就萎了。他不死心，又买了一盆水仙种球，挑的是拼多多上的一家店，那家店简直是好评如潮。几乎所有人都发照片视频，盛开的水仙真是雪白葱绿鲜艳欲滴令人心动，可到了他手里，水仙的根儿30天都不发芽，不死不活地泡在水里，每天一早换水，细心观察变化，60天了，水仙根依然顽强地一动不动，临到大年三十，他终于无望，遂在一个月黑风高之夜，捧着这盆水仙根倒在了小区的垃圾分类站，然后像做了贼似的，掉头就跑，十几分钟过去，心还狂跳不止。暗暗觉得自己是那种喝凉水都塞牙、放屁都砸脚后跟的倒霉蛋儿，也就不挣巴了。

倒是疫情之后，众人都陷入苦恼恐慌之中，他心情反倒好了些。细想，原来是疫情减少了他和别人的差别。他一直对那些天天饭局，灯红酒绿，纸醉金迷之辈抱有隐恨，对那些泡夜店的红男绿女嗤之以鼻，对那些和睦温馨家庭羡慕嫉妒，这下子所有人似乎都重新回到了一个水平线上。不患寡而患不均，古往今来确实如此，不是他特别。

依然是天擦黑儿时踽踽独行。过去那些悲苦的念头却少了许多。看见小区亮起的灯光，他会想象灯光下聚集的一家人可能都在互相猜疑、互相埋怨、互相推诿、互相恐吓，还不如他孤身一人，无牵无挂，任何机构任何人都想不起他。好久以来他成了一缕孤烟，一个泡沫，一只随时可能被踩死的虫豸，但恰恰这样的处境成全了他的现在。在人生轨迹中他没有自己的坐标，因此也不可能成为任何人的靶子。但他不是佛，他也不可能修炼成佛。那些口口声声说放下的人都是实在拿不起来，不能不承认失败，只好放下的人，他亦如此。年轻时也曾挣扎过，几番过后伤及身体，思来想去觉得还是小命儿重要，保持体面地撤离战场，反正一辈子做个会计，钱虽不多倒也够花。

那次相亲成为他疫情中的高光时刻，大概也算人生中的。

他已到了耳顺之年，对方亦已知天命。见面前他认真修饰了一下：富绅条纹上衣，合华麟的休闲裤，也算是他衣柜里最拿得出手的装束了。镜子多年不照早已蒙尘，擦拭之后壮着胆子看看自己，比想象中还略强一点儿：头发虽然灰白稀疏，但还没谢顶；一张瘦脸虽已松弛，却干干净净，一粒斑都没有。只有眼神的灰暗难以掩饰。但他安慰自己：好在身体消瘦修长，一点没有老男人常有的大腹便便，颇合当下的审美趣味，所以虽然局部欠妥，整体看来还说得过去。

女人喜喝咖啡，第一次见面就在咖啡馆，第一眼印象不错，女人凸鼻深目，颇似党项人的后代。高个儿。背微驼。一身装束堪称低调奢华，他一眼认出巴宝莉的围巾、LV的桶式包，怎么看也不像是仿品。喝咖啡的姿态、吃点心的样子都有考究，起码不是装的，不让人讨厌。女人是真正的老姑娘，这也令他满意，认为是稀世之珍。双方说话不多，但似乎在很多事上心心相印。耳顺、知天命之年并不需要过多言语，于是约好一周后再见。如是三番，双方似乎都松了一口气。

也不是没发现她的短处，这位老姑娘似乎有选择困难症。譬如，即便是点个普通的餐，亦要纠结个把小时。对于餐饮，他习惯依靠直觉。最多看看大众点评的推荐和照片，基本就能确定个一二三。而她，却是挑了又挑选了又选，其精细缜密，令他极度不适。

他安慰自己，哪有十全十美，和谁交往都得磨合，老来总归需要个伴儿，怎么说都利大于弊，说难听点儿，总得有个收尸的吧？但事情的发展还是不如他所愿——就像那谁谁说的，往往是偶然性会跳出来破局。

那天，他们约在一家日料店。不过是每人点一份定食，她亦再三斟酌。在究竟是鳕鱼套餐还是鳗鱼套餐上纠结了近一个小时，看得出她是两者都欢喜的，但是鳗鱼定食里有味噌汤，四碟小菜：甜豆、腌萝卜条、辣白菜和沙拉。而鳕鱼定食里的小菜则是卷心菜丝一大碗，外加拌菜的油醋汁和白芝麻，还有一小杯蛋羹。价钱上鳕鱼定食略高，但他家主打的是鳗鱼定食，大众点评上点赞的人很多，看着旁边桌上那蒲烧鳗鱼也是块儿大新鲜，一咬一滋油，眼馋得很，但她又舍不得那一大碗卷心菜丝儿——似乎胃里急需一些新鲜果蔬调养。

他是早已点了简单的咖喱鸡肉定食。里面有几片儿蘑菇、几块鸡肉，小菜是海藻和小蘑菇。他也不便催她，静静等候，但这一等就等了一小时之久，耐心如他，也不免暗暗在地上抠脚指头。

终于决定了要鳗鱼定食。可是正式点餐的时候，他要的咖喱鸡肉定食却已经卖完了。他自然心中不快，只好要了一碗乌冬面了事。

她有了歉意，急忙把自己的鳗鱼定食分给他，他一躲，一大块油汪汪的蒲烧鳗鱼便滚在了桌上。尴尬时分，两人都缺乏谈恋爱的经验，一时静默，许久，只能听见细微的咀嚼声。他的汗都出来了，半晌抬头看她，她显然是为了缓和气氛，努力一笑，露出一嘴黑牙，他这才想起之前他没有看过她笑，她笑起来俨然和之前的她成了两个人！进入他眼里的只有那一口参差不齐的黑牙，每一颗牙都歪歪扭扭，有的黑了边儿有的黑了芯，有的索性是残的，他几乎要把一口乌冬面条吐出来，当然为了要演绅士还是及时地抓起一张餐巾纸，抹嘴，垂下眼睑，再不愿看第二眼。

都说男人是视觉动物，他本以为自己早已超然物外，现在才发现，自己竟然也如是。尽管自己的长相乏善可陈，可对别人特别是对女人的要求却一点儿不含糊。

第二天第三天他都收到她的微信，关于养生、美食和风景。可以想象她内心的尴尬难受，但他完全不为所动。想转移视线、转移记忆，门儿都没有。

第五天，他把她的微信删了。她立刻在他的世界里消失了，消失得干干净净。这时他才觉得算法的时代真是奇妙，可以把一个人变成虚拟世界的人，说没就没，联系了这么久，竟然连她的电话号码都没留下。

第六天，他一个人去逛公园。

有多少年没到北海公园了？还是小时过队日的时候，那时有手划船，小孩子里没多少会划的，他算一个。载一船人很有成就感，他可以看见班里最好看的女孩，在水波荡漾时有些惊慌的样子。大家愉快歌唱："让我们荡起双桨，小船儿推开波浪，"这词写得太好了，"海面倒映着美丽的白塔，四周环绕着绿树红墙……"有多久没见到这绿树红墙了？现在他又见到了，重现儿时情境，岂止重现，简直让人迷醉。

——因为他突然发现原来没人的公园竟然这么美，歌词的作者只说了绿树红墙，却没说出最重要的金黄色的琉璃瓦，现在满眼都是金黄色，这种中国皇家园林的金黄色，在全世界也是独一份。

他还依稀记得关于琉璃瓦的一个典故，说是春秋时代的越国名臣范蠡为越王督造王者之剑，从矿渣中发现了琉璃，因其色彩斑斓，便把它与剑一起献给了越王，越王赐名"蠡"，赏赐给了范蠡，后来范蠡把它制成胸针，赠予西施。西施赴吴，眼泪滴在"蠡"上，日久天长，便可见胸针中似有泪光流动，故名"流蠡"，后来讹传为"琉璃"。——他记得住很多典故，为此颇感自豪。

琉璃瓦的背后是蓝天，湛蓝湛蓝的天。再看那座古老的白塔，虽有了旧痕，但历经沧桑屹立于斯，着实伟岸，忽然觉得似乎那就是自己的象征，软塌塌的脖子顿时也直起来了，原来，之前的倦怠，对周围一切的绝望、怀疑，所有的不再美丽，都是与人太多有关，再美的景色也会被人海吞噬。而现在，简直就是老天给了他一个再生的机会，相亲失败算什么？他本来也没抱任何奢望。

对这个年纪来讲，相亲不过是个游戏罢了。

他拍了很多照片，按照老年大学的提示，存在了百度网盘里。"孤勇者"——他在网盘里给自己起了这样的名字。于是他开始经常出行，凡步行能及处都转了一圈儿，后来胃口越来越大，他开始试用共享单车，把高德地图打开，选一条路线，再点"附近"、再点"美食"，就可以轻易地找出附近那些小馆，那些曾经人多到让他望而生畏的小馆。

他进了一家驴肉火烧店，这家的驴肉火烧早就在他心里"种草"了，可这小馆里永远爆满，乌烟瘴气，进门儿就一股臭脚丫子味儿，令他畏葸不前。现在可好了，里面竟空无一人，连服务员都不在。

那些粉红色的新鲜驴肉就在玻璃罩子底下，那玻璃罩子可以像放冰激凌的柜子那样随时打开，他可以飞快地用包里的塑料袋抓出一碗肉带走，当然这念头只是一闪。他叫了两声服务员，声音比蚊子哼哼大不了多少，似乎这微弱的声音只是为了不辜负多年受的教育。

店小二已然出现在玻璃柜前了。

"两个，别加辣。"他装作内行的老顾客。

店小二迅速拿出一块驴肉在砧板上切碎，确实新鲜，里面竟还带着血丝，飞快地夹在饼里，又抹上酱，放了香菜，团了个纸包递给他。一口咬下去，觉得整个人都通畅了，得救了似的。原来美食真的可以救命啊，食色性也，真是一点儿不错。他想。

于是他继续寻找这久违的周身通泰的感觉。终于，他迎来了他的美食高光时刻。

难道是因为饿了？刚踏进平安里的这家牛肉面馆，便有一股异香扑鼻。他虽不算是道地吃货，也能辨识好的食物之香，乃浑然天成，不含杂味，那种味道似乎具有初恋的那种化学元素，会紧紧地勾住全部感官，让人神魂颠倒。端上来，是一大暗绿粗瓷碗。里面无非牛肉面而已，并没什么新鲜的，只是牛肉及配料量足，色正，味香。

没敢先喝汤，太烫。第一口面，柔而韧，热香从舌根往下落到胃里，慢慢漾开，心里先暖了。再来一小口汤，嘬着嘴，暖流愈烈，漫延周身。汤的颜色如玫瑰金，质地如厚重的丝绸，似有沙茶与番茄的香味，上面漂着几滴金黄的油珠，几片碧绿的青蒜叶和鲜红的辣椒丝，几口下去，后颈已经在细细地冒汗。这才吃肉。

看着那巨大的肉块他本有些恐惧，因为按照以往的经验，这必是一块难嚼的上不去下不来咽又不是吐又不好的粗纤维，试探着咬了一小口，竟是奇鲜奇嫩，弹度奇佳！

这才敢大口地吃！这真是货真价实的黄牛肉，每一块皆带筋，半筋半肉。牛筋是半透明的，入口弹牙，一口咬下去，里面似有鲜香的汁液潋滟，满足着味蕾。配料并不多，原汁原味，那一种纯正浓郁的牛肉香，能把每个毛孔都渗透，一阵大吃之后，抬起头，吃几筷子爽口的小菜，又把头埋下去。

吃到尾声，慢慢吮汤，似是享受的时候了，所有的难受疲乏都化了，从心里往外舒坦——谈恋爱算什么，美食才真正有治愈的功能！

于是他决定吃遍京城的面。

这位孤勇者只是忘了，人应该见好儿就收，人类就栽在"贪婪"二字上。佛教中讲忌"贪嗔痴"、修"戒定慧"，真是一点儿不错。当他享用过和府捞面、犟小面、醉面、大同刀削面之后，喜闻新开的苏式面馆有他最爱吃的三虾面，于是不远数十里骑着共享单车就往东城赶，远远看去面馆的海报色彩缤纷：红汤面、白汤面、秃黄油面、三虾面、双蟹面、小龙虾拌面……足以调动他干瘦身体中所有的多巴胺，然而一扫码儿，才明白遇到状况了。

在旁人的指引下他来到居委会。住这小区十年了，他还是头一回来这儿。一个五十上下的女子接待了他，女子告诉他，弹窗了需要三天两测。他恼恨万分，深悔不该买那盒蒲地蓝。他拿着那一张小纸条，按她指引的地址去做核酸。

很干脆的两个字，张嘴。他张大嘴，立马感觉自己的口腔卫生没有搞好，牙齿不好就不必说了，多半还有口臭，他不易觉察地缩了一下，感觉嗓子那儿突然被烫了一下似的。

他知道完事了。手机似乎已变得滚烫，但又忍不住要看，一直忍到晚间10：30，平时要洗洗睡的时候。悄悄拿出来，尽管早有思想准备，看了那一动不动的弹窗，依然心惊。为什么到现在还不出结果？难道真是阳了？

一夜没睡好，清晨时还在做噩梦，但周围的动静完全听得见。供暖已结束，夜间依然冷，他把家中所有被子都裹在自己身上，依然觉得膈那个地方在隐隐作痛，这才觉得形单影只的自己真是好可怜，假如此时死了，连收尸的都没有，恐怕得过一段时日才会被外界发现。他忽然想起近期听过的一个段子，关于楼兰美女和干尸二号。谁说死亡是平等的？过了一千年，美女还是美女，无名者变成干尸。想到这儿他心如刀绞。

翌日，居委会刚刚上班，他就冲过去了，没见到昨天那位中年女人。一个小伙子劈头就问："您弹窗了？"他又是一惊，以为自己弹窗的事全世界都知道了，恨不得立即穿件隐身衣躲起来。

他声明昨天已做了核酸。"三天两测！"小伙子比上次那个女子更加干脆，迅速写了一张小字条，"您拿着这字条再去昨天那个地方测一次！"

时间过得太慢了，眼巴巴看到5点差一刻，是居委会要下班的时候了，可是弹窗依然牢牢地占据着健康码，他拿出那面好不容易擦干净的镜子，里面是一张毫无表情的瘦脸——千年干尸的情境一晃而过，他狂奔出门。还好，那个中年女人在，她了解情况，不用多废话。他也顾不上客套了，开口声音就高了八度："那什么，您瞧瞧，我这核酸结果咋还没出来呢？！"

那个女人说："告诉您是三天两测，您不是才测过一回吗？"

他脑子一炸，血往上涌："今儿上午又让我测过一回！我头一回的结果还没出来呢！"

"谁？您指给我瞧瞧！"

也是老天助他，他四下一寻摸，竟然一下子逮住了那个小伙子："就是他！！"

那小伙子走过来，表示记不清了。

他本人只是呆呆地站在那儿，傻了似的。

他这样子倒把众人吓到了。

"这老先生是怎么了？看着怪吓人的……"人越聚越多，人声鼎沸，居委会和志愿者们见状也都好言相劝，拿椅子的拿椅子，递茶水的递茶水。

他还在抖，虚荣心却先得到满足：原来，他还是有点儿存在感的。悄悄瞥去，中年女人的口罩上似乎出现了一圈儿水渍，但眼神依然是冷静的。她说："您先回家，一个小时以后我们电话通知您。我现在就跟大数据那边儿联系，要您的两次结果，好不好？"

他只好回一声好。

他回到家里，对着家里那个挂钟坐下了，看着那秒针儿一点点地移动，得吃点什么补充点儿热量。还有上回囤的那些兰州牛肉拉面。看看说明，不能煮只能泡。卖家说里面有肉眼可见的大块牛肉，他加了料，用放大镜也看不见一粒牛肉渣儿。严格地说，连一点儿牛肉味也没有。勉强吃了两口就放下了，思念他想象中的苏式三虾面，每想一次，美味就在他的舌尖儿上盘旋一次。他不能照镜子，害怕镜子里那张脸让他倒胃口。他怎么活成了这样？怎么为了一口吃的能这么豁出去老脸？怎么活活变成了自己年轻时鄙视的那种人？！他不敢深想下去。多年来不都是靠着自欺活着的吗？人好歹比动物强点儿，动物要生存，除了自欺，还得骗过其他的物种。人呢，骗过自己就行了。

盼望中的电话始终没有来，他打过去，怀着最后的希望，电话那边淡然说道："您是刚才那位老师傅吧？我们联系了，您现在瞧瞧您的健康宝。"

他不是没想过看健康宝，他是害怕看。他得获得一个指令才敢看，他是从小靠指令生活的，过得如履薄冰。这些时候刚看开了一点儿，觉得人生无常，享受当下才是正理，自己不过是一介草民，没有人会注意到自己。

健康宝恢复了绿色！他一阵狂喜——这会儿过去正好赶得上吃晚饭！也顾不上捯饬了，骑车就向苏式面馆狂奔，一路所向披靡，竟然连闯了两次红灯，估计人家见他是个干巴老头儿，除了骂骂娘之外，也并没有追究他。最惊险的是还和一辆电动车互相剐蹭了一下，急切之下也来不及想是谁的责任了，只记得骑电动车的外卖小哥，头盔下的嘴巴里不知道说了句什么，就那么一闪，两人擦肩而过。

终于到了面馆门口。却见空无一人，里面灯火阑珊，迟疑地四下望望，见旁边的馆子亦如此。踌躇之间隔壁馆子里闪出一人，脸色灰暗满面愁容，试探着问一句："师傅，请问这家面馆现在晚上不营业啊？"那人一怔，抬起一双吊梢眼："堂食都停了，你不知道？"他心里一抖，又挣扎着问一句："啥时候停的呀？"

"昨天啊——"那人再次盯了他一眼，转身走了，手里拿着个小包。

忘了是怎么骑回家的，一头栽倒在床上，觉得浑身都在疼。疼得不能忍受。接着喀喀地咳起来，越咳越狠，然后，就觉得身上开始热起来，越来越烫，每个毛孔似乎都在尖叫，一直叫到嘶哑……

目光掠过床头柜上的那盒蒲地蓝，一切因它而起，此时，它是应该派上用场了。

他拆开包装，往嘴里扔了几片，倒头就睡——好像只有在梦里能逃避这一切。

梦是混乱的，他依稀看见那个长得像党项人的老姑娘对他笑，露出一嘴黑牙。一只手还端着一碗牛肉面，暗绿色的粗瓷碗，一点儿香味也没有。黑色的、残缺的牙离他越来越近，他后退、后退……最后，还是被淹没了。

——他这回是真的病了。

原载《作家》2023年第6期

九三年

肖江虹

一九九三年，四川内江来的建筑队开进了我们无双中学。

那个寒风凛冽的黄昏，父亲站在学校大门口，眼睛不停地往马路尽头眺望，不时抬起手看看他那块掉了秒针的上海牌手表，喃喃自语：根据客车的速度和路况，应该差不多到了呀！

一直等到天黑，客车才带着怒气将一群外乡人吐在学校大门口。三十来人，全都灰头土脸，一人肩上扛着一个鼓鼓囊囊的蛇皮袋。笑逐颜开的父亲赶忙上去握住一个年轻人的手使劲摇，说辛苦了辛苦了。年轻人戴副眼镜，眼镜右边的架子骨折过，用黑色的棉线实施了包扎。尘灰没能掩住他脸上的羞涩，慢慢把手抽离，他指了指后面一个又矮又黑的中年人对父亲说：他才是工头。父亲愣了一下，看看面前的年轻人，又看看他身后的矮黑工头，扬了扬手说到了就好，终于可以开干了！

父亲叫许觉民，我们初二三班语文老师，无双中学校长，上任半年来，一直在为学校新建教学楼四处奔走。

弯着腰觍着脸跑了半年，教学楼建设项目总算获批。父亲说了，要不是县教育局基建科科长是他同班同学，腿跑断了都未必有结果。去见科长那天，父亲把母亲养了三年的两只老母鸡和厨房里最后一块腊肉一并装进蛇皮口袋带走了。

拿着审批手续，父亲表示建筑队一定要请四川的，说四川人除了勤快，还专业。

建筑队的临时住所安排在学校食堂，和我们教职工宿舍仅有一墙之隔。我站在食堂门口，看着一群人默默打着地铺，我惊异于他们随身的那个蛇皮袋，仿佛一个聚宝盆，不停吐出来形形色色的物什：铺盖卷、饭盆、卫生纸、瓦刀、麻绳、灰铲……

最后我注意到了他，那个戴着断腿眼镜的人。他一共从包里掏出来四样东西：铺盖卷、一个包子、两套换洗衣服、几本书。

包子他吃掉了，铺盖卷和衣物后来被父亲烧了，几本书被父亲放到了他自己的书架上，我还记得书名，《罪与罚》《几何原理》《我的世界观》《清宫十三朝演义》。我最喜欢那本演义，一直到高中都在看，它成为我此后很多年吹牛聊天的重要素材库。

新校舍建在老教学楼的后面，原先是个知青点，石头建筑，知青们抹泪离开后就被推平了。慢慢荒草丛生，几个潦倒的代课老师看准了这块福地，刨开荒草种了些白菜萝卜，去自己地里扯两棵白菜都得偷偷摸摸的，就怕其他老师看见笑话自己。

四川人就是四川人，半个月不到，教学楼地基就夯实了。父亲站在地基上，呼呼的北风吹着他瘦削的身子，他拿起钢钎四处乱戳，戳到空洞处就对着工头破口大骂，说不马上给老子把空洞处补上，你们休想拿走一分钱。工头点头哈腰连声说好，父亲绿着脸抓起钢钎继续四下乱戳，像极了营养不良的恶毒中下层小地主。

在父亲面前，矮黑的工头处于弱势，在工头的面前，其他工人处于弱势，在其他工人面前，眼镜工人是唯一处于弱势的。通过半个月的观察我注意到，这个眼镜其实啥都不会干，典型的混在工人阶级里的寄生虫。抹不了灰，修不了石，拉不了线，砌不了砖。唯一能干的就是挑灰浆，一担灰浆在他肩上摇摇欲坠，他的瘦弱比父亲更甚。父亲瘦而矮，底盘低，风要撩起来不容易；他瘦而高，肩膀以上基本在风中，所以他的大部分精力都用在抵御，让自己不被北风带走上了。一担灰浆从始发地到终点短短一百米距离，他能给你走出西天取经的九死一生来。工地上大部分时间是沉默的，但凡有声音响起，那一定是工人们在诅咒这个戴断腿眼镜的四川老乡。

卢开智，整哪样？你是爬过来吗？

眼镜儿，整快点嚷！你狗日的是蹲在那里吃灰浆吗？

挑灰浆的，麻利点嘛！属王八呢？

接下来，就是卢开智不停的应答声：要得要得，马上马上，快了快了——

这个工地上地位和地基一样的断腿眼镜，连在娱乐场所都不能翻身。工人们晚上唯一的娱乐活动就是看电视，电视在我家客厅，凯歌牌，黑白的，为了让电视的颜色更加五彩斑斓，父亲在电视屏幕上加了红黄蓝三色卡片。屋子塞得满满当当，卢开智基本在靠门的最后一排，脖子不伸长，你连包青天和展大侠都分不清楚。

这个时候，我都在里屋做作业，一般先做语文的，这是我擅长的学科，翻烂了"飞雪连天射白鹿，笑书神侠倚碧鸳"后，我就成了语文老师眼里的香饽饽。最怕的是数学，特别是几何，一个扁平的图案，硬是要求你看出三维来，鼓着眼足足瞪了二十分钟，还是他妈扁平的。不得已，只能推开门对位居电视前排的父亲说：爸，这道数学题我不会。父亲还沉浸在刚刚"刀铡驸马爷"的兴奋中，对我挥挥手说再想想，独立思考是最大的美德。我走过去把题目递给父亲，说都美德一小时了，还是不会。父亲拿过题目看了半天，摇着头说我也不会。

场面尴尬，屋里瞬间就冻僵了，四川内江建筑工程队几十双眼睛齐刷刷盯着父亲，所有表情都是希望能得到一个合理的解释：你他妈不是人民教师吗？还是校长，你连道初二的数学题都不会？父亲四下环顾，读出了一众眼神里的恶毒，然后一字一顿说：看哪样看？老子是教语文的。

突然门边一个声音响起：要不我看看？

父亲迟疑了一下，把手里的纸片递了过去，纸片几经辗转，最后到了那只细长粗糙皲皮发白的手中。

眼睛凑到纸面看了好半天，卢开智一声不吭，父亲走过去一把从他手里抄过纸片，手指隔空对我一戳：去问你的数学老师，他一个挑灰浆的懂个屁。

卢开智抬了抬鼻梁上的断腿眼镜，仰头看着父亲，轻声说：一共五种解法，我是看哪种解法更适合他。

面对摆在面前的五种解法，我仿佛看到了数学这门学科的不怀好意和诡诈异常，也陷入了如何选择的艰难处境。卢开智应该是看出了我的心思，食指按住答案之一种，说这个吧！最简单的，也符合你现在的知识结构。我摇了摇头，选了最难的那一种，没其他意思，我就是想让我的数学老师看看，如今，我身后站着的可是"风清扬"。

那天数学课上，我的数学老师盯着我的作业沉思了八分钟二十五秒，其间抬起头共看了我四次，最后他说：你回去问问教你做题的人，这样简单的一道初中二年级数学题，有必要用到微积分吗？

教学楼一楼完成主体结构，无双镇下雪了，悄无声息下了一夜，第二天起来，天地间都是耀眼的白，恰逢周末，静寂的校园看不见一个人，几只麻雀在雪地上起起落落，那些平日里刺眼的脏乱和坑洼，都被贴心地一一掩盖。

我捏着父亲给我的十块钱，小心翼翼寻找着出去的路，雪很厚，得靠路两边凸出的荆棘判断它的曲折和走向。脚下在试探，心头却在盘算，一盒花溪牌香烟三块五，一瓶酱油一块三，一袋洗衣粉一块二，三块五加一块三再加一块二等于六块，还余四块，这就是我的跑腿钱，父亲让我出门买东西时就谈好的，天寒地冻，我挣的也是血汗钱。

转过蓄水池，我看见肥嘟嘟的操场上立着一架枯瘦的躯体，他正沿着篮球架慢慢挪动着脚步，远远看见我，他朝我笑笑，笑容里掺杂着白色的雾气，笑意也变得若隐若现。我朝他点点头，他扶了扶眼镜，嘴里喷出的雾气更粗壮了：怎个早就出门啊？出去买点东西，我答。今天歇工，雪太大了，大家都还在瞌睡哩！他又说。那你跑出来干啥？我问他。紧了紧身上又皱又薄的西装，拢起手放在嘴边哈了一口气，他说雪天多难得啊，不赶紧看看很快就化了。

从镇上回来，雪地上已经看不见他，雪停了，不过风还在，贴着地面跑，吹得雪末子四下乱飞。我嘬了一口嘴里的棒棒糖，又看了看手里另一根棒棒糖，环顾空寂的四野，心里有些失落。走到高处，我回身又看了一眼肥实的操场，居然发现了一朵玫瑰花，对，就是那人用脚走出来的一朵玫瑰花，正在呼啸的风中绽放。

到家推开门，我惊讶地发现断腿眼镜居然坐在我家破了洞的沙发上，手里还端着一杯热腾腾的茉莉花茶，他的脸上还泛着青紫，脚上的解放鞋在水泥地上洇出两摊水迹。

朝我笑笑，他说：找许校长借本书看。

父亲端着茶杯从里屋走出来，递给他一本书。

坐下来，父亲说：《爱弥儿》，我喜欢"直观教育"这个理念，你认真读一读，对你以后教育孩子肯定有好处。

放下茶杯，两腿并拢，断腿眼镜盯着父亲小声说：我不太赞成他《鲁滨逊漂流记》是进行儿童教育最理想的教材这个观点，从里面是能接近自然、认识自然，但说到底还是丛林法则，接近和认识的唯一目的还是生存，当然，时间往后一百年，我相信他会推荐《瓦尔登湖》。

父亲僵住了，愣了一阵，伸手一把从卢开智手里扯过那本书，说看过早说嘛，我再去给你找一本。趁父亲找书之际，我把手里的那根棒棒糖递给了他。把糖接过去，他朝父亲站立的方向偷瞄了一眼。

反正那天父亲进进出出拿出来多少本书我不记得了，唯一让我印象深刻的是卢开智最后拿走了一本黑皮书，叫《贵州草药》，里面有手绘的草药图。

教学楼主体完工，学校请建筑队吃饭，场面铺得很大，父亲专门让人买回来一头猪，猪肉当然得搭配本地苞谷酒，一块钱一斤，纯粮食酿造，度数高不上头。才下去两碗，工头就打招呼，明天要干活，都不要喝了。正在兴头上的工人们面面相觑，咬牙瞪眼看着工头。这时一个声音在食堂西边的角落响起：难得一顿，要尽兴嘛！工头回身一看，那头卢开智满脸通红，工头手指隔空一戳：干活懒散，吃饭大碗，你还有脸说，马上放下碗给老子滚回去。卢开智酒碗往桌上一掼，脖子一直：资本家吗？资本家都比你好。工头眼一横，撩起衣袖就准备冲过去，父亲一把拉住了他，慢条斯理说：他说得对，要尽兴嘛！工头奋力挤出一丝笑，两手一摊：许校长，你的活路，你说了算。

那晚父亲喝了不少，拉着同样步履踉跄的卢开智到了家里，他们俩先是坐在我家破了洞的沙发上骂了工头，父亲又红着眼介绍了无双中学未来十年的远景规划，他们还花了一个多小时说周树人，意见大都不合，几乎是在争吵中结束了这个话题。

打了个哈欠，卢开智站起来，我家沙发发出了叽的一声长叹。该回去睡觉了，明天贴外墙砖，还要挑灰浆呢！父亲喊住他，从里屋拿出了一副围棋，吹了吹棋盘上的灰尘，父亲说：来一盘？卢开智一看棋盘，眼睛直勾勾盯着父亲问：校长还会这个？父亲怅然一叹：无双镇地窄人稀，我十年未逢敌手。

父亲执黑先行，落下一子说：就一盘，不影响你明天挑灰浆。

卢开智盯着棋盘摇了摇头：有棋下，管他妈啥子灰浆哟！

父亲哈哈大笑：还是第一次听你娃说脏话呢！

卢开智缩缩脖子，其声如蚊：酒壮尻人胆嘛！

确实不影响挑灰浆，棋局半小时就结束了。无双镇的独孤求败，和四川内江建筑工程队的灰浆工人卢开智酒后对弈，行棋未到中盘便投子认负。胜者摇摇晃晃离开后，父亲盯着棋盘，足足看了一个小时，还自言自语：为啥子输得他妈这样快哟！

从大门口挪到电视机前第一排，卢开智花了一个月时间，坐在第一排的灰浆工人显然还不太适应，看一集《包青天》要调整五六次坐姿，总觉得如何摆放都不合适。只要我一打开里屋的门，他就一下绷直身子，满脸期待问：哪道题不会？

他做题时不看我也不问我，低着头自顾自演算，一算就好几张草稿，很多字母和公式我都不认得，我们数学老师也不认得，做完了他也不问我会不会，用笔勾出一个最简单的答案给我后就回到电视机旁。

那天是《包青天》最后一集，电视机里展昭带着王朝马汉正和奸臣决战，叮当乱响的兵器撞得人耳膜发麻，卢开智正低头给我演算一道几何题，其间他抬起头嘿嘿一笑：怎个久，总算遇到一道拐了弯的题目了。

我歪着脑壳看着他，他突然抬起头问：有啥理想没得？

我说：当无双镇镇长。

他说：就这个？

我说：出门有吉普车，顿顿有酒喝，安逸得很。

想了想他说：读书呢？有啥想法没得？

我说：想考个电力学校，出来分在供电局，当"电老虎"，工资比镇长还高。

他说：其实你还可以有更高远的理想。

我说：那我就上高中，考最好的大学。

我问他：你晓得最好的大学是哪所不？

他说：是不是最好不敢说，但是我觉得校园里应该有湖，湖边还得有松，古松，古画里头才能见到的那种。

我说：具体点嘛！

他笑笑说：走之前一定告诉你。

教学楼眼看竣工在即，不料还是被突如其来的事情延缓了进度。

这段时间无双镇发生了两件事，一大一小。

先说小事，镇西头的郎姓个体户打了镇文化站的干事，原因不得而知，反正打得挺狠，全家齐上阵，文化干事肋骨断了好几根，文化干事一直走路都俊朗挺拔，经此一劫，撒泡尿都得猫着腰。

再说大事：派出所所长把配枪搞丢了，要命的是弹匣里填满了八发子弹。

关于丢枪的原因众说纷纭，比较可靠的说法是派出所所长去镇上酒馆喝酒，回家路上醉倒在马路边，迷迷糊糊中有人把枪给拿走了。县刑侦队下来调查，盘问了所长丢枪的过程，所长揉着浮肿的双眼很肯定地表示，虽然当时迷迷糊糊，但他可以确定拿走配枪的绝对不是本地人，无双镇谁脸上有颗痦子他都一清二楚。

理所当然，外来建筑队成了重点调查对象。

盘问地点在初一三班教室。

我躲在窗户下面偷听了对卢开智的讯问，也只听了对他的讯问，其他人我才懒得管。

两个民警先问了姓名年龄性别籍贯民族，然后进入正题。

民警：六月九号晚上七点到十点之间你在哪里？

卢开智：在床上看书。

民警：看书？

卢开智：《我的世界观》。

民警：没问你的世界观，问你在干哪样！

卢开智：我说我看的书名字叫《我的世界观》。

民警：哪个可以证明？

卢开智：狗屁！

民警一声怒喝：你说哪样？

卢开智：哎哟！对不起对不起，我是说翻译水平。

民警：问你哪个可以证明你在看书。

卢开智：嗯！具体点不出名字，都盯着书了。

盘问时间不长，两个民警估计很难把眼前这个风大都能带走的人跟一把冰冷的制式杀伤性武器联系起来。

最后喊来派出所所长，前前后后上上下下左左右右打量了一番，摇着头说拿我枪的绝户没戴眼镜，狗日的是个络腮胡。

接下来镇上唯一的络腮胡被警察带走了，他是镇上的铁匠，很快传言就在镇上传开，说枪是铁匠拿的，熔掉后做成了锅碗瓢盆。

六月的无双镇空气里弥漫着黏稠的沮丧，唯一值得高兴的就是无双中学教学楼最终顺利竣工了。教育局基建科科长带着人仔细检查了一通，微笑着对父亲说这是他见过质量最好的教学楼。父亲喜笑颜开，又把母亲才养了半年的一只母鸡杀了招待科长，科长抹着油嘴对父亲说：楼再好也只是硬件，老许啊，软件得跟上，升学率冲进全县前三，才对得起这栋楼。

六月末的阳光照在新落成的教学大楼上，三层，外墙有雪白的瓷砖，反射着白晃晃的光芒，气势力压镇政府办公楼。父亲站在大楼前，对建筑队一拨人表达了感谢，他两手叉腰，看样子是想说些豪言壮语，突然教导主任跑来对他说县教育局来电话，要他马上去县城开个紧急会。

父亲点点头。

教导主任脸上有了难色：你接下来有两节初二三班语文课，我查了一下，所有语文老师都在课上，这个咋整？

指着卢开智，父亲说你去给我代两节课吧！

往后退了两步，卢开智慌忙摇手。

父亲说正好讲到《狂人日记》，就按你的想法上。

教导主任表达了他的担忧，说这厮毕竟不在编制内。

父亲指着自己的鼻尖说首先我是校长，又指着卢开智说他能不能上我心里有数。

一头水泥灰、满脚泥汤水的建筑队灰浆工人走进教室的一瞬间，当即"惊起一滩鸥鹭"。倒不是以貌取人，关键是建筑工人介绍自己时都显得脸色惨白惊魂未定。

镇定从介绍周树人开始，他两手撑在讲桌上，先讲了大先生和弟弟以及弟媳的公案。

八卦总能让人聚精会神。

接下来他在黑板上写下《狂人日记》的标题，建筑工人没有立即进入课文内容，他先说了一个古怪的名字：尼古拉·亚历山大罗维奇·杜勃罗留波夫（这个名字当时我是没法记住的，很多年后查阅资料才搞清楚全名）。建筑工人说这个名字很长的人有个观点，文学必须强调真实性和人民性，人民性表现得最充分的地方，也就是生活的真实性最充分的地方。灰浆工人说要反映人民的思想、感情、意志和愿望，就必须抛弃偏见，努力渗透进他们的精神，这里的他们，就是你们无双镇上的每一个人，也包括在座的你们，体验你们的生活，只有平视，也只能平视，才能表达出你们真正的情感，而这种表达如果带有哪怕一丁点认知上的优越感，都是不真实的。

消化这段话，我花了整整十五年的时间。

至于那堂课具体讲什么只能记个大概，但是短短四十分钟，我们初二三班所有人见证了一个灰浆工人如何从结结巴巴到口若悬河。讲到最后，卢开智把满是尘灰的头发往脑后一拢，大声说：最后送你们一句话，不要相信眼睛和耳朵，要相信脑子，脑子才是人最后的篱笆。

从县城回来，父亲让母亲准备了几个菜，把建筑队几个管事的叫到家里喝了一顿酒。

给工头表达了这个意思后，父亲随口说：把他也叫上吧！

工头问：哪个？

父亲：眼镜噻！

工头愣了一下说：肩不能挑，手不能抬，喊他搓尿。

父亲依旧坚持，工头只能点点头，临了还小声嘀咕：没得他，活路怕早他妈干完了。

点点头，父亲说：干活路他确实不行。

包工头手一摊：都跟我们干了三年了，还是这个卵样，早晓得是这个样子，三年前狗日的找到工地上来的时候我就不该要他。

晚饭还没上桌，卢开智先来了。身上还是那件窄瘦的西装，还洗了头，一股子洗衣粉味儿。进门他就探头探脑问父亲：你家儿呢？我在里屋应了声，他轻轻推开门走进来，拍了拍我的肩膀说：活路干完了，明后天就得走了，以后作业只能靠自己了。

他从西装口袋里掏出一张纸，展开递给我。接过来，纸上画了一个拱门，清代皇家风格，正大门上悬着一块匾，匾上无字。

送给你的，他说。

还没来得及细问，父亲在外喊他上桌。笑着又拍了拍我的肩膀，他转了出去。

那天是父亲这些年来最快乐的一天，从头到尾都在笑，他们一直喝到深夜，几人才跌跌撞撞离开了我家。

父亲站在月光如银的星空下，一直目送着他们走进临时宿舍。

现在我时常会想起父亲，他的颓伤、他的感奋、他的激越、他的哑默都算常见，也能具体到很多不同的场域，唯独惊惶，我只见过一次，所以想起父亲，总是从那天他的惊惶开始。

酒局次日是个周末，天气很好，睁开眼我就看见了太阳，它卡在我家窗棂上，散着淡淡的柔光，不晃眼，也不灼人。我翻了一个身，想睡个回笼觉，刚闭上眼，父亲咣当一声推开大门，冲进屋子朝母亲大声喊：拐了拐了，天，咋个会这样嘛！他的声音短而急，充满了惊惶和无助。

还没等母亲发问，父亲嘶哑着说：卢开智死了，狗日的卢开智死了。

卢开智躺在无双镇镇西松林里的湖泊边，那件又短又窄的西装盖在他的脸上，一条黑色的血线沿着湖岸一直向远处延伸，风一过，密集的古松发出呜呜的声响。县里下来的法医用手术刀剖开了他的胸膛，将他的心肝肚肺掏出来挨个检查了一遍。把内脏塞回去缝合好，法医站起来对几名警察说典型的贯穿伤，子弹从左胸射入，半扇肺叶碎裂。举起沾着黑血和泥土的弹头法医又说，近距离射杀，人没有立即死去，试图爬出森林求救，终因伤势过重死在了这里。

朝林子深处看了一眼，法医说短短一百多米，他爬了三到四小时。

后来听说经过弹道检测，那颗子弹正是从派出所所长搞丢的那把五四式手枪射出来的。

那支枪此后再也没有出现过。

父亲顶着灼热的阳光从林子里慢慢走出来，他的脸上除了汗水，还涂满了哀伤。这时候工头走过来对父亲说：许校长，我们在贵阳三桥还有活路，明天一早就得到位，你看这事情咋个整？父亲说你先通知他的家人吧！摇摇头，工头说要晓得我早通知了，三年了，我们也没搞清楚他具体是从哪儿来的，只晓得是四川的。总得把他埋了吧？父亲说。怔了怔，工头从兜里掏出一沓钱递给父亲说：恐怕只能麻烦你了，我们实在没法子，这是他的工资，一共二千一百六十四块八，几个老乡合计了下，给凑了一千块钱，一起交给你，买口薄皮棺材开个路，或者挖个坑扔进去盖个土，你看着办。

把一千块钱还给工头，父亲说我们这里物价低，他的工资够埋他了。

无双镇的黄昏很短，眨巴一下眼睛就没了，不过血红的残云却一直都在，月亮起来了都还悬在天边。

初二一班的教室变成了灵堂，很多老师反对这样做，说教室是教书育人的地方，这样敲锣打鼓成何体统。父亲没有争辩，最后还是教导主任站出来力排众议，说校长都说了，只需要一个晚上，做完了收拾成原样就行了嘛！

道士是从邻镇找来的，他跟父亲说开个路也行，但需要个孝子送行。

父亲两手一摊，指着躺在教室中间的人说：哪里来的都不晓得，哪来的孝子嘛！

说完父亲转头看着我。

干咳一声父亲对我说：教过你做题，名义上也算老师了，一日为师，终身为父，你就给他戴回孝吧！

我和父亲蹲在教室外面烧纸，他正了正我头上的孝布，说去给他磕个头吧！明天一早就要抬出去埋了。

慢慢折进教室，道士在对着经书念经，我站在道士身后，发现他一直在偷工减料，念错字就算了，还夹着页翻。站了好一会儿我拍了拍道士的肩膀，指了指门板上躺着的人对他说：他识字的。道士一怔，看看我又看看门板上的人，小声嘀咕：难怪戴副眼镜。然后他正了正身，把经书翻到了第一页从头开始念。

双膝一软，我跪了下去，水泥地有些凉，凉意从双膝处上下蔓延。抬起头，我看见了那张脸，有些胡楂，眼镜片磨损得很严重，脸色乌黑，嘴唇都是黑的，还有那件西装，实在太小了，完全裹不住他的身体。我确定他是死了，那些公式，那些符号，那些将父亲按在黑白世界里使劲摩擦的奇思妙想，那些藏在他脑子里的秘密，跟着他一起死去了。

此刻我只希望能把他埋掉，越快越好。

父亲花了一百二十八块钱和一条过滤嘴香烟，请镇上的风水先生找个下葬地。风水先生很敬业，带着父亲一直从清晨跑进黄昏。余晖中，道士抹掉额头上细密的汗珠对父亲说：两个地方，一个在山那头，状如蛇鳝，弯曲而长，体势柔顺，前有笔架砚台，后有扶椅倚身，典型文曲地，后世定能金榜题名；另一处就在我们脚下，也算好地，但普通了许多，后世最多也就衣能暖其身，食可果其腹。

想想，父亲叹口气：就这里吧！

下葬那天，镇上铁匠赶来蹲在新坟前烧了一沓纸钱，他说要不是这一枪，他恐怕还在看守所呢！头七那天，父亲带着我给他坟前送去了火种，把他的铺盖和几件换洗衣服烧掉，父亲还给他烧了一套新买的西装，父亲说根据他的身材，估计还是买大了。沉默一阵，父亲又说：大了总比小了好。

从那天开始，无双镇连续下了两个月的雨。我依旧在里屋做作业，父亲还在客厅看电视，包青天走了，许仙和白娘子在西湖开始了人蛇恋，刺耳的喧闹没了，只有父亲连绵起伏的鼾声。我照例有很多不会的数学题，数学老师每次看到我的答案都会长舒一口气。

只是我的父亲，从此变得沉默了。

父亲一直都不明白，那个夜晚，来自四川的灰浆工为啥会出现在镇西松林的湖泊边上。

补记：

新冠肆虐的第二年，我接到了父亲的电话，说当年卢开智下葬的地方要修高速公路，涉及迁坟，镇政府打听到卢开智是父亲当年负责埋葬的，要他去处理迁坟相关事宜。电话里父亲表示他身体实在不好，让我回去处理这件事。我当时正开着车穿过北京的街头，摁掉电话，我花了很长时间才想起那张戴着断腿眼镜的面孔，他站在那个冬日的雪地里，远远看着我笑。

车经过海淀区时，我看到了那座图画中的拱门，清代皇家风格，正大门上悬着一块匾，匾上有四个字。

原载《天涯》2023年第1期

手稿、猴子，或行李箱奇谭

徐则臣

飞机上睡了一路，我有精神跟他们耗。他们那种吊儿郎当的敷衍态度，让我觉得还有戏，所以见着工作人员，不管是谁，我都要申诉一番，让他们想办法找到我的行李箱。已经来了两茬工作人员。五月夜晚的新德里机场温度宜人，我和恰马尔先生坐在各自的行李箱上，一边聊天一边等他们的寻找结果。

恰马尔是个印度作家，我们在刚结束的加尔各答的一个文学活动上认识。他去过两次北京，见到个北京来的，就生出他乡遇故知之感，逮着空就跟我聊。恰马尔住德里，我想在回国之前看看泰姬陵，泰姬陵离德里不远，我们俩就订了同一趟航班。值机时，我原想只托运超标的大行李箱，登机箱随身带，恰马尔说，费那事干吗，一块儿托了。他以地主的豪迈把我的小行李箱也拎到传送带上。下飞机取行李，他的行李箱、我的大行李箱都到了，我的小登机箱不见了。恰马尔原本可以取了行李就回家，因为我的登机箱没了，他不好意思一走了之，对我丢失了箱子他认为自己负有责任。我们一遍遍嘱咐工作人员帮忙找。恰马尔宽慰我，在印度，没有哪一只行李箱在风尘仆仆的旅行中从没有被弄丢过。他说的就是机场。

我们已经在行李转盘前坐了一个半钟头，眼见着转盘转了又停、停了又转，乘客们一拨拨来，取了行李又一拨拨走，第四轮了，我的登机箱仍然没有出现在空荡荡的传送带上。从转盘那头走过来两个穿制服的工作人员。之前的工作人员显然已经被我搞烦了，去找了两趟之后，再也不回来了。这两个可能是新当班的，恰马尔示意我继续跟他们理论。

"听说了，"两人中胖一点的那个是头儿，微笑时油汪汪的腮帮子上还有两个酒窝，他用动感十足的弹舌英语回答我，"他们跟我汇报过。真对不起，我们把机场往下挖了半米，还是没找到。"他看了一下手表，马上零点，"您先回去，找到了我们及时通知您。"

我摇摇头，不行。必须今晚就找到。

"全是细软？"他又露出职业性的微笑，两个油汪汪的酒窝更深了。

"比细软还值钱。"

真的，比细软还值钱。我后悔没有将小行李箱随身携带。在加尔各答临时买的登机箱，淘到两件印度木雕，太占地方，一个行李箱装不下，此外，就是想把小说手稿随身带，搁手边更放心。那段时间正写长篇小说《王城如海》，用八开的大稿纸。我习惯手写，出门带着也方便，一卷纸，铺到桌上就可以开工，不必像电脑那样，开机关机都有强烈的仪式感。想到那烦琐的程序，我就没了写作的欲望。以我的写作习惯，这个手稿一旦丢掉，我肯定不会重写。重写对我来说像背书一样不可忍受。所以，只要不打算扔掉，就要确保每个稿子都不能少。丢了，那就找回来。

"今晚就得找回来"，以恰马尔的经验，"今晚找不到，以后更别想了"。我们查过，系统显示，我的登机箱已经跟着这架航班来到了新德里。我的这位印度朋友说，他也一直没弄明白，为什么行李一旦丢了，就永远丢了。

"我们只能承诺继续找，"胖酒窝说，两手一摊，"我也没别的办法了。"

跟他着急是没有意义的。我拍拍取到的大行李箱："我就坐在这里，直到箱子找到。"

胖酒窝又对我油汪汪地一笑："好吧，您是作家。我们继续找。"带着瘦下属走了。

我突然醒悟过来，问恰马尔："是不是需要这个？"我对他捻动右手的大拇指和食指。

通货就是通货，这动作全世界都懂。恰马尔难为情地说："有，当然好啊。"

好，我们坐下来继续聊天。如果他们回来时还是两手空空，我得让他们攥点东西回去，继续找。我和恰马尔聊北京，聊中国和印度，也聊文学。还聊到《王城如海》，故事发生在北京。我没有告诉恰马尔，《王城如海》的写作遇到了障碍，这也是我出国也带在身边的原因。我期待这个神奇的国度能给我灵感，及时地把断掉的情节续上。

二十分钟后，新德里过了零点。胖酒窝没回来，回来的是他的瘦下属，有五十多岁？肤色变了，年龄就很难判断。深棕色的瘦下属对我摆摆手，还是没找到。恰马尔给我使了个眼色，我走到瘦下属跟前，向他伸出手。半晌不与我握手，他显然没料到，他本能地把右手后撤一下，然后重新犹豫地伸过来。我们在手心里完成了交接。两只手松开后，他又把手递过来。我没明白，分量不够？他半握的拳头固执地杵在我手边，还对我眨了眨他的毛毛眼。这个印度老男人的睫毛是真长。他的眨眼似乎有某种真诚的力量，我握住了他的手。纸币又回到我手心里。

"我再去找，"他用口音极重的英语说，"您能跟我儿子谈谈，你们的文学吗？"他做出一个写字的动作，"他马上就来。"

"当然。"

瘦下属去行李房的路上掏出手机开始打。五分钟后，过来一个三十多岁的小伙子。也可能不到三十，比他爸肤色浅一点，但依然不足以让我的判断力恢复。父子俩穿着同样的工作服。他的英语没他爸的口音重，跟恰马尔的发音比较接近。

他来谈文学，但话不多，席地坐在我和恰马尔对面，开口更多是提问，像个记者。对提问他似乎相当娴熟，每一个问题问得都干净利索，提前备了课一样。问我，也问恰马尔。主要是我，虽然我告诉他，他的同胞恰马尔也是作家，但丢箱子的是我。他问我的问题有：印度之行的目的是什么；平常写小说、诗歌、散文还是戏剧；登机箱里的那部长篇小说写的是啥；为什么这个电脑时代还要手写；丢失的箱子里还有什么；这个登机箱的来历，即在哪里买的，为什么要买；从加尔各答到现在，这箱子还有哪些值得一说的故事；如果今天晚上找不到，我会作何感想。关于我屁股底下坐着的大行李箱，也问了几句。

最后他说："这箱子一看就是个好东西。"

就在我认为他只是在做失物招领处的常规调查时，我们聊起了文学。他在写作。"您知道，我的工作就是把一个个托运的行李箱和货物从这里拎到那里，"他出示他手掌关节处磨出的一个个老茧，"再从那里拎到这里，一天到晚。我见过世界上几乎所有品牌的行李箱，但我喜欢写作。写小说、散文，诗也写。像先生您一样。像恰马尔先生一样。您在写作中总能一帆风顺吗？"

当然不能。我告诉他，大部分时间我都写得磕磕绊绊、跌跌爬爬，比如丢失的《王城如海》中，有个坎儿半个月了也没爬过去。小说里写到雾霾和环境污染，除了肉眼所见和 PM2.5 的科学测量，我找不到一种更为独特和形象的表达方式。

"手稿带在身边，没想过会丢？"他问。

"没有人会为了丢一件东西才把它带在身边。"我说，"我得没事就盯着它，以便及时地找到爬坡过坎的方法。有人跟我说，印度到处都是灵感。"

"您还没找到？"

"目前没有。"

"也可能已经找到，只是您没有意识到。"

这么说也不是没有道理，印度是个神奇的国度。

"假如找到了,您会继续带着它在印度旅行吗?您说您还想去参观泰姬陵。"

"当然,"我拍拍放在脚边的双肩包,这才是名副其实的随身物品,"我会把它装进这个包里,晚上睡觉也抱在怀中。"

谈话到此差不多可以结束了,他从裤兜里掏出一个简陋的手机,一通按键。然后我就看见他的瘦父亲眨着毛毛眼从行李大厅的拐角处走过来,推着我的万向轮登机箱。谢天谢地!我从箱子上跳下来。毛毛眼说,我的箱子还是在行李房找到的。一定是我箱子的万向轮太好使,工作人员轻轻一推就跑远了,混进了另外一趟航班的行李堆。能找到,是因为那趟航班的所有行李要么继续托运开始下一个旅程,要么都被放到传送带上被乘客们取走了。我的箱子和另一只箱子孤零零的,被推到了遥远的墙角。那只箱子更可怜,托运的票号莫名其妙地消失了,主人是谁都不知道。

"您知道吗,"毛毛眼说,"在我走到墙角之前,至少检查了三百只箱子。"

我向他伸出手,他果断地把右手送过来。握住的那一瞬间,他在我的手心里抓一下。没找着,他迅速松开我的手,嘴角的微笑摊平了。

跟我一样激动的是恰马尔,凌晨一点,他终于可以心无挂碍地回家了。他的新婚妻子已经给他打过两个电话。

"泰姬陵非常伟大。"小伙子也从地上站起来,他的握手远比他父亲的持久有力,"不过您也可以关注一下沿途的神牛和猴子。"

小伙子提醒得很好。我把大小行李箱都寄存在酒店,背着双肩包出门去看泰姬陵。包足够大,我把小说手稿带上了,然后是洗漱用品、两件换洗衣服,还有空装了两本书,其中之一是奈保尔的《幽暗国度:记忆与现实交错的印度之旅》。泰姬陵在阿格拉,在德里以南两百公里外的亚穆纳河南岸。因为要看沿途的神牛和猴子,我选了长途汽车。晃晃悠悠四个多小时才到。

在印度,坐汽车比坐火车和坐飞机看得更清楚。沿途要带客,汽车总往人多的地方钻，从城镇到乡村，两百多公里中的人间烟火我差不多看了一半。在印度牛享有神圣的地位，谓之神牛，不干活儿，可以自由在大街上走来走去。这我知道，文字和影像资料以及各种传闻里比比皆是，但坐在尘土飞扬的长途车里亲眼见到，还是挺震撼。它们既是神，又是仙。是神，因为印度人供着它们，提供吃喝是义务；是仙，因为它们自在放旷，旁若无人，行于所欲行，止于所欲止。看心情，想歇着了，大马路中间扑通就躺下了，人和车都得绕着它走。拉屎撒尿也一派天然，在哪儿就哪儿，决不委屈自己走半步。

汽车穿过某镇子的一条街巷，前头正好有头雄伟的犍牛横在巷子里，尺寸正合适，把坑坑洼洼的水泥路面占了个完整。来往的行人过巷子，不愿从路两边的泥水里蹚过，都弯腰驼背，手脚并用地从牛肚子底下钻来钻去。他们对这种过路方式毫不为意，犍牛岿然不动，高人一般淡定，显然也习惯了自己的威严。我们的司机示意停车，等犍牛离开。路边有小店，可酌情采购，其他个人事宜，自行解决。我下车买了一瓶水。内急的乘客去了路边，背对我们就解开了裤子。该干的事都干了，犍牛还卡在巷子中间，同车的乘客有急性子的，不去赶牛，只催司机。大胡子司机连抽两根烟，牛还在，只好上了车，一连串地摁喇叭。那牛傲慢地看看我们的车，完全是瞧不上地晃晃大脑袋，踱着方步让开了道。

路上见到猴子的频率没有见到牛的高，但数量绝对有压倒性优势，一只猴子出现了，意味着接下来会有一群猴子现身。它们不在路面上出没，而是攀在树上、墙头和屋檐上。大小各异，成群结队，搞不清组织和门派。它们兀自在高处喧嚣追逐，丝毫不惧人间的清规戒律。它们也吃百家饭。有人从车内把面包和饼抛给它们，眼看着要掉落地上，猴子们的胳膊好像突然变长，变魔术般地就给捞上来了。我喜欢小猴子，最小的只有两三个拳头大，走在墙头和屋檐上颤巍巍的，还有些胆怯，嫩黄的毛色在太阳下闪着温暖的光。成年猴子大多通体柴灰，长毛被泥水和食物粘成绺、团成坨，整个一副流浪汉的邋遢模样。

从德里去泰姬陵和返回的路上，唯一一次看见猴子下地，是在一个叫不上名字的小城。汽车穿过城市的中心大道，在路边一栋建筑的废墟前，一个本地男人正对着墙根撒尿，松松垮垮的裤子吊在屁股后头。不知道从哪里突然钻出一只小猴子，一跃而起，抱住了男人的裤子，然后，它和那条肥大的裤子一起滑落到男人的脚后跟处。很多人看见了那男人的光屁股和两条长满黑毛的大腿。

泰姬陵之壮观和漂亮，无须我赘言，关于泰姬陵的故事也很动人，想必很多朋友也知道，我也不必啰唆。我在阿格拉待了两天，然后回到德里。单从旅行观光的角度，我也觉得这时间花得值。我应该看到了一部分真实的印度。回到国内重新开始《王城如海》的写作，我发现更值了。

在印度，小说毫无进展。原封不动带回北京，依然寸步难行，设想出的几种方式最终都过不了我自己这一关。正打算暂时放弃，收到恰马尔一封邮件，此时距我回国已经二十三天了。他说徐先生，您还记得新德里机场那个跟咱们聊文学的小伙子吗？他很可能是一个潜伏在机场的小说家。他甚至是一个只写"行李箱的故事"主题的小说家。如果我没猜错，他写到了您，当然也可以说，他虚构了您。

恰马尔用英文写成的信挺长，嘘寒问暖的部分暂且略过，只说那个潜伏的小说家。

两天前，恰马尔陪老婆逛商场。老婆试衣服，他在商场的椅子上坐下，顺手捡起旁边座位上的一张报纸。当天的晚报，有个创作园地，相当于咱们中国报纸的副刊，看到一个专栏的题目：行李箱的故事。这天报纸上刊载的是专栏"之十七"。这第十七个故事讲的是一个突尼斯商人，托运的行李箱丢了。不是丢在新德里机场，而是在迪拜机场分拣错了，被送到了孟买。从孟买转到德里，他在机场接收时，打开箱子发现多了一万八千美元。若只是天上掉下美元，突尼斯人就闷声笑纳了，问题是包钱的纸上写着一行字：此钱有主，毋私吞，否则灭全家！底下附了个号码。突尼斯商人再爱钱，也不敢拿一家人性命去冒险。此刻，他太太正带着六岁的双胞胎女儿等在酒店，待他取回行李箱后一起出门观光。他跟行李处说明了情况并报了警。

专栏作者作为工作人员之一，参与了处理过程。在文章中，他有节制地介绍突尼斯人的身份、印度之行的打算，以及行李箱里的内容，重点提到一尊写意的甘地半身雕像。这种风格的甘地雕像作者从没见过，他在文中坦诚地表示了一个印度人的惭愧。为此他请教了突尼斯人，这位外国友人告诉他，他是甘地的粉丝，这尊雕像是两年前从阿尔及利亚一位雕塑艺术家那里高价请来的。价格昂贵，因为是限量版。甘地活了七十九岁，该艺术家就做了七十九尊，然后把模子毁了。他的这尊编号三十七。接下来，作者写到关于美元和包装纸的调查结果。根据威胁电话打回去，顺藤摸瓜抓到了孟买机场的一名工作人员。此人例行开箱检查行李时，在某行李箱里发现了这沓包裹的现金，财迷了心窍，把钱装自己兜里了。要在往常，他把肚子挺一挺，腰间和鞋子里分别藏一点，没准就混出去了，但那天碰上领导突击检查，揣怀里容易露馅，分开藏时间又不允许，只好慌忙写句话，就近塞到旁边一只箱子里。他果然没机会再打开那个箱子，但他依然心存侥幸，甚至为自己的机智得意，万一箱子的主人真被"灭全家"吓着了，拨了电话，他就赚大发了。作者写道：

"此人的确等到了电话，不过是警察打来的。"

花了漫长的篇幅讲完这个故事后，恰马尔说："徐先生，其实我想告诉您的是下面这个故事。"

看过突尼斯商人的故事，恰马尔先生对这个专栏有了兴趣。他在网上搜到这专栏。上一个，也就是第十六个"行李箱的故事"，题为《丢失的手稿、突如其来的猴子，或行李箱奇谭》。恰马尔觉得文中的中国作家很可能是我，便把文章从印地语翻译成英语，发给了我。

有个从加尔各答来的中国作家，在新德里机场落地，发现托运的一个行李箱不见了。他声称箱子里放了一部长篇小说手稿，丢了等于要他的命，所以务必帮他找到。该作家坚决不离开取行李的转盘，从晚上十点一直耗到凌晨一点，四茬工作人员帮他掘地三尺地找。当然找到了。问题在于，箱子找到后，箱体上没有任何托运标识，工作人员监督他开箱验物时，手稿没找到，从箱子里爬出来一只气息奄奄的猴子。那猴子有多小呢，请各位发挥一下想象力。没错，拳头，还没有正常人的一个拳头大。作为一个见过不下两万只猴子的印度人，我负责任地说，这么小的猴子我在印度从没见过。我查了资料，世界上最小的猴子叫侏儒狨猴，主要生活在巴西西部、哥伦比亚南部、厄瓜多尔东部和秘鲁东部的雨林里，体长十多厘米。那猴子比侏儒狨猴大一点。我也听说，中国古代的文人喜欢养一种宠物，叫墨猴，平常塞在袖子里，或者放进笔筒里，写毛笔字的时候，它就跳出来给主人磨墨。不知道这种墨猴跟行李箱里爬出来的猴子比，谁大谁小。

那只拳头大的小猴晕乎乎爬出箱子，先是揉鼻子，打完一个尖细的喷嚏才睁开眼。它缓慢地转动脑袋和小眼睛，又揉起鼻子，再打两个喷嚏。这小东西肯定是对某工作人员身上的气味有了反应，那家伙每天都要往胳肢窝里喷三次香水，靠近了我也晕。

私自在托运行李中夹带活体动物算违法行为。那位中国作家辩解，他根本没有托运过什么活体动物，见到这只猴子他跟我们一样震惊。事实上，他跟我一样，从没见过这么小的猴子，在加尔各答参加文学活动的几天里，一只猴子他都没见到过。他甚至对于猴子如何神奇地钻进他的行李箱完全没兴趣，他关心的是，已经写好的那部分长篇小说手稿去了哪里。他说，以他糟糕的写作经验和习惯，丢失的稿子他不会再重写，也就是说，现有的大约小说篇幅三分之一的手稿如果真的丢失，等于这部小说也就废了。所以，本该活蹦乱跳的猴子此刻病病歪歪，没能缓过劲儿来，而困得眼皮打架的作家先生却急得火烧火燎，差不多要上蹿下跳了。

我们领导，行李管理中心的头儿，嘱咐我好好安抚这位焦躁的中国作家，他和我的同事这就跟加尔各答机场方面联系，一定要搞清楚中间出了什么岔子。接下来的聊天中，我听说中国有一出古老的戏剧，叫《狸猫换太子》，但我认为，手稿变猴子这事儿，比狸猫换太子更神奇。

中国作家喋喋不休地跟我说他的小说，谈起小说时他甚至都不看我，更像是自言自语。他的心思一直在手稿上。这我能理解。写作是创造，辛辛苦苦创造出来的东西不翼而飞，搁我可能比他还着急。他说这部长篇的写作遇到了困境，一个先锋戏剧导演找不到合适的方法，让英国来的教授形象地、超现实地感受北京的气味。我说这事好办啊，就地取材。

"就地取啥材？"他问我。

"猴子啊。"我提醒他，"那活猴爬出箱子先打喷嚏后睁眼，说明什么？对气味敏感。您把这只猴子带回去。"

"往哪儿带？非法托运活体动物我已经说不明白了，还往回带？"

"不是带回中国。是带进您的小说里。"

"一只印度产的猴子，没拳头大，被小说人物带到了中国？"

"完全可能。这只不合适，再换一只，反正咱们印度猴子够用。您不是想去看泰姬陵吗？去阿格拉一路上的村村镇镇，有一棵树，就有一只猴子。"

我们探讨了半天将猴子引入小说的可能性，中国作家未置可否。他的心思在别处。如他所说，写就的手稿没了，后面再精彩的故事也等于零。这人的写作习惯真是古怪，为什么就不能重写呢？

同事呼叫，让我带中国作家去行李管理中心。加尔各答方回复，调看了值机的现场录像，是一个印度青年男子帮徐先生把登机箱拎上的托运传送带，画面上没看出任何猫腻。安检人员经验丰富，工作十一年从未出过岔子，他郑重声明，过检时没发现任何异常，别说一只猴子，就是一只跳蚤也别想混上飞机。接下来箱子到了分拣中心。现场录像显示，满屋子的行李箱除了被扔来扔去，没人动过。打开某个箱子取出一堆稿纸，再装进一只猴子，此事绝无可能。我们头儿也说，倘若箱子里头真装了一只猴子，照咱们搬运行李的大力士这么个扔法，有九条命也摔没了。

中国作家一再声称他也感到莫名其妙，他对猴子不感冒，《西游记》里孙悟空的花果山就在他老家，快四十年了他从没去过。他不关心猴子，他关心的，是如何找回他的小说手稿。

天地良心，我们机场也把各个环节的录像调出来查看，同样没发现哪个环节出差错。除了搬运行李时下手重了点。最后警察站出来了，他问中国作家：

"您在印度很有名吗？"

"没有名。"

"那就是了。一个无名的外国作家，放在行李箱里写了半截的稿子，您告诉我，谁会感兴趣？"

"应该没有人。"

"这不就是了？我再问您个问题，这只打喷嚏的印度猴子珍贵不？"

"这体形，应该比较罕见。"

"您在印度无人知晓，您在印度也没有亲朋好友，存在别人送礼和行贿的可能吗？"

"应该不存在。"

"您看，您什么都懂。我再问您个问题，务请您照实回答，您真是个作家吗？"

"什么意思？"

"不好意思，我不懂文学。但我知道再傻的猴子也不会无缘无故钻到一只行李箱里。如果方便，可能得请您改变一下行程，配合我们调查。我们对出现一只猴子跟对您丢失一份手稿一样感兴趣。请吧。"

亲爱的读者朋友，别问我接下来这位中国作家怎么样了，我不知道；也别问我丢失的手稿和突如其来的小猴子是怎么一回事，我跟你们一样想不通。我的确写过几篇稀奇古怪的旅行箱故事，但这种奇谭，本人也是第一次遇见。

文章到此结束。

恰马尔在邮件中先说，真够扯的，跟作者的名字一样，辛格·辛格，一看就不想让别人知道真名。接着他又说，但得承认，写得挺好玩。当然他的阅读体验也挺奇怪，读第一遍觉得荒诞不经，读第二遍感到了些许意思，读过第三遍，突然问了自己一个问题：这一定就是假的吗？继而回想我们在加尔各答相识，然后一路同行到新德里机场，直到凌晨一点等来走失的登机箱，他不由得恍惚，他所见的是否只是事情的局部，或者，干脆就是假象？恰马尔是个实诚人，他承认自己到网上搜了看是否有我在印度的犯罪新闻，遗憾没找到。他也承认，为了写这封信，他特意喝了两罐啤酒，趁着酒劲儿才打开电脑，因为他的一个隐秘的目的是，想证实我已经平安回到北京。

接到恰马尔的邮件是在傍晚，饭后例行散步之前。没急着回复，看完就合上电脑出了门，散步时间比平常多了半个钟点。准备往回走时，脑袋里突然一亮，辛格·辛格这文章写得好啊，解决了长久困扰我的问题，为什么不能是一只比拳头还小的、来自印度的、超现实的猴子呢？小说中的教授完全可以把它带进北京，当然首先要从印度把它带回到伦敦。他是如何发现这只猴子的？我想起去阿格拉的半道上，经过一座城市，一个站在路边撒尿的印度男人被一只猴子拽掉了裤子。在小说里，尿急站到路边的不是教授，而是他正值少年的儿子。有了！在多出来的那半个钟头里，我反复论证了这段情节的可行性。

没任何问题，我迈开大步往家跑。

我给这只猴子取名汤姆。如果你读过我的长篇小说《王城如海》，你应该会看到这一段：

"突然，随着一声诡异的尖叫，小汤姆从教授的口袋里钻了出来。这个聪明的小东西，悄没声息地把扣子给解开了。它的尖叫里带着解放和自由的快意，饱含着奔赴新生活的激情。它跳下地，横穿舞台，横穿拥挤喧嚣的咖啡馆，奔向了下一个场景……"

原载《万松浦》2023年第2期

昙花现

黄咏梅

阳台那里有一个区域，信号一定会不稳定。有可能是那根粗大的廊柱，挡住了网络通行。这是父亲的判断。不过语音竟然不受影响。从疫情开始到现在，两年不能回家，视频通话变成我的必修课。做惯家务的母亲动手能力强，加上比父亲年轻几岁，她操作手机更流畅，提及家里每个角落每件物事，她都能准确移动镜头让我看见。她每次非要炫耀她种的花，一说起，就动身晃去阳台，手机扫向凌空加盖的那排花架子，月季、海棠、石斛兰、绣球花……运气好的时候，镜头会定格在一朵绛色的月季花上，背景是河对岸绿茵茵的榜山，看着像一幅画。但大概率画面会停留在她脸上某个松垮垮的局部，或者一排锈迹狰狞的铁栏杆上。

"妈，别往阳台走。"我对着手机大声喊，像来不及阻止一个人踏进路边的水洼，眼睁睁看她麻利地拉开那扇镶嵌着隔音玻璃的移门，又迅速关上。

这一次，镜头刚好停在晾衣竿一端挂下来的几只年代久远的竹篮上。闭着眼睛我都能认出那里用牛皮纸包着的草药：凤尾草、一点红、百花草、蒲公英、车前草……

"林姨妈走了。"母亲的声音从几只满当当的竹篮里跑出来，跑到一千多公里以外我的手上。

"我知道，妈你说过了，是在养老院。"

频繁视频，我们已经没有什么话题可聊，不像真的坐在一起，围着工夫茶盘，东扯西扯，就连微微感受到空气中湿气加重了，我们都可以一起抱怨今年的"黄瓜季"过于绵长，导致人酸软无力，然后顺着这个话题交流祛湿养生的做法。我们相聚的时间多半都是这么度过的。屏幕画面有限，一周或两周甚至更早以前说过的话，又经常被当作新的事情被母亲说一两遍，倾听很考验我。要是有耐心的话，我会装作第一次听，间中还提些已经知道答案的问题，但多半我会像现在这样，简单总结试图阻止她主题不集中的絮叨。

"嗯。她好像知道自己要走，给我打电话说，阿莲，我要回家了。我问她是不是小坚要来接她回家，她没说是，也没说不是，又重复两句，我要回家了。之后电话就断了。不像是挂断的。养老院那里信号总是不好。"

第一次讲这些的时候，母亲尽力克制，哽咽得像个孩子。我比她更早流下了眼泪。母亲责怪自己在电话断掉以后没回拨过去。她反复强调自己以为林姨妈说的回家，是指小坚来接她回家过中秋，就想着等过两天中秋节再给她打电话，毕竟母亲接电话的时候，锅里正处于小火转大火的收汁阶段，她怕搞焦了那只花一下午工夫卤起来的猪肚。她们之间从来没有什么要紧的事情要急着打电话说，几十年都没发生什么要紧的事。母亲责怪自己现在很没用，已经不能同时做两件事。

"我哪里知道，她说回家，其实是走。"母亲说得平静。我也静静在听，眼睛盯着屏幕，希望信号如同福至心灵，会跳出母亲的脸。可那几只静止的篮子一动不动。

"妈，翻篇吧，不要再去想这些充满负能量的事。"

不记得从什么时候开始，父亲将一些不好的消息统统称为"负能量"，要求我们的通话避开负能量，恨不得在耳朵外竖起一根粗粗的廊柱。对于七八十岁的老人们，不好的消息无非就是生病和死亡。这些年，陆陆续续从他们那里听到的负能量，多数来自他们认识或者知道的远远近近的人。与其说害怕这些负能量会影响血压、脉搏的数值，不如说害怕负能量的残酷本身。中年以后，我也不知不觉害怕残忍的事情，在手机上看网剧，遇到诛心的情节，会不由自主拉进度条跳过。

"嗯，你爸在书房。"我忽然意识到母亲跑到阳台的廊柱后边，不是为了重复讲林姨妈的去世。一下子心被揪了起来。说到底，害怕听到他人的负能量，不就是害怕负能量终于降临我们自身？我担心那里微弱的信号支撑不了母亲的吞吞吐吐。好在，那几个篮子虽然纹丝不动，但母亲的声音还很连贯，除了在一些地方是因为她本人的停顿。

母亲是求我做件事———找一找钟俊仁，如果他还在的话，"告诉他，林姨妈回家了……但是要让他明白，她是走了，时间是 2021 年 9 月 16 日，酉时"。

我的几个姨妈当中，林姨妈最好看。母亲一直是承认的。她们当年一起从农村被招到文工团，到各个区县演样板戏。不是科班出身，但都在十七八岁的年龄，学东西也快。林姨妈必然是主角。《红灯记》里她是铁梅，母亲是慧莲，而徐姨妈和王姨妈因为骨架宽大，肉多，显老，往往只能轮流化妆演李奶奶。《红色娘子军》里，林姨妈是吴琼花，她的腿又长又直，"向前进，向前进，战士的责任重，妇女的冤仇深"，她稳立舞台中央，腿绷直抬高，一点不影响脸上昂扬的表情，母亲她们几个则站边上，矮下去半截，腿潦草上踢。林姨妈身材比例好，腰短，腿长，脖子细，穿肥大的土布衫都好看，又有一张小鹅蛋脸，化妆最省心。母亲说，她最费事的是眉毛——样板戏要求一字粗眉。林姨妈的柳叶眉是她的苦恼。我看过林姨妈演戏的照片，只觉得她五官精致，哪里都好看，唯独那道粗黑的眉毛突兀，好在底下有一双明眸救场。在她们几个人的生活合影中，即使不站在"C 位"，我也能一眼确认林姨妈的主角相。我母亲仅有过一次主角时刻。因为长得的确蛮像陶玉玲，她在《霓虹灯下的哨兵》里捞到了演春妮。

主角往往会遭到嫉妒的，但林姨妈和配角们玩得很好，她们的友谊跨越半个世纪。文工团解散之后，她们得到了样板戏的回馈——安排进城里工作。林姨妈在棉纺厂，徐姨妈在印刷厂，王姨妈在工人医院，而母亲因为早在进城前嫁给了父亲，作为家属被安排到了政府后勤处。四个人按着时间给出的剧本，各自演着人生这出大戏，结婚生子，工作至退休，继而含饴弄孙。那些演样板戏的岁月，仅作为几张黑白照片存放在各家的相册或抽屉里。父亲书桌的玻璃板下，压着母亲演春妮的一张后期放大处理过的黑白照片，不过已经不完整——围巾、额头、脸颊、脖子以及斜襟扣子系得紧紧的胸部，这些地方都被我和弟弟的彩色照片盖住了，而我们那些彩色照片又陆续被他们两个孙儿的搞怪大头贴盖住了大半。

林姨妈跟我母亲最亲密，她是我家的常客。她挨着母亲窃窃私语的样子，倒让她像是母亲的妹妹，实际上她比母亲大一岁。奇怪的是，我并没有遗传到母亲对林姨妈的亲密，整个童年我最怕见到她——她的到来必然伴随一个热烈的见面礼，这种热烈不见得是因为有多喜欢我，而是因为进他人家门那一刻的开心。她抓住我，像啃苹果一样，口水印在我胖嘟嘟的脸颊上，接着又从正面乱亲一气。我肯定是挣扎躲避过的，但这讨厌的见面礼几乎伴随我整个童年，等我长到有足够的力气，能让她感到我的挣扎是认真的而不是出于小孩子的忸怩，她才停止这样做。有一次，林姨妈开玩笑问我，妹妹，分了新班级，同桌男同学好不好看？我大方地点点头。又问，有多好看啊？我恶作剧地大声喊，像钟俊仁那么好看。那时，我已经不止一次从母亲与林姨妈的窃窃私语中听到过这句话。林姨妈用手把整张脸捂起来，手心里传出一阵咯咯咯的笑声，像是在害羞，笑过之后，忽然将我一把拉到她的腿边，不顾我的挣扎，对我一阵乱亲。她亲得很用力，好像怀着某种善意的报复，又好像在我脸上撒娇，嘴里咬牙切齿般喊出钟俊仁这个名字。

"妈，林姨妈嘴巴好臭。"我终于确认我的不适来自那些口水的臭味。我小时候有一些奇怪的逻辑，比方说看到满脸皱纹的老人，我会悄悄对母亲说，这个老爷爷好痛欷。同样，林姨妈的口臭让我认定她总是不开心，甚至觉得她身体里藏有什么东西在腐烂。

"你林姨妈白长了一张好脸蛋。"母亲认为林姨妈不经营自己，更不经营家庭。样板戏主角在台上演着别人的人生，催人振奋，台下却一塌糊涂。但这反倒使林姨妈和母亲她们之间构成了一种平衡，她们和谐安好一辈子。她们时常聚会，各自牵着两个或三个孩子，呼呼喝喝，鸡飞狗跳。只有林姨妈单门独户，偏坐一侧，瘦瘦的两腿间夹着一个同样瘦瘦的小萝卜头。小坚向来不合群，融不进我们这些时而合作时而互相抢地盘的孩子们中间，他咯嘣咯嘣咬完一块水果硬糖，就开始闹着要回家找爸爸，嘴里被塞进一块新的水果硬糖才消停。塞多两次，他不干了，脸埋在林姨妈腿上故意使自己憋气，两只手在林姨妈身上抓来挠去。林姨妈一点办法都没有，只得草草收兵回家。她们说，小坚好像不是林姨妈生的一样，养不熟，也治不住。林姨妈根本没有心思研究出对付小坚的办法，同样，她也没心思研究出跟林姨父家和万事兴的秘诀。那个沉默寡言的林姨父，一辈子在生产资料管理局工作，凭票购物的时候有过点小权力——我们家第一台黑白电视机，就是托林姨父拿到票买的。新旧世纪交替之际，单位转企，毫无斗志的林姨父干脆提前退休回家。林姨父总是一个人到河边小公园看人下象棋，间中按捺不住低声发几句议论。像小坚一样，林姨父也没能融入棋局作为对弈的任何一方。他和林姨妈各玩各的，直到最终先于林姨妈独自走上黄泉路。

20世纪70年代，"独生子女"这个词还没有被造出来。只有一个孩子的家庭，时常被人暗戳戳地揣测问题出在男方还是女方身上。林姨妈生下小坚，刚出月子，就跑去工人医院找王姨妈，瞒着林姨父做了结扎。我母亲知道这事后，把王姨妈大骂一通。王姨妈说："你来拦拦看？林莉这个癫婆，死都解不开那个结，她一遍又一遍搬出钟俊仁来说，你叫我怎么劝？"母亲一听，怒气顿时熄成叹气。

那只节育环早早地在林姨妈子宫深处套上了一个结，就好比现在一个已婚人士把一枚戒指套在了无名指上。只不过，这种宣誓的形式不是出于爱，而是出于拒绝。因为身体里的这枚"戒指"，林姨妈跟林姨父关系变得很糟糕。有段时间，林姨妈像是把家当成旅舍，一到晚上就爱往我们家跑。有时给我妈搭把手帮做家务，更多时候坐在窗下一张板凳上，默默地织毛衣。母亲没工夫理她，父亲在书房写领导发言稿，我和弟弟趴在桌子上写作业，差点忘记了屋子里还有个林姨妈。到我们准备刷牙洗脸睡觉了，她才理平针脚，毛线团一卷，小篮子一装，塞到板凳底下，伸个懒腰，好像刚结束夜班收工。隔天，她又来我家"上夜班"。

中秋节晚上，林姨妈也照样来。月亮还没升起，她就拎着用油纸包的四个大月饼和一网兜柚子，直接爬到天台等我们。那时我们住在宿舍楼最顶一层。我家门口往上还有一截楼梯，尽头是一扇虚掩的小木门，从小木门走出去是个公共的天台。邻居偶尔趁天好爬上来晒晒被子，这里几乎属于我们家自用。母亲施展农民出身的本领，在天台四周用大大小小的花盆种满了蔬菜，中央搭起一个高高的瓜架，丝瓜、苦瓜、瓠瓜、葡萄……藤蔓四处攀爬，绿叶密密麻麻隔出来一个小天地。父亲从家里牵出根电线，在瓜架上吊两只小灯泡，这里就变成了一个小茶室。天气好的时候，我们在地上铺席子，放张小茶几，坐到这个小天地里喝喝茶嗑嗑瓜子望望天。逢着节假日父亲有空，检查我和弟弟背诵唐诗宋词，也在这里进行。"谁知林栖者，闻风坐相悦。草木有本心，何求美人折！"父亲最欣赏这几句，摇头晃脑单拣出来背。这些时候母亲是插不上嘴的，她只会简单的"鹅鹅鹅……"。母亲指着夜空中那三颗等距排列的星说，看，扁担星，多平。白毛女逃进深山老林，夜夜望星空，盼救星。林姨妈穿着破衣裳，一头披散的白发，对着夜空苦大仇深地唱。舞台一侧那棵纸糊起来的树梢，挂着三颗整齐的红五星。团长在台下一看，蒙了，这一场，八路军还没杀到，哪里来的红五星？仔细又一想，后边出场那些八路军帽子上不是有两颗扣子？谢幕之后，团长调查这几颗无中生有的星星，才知道，我那几个没文化的姨妈，为了增加舞台效果，请钟俊仁在部队仓库里翻出些褪色废弃的旧红旗，剪下三颗红星，用毛线整齐串在一起。高高挂着的扁担星陪伴凄苦的白毛女。

样板戏从上边出发到区县，专业性会大大减弱，业余班子业余演出，在故事情节大方向不变的情况下，道具会因地制宜做些微调整，有时细节也会结合当地观众的喜好进行改动。比方说，《沙家浜》的芦苇荡在我们这里变成了一塘荷花，《智取威虎山》里座山雕的皮草大衣改成了我们这里有钱人穿的香云纱袄。类似这样的改动很常见，是为了更能引起当地观众的共情。反正这里的观众谁也没有看过正版的演出。但这三颗被姨妈她们发挥出来的扁担星，使团长大发雷霆，责令她们逐个写检讨书。

"这个死馒头，差点要给我们定性为'破坏革命样板戏'。"母亲笑着骂的那个人，我们经常见。中山电影院放映新电影时，等观众都在位置上坐好，我和弟弟到门口跟检票员讲，"馒头让我们来的"。要是还不让进，我们会绕到电影院的侧门，那里有间小屋子，馒头叔叔一准儿在那里面办公。他会赶在影院熄灯前把我们领进去。在空旷的影院前厅，他挺着圆滚滚的肚子在我们前面小跑，腰上一串钥匙抖擞雀跃，如同我们看"霸王戏"的心情。退休后，姨妈她们经常约他在西江边饮早茶，杯盏一推，几个人打斗地主，轮番赢他的钱。

"妈，八路军帽子没有红五星的啊？"我弟弟那一阵的理想是当解放军，他拿母亲做衣裳余下的布条绑在小腿上，皮带在腰上一捆，深深吸着气，木头枪困难地插进皮带内侧，敬起军礼也是雄赳赳的。

"救白毛女的八路军是没有的。"母亲只记得戏里的服装。

父亲说："八角帽才有红五星，国共合作后，红军改编为八路军，帽子正前方缝两颗扣子，是为了跟国民党的帽子区分开来。"

弟弟就吵着母亲给他的帽子缝上两颗扣子。

比起父亲那些"小园香径独徘徊"的诗词，我更爱听母亲讲她们演样板戏的故事，台前和幕后，戏里和戏外。

天台的避雷塔下，有块小平阶，林姨妈在那里扦插种下了两盆昙花。林姨妈不知从哪里听说，昙花好养，又可以入药，煲汤清热解毒，种昙花符合她的日常需求。这两盆昙花也是她经常来我家的一个理由。施肥，修剪枝叶，在林姨妈的精心照料下，它们长得比母亲种的菜还肥壮。每到夏天，叶子边缘会伸出一些长长的花苞。大清早，母亲给她的蔬菜浇水，翻开那些像海带一样肥厚的叶子，找到一朵垂头丧气软塌塌的花，咦，这朵昨晚开过了。好像刚发现昨晚那里发生过一些不为人知的事情。

总会有那么几朵昙花像是被林姨妈施了魔法，准时在月圆时分开放。我从没见过昙花开放的整个过程。往往只看到，昙花挣脱紫色的衣裳，昂起头，好像下定决心要出来跟我们一起望月。它的嘴巴刚刚张开一个小口，我就呵欠连连。那些发誓要等昙花开的话，就像大人哄孩子入睡时的承诺。迷迷糊糊被父亲从天台上抱回床，第二天醒来记起，跑去看，那几朵昙花又整齐地扣好了紫衣裳，什么事都没发生似的，开花只是做了个梦，跟我一样刚醒过来。不过它们不再昂起头，泄了气般垂落在叶子下，远远看就像那里晾着我和弟弟的几双白袜子。

除了林姨妈，我们家没人看见过昙花开到尽头的样子。在我们小时候的那个年代，大家作息都还很"农民"，早睡早起。我们小孩子自然是抵挡不住瞌睡，父母那时候似乎也特别缺觉，绝对不会为一个月亮一朵花熬夜。但林姨妈对熬夜很不以为奇，好像在夜晚醒着是她练习出来的一个本领。她独自在天台守一整夜，等昙花开，又像是为了送走天上那轮圆月。南方的中秋夜，暑气仍盛，躺在席子上一夜到天明也不觉得凉。暗夜里，昙花与明月同色，因过于洁白亦有光一样的明亮。

"昨晚昙花怎么开的呀？"我们问林姨妈。

林姨妈表演给我们看。她将五个手指尖拢在一起，自己制造出某种节奏，一下，一下……直到将手掌张开到最大，每根手指仍保持微微的弯曲。"最大的时候，有我们吃饭的碗那么大。"

很多年以后，我在微信上看到有朋友发夜晚昙花开放的全过程视频。类似于孔雀开屏。在那洁白的花苞里，仿佛含着一股力量，先是挣开了紫红色的棱脊，接着冲破白色花瓣的重重包裹。绽放如同破裂。由于经过剪辑技术处理，五小时的花开过程，被压缩成一分多钟，但不觉得急速，倒使人安静地感到一种时光流淌的节奏。最终，视频定格在花开的极致处，果然"有我们吃饭的碗那么大"。

开过的昙花，林姨妈会将它们剪下，用毛线针在粗茎上穿个小孔，绳子一串，倒挂在晾衣竿上，跟那些她不时从北山上、河滩边、公园里摘来的凤尾草、一点红、车前草、蒲公英、百花草、鸡骨草之类的挂在一起。等到晒干晒透，这些她称为"看门药"的东西，就会被逐样分成几等份，包在一种黄色的牛皮纸里。看门药在我家以及每个姨妈家的阳台上都挂着。我结婚后搬到现在住的家，阳台上也同样有，只是，在我的那些牛皮纸面上，母亲生怕我不会分辨，让父亲用钢笔分别写上了"凤尾草 2015""一点红 2015""车前草 2018""蒲公英 2019"……

这一类常见的野草晒干后变成了看门药，它们分别负责一些常见的病症：凤尾草负责小腹坠胀、车前草负责小便不畅、蒲公英负责白带异常、鸡骨草负责口苦口臭……事实上，这些仅仅是林姨妈的常见病症。久病成医，她总觉得大家——主要指女人，都会像她那样，在戴上那枚"戒指"之后，仿佛就携带了终生不愈的妇科病，从小腹到腰到双腿的整个下半身，连绵不绝的酸酸胀胀，描述不准是什么滋味，总之是那种可以忍着不去医院的症状。

记得有一次，我生完孩子回家度产假，林姨妈专门拿一包金樱子来，吩咐母亲用40度酒加红枣枸杞浸泡。每天饮半两，专门保养被胎儿伤害过的子宫。初为人母，我仍沉浸在对婴儿奶香芬芳的甜蜜感受中，听到她用"伤害"二字，心里觉得印证了小时候对她母爱淡薄的判断。不过有一次，我突然感到小腹剧痛，母亲从阳台的篮子里扯了一把凤尾草，煮水，我一大碗喝下去，症状竟很快消失。从此对林姨妈那些看门药有了些许迷信，虽然极少使用，但还是会让它们挂在我家，看门。

我母亲认定，最终是那枚"戒指"要了林姨妈的命。对照自身，母亲甚至认为那"戒指"早已经腐烂在林姨妈的子宫里。五十二岁告别月经那年，母亲在父亲的陪同下，去医院将那枚戴了二十多年的"戒指"取下。本来以为是个门诊小手术，没想到，随着子宫的衰老、萎缩，"戒指"嵌入肉内，与子宫相连相生，需要用钳子将它一点点剥离。手术花了两个多小时才结束。因为出血量大，母亲从门诊部转到住院部，吊水消炎，前后三天才出院。母亲说，比任何一次生孩子都疼。她朝父亲乱发脾气，好像这"戒指"真的是父亲当年送给她的劣质礼物。父亲任由母亲骂，他向来严肃的脸上出现一种我几乎没见过的坏笑。

经母亲这次经历的提醒，我那几个姨妈才忽然记起她们身体里那枚"戒指"。日久年深，她们已经忘记了它的存在，如同自己忘记了自己年轻时的模样。徐姨妈退休后马不停蹄接连带大三个孙子，一直拖拉到六十多岁才有空闲想想自己的身体，多亏了一次剧烈不止的腹痛，检查出那枚戴了三十多年的"戒指"已经逃离她荒芜的子宫，跑进腹腔里试图继续寻求安居的沃土。幸而发现得还不算晚，做了一个腹腔的大手术后，徐姨妈说话的中气少去一半。"好在几个孙子已经念书了，完成任务了。"提起自己的身体状况，徐姨妈总不免这么说明。

但林姨妈一直都记得的。她的一生被它硌得酸酸胀胀，下半身状况迭出，却从未想过将它取出，她与它共存到生命的最后一刻，直至将它带进坟墓。她的去世离奇，听小坚说，突然连着几天吃不下东西，人就没了。后来，养老院里有个母亲认识的护工，小心翼翼在电话里跟母亲讲："你那个姐妹，刚走掉的那个林莉啊，一点不突然的。来这里之前就有子宫内膜癌，不治疗，不让说。儿子也没来管。难受了，就让我们护工帮煲点草药喝喝。癌啊，喝草药能喝好的？"放下电话，母亲哭一阵，骂一阵。两个姨妈知道后，也是哭一阵，骂一阵。

我以为林姨妈害怕怀孕是为了保持身材，就像现在很多女明星那样。

"你别忘了，林姨妈怎么说都是做过女主角的，跟你们不一样的，她会在意自己的形象。"跟母亲逛街买衣服，为一条裤子的加大码断货懊恼时，我不止一次这样以她那如同怀胎六月的大肚腩打击过她。

母亲哈哈一笑，一副云淡风轻的样子。"草台班子的女主角，谁还记得谁演过谁？"那些几十年前坐在台下看到过她们的人，用母亲的话来说，"多半已经入土的入土，老懵懂的老懵懂了吧"。

林姨妈吃再多再好都不可能胖。"这个钻牛角尖的人，怎么会胖？"母亲接下去又要提到钟俊仁。

束腰的红衣裳，翠绿色的裤子，喜儿的大辫子扎上了红头绳。林姨妈让钟俊仁看痴了。作为当时地委书记的贴身警卫员，常常得以坐在前排看戏，谢幕接见演员的时候，他也在场。他近水楼台，顺利获取了林姨妈的芳心。在人们眼里，他们两个的确般配。无论什么时候，母亲讲起钟俊仁，即使往往带着一种惋惜的语气，都不忘赞美他的英俊。退休在家，母亲跟我一起看港剧《原振侠》，见到黎明出场，她会指着屏幕说，钟俊仁就长得像他，脸型和鼻子特别像。我曾经狂热喜欢过黎明，无数次想过，不知道什么样的女人才能嫁给他。要是我有一个这样的林姨父，我跟林姨妈会不会亲密一些？不过也有可能会更疏远，至少她不会以经常到我们家玩为乐。

在情感道路上跌跌撞撞，我拖拉到三十四岁终于出嫁，婚事定下之前，母亲有一次拉我进房间，关上门，那架势像是要独授我一份沉甸甸的家传之物。"结婚一定要跟自己喜欢的人。"仿佛一句经典的台词，母亲存了好多年终于说出口。

林姨妈没能跟自己喜欢的人结婚，原因在她。人生中某件重要事情出了一个错，好像之后容易一错再错。而对于那个时代的女人而言，没有比嫁人更为重要的事情了。林姨妈跟钟俊仁的恋爱在那个小县城是很轰动的，又因为得到地委书记的认同而有了极大的正确性——这其实在很多人看来可以列为光荣了。没想到，1968年，我们这一片开始武斗，两派对垒，地委书记错站在了"422"一派，钟俊仁不可避免跟着倒霉。

在一个明月皎洁的夜晚，钟俊仁拿着一张地委书记签署的结婚介绍信，跑来征求林姨妈的意见。那个时候，传言已经四起，大趋势大家也看清楚了。地委书记命运未卜，他此前所有的政绩都将被推翻甚至被视为反面教材，他的派系队伍即将溃散，他签署的文件将统统失效。而林姨妈和我母亲她们，也已经听说钟俊仁将被"流放"到山区农场护林。时年二十七岁的钟俊仁向林姨妈拿出那封信，但并没有提及自己的明日厄运。他不提，她也没问。两个人，坐在被黑夜笼罩的小河边，隔着这张未被捅破的窗户纸。黎明到来之际，希望跟月亮一起隐去，失望渐渐如日出东方。年轻的林姨妈没能正确地做出决定。我猜，"正确"这两个字，是跟我说起此事的时候，母亲自己加上去的。

在这张结婚介绍信作废之前，像是部署某个战略，地委书记牵线，钟俊仁迅速跟另一个女人结了婚。一个黄昏，县长途汽车站的黎司机给母亲她们几个带来了一包喜糖，托运人是来自二百多公里以外松村农林站的钟俊仁。

"妈，这不能怪林姨妈，他不说出来，难道打算骗她结婚？"

"从来就没有人怪她，是她自己怪自己。"母亲苦涩地笑笑。

在母亲仅存的几张老照片里，有一张林姨妈和母亲、徐姨妈三人的剧照。林姨妈坐在铺满稻草的木板上，母亲和徐姨妈则分别坐在她的左右，大概是因为寒冷，三个人身体紧紧挨着，眼睛望着同一个远方，脸上却是那种夸张的坚定。这是在狱中临刑前话别。再说几句话，母亲和徐姨妈就会被国民党拉出去枪毙，独剩林姨妈一人，等待乌豆那一幕经典的刑场救人。《杜鹃山》里，林姨妈演视死如归的铁血队女党员贺湘。她们演过很多场这种表现坚强意志的戏。演得多了，好像感觉自己真的连赴死都不害怕。我母亲告诉我，有一个晚上，她们到梅花村演出，因为第二天一早要开大会迎接最高指示，她们连夜走三十几里的山路回县城，半途掉队了，她们举着仅有的一盏煤油灯，路过一片磷火乱飞的山坟地，她们大声唱着歌走过去，一点都不感觉害怕。可是那次，她们商量了一整夜，拼命劝阻林姨妈，再也不能回到松村那种穷山旮旯里生活了。她们对那种穷极无望的生活更感到彻骨的害怕。她们对新生活满怀激情和希望，坚强的意志在新生活的召唤下变得风吹草动，即使用爱情这种美好的东西也难以固定。

谁说不是？爱情从来就是生活的一种。仅仅是其中一种。

母亲在舞台上只演过一次爱情戏。就是她当主角的《霓虹灯下的哨兵》。春妮的丈夫——三排排长陈喜，被上海南京路的"香风"腐化，一度丧失革命意志，幸而最终被英雄感化，回归正确的革命道路。有一幕：陈喜嫌弃糟糠之妻，将他们的定情物——一只针线包，扔得滚落舞台。那只针线包是林姨妈一针一线做出来的，像勋章一样被母亲留下来，纪念自己的这次主角身份。小时候我时常偷穿母亲的衣服，在一只大大的樟木箱里见到过它。红缎面上一只手绣的小鸟，展着灰色的小翅膀。

挂掉视频，不一会儿，我收到母亲微信传来的照片，不是原图——她总是忘记点下边那个小圈。但那张旧纸片上的字够大，够严肃，笔画不做潦草的勾连，好认：钟俊人　邕县良宁镇自然资源所。我第一个反应竟然是想笑。原来他的名字是这样的，几十年来，我一直很自然地认为是钟俊仁。要早知道是这样的"俊人"，估计每次听到我都会忍不住笑出来，我甚至怀疑，隔着那么久远的时间，她们对他的俊美不减赞赏，多半是受这个名字的暗示。

为了腾出老房子给小坚二婚，林姨妈收拾好一些自己的东西，准备住到北山脚下的养老院。这张旧纸片就在这些东西里面。去养老院之前，她把它放到我母亲的手中。

"哪天我走了，想办法，告诉钟俊人。"这句话让我母亲伤心了好多天。

她们在一起好了那么多年,互相帮忙不过是在些柴米油盐、芥豆之事上,这张旧纸片就像一个即将奔赴刑场的人托下的愿望。母亲想起前半生她们一起演过的那些英勇故事,觉得这件事情非做不可。

我其实并不太抱希望,潜意识里还有些嫌麻烦。这不是一个电话打过去就能完成的。人海茫茫,大费周章去为一个已经离世的人完成一件事,其实仅仅是为了告慰活着的人。何况是这样的一件事。这又算是一件什么事呢?

在电话里,我跟母亲兜来兜去,最后说出了我的心里话:"妈,你算一下,五十三年了,五十三年间没任何联系的一个人,说不定他早就不在那个地方了。"其实我想说的意思是,说不定他早就不在了。但这话我不敢对一个跟他年龄相仿的人讲。

"我觉得不会。嗯,不一定会。她之前还去找过他。"母亲把声音压得很低,很轻。

我才忽然醒悟,这张旧纸片上的地址不是松村,不是那个把母亲她们吓怕的穷山旮旯。

"之前是什么时候?有电话号码吗?"我仍然希望一个电话能搞掂,或者加个微信搞掂。现在跟人联系,即使是一个陌生人,无须见面,在微信上也能说很多话,交代很多事。

"呃,只有这个地址。"母亲在心里算了一下,"林姨父去世那年,应该是 2007 年。"

我在心里迅速地算了一下。"妈呀,十五年前了欸,那还叫什么之前啊,妈,你这是什么时间概念哪……"十五年前,我的孩子才刚刚出生。

2007 年,林姨妈偷偷跑去松村找钟俊人。谁也不知道她想干吗。她对母亲她们从没说过,直到她将那张纸片放到母亲手上。她也只是简单告诉母亲,她"之前还去找过他"。那时,松村已经不存在了,合村并镇,钟俊人就在纸片上这个地址。现在,拉进度条一样,我从五十三年前前进到十五年前,要找到十五年前的钟俊人。即使时间咻一下缩短,我也觉得并不是件容易的事。

我默默在我的人际圈里搜索了一番，确定在邕县有联系的只有一个老同学，不过她的工作跟自然资源一点不沾边，她是个中学老师。硬着头皮电话打过去，简单把事情说了一下，装作好像为了找这个人我在很多地方已经说过很多遍似的。我认为她顶多只会帮我打几个电话，毕竟只是这样的一件事。倒是反复回味刚才在那通电话里，我灵机一动，将钟俊人这个人定义为"我姨妈的前男友"。老同学还以为要找的是这个单位的在职人员，觉得难度不大，答应得也干脆。不过，当我接着说出他的年龄，她沉默了好一会儿，最后改口说："那我帮你问问，我尽力啊。"

这事要不是身处其中，总归会觉得过于戏剧化，能否做成，也不是编剧说了算。

那通电话后，几天没消息。有一天傍晚，在社区做核酸，工作人员扫一扫我的健康码，一个机器里立即准确地念出了我的名字。我的心里亮了一下。

按照我提供的线索，那个老同学找到了她一个学生的家长，这个家长在邕县卫健委工作。果然，几天之后，万能的大数据让我们锁定了生于1941年的钟俊人。他属于良宁镇一个叫益民社区的网格管理范围。

我添加了一个微信名为"人在旅途"的人，头像是有山有湖的风景。此人是良宁镇平安养老院的院长。对于我和母亲来说，"人在旅途"现在是这个世界上离钟俊人最近的人了。在我的微信朋友圈里，居然有几个人不约而同叫"人在旅途"，有男有女。如果不是及时添加备注，我根本分辨不出谁是谁。他们平时不怎么发朋友圈，一到周末，美景美食几欲刷屏，各种节假日会分享官方制作的贺卡。我猜，"人在旅途"也属于这类中年人。

加上不到一分钟，"人在旅途"发来一张照片。他老得不像一个刚跨入八十岁的人。要是按照我小时候那种奇怪的逻辑，这个人一定会被我列为"好痛诶"的那类。除了因为肉少而倔强挺直的鼻子，他脸上每一个地方都塌下来了。不过他花白的板寸头，让我确信他就是我要找的钟俊人。这一点跟母亲多年来对他的描述是吻合的。吸引我注意的是，在他长满老年斑的手上，竟然拿着一张报纸。从他的姿势看来，拍照是为了使镜头更好地展示这张报纸。

这张照片不是特意为我拍的。每个月，"人在旅途"都会为那里边的老人拍这样的照片，然后上传到社区街道办的一个系统，照片被确认后，这些老人才能领到每月80元的养老补助金。因为疫情的缘故，本人没法前往街道办确认身份并领取80元，"人在旅途"每个月就多出了这么一桩任务。他们手上会拿着一张当天的报纸，像道具一样，上边的日期就是他们当月活着的证明。

"他只认得出少数人。脑萎缩啦。""人在旅途"用语音发给我。她果然懒得打字。

我将照片转给母亲。隔了很久，母亲才给我回电话。"怎么那么老了啊？好像真的是他，眼睛和鼻子都像钟俊人。"

又过了一阵。"人在旅途"发来一段视频。时长一分三十七秒。

跟我想象的不相上下，"人在旅途"的确是个中年妇女，肥胖。唯一称得上特征的是她的穿着——一件紧身的橙色毛衣，一条黑白竖条纹的阔腿裤。她一出现便夺走了我的注意力。

她凑近椅子上的老人，嗓门很大，说出了我写给她的那段话。

"你还记得林莉吗？"她跟我说过，钟俊人是那里边唯一一个讲普通话的老人。好在，她的普通话讲得还行。

在养老院做久了，"人在旅途"很能把握跟老人说话的节奏。她停顿了一下。看看他的反应。

"嗯，是的，住在梧市的那个林莉。"我不清楚她是怎么接收到他表达过"是的"的意思。我一点都看不出他有什么反应。

"林莉有个亲戚，让我告诉你，林莉回家了，时间是2021年9月16日，傍晚六点左右。"在我写给她那段话里，在"酉时"的后边，我用括号注明

"傍晚六点左右"。看到她这么讲，我竟生起一丝得意，仿佛与整件事相比，我更期盼这个地方的出现，更为自己的用心感到满意。

"人在旅途"又停了下来。这次停得比上一次久一点。

"你听懂了吗？林莉过世了。林莉过世了，听懂了吗？"

说完，她指了指我这边，让他看过来。他的眼睛就看向我了。我突然感到有些慌乱，好像他真的能看见我。好在，他那双深凹下去的眼睛，一如往常只能看见他所身处的熟悉的周遭，那些将伴随他到达人生终点的时间、地点和人物。他脸上的迷茫没有一丝改变。想到这个，我顿时释然。

视频结束了。那么短，短到我都很难在它底部的进度条进行拖曳。一拖就到了开始，或者到了结束。它并非像人们回忆中的时间，自成节奏，有的会被无限压缩，有的会被尽力拉长。

原载《钟山》2023年第1期

外面下雨了吗

蔡　东

他站在太阳地儿里，身后投下的，是熊猫的影子。

宋芹瞧见他站在外面，就飞快地取了桌布，铺好最后这张台，悄悄跟出来。

春末夏初，天空蓝得漫不经心，是一层薄薄透透不那么用力的蓝色，没有重量感，也没有藏住的隐衷和心事。云彩丝丝缕缕地，被风引着，白烟般上升，越来越淡，直至消逝于无形。阳光穿过清透的空气，跳荡着落下，照得到处一片晶亮。她深吸一口气，几步走过去，拽一下熊猫前掌，提醒他，我来了。他晃晃头作为回应，自然看不见他的表情，眼前依旧是一张毛乎乎的圆脸，脸上两个八字形眼圈拢着小小的树脂眼球，她冲这双下垂眼微微一笑，接着想到，不对，他是从熊猫嘴那里视物。她下移视线，目光落在透明嘴巴上，隔一层塑料往里看，模模糊糊也看不真切。

中午带几个客人入座，她注意到黄衣骑手送一盒蛋糕至前台，前台服务员转手放进冷柜。她忍不住在心底合计，是周五吧，晚上八成有生日宴。立马向四周张望，寻找他身影。他仍独自待在角落，身体斜倚窗户，手臂交抱胸前，熊猫头放在脚边。

那算个秘密吗？她也说不清楚。到饭点儿，餐馆里热热闹闹有多少双眼睛，他俩的秘密是在明处的，从未刻意掩藏，坦荡发生于每次生日歌结束之际。只是人来人往的，竟无人真正在意，倒成了专属于两人的秘密了。

过了午高峰时间，餐馆里活儿少，人偶就被派出去招揽生意。几个月来，人行道花砖地面投下过长耳兔、皮卡丘、尖头黄鸭梨的影子。宋芹看得出，现在他最喜欢这套新款熊猫的，头身分体好穿脱，里头空间大，还藏了个小风扇。

她陪他站在树荫里。一个漫长的午后，懒懒地停靠在黄葛树巨伞般展开的树冠上。长长的街道安静下来，行道树的枝叶间传出清晰的鸟鸣声。有的鸟鸣声，短促清亮，珠子一颗颗滚落在地，还有的，是悠扬的带着颤音，一缕轻烟缓缓飘向天空。

下来，我要下来！一个小男孩双臂前伸，似要跃出母亲的怀抱。年轻妈妈一脸怒容，怀里抱着体形偏胖又不肯自己走路的孩子。她蹲下来卸掉怀中孩子，孩子转身扑向熊猫，小手来回抚摸熊猫厚密的腹毛。嬉戏好一会儿，小孩才面露厌倦之意，妈妈试着问，咱俩比赛走路好吗？小孩眨眨眼，突地迈开步子往前走。另一位妈妈没那么幸运，刚一走近孩子就快吓哭了，妈妈捂住孩子眼睛，侧身快走几步离开。又来了几个穿校服的小学生，停下来跟熊猫握手，宋芹打起精神，防着他们拍打熊猫头或揪绒球般的短尾巴，还好几个人嘻嘻哈哈拍完照就走了。更多的行人步履匆忙，对身着劣质服装的人偶不感兴趣，低头疾步走过。

嘴角弯月般向两边翘，让人偶永远保持住笑容，黑色圆点表示鼻子之所在，写意式的，潦草了些，半圆小耳朵不知何时陷进白茸毛里，几乎看不见了，她抬手把耳朵往上拉出来，这样，人偶神情里就少些茫然。一阵风吹过，树枝摇动，摇得一地金色的光斑。她看一眼手机，都快两点了，哪还有人吃饭，就用肩膀蹭蹭他，说进去歇着吧。

几个月前，他还是一只长耳兔时，她来餐馆应聘，当天就领了工服。那会儿快到年底了，餐馆几个小年轻跳槽到对面KTV，穿酒红色衬衫配马甲，看夜场，端果盘收空瓶子。人的耐受力往往会在某些时间节点忽然崩毁，把心一横，换个新鲜地方熬也好。再说了，KTV员工服装洋气又精神，不像这家炒菜馆子，用的是黄棕色立领盘扣工作服。

宋芹不在意老气的立领盘扣，她庆幸又在深圳找到一张床。饭店提供服装，还提供民房里的一个床位。睁开眼就看到床边挂着的工作服，心里踏实，不必为穿什么发愁。第一天上班，领班训话，说别玩手机，手脚利索点，这里可不养闲人。领班身着挺括的深蓝色套裙，头发在脑后挨脖颈的地方绾成一个髻，看上去严厉而干练。

大厅里，根据桌子的摆放划出来一个个相对集中的区域。餐馆工作嘛，谁都不希望自己地盘大，老鸟只看四五张台，她是新手，一个人看六张。新手要多干点，新手还是万金油和阿司匹林，哪里临时有活也喊她顶上。领班环视四围掌控全场，同事的监督往往更为严密，百忙中责备地瞪她一眼：你居然在闲着。接着下巴一扬：那边，快去。

那天，她应付完一个对靠窗卡座有执念的客人，刚松口气，瞅见一位客人紧拧眉头招手，她提着心走过去，客人努努嘴，说，多重的烟味，就没人管吗？她暗自叫苦，旁边那桌也是她的台。抽烟的人穿暗纹香云纱上衣，标配的念珠和扳指，哪敢惹呀。她应承着，并未上前制止，磨磨蹭蹭给另一桌撤餐盘，心里盼着在必须干预前，他已迅速过完烟瘾。

扳指客人又点上一支，烟雾像追着她一样飘过来。她硬着头皮走过去，弯下腰，小声说，先生您好，不好意思，咱餐厅不能吸烟。客人呷口茶，深吸一口烟，眼神变得迷离，跟灵魂出窍了一样。她知道，他听见了。她横着心站在一边，还没想好怎么继续劝阻，客人就恼了，立起眼睛来，大声斥责，知道自己是谁吗，瞎嚷嚷什么。喧闹的餐厅出现短暂寂静，随即声浪又起。她窘在那里，脸上烧得热烘烘，不用照镜子就知道，耳朵也变红了。

有人从她身边急匆匆走过，是领班，她听见领班的喊声，集合啦。她趁机转身离开，见店员们围着一桌客人，站成一个半圆，有拿灯牌的，有拿荧光棒的，还有一只长耳兔，在拱手作揖。领班忽一眼扫见她呆站在那里，喊道，你，过来呀。她走近，见客人正准备切蛋糕，还不知道要干啥，歌声已响起。

一人高举灯牌，一人挥舞荧光棒，其他人拍手齐唱祝福歌，长耳兔随节奏摇晃身体。宋芹有些放不开，跟着小声唱，惊诧于生日歌竟如此漫长，歌曲段落重沓，终于挨到最后一句，掌声过后，戴纸皇冠的人双手往空气中一推，示意他们离开。

临时的庆生小团队假笑着散去，她步子有些僵。事情就是在这时发生的。

她赶着回自己地盘，正走着，没承想，肩膀上突地多了点重量，还有一种早已陌生的感觉，是触碰带来的温热感。皮肤神经末梢激动地向中枢传送信息，心脏跳动的那一拍被拉得长长的，世界也跟着摇晃一下。

停住脚，扭头看，见肩膀上搭着一只毛茸茸的兔爪。兔爪轻搭在肩头，似向她求助，又像是，给她安慰。来不及分辨，也不知作何回应，眼眶却不自觉地一热。转头向前，放慢步子，以搭在肩头的兔爪为连接，为他引路，引着身后的他，一径走到角落。角落里，兔子拽着耳朵往上一提，兔子头离开了兔子身体。人偶服中间，站着瘦小的人，这个人是长耳兔真正的脊柱，支撑起软塌塌的服装。她冲他点点头，小跑着离开，跑过一小片寂静，回到大厅，那里的声音和热气，让它多像一大锅正在滚沸的浑汤。

此后的日子，她也没工夫跟他多聊几句，停下来喘口气时，习惯性地四下瞅瞅，看他在忙啥。有时他躲在一棵橡皮树后，有时被儿童缠住不得脱身，有时在接受店长指导，店长嫌他不积极，说多互动，萌一点，给客人击掌、送飞吻，来，胳膊往前伸，这是求抱抱。

一晃到了四月，大半个春天过去了。她陪着他，站在一个悠长的午后里。四下寂然，看不见一只鸟，只听见阵阵鸣啭声。偶有几片落叶，浮在空中，晃悠半天，徐徐落地。南方多的是常绿阔叶树，树叶不会一夜间被冷风扯下，常常在春天，老叶子绿得那样深，像是累了，就悄然掉落，连和树的分离都是安静的。快两点了，她用肩膀蹭蹭他，说进去歇着吧。她帮他摘下头套，挺沉的，比想象中坠手，他揉揉脖子，抹一把脸上的汗，说，我找个机会问老板，能给换个充气的吗。

傍晚时分，熊猫又要出去招揽顾客。她忙着带位，间或透过窗户向外看一眼，见他歪着头，一只爪子叉腰，另一只爪子举高在耳边晃动。天色久久不暗，黄昏拖曳得越来越长，蜂蜜色落日在街道尽头的大树后平静地停留，某些时刻，隐身的群鸟像突然接到神秘讯息，一起从树枝深处弹出，向着远处的落日飞去。

周五晚上，空气中涌动起快活的气息，迫切需要一场聚会的人们冲出各类小隔间，导航地图上的线路，一根根变红了，从淡红到绛红，从车河潺湲到几乎不再流淌。直到食客星散于商圈食肆，梗塞的道路才空落下来。宋芹已适应了工作节奏，一开始上客，便嗅到危险的气味，山雨欲来，大战前夕，身边人个个神情凝重而动作飞快，准备迎接一个俯冲过来的繁忙夜晚。

铺桌布，摆放茶杯碗碟，迎客人入座，点单，上菜，续水，换骨碟，满足千奇百怪的要求。问询太过熟练，跟背出来的一样，有忌口吗？酒水需要吗？甜品一起上吗？客人食毕离开，立即收拾碗盘，盘子在最下面，大碗套小碗，摞得颤巍巍，放在比人还宽的托盘上一趟运走，撤桌布，喷洒去污剂，抹布大力来回抹，一个月就有了肌肉记忆，想慢都慢不下来，动作利落，没有任何犹疑和磨叽。哪怕无人监视催逼，也是自动往前赶的，快一点，再快一点。

天黑透了，六张台坐满客人。他们是宋芹今晚的命运。儿童餐具呢？来包纸巾！青菜催一下，没做就退掉！A1桌小朋友坐在加高餐椅上，手指紧攥勺子，捣树脂碗里的所有食物。A2桌随儿女出来吃饭的老人看起来很紧张，隔一会儿就摸摸裤兜。A4桌客人把壶盖放桌上了，要赶紧添水。A6桌男客人高声谈论股票，一旁妻子模样的人不停翻白眼。人们在家里总一言不发地吃饭，低头咀嚼各自想心事，到了外头却如此吵嚷。哪里突然爆发出一阵恣意笑声，接着，整个餐厅的声浪就跟着一用劲，蹿升到更高的地方。

　　她看顾自己的地盘，不忘观察东头窗下那桌，是那桌客人把蛋糕存在冷柜里。咦，有位客人骨碟里堆满虾头，她寻思着要不要上去换碟子，换碟子亦看运气，周到服务和愚蠢打扰仅隔一线，有时候人家配合，帮着挪碗筷，有时候人家嫌恶，抬手冷冰冰挡开。脑子里两股势力正拉锯，A2桌最后一道菜到了，她端上去，说菜齐了。一转头，见蛋糕已不在冷柜。往东头张望，客人正招呼服务员撤空盘放蛋糕，不等领班示意，她已大步走过去。

　　这桌人的视线，落在穿紫色裙子的姑娘身上，过生日的是她。庆生小团队就位，金色蜡烛摇曳起小火苗，歌声像从远处传过来渐次清晰，回环的曲调递进出越来越浓烈的情绪，宋芹屏着气，知道自己也离那一刻越来越近。一曲终了，姑娘探身吹口气，熄灭蜡烛，众人继续鼓掌，姑娘十指交叉相握，闭目许了愿，说好了好了，谢谢，你们撤吧。

　　很多客人往这边瞧，面对突然聚集过来的目光，她并不感到紧张，没人真正注视她，也没人关心她是谁。是时候了，迈开脚步，暗自哼着哆啦咪，到第三个音节时，她肩膀找到一只毛绒包裹的手。这隔着衣服的触摸，依然令她全身一抖。这触摸有形状、温度和重量，可细细体味，还有，她感觉到，身后熊猫在找到肩膀的一瞬，呼出一口长气，绷紧的肢体松快下来，像偷偷告诉她，他心里有底了。

　　以搭在肩头的手为连接，她引着他，在众人面前走过。走着走着，她脚突然一滑，整个人向后仰倒。回过神来，发现自己靠在软乎乎的胸膛上，身后还有双手，坚定地支住她的腰窝。她脸一红，站直身子，低头看，瞅见地上一摊枯叶般的茶水，刚想抱怨，谁洒的水，也不拖下地。身后传来闷闷的声音，他在跟她说话，是下雨了吗？

　　他们似有着共同的样貌。在多数人要上班的时间徜徉于超市，牙齿洁白，衣着休闲，体脂率偏低，上了点年纪，喜欢买黑标火腿和羽衣甘蓝沙拉。眼前这位女顾客亦如此，符合目标消费者画像的各项特征，连皮肤和气色都带着些经典的意味。宋芹把东西放进可降解购物袋，目送顾客缓步离开，与其从容步态比照，才意识到自己刚才一连串动作有多慌张，呼吸也急促，像刚从水里浮出来一样喘息。超市为拓宽自助收银通道，又撤掉一个人工收银台。一上午连拆带运，动静不小，既像鞭策，又似威吓。眼看着收银台被拆掉，她心里说不上是什么滋味，手的动作却不知不觉变快了。

她能留下来，是因年轻了几岁。隔壁的吕姐速度慢，周末客多时柜位总排队，加上这两周接连好几次对账都短了现金，只能自己补，吕姐抹眼泪，虽最终补了，到底耽误了主管的时间。有一回少了将近五十块，吕姐又点一遍，确实对不齐，人恍惚了一下，接着，夹住腿身子低下去，起了个哭腔，主管脸一沉，她无奈收住，闹也没意思。回宿舍路上，宋芹安慰她，说我在一家小超市待过，刚开始不会认假币，也是自己赔钱，一天白干。

一早，两人挤在小休息间里说说话，算作告别。吕姐个人物品不多，一边把水杯和药品扔进布兜，一边说，老乡答应帮忙，找个轻松点的活。宋芹说，到时我跟你过去。吕姐说，净想好事，哪这么容易呀？其实她也只是随口一说。吕姐有腱鞘炎，脚踝经常肿着，小腿肚上蜿蜒着树根般的深紫色静脉，都是工作落下的毛病。她身体各部件磨损尚轻，还能站几年。毕竟，用吕姐的话说，这里的顾客气质好，不爱吵架，结账也不要求抹零。这里是大型综合体配备的负一楼超市，东西谈不上性价比，自然也不会有抢便宜鸡蛋的老头老太。

正结账的顾客突然想起来什么，我有会员卡的。意思是，怎么没找我要。其实他也忘了报手机号，只是这类事被默认为收银的责任。散架的柜台堆放一边，刚来了两个工人往外运。她用余光看着柜台被拖走，一分神，忘了询问。慌忙道歉，态度诚恳，心里求告各路神仙，盼着这位不在乎那点积分，退货重新扫可就麻烦了。还好，客人只随口一说，并不坚持。

长舒一口气，转过头来，看到下一位顾客，是她。

忘了从何时起，宋芹默默唤她柠檬姑娘。购物篮递过来，跟往常一样，里头是熟食盒饭和一罐柠檬茶。也许是小危机化解后心情放松，也许是早就想跟她说句话了，宋芹拿起扫描枪扫条码，说，今天换口味了。柠檬姑娘常买黑椒牛柳意面，今天篮子里是葱油鸡便当。姑娘一愣，没接话，茫然地看她一眼，目光马上移开。她心一凉，低头掩饰尴尬，还是冒失了，这么多天来，以为这姑娘已认识她，至少对她有印象。

为了聚人气，熟食部在午餐和晚餐时段售卖盒饭。附近写字楼上班的人，吃够了公司旁的外卖，趁午休时间三三两两过来买。精品超市不以客流取胜，又非街坊集市，熟客有限。工作时，她跟表情平和的富人打交道，像两个世界出现短暂的交汇和连接，随即又彻底断开。从来看不清他们的真正长相，只感觉到，那是散发着相似气息的一类人。柠檬姑娘不属于那群体，她相貌娟秀，总独自一人前来，买份快餐就走，自助结账或赶巧在她柜台，几个月下来，宋芹心里已把她当成熟人。姑娘戴半框眼镜，留普通直发，额头清爽，没有抿成心形放左边或右边的刘海儿，喜好低饱和度颜色的衣服，一黑一棕两双乐福鞋轮着穿。附近一圈汇聚着投行和互联网大厂，里头多的是海归和名牌大学毕业生。脚下有学历垫着的人，跟她也没多少交集，并未期待什么，只是看到年轻又熟悉的面孔，便觉得亲切。

是你。姑娘表示记得她。多半是虚言，也让她好受些。她轻轻点头，帮姑娘把盒饭饮料装好，示意下一位顾客上前。

晌午时分，店里冷清下来，偶有几个顾客在里头闲逛，忽一下人影闪过，很快又隐没在货架后。吕姐走后，白班就剩下她和徐岁兰了，一人守着一张台。网购单居多，零星的客人用自助机结账，有个同事是专门看自助的，名义上帮顾客的手，其实是怕漏扫东西。

午后的负一层超市，堆积着上万件商品，从清晨站到现在，一身倦意抖落不及，终于神情犹豫地滑向一场梦境，裹带着人和物向更幽暗的地方沉下去。她站于其中，像站在一头巨兽的腹腔里。这工作教会她，维持基本的站立需要调动全身的肌肉群，小腿、大腿、臀部、腰背，腰一塌，肚子就腆出去，很快便累了。午后的困乏一波波涌过来，时间越走越慢，身体渐渐变重，她不得不倚住柜台，调整姿势。目前支撑身体重量的是右脚，过一会儿，换成左脚。就这样倒换双脚，先休息身体的一半，再休息身体的另一半。她像个魔术师，把肉身切成了两半。徐岁兰未掌握切割大法，她借助一长柄簸箕，双手环住手柄，下巴也靠上去，相当于多一条腿来撑住身躯。

柠檬姑娘三天两头地来超市买快餐，有时宋芹的目光会把她唤过来，有时会把她推向另一个柜台。宋芹视之为熟人，不知姑娘会不会误以为里头有什么越界的情谊，这样一闪念，登时觉得没趣，想着不如避忌的好。

这天，姑娘刚走进来，宋芹就瞥见她了，她剪过头发，整个人看上去焕然一新。宋芹埋下头扫条码，嘀嘀声响过，忽地觉得有些不对劲，周围安静了下来，是突然沉寂肃然，所有的声息消失，显得扫描的声音格外响亮。她抬起头，发现大家的目光聚集在姑娘身上，没人关心新发型，视线交汇在她的右手上。

她手里握着一把伞，伞面已收起，水珠正顺着伞帽滴落。隔壁柜台没顾客，徐岁兰贸然问道，下雨了吗？外面下雨了吗？

她有些惊愕，看着灯光下神色惘然的人们，点了点头。负责自助柜台的小冯紧张起来，她是相对机动人员，等顾客带进来更多的雨水，主管与外面通了声息，今天就必然多了活，要候在入口给雨伞套防水袋。

柠檬姑娘带着伞，带着雨的讯息，消失在超市深处。过了片刻，姑娘拿着盒饭走出来，宋芹冲她笑，她踌躇一下，还是走过来。姑娘主动打招呼，说，入夏了，雨说来就来，你出去时带把伞。她点点头，问，雨大吗？姑娘抚着天蓝色雨伞，说，刚开始下。

姑娘走后，她留心觑着进出的顾客，以此揣测雨的模样。有的人一直逛商场，浑然不知外面天光如何是晴是雨；有的人手执长伞如握宝剑，伞面尚有雨珠滚动，衣袖是微湿的；还有的，衣服紧贴身上，头发打着绺儿，看样子淋得不轻。

　　结束这个白班,走到外头,一整天将过去。时近傍晚,雨已经停了,整个城市还在往下滴着水。她站在暮色里,站在一场雨的遗迹里。不知这场雨,是雍容的还是慌张的,是千万条雨线还是无数颗珠子,几时落下又何时收止,天是一下子黑下来的,还是在雨幕中缓缓变暗。雨后空气清冽,街面上一片银亮,行人踮着脚走过积水处,路边的植物一身洁净,散发出草木清气。公交站旁的那棵树,圆形树冠绿着一大半,剩下一小半泛着黄,在傍晚最后的光亮里,她认出来,有的叶子去年就在,有的叶子今年新长的,雨水一洗,鲜绿鲜绿的。

　　夏天随雨水越走越近了。

　　雨季里,邻居徐岁兰受不了久站,加上收银工资低,便转去促销岗。辗转于不同的商品区,察言观色,伺机而动,逮着面相温和的顾客讲述一块牛排、一瓶红酒、一罐面霜的故事,"月光""草场""海洋"等词语反复出现在她动情的讲述里。她看守这个世界,又跟这个世界没什么关系。宋芹知道,其实徐岁兰什么都不信,谁也无法给她"种草",怀疑是她的铠甲,也是兵器。

　　宋芹再没找到机会跟柠檬姑娘说句话。姑娘依然出现,总是径直走向自助机,买过单就走,步子有些快。她也说不清道不明,她俩算旧相识吗,无论如何,是有过一场雨的交情吧。她一次次对着她的后背,心思慢慢淡下来,本无交好的基础,也不必熟识,或许有了情谊反是负担。

　　日子一天天流过,她不嫌枯燥,倒为这保持了一段时间的安稳和确定窃喜。这天,中午小高峰过后,顾客一直不多,她四下看看,注意到有个小伙子在临期进口食品区逡巡良久,纠结半天,挑选出几样。小伙子来到柜台,她边扫码边问,需要袋子吗?小伙子摆摆手,把东西往胸前一抱就离开了。

　　这时,柠檬姑娘的身影从烘焙区后面闪出来。乍一相见,她心底升起微小的期待,目光不知不觉迎上去。姑娘垂着头走过,用自助机结账。她暗自失落,刻意转头对着超市,不去看姑娘的背影。很快又来了顾客,手里擎着快餐套装。她接过来扫码，等顾客付完款，把盒饭递回去。

忽地，她眼睛睁大，身体跟着一僵。她折返到方才那一刻，盯住突然显露出来的标签，确认自己的猜测。接着，她深深叹了口气。不知柠檬姑娘的午餐，还会配黄罐柠檬茶吗。扭过头去，向超市出口看去，姑娘早就不见了。

盒饭中午一点半以后打折，例汤还可附送。回想起来才发现，最近这段日子，姑娘是比以前来得晚了。

整整一个九月，柠檬姑娘杳无消息。她经常一愣神，四下张看，却再也没有了她的踪影。

又一个午后，她倚住柜台打盹儿，上半身时不时朝前一栽。这会儿，不知有多少杯咖啡被放进外卖箱，在箍着防烫圈的纸杯里摇晃一路，递进一个个工位，用于刺激神经，改善情绪，提振再战一个下午的信心。她不喝咖啡，十元内平价奶茶也戒了，哪敢让自己养成这些成瘾的习惯。为抵挡困意，她会允许自己想一想柠檬姑娘，允许自己牵挂一些从未真正认识的人。连从未真正认识的人都想过一遍，就任凭灵魂出窍，漫游于那个无限大、无限深幽，售卖物质也售卖良好感觉的梦幻之所。

所有商品如珠宝一般，得到精美陈列，无声地宣示，它们是好东西。保鲜柜里，新鲜非冷冻的和牛肉布满大理石状的纹路，一根根修长的蟹腿剖开来，隆起雪白的蟹肉。一个水果区就可齐集四季收纳世界，LED 灯洒下均匀光线，再加一排暖色调筒灯照耀，果皮的色彩更为明艳。车厘子果柄是鲜绿的，果肉暗红多汁。蓝莓挂一层厚厚白霜，白霜下的蓝透着金属质感。你能在一颗杧果上发现四种颜色，霞光从果蒂处缓缓晕开，玫瑰红向着鹅黄过渡，弯弯的尾部一抹青绿，是山水秀色。还有一颗颗巨大的水蜜桃，桃尖那里一滴深红，由深到浅，往上化开了。

最后停驻在白雾缭绕的冷风柜前。有专人摆放收拾，生鲜蔬菜永远秩序井然。分割成三角形的奶酪，切面上露出蓝纹，蔬菜们包装精致主打有机，亮亮的塑料纸裹住几片叶子，看上去甚为矜贵。加湿装置奋力工作，细密的水雾向外喷涌，在这富丽丰裕的地下城里，渐渐地，弥漫成一片云烟。

六目相对时，她心头一颤。不知对方心情如何，看那飞奔逃走的仓皇模样，它心头的颤抖，应该比她剧烈。它是一只瞪着四个眼睛的蜘蛛。在这里住了半个月，还见过一些小怪物，或一面之缘，或数面之交。有的从门窗缝隙跑去外面，有的仍留在房间，东躲西藏地跟她一起生活。

餐馆倒闭已是三年前，一年前超市精减人手，她竞争不过小领导的远房亲戚，走人了，之后做过几份杂工，皆不长久。一丁点积蓄，经不起一天天地往外掏。心里空落落的，抬头看见大团的云朵正疾步离开市区，往海上走去，主意就此定下来。

换乘三条地铁线，在地表之下蜿蜒画出一个"乙"字，又搭一段电车，总算到了，这里是城市接近消失的地方。昨晚在电话里问租价，便宜是便宜，便宜得叫人心凉。虽做了准备，但等真正看见了，心还是猛地往下一沉。楼梯房里，一个被几面斜墙逼成多边形的空间，像住宅设计失误，多出来一块奇诡而尴尬的空间，又浪费不得，装上一扇门就出租了。走进去，从一扇小窗向外望，望见的是另一扇窗户。

架不住便宜，且再差也是能关起门来的单房，就它吧。几年间，换工作便要搬家，开始还大包小包，到后面，随身的物件散失零落，不过是四季衣服加上被真空袋压得扁扁的被子枕头，略一拾掇，就把自己和生活搬进了另一个地方。

夜里躺在床上，越想尽快入睡，越睡不着。到底是新环境，加上工作没着落，心事连绵往上涌，脑子里碎片成堆，这里一闪那里一亮。好不容易切掉走马的画面，声音又多起来。先是一阵连续的咳嗽声，像楼上传来的。楼板薄，连喉咙里的轰鸣声都听得真切，咳嗽最后的那一下格外猛烈，她胸口跟着一疼。接着是风，在楼栋间灵巧穿行，渐渐跑远了，跑到后面山上去了。

这又是什么声音？她翻个身，脸冲着墙壁。滴答，滴答，清脆的滴水声，黑暗中辟出一条小道，通向耳蜗。她耐住性子等待，等待它停下来。声音像一道越来越细的尾迹，逐渐消失在空气中，黑暗重新完整。滴答声复又响起时，她身体动了动。这声音像从墙体里传出，她迷迷糊糊地抬起手，敲墙壁两下，又睡过去。

稠厚的夜色渐渐稀薄，天一点点亮起来。

隔壁住着对情侣，看起来像刚毕业的大学生。男孩显然活在自己的世界里，总一副惝恍浮想的表情，女孩亲和些，首次相见出于礼貌，说以后我们是室友了，叫我辛迪就行。她说，我叫宋芹。此后宋芹和辛迪少有机会遇上，大约摸清了彼此习性，尽量不在公共区域碰面，偶尔见到也只是点点头。

入住半个月，她探明了新生活之地。依山就势展开的村落里，本地人的楼房连成片，并无闹市的雄心和韬略，建到七八层就算了，市面远不如中心区兴旺，前街后巷散布着非连锁的小店铺，生活倒便利。只一件怪事，叫人心里略不安定。深夜时分，时常有声音响起，脆脆的，一点儿不闷。她疑心有人在敲击中空的墙壁，又猜测是不是管道漏水，想着改天问问辛迪，能听见这声音吗。细看内墙，上面鼓起一块墙皮，墙面漫延着陈年水渍的印痕，那印痕像个歪斜的小拱门。

这天，她是被闹钟叫醒的，坐起来定神一想，心情难免黯然。念想的是相对固定的工作，陆续应聘过几份工，传菜员、美甲师、服装导购，迟迟等不来回音，只好答应去附近杂货店做小时工。她刚想往外走，不知哪里爆发出一声嗥叫，分辨不出性别且似跨越了物种，不像人的声音。随后什么东西被掼到地下，像有玻璃碴四处飞溅。

小屋的门半开，她出也不是，进也不是。很快隔壁的门摔在墙上，客厅传来钝响，像重物砸到地上。她探头往外看，看一眼，缩回来。情侣扭打一处，摔跤运动员般在地上滚，辛迪未落下风。虚掩上门，外面传来断断续续的闷哼声。

坐在床沿上等，不知过了多久，客厅没动静了，房间隐约传来又哭又笑的说话声。她轻手轻脚出门，到楼下仍在思量，是应该上前拉开，还是佯作不知，不知怎样他俩会好受些。

临时工作是前一天晚上才知道明天有没有。杂货店周二上货，她因此获得数小时的工作机会。提前到了店里，老板介绍，跟她搭档的人叫老于，老于也提前到，到得更早。老于一头短发，看上去利落，站姿讲究，像有一口气吊着，笑起来声音连续不断，水波似的一圈赶着一圈往外荡。人来齐了，老于寒暄后就开始埋头干活，抬起放下，不吝惜力气，码放归类，动作很麻利，只是，她蹲下又站起时，膝盖里传出嘎吱嘎吱的响声，像有扇旧门在里头随风晃荡。宋芹听见，忍不住瞅她一眼，她身体里再有响动，就对着货架自言自语，说些"这个重，放下边"之类的话。

中午，两人来到旁边小面馆，随便对付一下。呼噜呼噜吃完，不知哪里塞子一拔，老于漏掉胸中那口气，长长地伸个懒腰，瘫进塑料椅子里。她穿着显年轻的浅粉收腰上衣，连手边布包也是秀丽的藕荷色，宋芹注意到，布包里放着折叠成小方块的老花镜。她问宋芹之前做什么的，宋芹说，十个指头数不完。她摇摇头，说，别发愁，你年轻，等到大量用人时就吃香了。

两人坐在小店前伸的雨篷下，都想歇歇，就不再言语。对面是一棵老榕树，披着袍子般站在那里，气度庄重，宽大树冠在空中摊开，一棵树竟舒展出一片树林的感觉，看那密密垂下来的气根，这树真有些年月了。宋芹半闭起眼睛休息，耳边突地掠过一阵风声，眼前也跟着一暗。她仰起头来，见一只褐色大鸟正往山上飞，翅膀平铺，羽毛边缘像手指一样张开。老于循她的视线看去，说，叫得出名字吗？是黑耳鸢，本地人给我讲的。

午后，她俩回到店里，忙完所有活，看看表，才不过下午三点多。两人走进大树浓荫，准备回各自的巢穴。宋芹住的那栋楼在路口，很快到了，她冲老于挥挥手，见老于转进一条巷子。她上了楼，钥匙插进锁眼，往右一旋，心就开始打鼓，不知道辛迪和男友怎么样了。门开了，客厅有人，正是辛迪，手里抱着个玻璃罐。她怕辛迪难为情，打算头一低侧身过去，没想到辛迪主动打招呼，说刚把鸭蛋腌上，是绿壳蛋，放个把月就流油起沙。她趁机抬起眼，见女孩面色如常，就安心了些，嘴上应着，肯定好吃。

常常在大半夜，墙壁那边传来哭声和争吵声。也许是太年轻气性大，两人一处做伴却争拗不断。夜晚的哭声总显得凄凉，四面全是异乡的陌生人，哭声又透着毫无防备，听得人心里难受。

先是男孩不见了，兴许他早就走了，只是她刚发现。很快辛迪也搬走了。

室友走了，人声寥落，滴水声间或响起。等待新工作的日子，有的是闲工夫，四处游荡却只会让她生出堕落之感，索性待在房间，转个身，看到一面墙，再转个身，还是一面墙。滴答，滴答，声音响起时，她就放下手机，屏住呼吸，寻找这声音的源头。是拱门后在滴水，是时间流过去的响声，又或者，是一种幻听。她用耳朵贴住墙壁，想象有一道隐秘的小河正缓缓流经墙体。

跟往常一样，点份肠粉充作晚餐，刚吃完，微信叮咚一声，是老于的语音，还在洞里闷着呀，出来散步，不然年纪轻轻就有脂肪肝了。她回一句，哪来的什么洞。接着环视房间，眉头皱起来，是该下去转转了。

两人沿一条石子路往前走，群山迎过来，楼房和灯光越退越远。高压线从山顶上走过，赶往另一座山。草木莽莽，密实地覆盖住山体，坡面上几乎找不到一条伸向天空的路。她们就在山脚下闲逛，一丛丛灌木蔓延进前方的夜色，细看上去，墨绿叶子上竟布满豹子般的斑点花纹，还时不时见到，昆虫崭新地蜕走后，留在地上的松脆外壳。肩并肩走着，老于温热的胳膊一会儿贴过来，一会儿缩回去，忽近忽远的，这让宋芹忆起些旧事。老于说，好天气不多了，高温一阵子，还要来台风。她点点头，说南方的夏天真长啊。往回走的时候，她看见月亮升上去，山低了一些，黑耳鸢飞过山脊，飞过月亮旁的一朵浮云，山又低了一些。

接下来，一连串酷热天气扑袭，热得人更不愿意出门。下去倒垃圾时，她走得急，有些眩晕，就扶住近旁的一棵树站稳。眼前的马路、房屋、树木在热浪中微微颤动，好像随时会离开地面，在空气中悬浮起来。

周二又是上货日。她早早来到杂货店，竟不见老于，心里咯噔一声。赶紧问老板，老板说，老于不知到哪儿谋事去了，今天货不多，一人干得完。

她打开冷柜门，将饮料酸奶一排排放好，心里记挂老于，盼望她一切顺利，又舍不得她就此离开。这些日子，两人没少一起散步，天热穿起裙子，她才察觉到老于一条腿粗一条腿细，想到这，心里又一酸。心神乱，手脚却不慢，很快清空数个纸箱和塑料筐，货都归位了。看看外面，阳光还没露头。这些天，气温一路往上走，响晴的日子过后，天闷热起来，低气压盘旋不去，仿佛就压在楼顶和树梢上。空气、家具、棉质衣服吸饱水分，整个世界静悄悄地膨胀，变得越来越重。

随便吃点东西，回到小屋，四面墙壁紧挨过来，往哪里一坐，都一片濡湿像坐进了水里。墙面鼓起的墙皮已脱落，歪斜的拱门好像变大了。她摸摸墙壁，似乎轻轻叩击一下，拱门就开了。

站在窄小平台往下看，只见楼梯盘旋，深入地下。踏上台阶，螺旋式往下走，拐过几个弯，便到了阶梯的尽头。尽头处高高的野草拥着两扇木门，正揣度咒语是什么，门自动分开了。心跳得很快，不敢往里看，怕看见幽深骇人的地洞。沉一会儿，才缓缓睁开眼睛，眼前出现的是平坦地面，向四周延伸，不见边沿。试探着，先一只脚踩上去，脚底传来坚实感，另一只脚就跟了过去。这时，巨大水声从上方传来，透明的穹顶上，一场大雨正从子虚乌有之地浩荡而来。

小窗户敞着，雨的气味先于雨的声音到来，这气味混合天地间诸般气息，丰富，强烈，令人想起童年，又恍如身处森林和原野。数天前，覆盖上千公里的庞大云系从西太平洋动身，旋转着接近大陆，率先抵达的云团在近海盘旋，蓄满水汽，沉重地抖动，终于，大颗的水滴不堪在空气中飘浮，一阵风过去，一滴撵着一滴落下来。她走到小窗旁，看到另一扇水汽迷蒙的小窗，看到雨从建筑的缝隙间飞快穿过。

雨水溅进来，她忽地一激灵，像忆起了什么。不敢相信似的，凝神继续想，待回过神来，恍然有些明白了。她离开小屋，沿楼梯向上跑，跑到楼顶天台，抱着头疾行，随便找个遮挡，往前方看去。来自西太平洋的雨，从天上飞奔而下，被大地稳稳接住了。人间是新的，河流又一次被创造，近处树木涌出更浓郁的绿，绵延的远山雨雾浮动，大片青碧褪成淡淡的墨色。她像第一次遇见雨一样，惊叹于眼前的景象，雨铺展得无边无际，如此辽阔广大，她抬起手伸进雨幕中，雨落在掌心，凉凉的，一股真实的凉意引起身体的轻微战栗，紧接着，眼睛就湿润了。

原载《十月》2023年第4期

所罗门王的指环

大头马

I

一九八六年初秋,正是南京的雨季。南京中医学院研究生楼218号女寝的最后一张床位空置了许久,也没有人搬入。寝室共四张床位,分属不同专业方向的四个人,其余三人只知道那张床是有主人的,却不知道主人是谁,叫什么名字。人虽然没来,床位已经铺好,被子整整齐齐地折在床头,拣的是一张上铺,不妨碍任何人。整整一个月后,寝室里三个女生已经熟得都有了昵称,才见到第四张床位的主人。那人长着一张娃娃脸,中等身高,和后来比,那时身体还有些虚胖,语音比南京本地人说话更软一些,不像南京人说话,一开口和吵架似的。她说话声音不高,音色柔亮,头次见到同寝室的其他人,张口便问"阿吃过啦",脸上笑眯眯的,一点也不拘谨,好像也早已和她们玩成一片似的。紧接着,她们才知道,她的名字叫作舒晓英,来自扬州下面一个地方,叫作江都,南水北调的一个起点便在此处。又知道了她晚来入学的原因:

一个月前她的小孩刚刚出生。刚做了母亲的人是这样的，见到谁都特别和善、明亮，没有防备，全世界都是她的家一样。舒晓英给大家留下的最初印象就是这样。

寝室的四个人里，舒晓英是年纪最小的，刚满二十四岁。这是因为她是本科应届生，直接来读的研究生，不像其他人多少都工作过几年，才来继续深造。也因为她缺乏临床经验，所以读研究生只能选择中医基础理论方向。寝室里年纪最大的那个姓桂，来自山东聊城，经历也最传奇，她没上过大学，原本是个农民，后来在医学院一边做清洁工，一边旁听，最后以同等学力考上了研究生。此人极勤奋，张仲景《伤寒论》记载的113剂经方，她可以倒背如流。后来她被分配回山东，几十年后成了当地最有名的中医，每天四点即起，看病到夜里，坚持把最后一个病人看完，门诊费两块钱，数十年不变。另外两位也各有所成。一位学温病学方向，后来和老公去了赤道几内亚开诊所，很快声名鹊起，连总理都登门造访，甚至利比亚的病人也跑过来看，只因她当时带去了一样珍贵的药剂，青蒿素。因为这项抗疟药物的发明，屠呦呦于二〇一五年获得诺贝尔奖，这是另话了。他们夫妻俩在赤道几内亚待了五年，赚了四百万人民币，便回国炒股，再不从医了。最后一位女生是所有人里目标最明确的，她学的是针灸，那时正逢出国热，她想要去美国，料想中医在美国没有竞争力，但靠针灸是肯定能吃上饭的，果然后来便去了美国开了针灸诊所，大钱谈不上赚到，立足是立下来了。那时，寝室四人各人有各人的想法，舒晓英虽是成家最早的，但她们晓得她还没有打算就此立业。她们见过她老公，他来看望过她几次，两人是大学同学，对方比她年长几岁，是沈阳人，学的是计算机，已在沈阳本地就业，公安系统，吃的是国家粮，属于铁饭碗。舒晓英外语选修的是日语，打算毕业后去日本留学读博士。沈阳离日本近，那时不少东北人都有东渡的想法和门路，舒晓英既然把家安在了沈阳，想去日本深造，也十分合理。在大家看来，每个人都有光明的前程。读研究生三年时光，共度得十分愉悦。哪怕有一些相处上的龃龉或不快，事后看，也都被逝去的青春抹去了，留下的只有美好的回忆。毕业后，大家各奔前程，分处不同的经纬度，少有联络。

几人再见面已是十年之后，一九九九年春天，借着校庆，研究生同学便办了一场聚会。地点在向阳渔港，浙江人开的馆子，旁边就是月牙湖。大厅能坐几百桌人，南京人从来没见过能有这阵势的餐厅，要不怎么说浙江人会做生意，许多人来这儿吃饭就为了见识一下千人齐饭那个盛况。中医学院本来就是小学校，研究生前后几级连师带徒，也凑不满百人。百人包场千人厅，好哇，更阔气，反正有人掏钱，不用操心。按照常理，大学同学要比研究生同学情谊深厚一些，毕竟同属一班，朝夕相处，研究生阶段，大家跟着不同的导师，除了一个宿舍的，同级学生往往见不到面，三年下来叫不上名字的也不乏其人。同学聚会便很少办得起来。这次算是人最齐的一次。218号女寝的四个人中，三个都到了，在美国开诊所的、在赤道几内亚给总理看病的、在医院当主任医师的都抽工夫飞机转火车地回来了，唯独少了舒晓英。三人见面一聊，才发现谁也没有她的联系方式，也才知道，毕业后谁也都没再见过她。同学会上，大家都说不晓得她的下落。连她的导师转过桌来祝酒时都抱怨，这个学生怎么一毕业就像人间蒸发了一般。按理说不该啊。

此事倒也算不上有多蹊跷。那时手机还不普遍，联络方式本就原始，除了固定电话、BP机，邮政通信仍是常用的手段。如果不是多么亲密的朋友，或有什么因缘际会，大部分同学也就毕业即失联。大家呼啦啦地聚散，好像彼此只是对方人生卡尺上的若干道刻度。低效的通信浓缩了友谊，人们许久不见，再次见面，便如蜡封的酒罐口被揭开，彼此的面容从里面流淌出来，既新鲜，又浓烈，带着独属于他们记忆的气味。其实都已经是完全不同的人了，所以那气味也只能维持一顿饭的新鲜，再久就臭了。舒晓英假如按预想的那样，去了日本留学，音信不通，也合情理。同学会也有几个没来的，各种情况都有，忙的，病的，甚至死的，还有就是不想来的。不过回到舒晓英身上，这事儿确实又有些突兀，至少对她寝室的另外三个人来说是这样。有家庭的人往往相对神秘一些，不过，她们哪一个不比她更有理由归隐？

归隐。是的，她们不约而同地认为，舒晓英是主动选择的失联。大隐隐于市的那种。从赤道几内亚回来那位说，至于吗，连我都来了。她回国后买了新浪的股票，一块钱买入，四十块卖出。四百万又翻了四十倍。她有资格说这话。不过也就是到此时，这话才点破了宿舍的三个人对舒晓英真正的、统一的认识：毫无疑问，她是她们那个年级最聪明的学生。

这件事在当时就已十分明显，只不过同窗时期，或由于彼此暗中的竞争，或由于女性之间的羞怯，或因为这个事实太过明晰，总之，从来也没有人正式提出过。冷不丁地夸一个女孩聪明，怪怪的，而且好像在表达另一种意思，听起来不像什么好话。这个词语不属于大家熟悉的口语词汇，说得更多的，是务实、肯干、踏实、大方、质朴、节俭、勤快，听起来都是一些灰扑扑的词语，像是在形容某种物美价廉的面料。人就是要像那种结实愚钝的面料一样才好，不能太贴身，显出形状来。幸好，舒晓英自己好像也意识不到自己的聪明。在大部分时刻，她的存在感微弱，面目模糊，只有在某些展露才思的时刻，她的主体才会吉光片羽般惊现。这种时刻出现之后，通常也就被轻易地滑了过去。既不会有人鼓掌，也不会有人赞叹。好像什么都没有发生。那个"我"出现之后，所有人都想赶紧把它消化掉，让"我"回到"我们"之中，否则，"我"就变成了"你"。那就不妙了。舒晓英在这方面还算大智若愚。无论是男同学还是女同学，提到舒晓英，都会说她是个不错的人，至于怎么不错，就不用深究了。不错已经是一个很好的评价了，足以对一个人盖棺论定，定一个性。它表示既笼统又全面地认可，在任何场景都适用，如同一个盖了章的通行证。分配工作时，这个人得到的评价是不错，那么这份工作保准就没问题了；婚配介绍时，别人说这个人不错，被介绍人也就吃下了一颗定心丸。必得是不错，很好就过头了，惹人怀疑。别的单义词语就更不行了，比如"聪明"，那会让人觉得这个人肯定有其他地方的问题，而且问题不小。所以，在舒晓英和大家相熟的时间里，没人说过她聪明。当然，不错这个评价对舒晓英来说也有些多余，她已经是一个母亲了，再不错又能怎样呢？她已经不在任何一个市场上了。所以，说她不错的人很多跟她也没有太多的交往，这个不错给出去也便宜得很，就算她不是不错，而是错了，那也不能怎样。

此时，因为舒晓英的缺席，也因为十年过去，时过境迁，不知谁第一个说了句，舒晓英这人别的没什么，就是脑瓜子灵得很，人们才像城头变幻大王旗般地，七嘴八舌陆续讲起几件小事：

读研究生那时我们不都要上通识课"中医基础理论"嘛。舒晓英晚来了一个月，第一次上课，教课的老师问了一个问题，现场无人能答，舒晓英举手，老师见是陌生的脸，还以为是来旁听的，没抱什么希望让她作答，没想到她答得一点不错。那是还没有学到的内容，后来才知道她来上学之前就把教材从头到尾看完了。

医古文那门课你们记得吗？不知道多少人没考过去，结果舒晓英拿了最高分，我到现在还记得，88分。而且她的卷面上除正常答题外，还有自己的发挥和思考。老师极为惊奇，公布分数时专门问，舒晓英同学是哪位。她站起来，不好意思地低着头。老师说，你答得很好，大家都认识一下。我就是那个时候才知道同学中有舒晓英这号人的。

我和舒晓英是同门，有一回我俩和大师兄跟着导师坐诊。来了一个病人，治肝病。导师不在，大师兄便自作主张给病人开了一个小柴胡汤的方子，舒晓英突然开口说，这方子不能这样开。因为这个病人吃小柴胡汤已经吃了十多年，而张仲景的原方中，强调不能这样常年吃一种药。大师兄虽然有些恼火，但也承认她说得对。最后就改了方子。导师回来后夸方子开得好，至今不知道中间还有这碴儿。

还有这回事？我怎么不记得？那个当年的大师兄恰好也来这桌吃两口。说话的人白了他一眼，你现在坐镇大医院的门诊，多少也有点名医的意思了，当然不会承认。大师兄没想到小师弟这么不给面子，找补了两句，便蔺去了别的桌。小师弟说完也意识到自己喝得有点多，现在虽不做医生，转从事药行，但将来难保不会求到师兄头上，不禁有些后悔，为一个行踪不明的女同学辩这个白干吗？

聊到这，有闲听的人插嘴，你们说的这些，只能说明舒晓英这个人爱学习，擅长考试，记忆力好，但也不见得她有多聪明。这个时候，有人便说道，她还有一项能力，神得很，这件事恐怕知道的人不多。

什么能力？

她可以跟动物对话。

II

《圣经》的《列王纪上》第四章第三十三节里说到大卫的儿子智慧之王所罗门"讲论飞禽走兽，昆虫水族"，这后来演变成一个传奇故事，传说所罗门王有一只魔戒，戴上之后便能与动物对话。八岁的时候，康拉德·洛伦茨在学校里听到老师说这个故事，便站起来说，这有什么，我不需要魔戒，也可以与动物对话。

他说的是真的。一九〇三年，康拉德·洛伦茨出生于维也纳，是家中的第二个儿子。他的父亲阿道夫·洛伦茨是一个著名的外科医生，享誉国际，连当时的美国总统罗斯福都是他的病人。阿道夫·洛伦茨并不是那种拿着手术刀的外科医生，他最为人称道的技艺是在骨骼矫正方面，因为对苯酚严重过敏，他没法进行传统的外科手术——当时，切开病人的皮肤或组织，需要使用大量的苯酚来进行消毒，所以后来就往骨科矫正方向发展，人们尊称他为不见血的手术医生。康拉德·洛伦茨在维也纳读书上学，度过了少年时代。在父亲的要求下，一九二二年，他远赴美国哥伦比亚大学学习医学预科课程，但次年便回到维也纳，在维也纳大学继续学习。一九二八年，成为医学博士。这之后，他师从当时最有名的动物学家奥斯卡·海因洛特，于一九三三年，获得了动物学博士学位。

洛伦茨家在维也纳附近的阿尔滕堡有一座巨大的庄园，其中一栋梦幻般的新巴洛克式的豪宅后来被康拉德·洛伦茨所继承，这幢建筑与其说是豪宅，不如说是一个动物园。成年之后，康拉德几乎都在这里度过。

康拉德·洛伦茨自小便表现出对动物的热爱，他的保姆是一位农民的女儿，特别擅长饲养动物。上小学前，康拉德就在阿尔滕堡的乡间长大。阿尔滕堡位于下奥地利州中部的一座几近蛮荒的小岛上，多瑙河流经此处，这里常年河水泛滥，大片大片的湿地长满芦苇，成百上千公顷的死水覆盖了整片谷地，文明和农业在此触礁，不过，这里却成为野生动物的乌托邦。除了常见的狍、鹭、鸬鹚、麝鼠外，还有奥匈帝国的国父弗朗西斯·约瑟夫一世在位时引进的几百头北美马鹿的后代。这块蛮荒的滨水谷地，被康拉德形容为古老欧洲的最后一块处女地。从斗鱼到僧帽猴，从渡鸦到松狮犬，还在维也纳的公寓读书上学时，康拉德便开始在家中圈养各式各样的动物，此举非但没有遭到父母的反对，反而得到了他们的大力支持。一九四九年，康拉德出版了第一本科普性质的著作《所罗门王的指环》，这本书畅销至今，经久不衰。在书的第一章里，他没有先讲动物给自己带来什么样的快乐，如何引发了他对科学观察的兴趣，而是先讲了动物给自己带来的麻烦："从一个人对这些麻烦事的忍耐程度，就能看出他对动物的喜爱程度。我永远感激我的父母，他们总是很有耐心。"

在阿尔滕堡康拉德的邻居眼里，这是一个举止古怪的男人。他们常能看到各式各样的飞鸟从那栋建筑里进进出出，鹦鹉像一只忠犬般跟着房子的主人，停在屋顶上的渡鸦看到主人走出，会猛地飞下来掠过他的脑袋，嘎嘎大叫，示意他跟着自己一起走。春天在河边散步，当一群灰雁飞过此处，康拉德能准确认出其中一只少了羽毛的灰雁是他的灰雁，并且，当他回到家时，他的这只灰雁会在门口等他，伸长自己的脖子——这个动作和狗摇尾巴一样，都是表示欢迎的意思。为了搞清楚人工孵化出来的小野鸭为什么会害怕人类，而人工孵化的小灰雁会把它们看到的第一个生物当作自己的母亲，那天，圣灵节，一窝小野鸭刚刚孵化出壳，康拉德便开始竭力模仿野鸭妈妈的呱呱叫声，奇迹发生了，小野鸭不再害怕他了。不过，这还没有结束，为了让小野鸭能跟着他一起走，他不得不矮着身子，蹲在草丛里，走着8字形的路线，并同时持续不断地呱呱叫着。此举吓坏了一群来此地区旅游的游客。诸如此类的事情还有很多，一次，康拉德驯养的鹦鹉飞出门寻找自己的主人，最后却迷了路。当康拉德从维也纳开完会回来，刚下火车，便看见一只鸟在空中盘旋，他认出那是他养的鹦鹉，此时他面临着两种艰难的选择，一种是模仿大黄冠鹦鹉那种杀猪般的惨叫声把它召唤下来，另一种是就此看它高飞再也找不到回家的路。最终他还是选择叫了，鹦鹉张着翅膀，犹豫了一下，然后收起翅膀，一头扎了下来，落在了他伸出的胳膊上。这件事导致的后果是，康拉德差点被镇上的人当作疯子送到精神病院去。

所罗门王需要一只魔戒才能和飞禽走兽对话，康拉德·洛伦茨不需要借助任何工具，便能和动物对话。这来源于他对在最自然的状态中的动物细致入微的观察，"只有在完全自由的状态下，动物才会充分地展示它们的本性和行为，充分展示它们的个体多样性"。与其说康拉德在驯养动物，不如说他是和动物生活在一起，在他的动物庄园里，动物来去自由，又保持忠诚。"动物不想离开你，它只想离开笼子。"

Ⅲ

江都人从来不会认为自己是扬州人，就好像一个真正的聪明人从来不会愚钝到认识不到自己的聪明。舒晓英当然知道自己是个聪明人，不过从来没有真正在意过这件事，哪怕她来自一个小地方，是那里极少数一直延续学业直到考上大学的人之一，家里兄弟姐妹六个，一半都上了大学，这更加罕见，但他们自己倒不觉得有什么特别。人若是天生拥有什么东西，自然往往习焉不察。只有一件小事让舒晓英有些介意，同学之间介绍自己来自何处时，每当她说自己是江都人，对方多半会再接着问一句，江都在哪里。这个时候，舒晓英就不得不拿出扬州作为参照，在扬州附近，这么一说，大家就都知道了。后来为了介绍起来简练，也就默认舒晓英是扬州人。只有一次，舒晓英提到江都这个地名时，对方没有显出疑惑的样子，而是说，知道，就是龙川嘛，江淮之水皆汇集于此。后来，舒晓英就嫁给了这个人。不过关于这点，她从没有和他提过。

舒晓英大学在外省念，读研究生回到省内，再说自己是江都人时，许多时候便不用补充说明了。这时她也习惯有时说江都，有时说扬州。不再计较这种小事了。此时，她已经嫁了人，做了母亲，预计三年研究生毕业后去沈阳生活工作，还准备奋力一把，去国外读个博士。人生一切似乎都已有了指向，哪怕没有尘埃落定，也是早晚如此的事了。哪里想到变故会发生得如此悄无声息，莫名其妙。

舒晓英生的是个男孩。虽说那时国家开始宣扬生男生女一样好，但心底里，多数人自然是盼着一个男孩。因此这点让她的丈夫和婆家都很高兴。他们唯一不满的是，舒晓英没有完成应有的自然哺乳责任，刚出月子，便把孩子扔在家里，跑去学校报到了。这一点，成为日后夫妻俩矛盾的源头。也成了婆家怪罪她的一个重要理由。在舒晓英看来，这是一个经过各种权衡之后合理的选择，她凭借自己的判断，认为母乳喂养和奶粉喂养对孩子来说并不存在显著差异，而求学的机会不等人，如果她此刻被孩子拖住，可想而知，在孩子成长的每一阶段，她都会因其他的理由被拖住。她会在这个阶段选择生下这个孩子，就是内心已经决定，孩子并不会成为她人生的全部。

舒晓英会这么想，在旁人眼里似乎显得有些冷漠。这是因为她自己就是在漠然的家庭氛围中成长的。她的父母都是农民，平时光应付农活和家事便要消耗全部的精力，对子女都是放养的模式。他们兄弟姐妹之间感情也淡漠得很，舒晓英排行倒数第二，与长兄相差整十岁，生活几乎没有同步过，各自飞鸟出林，成年便意味着陌路。家里只有舒晓英一人学医，其余人从事农、林、商，或嫁作他人妇，专事家庭，各有各的生活，彼此间关系松散。

孩子其实在三岁前就出现问题了。只不过，舒晓英也只有在寒暑假期间，才能从南京回到沈阳，与孩子相处一段时间。当时她只是觉得这孩子开口说话比较晚，别的孩子一岁多甚至不到一岁就会开口说话了，这孩子却迟迟没有张口说话，也不大爱搭理人。一直到她毕了业，回到沈阳，小孩才会说话。从这时开始，婆家就有了一些责怪的意思，他们认为，孩子是因为从小缺乏母亲的喂养和陪伴，才发育迟缓。舒晓英也开始自责。除此之外，刚回沈阳时，一切看上去似乎还算美满。夫妻俩以前是聚少离多，现在舒晓英总算真正进入了家庭，也在沈阳找到了一份不错的工作，在沈阳中医学院。双职工家庭，城市户口，一个男孩，几乎完美。

随着男孩长大，上幼儿园，上小学，之前大人们还能用来说服自己或责怪母亲的理由不再管用了。他明显地落后于同龄人。这种落后不仅表现在那些普通的课业上，还表现在与人打交道的能力上，他没法和同龄孩子玩到一起，也听不懂老师的指示，他会重复地在纸上画没有任何意义的画，或反复念叨着某个句子、某个词，沉浸在自己的世界里，如果强行纠正他的行为，他会尖叫，横冲直撞，砸烂东西。

沈阳的医院都跑遍了。医生给的诊断是，智力发育迟缓或认知障碍。简单来讲就是智障。医生只是没有这样措辞。那是一九九三年，大部分中国的医院都还没有接触过自闭症这个概念。唐氏综合征、脑瘫、自闭症，所有表现出认知障碍的患者统统被一个词语概括。舒晓英不接受这个诊断。直到这时，她才第一次如此清晰地意识到，自己是个很聪明的人。她的孩子怎么会是个智障呢？

怎么叫作智障？这是先天的还是后天的？是大脑器质性病变还是一种精神疾病？它可能被改善甚至治愈吗？还是说，它甚至是一种退行性疾病，那么要怎么做才能阻止或减缓这种退行？舒晓英反复问着这些问题，没有一家医院的医生回答得了她。

很快，他也没法再被学校接纳了。小学三年级，学校直接找到夫妻俩，婉转表达了让孩子退学的意思，"他在这里学也学不到什么，还影响同学，不如把他送到特殊学校，那对大家都是好事"。有这样的孩子对大部分家庭来说都是一种耻辱，是不体面的事，所以很多家庭都选择把孩子送去特殊学校，然后再生一个健康的孩子。他们去所谓的特殊学校看了看，那里本质上就是一个监护院，把所有有问题的孩子关起来，照管一日三餐，不让他们惹事就好了，不存在任何教育。那个时候，只要一个孩子被贴上"智障"的标签，人们便不再把他当作可以教化可以成长的人来对待了，谁会浪费时间教一个瘸子走路？舒晓英的丈夫倒没有直接这么说，但他也认为无论如何得再生一个。"不然以后我们老了，谁来照顾他？"也不能说婆家对孩子没有感情，而是他们接受了他是一个智障儿童的事实。

舒晓英办妥了孩子的退学手续，然后开始带着他到全国各地看病。她不相信中国这么大，没人能回答她的这些问题。在上海，她终于听到了一个词：肯纳症。一九四三年，美国的肯纳医师第一个发现了自闭症患者这个族群。此后很长一段时间，人们用肯纳症来指代自闭症。不过，上海的医院也没有办法确认舒晓英的孩子就是患自闭症。即使确认了，也没有特别好的干预方法。医生推荐了一个民间的互助组织，那个组织是由自闭症患者的家属共同组建的，人们在里面除分享资讯、相互学习外，更多的是共同对抗外界的不理解。

一九九九年，当舒晓英的研究生同学在南京月牙湖畔聚会时，她其实就在离他们不远的地方。一九九九年医学体制改革，还在上海的舒晓英接到了沈阳中医学院的电话，要她赶紧回来参加执业医师资格考试，否则她将无法再合法行医，而且，她这样长久地请假，医院也无法再保留她的职位。挂上电话，舒晓英只用了半天时间，便决意辞职。第二天，她带孩子回沈阳，和丈夫提出离婚。这两样事情都飞速地办妥了。

此后的路怎么走，她还没有想好。只是知道无论是工作还是婚姻，都不如这个孩子重要。这种转变回头去看，如果能重新选择，她也绝对会放弃上学的机会，从孩子一出世就留在他身边，不管母乳喂养和奶粉喂养究竟有没有差异。她不会放过任何一个能够让孩子走上另一条正常的、幸福的人生道路的机会。有时她想，会不会换一个丈夫就好了，孩子就不是这样了？可是换一个丈夫，孩子还是这个孩子吗？有时她想，万一是自己的问题呢？那是不是不生就好了？或者，自己都不应该出生？

　　她不可能一直待在上海，不可能待在沈阳，也不大可能回到老家江都。在上海的互助组织，她看到了一本书，书名叫作《星星的孩子》，是美国一位畜牧学家写的，那个女孩也是自闭症患者，但在母亲坚定的信念和她自己的努力下，她没有被疾病束缚，还成了一位科学家。这本书写的就是她与自闭症患者相处的过程。那个组织的所有自闭症患者家长都熟悉这个女孩的故事，天宝·葛兰汀。这本书一出版，天宝·葛兰汀立刻成了美国最知名的人物之一。她为自闭症患者，主要是他们的家长提供了一种希望和可能，自闭症不是绝症，也不意味着终身残障，反而患者有可能是某方面的天才。一九八八年上映的美国电影《雨人》还为高功能自闭症提供了另一个更加动听的名字：学者综合征。舒晓英也像别的家长一样看了这部电影，她对孩子没有抱有那种不切实际的幻想，只是希望他能够成为一个普通人，可以在世上立足，等她死了，他也可以继续活。在了解了所有当时可以了解到的信息后，舒晓英决定回到南京，一方面南京的生活水平不算高，她可以养活自己和孩子；另一方面这里毕竟是省会，有一定的医疗资源，她可以继续想办法对孩子的病进行学习和干预。并且，她在这里读过书，还算熟悉，这儿离老家也不远。综合考虑几方面的因素，她带着孩子在南京安定了下来。她没有送他去任何学校，而是决定自己来照顾和教育他。

IV

在康拉德·洛伦茨的一生中,有三个人对他影响重大。第一位是塞尔玛·拉格洛夫,她撰写的《尼尔斯骑鹅旅行记》开启了幼年时的康拉德对动物的憧憬和喜爱,尤其是野鹅这样一种动物。当时他迫切地想要得到一只野鹅,父母拒绝了他这个要求。母亲担心的是花园里那些花朵的命运,父亲则认为一个六岁的孩子不可能对一只小鸟负责。恰好此时,邻居有一窝刚孵出的小鸭,经不住康拉德的再三请求,母亲终于为他买下其中一只。虽然阿尔滕堡里花朵的命运不得而知,但是这只小鸭无疑没有受到虐待,它在康拉德的精心照顾下活到了十五岁,差不多是家鸭年龄的上限。这窝小鸭中的另一只,则被卖给了另外一户邻居家的小女孩玛格丽特,她后来成了康拉德一生的伴侣和助手。

第二个影响他的人是当时德国最负盛名的动物学家奥斯卡·海因洛特,也即他的导师。一九〇四年,海因洛特成为柏林动物园的科学助理,在此期间,他开始对鸭子和鹅的行为进行研究,最早发现了动物的印随行为。此后这一研究被康拉德拓展、夯实,最终提出了印刻(Imprinting)这个动物行为学中的重要概念。海因洛特将动物行为特征用在研究物种演化上的这种方法,对康拉德产生了深远的影响,激励他将比较行为学作为毕生的研究对象。

第三个人,叫作尼可拉斯·庭伯根。他是一位出生于荷兰的动物学家,后加入英国籍。一九三六年秋天,在荷兰的一次关于动物本能的国际研讨会上,两人相遇了,这次相遇将被历史铭记。康拉德发现他和庭伯根的观点惊人地一致,而庭伯根在实验技术和分析思维上都更胜一筹。自此,两人开始合作研究动物行为学,共同提出了许多重要的概念,这些概念构成了动物行为学理论体系的基本骨架,开启了动物行为学的繁荣时代。他们一起研究鹅,包含野生的、驯养的及混合种。康拉德从这些研究结果中发现,当动物被驯化之后,进食和交配的欲望将大大提高,而社交本能的多样性将明显减弱。

康拉德开始怀疑类似的退化过程可能会出现在人类文明中。

随着动物行为学的发展壮大，它不可避免地与当时美国盛行的行为主义心理学产生了巨大的分歧和冲突。行为主义心理学认为行为完全是后天塑造的产物，与动物行为学的先天论倾向格格不入。行为主义机械式地将动物的行为视为刺激－反射的产物，最著名的例子是巴甫洛夫的狗的实验。那个时候，很少有科学家愿意像康拉德·洛伦茨一样全身心地投入对在自然状态的动物的观察，人们以一厢情愿式的高傲来认识动物。

五十年代，欧洲人与美国人、生物学家与心理学家、本能理论家与学习理论家、野鸟观察家与老鼠操纵者之间掀起了界限分明的论战。尼可拉斯·庭伯根本是康拉德·洛伦茨最紧密的战友。而就在这个时候，两人因为一件事情决裂，并开始走向不同的命运。

一九三三年，就在康拉德获得第二个博士学位的时候，希特勒上台，出任德国总理。一九三八年，纳粹德国占领奥地利。对于这件事，康拉德欣喜若狂，并在写给老师海因洛特的信中说"我们都像小孩一样高兴"。康拉德主动报名加入纳粹党，并接受了纳粹政权之下的柯尼斯堡大学主席职务。在他递交的加入纳粹党申请中，他写道："我将把整个科学生涯都奉献给国家社会主义思想。"他明确地支持一个建立在"科学基础上的种族政策"，赞成对一些"有碍于种族纯洁的人"实施绝育手术甚或消灭之。一九四一年，他被征召到德国国防军，作为一个军事心理学家被远派去波兰的波兹南，参加一项纳粹发起的人类种族研究，建立一个"科学"的标准，从波兰的德波混血儿中筛选出具有"德意志品质"的人，让他们"重新德意志化"。与此同时，庭伯根却因为抗议犹太教师所受的不公待遇，被纳粹拘禁了两年。

V

一九九七年，她开始感到自己的衰老。

在南京的头两年，她在一家私营中医诊所工作，其实就是一个地下诊所，在南台巷附近的小巷子里，老小区里的一间带后院的民房，一块低调的牌子上挂着"专治疑难杂症"。工资低，唯一的好处是以便宜价格租给了她一间独立的屋子，让她可以二十四小时看护孩子。她白天打杂、煎药、拔罐、开方，什么都做，孩子就自己待在房间里。闲下来时，她教他识字、画画、算术、下棋，什么都教，但收效甚微，几乎什么都教不进去。她一开始还盼望能让他成为一个普通人，后来希望逐渐减弱，只想着自己能够活久一些。

她不知道怎么面对他。与人相处在她好像从来不算困难的事，你对人好，人自然会对你好，这是她从自己的母亲那里学到的朴素道理，这样用来应付大部分人际关系，便足够了。要是碰到怎么样都不喜欢自己，打不了交道的人，那就不打交道好了。可这个人是她的孩子。而且，是他不愿意跟她打交道，而不是她。她跟他说话，他从来也不理睬，说得多了，便乱发脾气，手里抓到什么都往外扔。生气起来，他会拿头往墙上撞，一下一下，倒不是要寻死觅活，而像是哪个零件出了故障的机器人。他不是不会说话，只是自言自语，拒绝与人沟通，有时听到一个词，会突然像按下了复读开关似的，无穷无尽地复述下去，像一只鹦鹉。他的眼睛从来不看她，若强行把他的脑袋拧过来，那眼神也是空洞的，盯着别处，不管她的眼睛投注的是深情还是怨气，偶尔有一秒钟目光交汇，那也是偶然，绝不是他真的注意到了她。他不喜欢她碰他，更别提拥抱、爱抚，这样过于亲密的行为。吃饭、洗澡都是困难的事，如果不盯着他吃，他会忘记吃饭。他害怕出门，只愿意待在家里，而且要安安静静的，任何一点噪声或环境变化都会让他发作。她本来说话声音就不高，对他说话便更柔声细语了，有几次她忍不住失声痛哭，换来的却是他抱着脑袋在一旁高声尖叫，像她是怪物一般。

诊所是一个老中医开的，他没读过什么正经医学院，属于赤脚大夫。舒晓英刚来时，他也惊奇："你一个科班出身的医生来我这儿干吗？"后来看到她儿子，就明白了，没再多说别的，只是说小孩别添乱就行。她在诊所工作一段时间后,老中医到底觉察到她的敏捷,有时病人上门,便假借去方便,让她帮忙坐诊。舒晓英嘴上不说,但心里明白,他也替她惋惜。这就是她没有和任何故交同学有往来的原因,她不想引来别人的同情。有次病人来,看到诊所只有她一个,还误以为她是后妻,问她家那位去哪儿了。她这才意识到在这短短几年间她飞速地变老了。她心里一沉,觉得时间不多了,虽然此时她也不过三十多。空余时间,她除了带孩子出门散步、逛公园,便是去图书馆查资料,看医学论文,定期和互助组织的人通电话。这时她已逐渐明白,自闭症是一个广泛的谱系障碍,每个患者的情况都不一样,变化发展也都不一样。有的孩子已经二十多岁了,仍无法生活自理;有的孩子发现得早,干预及时,能勉强适应正常的生活环境。她的小孩现在属于哪种还不好说。

事情的转折是有一次,一个附近小区里的孩子捧着一只受伤的小鸟来诊所。老中医哭笑不得,说这里不是兽医院。舒晓英看到了,便说拿过去给她看看。那是一只红隼,被粘鼠板困住了,翅膀断了一只,但还有呼吸。舒晓英便回屋找来烧饭用的菜籽油,先把红隼身上的胶水用油溶干净,再用洗洁精兑温水,把油小心清洗掉,最后用温水再清洗擦拭一遍,然后用吹风机把鸟羽吹干。做完这一切之后,她找出医用绷带,用 8 字法将那只折断的翅膀固定好,然后找了一个纸盒,戳上几个眼,垫上厚毛巾,把鸟放在里面。

在做这些事情的时候,她果断而迅疾,如此专注,甚至没有意识到老中医和那个小孩都围在一旁,眼里充满了惊奇之色。更让她没有想到的是,平时总是待在房间里的儿子,也不知什么时候走了出来,站在一旁专心地看着她做的事情。"你在做什么?"他问。

她吓了一跳,他从来没有主动关心过任何事,说这话时,他就像一个正常的孩子那样,对世界充满了应有的好奇。她便解释说,这是一只受伤的鸟,她在医治它。她把那个纸盒放在房间一个温暖的角落,自此之后,他便整日关注着这只鸟,有时会和鸟说话。鸟的翅膀慢慢长好了,她把绷带去掉,又给它做复健。他也很好奇,还想自己上手来试一把,她便慢慢引导着他,教他怎么轻轻地把翅膀掰开，伸缩，复原，所有的动作都要慢慢的，否则鸟会疼。鸟康复之后，他们在一个野树林，放飞了它。他恋恋不舍，问："它还会回来吗？"她说："不一定，不过它不回来也不是因为不想回来，是因为它不认识回来的路。"他问："你怎么知道？"

是啊，她怎么知道。她忽然想起了许多早已遗忘的事。在乡间长大，和动物为伴是寻常之事，江都属于平原，用她前夫的话说，"江淮之水皆汇集于此"，有大片的湿地，除狗、猫、家禽外，野猪、獐子、乌鸫、夜鹭、雁鸭、鹈鹕等野生动物也伴生在此。镇上有个兽医，她常把受伤的动物送去请他救治，也跟着学会了一些粗浅的医治办法。她对医学感兴趣，就是那时候开始的。后来村里凡是有受伤的动物，都会送到她家来请她看一下。读医学院的时候，她救治过一只雄寒鸦，后来那只寒鸦干脆在她的宿舍窗外筑了巢，一只寒鸦又带来另一只雌寒鸦，变成一窝寒鸦，她走到哪里，寒鸦就跟到哪里。有一次上课的时候，寒鸦也跟着飞进来，搞得她不得不嘎嘎叫了几声，把它挥出去。她们宿舍的人引为典故，说她是可以与动物通话的人。但是，她从来没有想过要成为一名兽医，或动物学家。就像她也从来没有想过自己会生一个这样的孩子。人的命运往往就是这样，不是人选择了命运，而是命运选择了人。

想到这，她心念一动。之后一个天气晴好的日子，她带他去了动物园，以前她从来没有想过带他去动物园，因为他基本上不愿意出门，又害怕噪声，她担心动物园会把他吓坏。动物园在玄武湖旁，他一开始也是不情愿的，吵吵闹闹的，可一走进动物园，看到进门处的百鸟馆，听到叽叽喳喳的鸟叫声，他便呆住了。过了一会儿，他默默吐出一个词：红隼。他记住了曾救过的那只鸟的学名。他一进百鸟馆便走不出来了，要一只一只数清楚有多少只鸟。等到动物园快下班了，他才被她拉拉扯扯地带出去。三百四十五只，他说。她眼泪一下子掉了下来，莫名其妙的。多年后她第一次向别人敞开内心，讲述关于他的故事时，她才明白过来，那一刻她看见的是什么。她看见他在理解世界，以他自己的方式——他是可以理解世界的，当然了。他扭头看到她落泪这一幕,没有什么反应,又说了一遍,三百四十五只。

此后凡是有空,她就带他去动物园。不是每种动物他都可以接受——刚看到穿山甲,他就吓了一大跳,她需要在旁边引导他,告诉他那种动物是什么,有些什么特点,以及来龙去脉。他不一定听得进去。但似乎有自己的认识方法,一旦接受了,会把全部注意力都投注在那一个物种上。她为他从图书馆借来很多有关动物的书,他会拣其中某些看,并很快掌握了动物分类学的路径,从穿山甲那里他迷上了贫齿目,要她带他去动物园看食蚁兽。可是动物园没有食蚁兽。他为此闷闷不乐了很久。她也不懂食蚁兽,去查了资料才晓得食蚁兽分布在中美洲和南美洲,整个中国的动物园都没有食蚁兽。

有一次,在灵长类动物馆,恰好饲养员进来喂食,食料盆放在地上便走出去了,那只长臂猿蹲在树干上,过了很久也没有下来吃饭。他突然掉头就走。她问,怎么了。他说:"它害怕我们,所以不愿吃饭。"还有一次在熊猫馆,熊猫躲在狭小的水泥地和围栏构筑的笼内,旁边有其他围观的小孩用手捧着动物园卖的那种喂食用的零食,大声地招呼它过来,他突然喝止道:"它不想被看到!"在大象馆,那头大象反复地徘徊,他说,它很紧张,所以才这样。后来有很长一段时间,他不愿意再去动物园了。它们很可怜,他说。

他的这些观察让她惊讶极了。要等到后来她进动物园工作,开始接触动物学领域的知识,才确认他的这些观察不仅是对的,而且远超大部分成年人对动物的认识,远超人类因为傲慢而对动物产生的偏见,他在无意之间讲出了一些深刻的真相,那就是,动物是有感觉的。动物的行为和情感绝非机械论的刺激-反射认知那样粗暴简单。

她突然意识到,自闭症患者的症状和一只没有任何毛病的动物对人的反应是一样的:害怕被触碰、随意发脾气、对过高或不正常的噪声极度敏感、有刻板重复的行为,以及缺乏与人的情感联系。动物对人表现出这样的特征,人们视为理所应当,换到人身上,人们便认为他不正常。在她去图书馆的那些日子,她开始关注自闭症题材以外的,或者说,人类题材以外的那些书籍和资料。她读到一位名叫康拉德·洛伦茨的动物学家的书，大感惊讶。"只有在完全自由的状态下，动物才会充分地展示它们的本性和行为，充分展示它们的个体多样性。"许多句子让她感到震撼。"人们看到变色龙或食蚁兽，会嘲笑它们怪异的长相。有经验的观察者不会嘲笑动物身上的怪异之处，因为那是动物在无情地、讽刺地扮演我们；动物自身超出寻常的身体形状，也是神圣的大自然所赐，人们应当对此产生敬畏之情。"她想，人类不过也是一种动物，自闭症又不过是人类存在的另外一种样貌。谁来定义"人"，谁又来定义"正常"？她在一篇论文里看到，荣格说，动物就是没有进化成功的人。此人说话口气好大，她想。假如他的孩子也是自闭症患者，他是不是就会把他当成一只动物，一只胆小的豪猪，一只暴躁的山魈，一只无主的渡鸦，一只没有进化成功的人？

　　人和动物是一桩事物，她领悟到。动物和自闭症患者并不是无法与人建立情感联系，只是建立的办法不同。每一种动物都有独属于它自己的语言和情感的表达方式。狗听不懂人的语言，但拥有远胜于人类的微动作捕捉能力。一只寒鸦会同另一只寒鸦一见钟情，坠入爱河，而后订婚，再缔结永久的婚姻关系。这不是拟人化地对动物的行为做出形容，而是爱情这种古老的本能写在一切社群性生命的基因里，人类身上发生的爱情不过是动物性的一种体现。理解另一个人，和理解一只动物一样，都需要极为耐心的观察、无微不至的关怀，这样才能逐渐找到与对方建立联结的秘诀。而这个秘诀是如此简单：认可对方和自己一样，是生灵的一种。给予他们充分的尊重，充分的自由，充分的存在必要性。你和我不一样，也不必成为我。

VI

　　曾经参与过纳粹行动是康拉德·洛伦茨一生中无法抹去的污点。不过在一九三八年的奥地利，支持纳粹是非常普遍的现象。康拉德的父亲、他的老师海因洛特在当时都是国家社会主义的支持者。那时他们还没有意识到这究竟意味着什么。从波兹南回来之后，他得知庭伯根被拘禁的消息，曾设法探望，但庭伯根拒绝与他会面。两人的分裂显然早就有迹可循。一九四〇年，康拉德发表了一篇文章，宣称纳粹禁止与非雅利安人通婚的规定是一种纠正"驯化所导致的退化"的有效方法，另一篇论文则直接论证了纳粹的优生学政策在科学上是合理的。这些动作都让庭伯根对这位工作上的伙伴兼生活中的挚友产生了深深的怀疑。一九四四年，被派往苏德前线作为德国军队的随军精神科医师的康拉德被苏军俘虏。所幸因为他的医学知识，他仍受到苏军的重视，辗转于多个营地担任医生，甚至在一所医院负责600张床位。在此期间，他获得了许多关于神经症等精神疾病的第一手材料，完成了一部关于认识论的手稿，并驯养了一只欧椋鸟。一九四八年二月，在向苏联当局保证自己的手稿只涉及学术，绝无政治内容后，康拉德被获准释放。这时，距离他接受纳粹政权下柯尼斯堡大学的教职已经八年，他带着那只浑身泛着金属光泽的欧椋鸟回到了阿尔滕堡，那座曾经梦幻般的动物宫殿空空荡荡，衰落坍圮，动物都已离他而去。

战后，康拉德否认自己是党员，对自己曾经参与过的纳粹行动缄默不语，直到他的入党申请书被公开。他与导师海因洛特的通信也被公开，里面拿犹太人开玩笑的内容被世人所阅。二战期间，海因洛特仍坚守在柏林动物园，动物园被轰炸殆尽，动物死伤大半，悉数出现在街头，园长在空袭前抛下所有的动物逃亡。一九四五年，海因洛特死于苏联的审讯和营养不良。他死后，妻子接手了柏林动物园，成为历史上第一位女动物园园长。冷战开始后，东柏林新修了另一座动物园，东西柏林的两个动物园开启了一场漫长的竞争——那是另一个故事。

百废待兴，恍若隔世。从人到动物，从思想到肉体，从科学到政治。那些属于自然历史的，以及这些属于社群动物的。一个人可以对一只鸟爱若圣灵，也可以对另一种族的同类视如草芥。

回到阿尔滕堡后，康拉德陷入失业的窘境，他的妻子放弃了攻读医学学位，两人在阿尔滕堡重新开办了一间农场，以应付生计。他回到——也可以说，从未离开过——科学研究的世界，动物们又重新聚拢在多瑙河畔。不久之后，他接受了德国的马普学会的邀请，建立了马克斯·普朗克行为生理研究所。他有了新的学生，新的同行，新的朋友。五十年代，动物行为学学派昌盛健壮，与同样研究动物和人类的其他心理学学派产生了巨大的冲突和争论，尤其是美国的行为主义心理学。美国的心理学家对以康拉德为代表的学派发起了猛烈的批评，这时，康拉德的故交庭伯根站了出来，讥讽行为主义学派"就像被惊扰的蜂箱一样聒噪"。两人和好如初。

这之后，康拉德终于承认他在被纳粹派往波兹南进行人种学研究时，目睹了犹太人被送往集中营的事实。那时他才明白纳粹在进行的是一场真正意义上的屠杀。学术生涯的后半程，康拉德致力于研究动物的攻击行为，他提出，在拥有致命性武器的动物身上，往往同时存在着相应的抑制机制，正如德国的古谚，"一只乌鸦不会啄另一只乌鸦的眼睛"。这是物种为了保存自身所进化出来的适应天性。只有一种生物，拥有身体以外的、出自自身工作计划的武器，因此他的本能不会约束武器的运行，在运用武器时也就没有禁忌，这种生物就是人类。

一九七三年，由于康拉德在个体和社会行为的构成和激发方面做出的重大贡献，他和卡尔·冯·弗利、尼可拉斯·庭伯根一起获得了诺贝尔生理学或医学奖。长期以来，诺贝尔奖基金会一直对行为科学领域存在偏见——他们认为那不是科学，这是该奖项首次颁发给纯粹对行为的研究，某种程度上，也可以被视为心理学研究——诺贝尔奖从来没有为心理学单独开设一个奖项。庭伯根称康拉德·洛伦兹是动物行为学之父。在奥地利最近一份画报周刊的民意调查里，他被看成奥地利真正的科学家，其名望排在了薛定谔、维特根斯坦和弗洛伊德的前面。

一九八八年至一九八九年，庭伯根、康拉德还有海因洛特的妻子，那年代最富声誉的动物学家们相继去世。在康拉德生命的最后几年，他支持新生的奥地利绿党，并成为康拉德·洛伦茨人民运动的领袖，该运动是为了阻止在多瑙河畔的海恩堡附近建造一座发电厂而发起的。康拉德的遗产中除了他位于阿尔滕堡的庄园、莱茵河畔的雁鹅工作站之外，还有一份以他驯养的第一只寒鸦"娇客"（Tschok）命名的信托基金。该基金将用以支持全世界所有致力于研究动物、改善动物生态、提高动物福利的相关工作，与德国、荷兰、美国等多个国家的大学合作设立了奖学金计划。得克萨斯农工大学是第一所提供动物学方向娇客全额奖学金的学校，该学校以顶尖的科学克隆技术闻名，人类历史上第一只克隆猫和克隆狗皆诞生于此。

VII

二〇〇〇年，世纪之交。纽约皇后区的法拉盛，一间针灸中医诊所，坐诊的女医生接到了一通显示来自得克萨斯地区的电话。来电者自称是她的研究生同学，问她是否还记得自己。

"当然了。这么多年你去哪里了？去年同学聚会大家都在问。"

"说来话长。"

VIII

二〇二二年十一月末，我在上海。那几天上海的天气都不太好，天阴沉沉的，小雨时断时续，气温逼近零度。一周之后总算放晴，出了太阳。这天我乘计程车从市内抵达虹桥火车站附近，上海市动物园正位于此。门票四十元。从大门进入后沿主路步行四十分钟，一路经过两爬馆、鳄鱼亭、蝴蝶馆、金鱼廊、鸟园、乡土动物区，穿过整个食肉动物区，在马来熊和塔尔羊之间的过渡地带，大食蚁兽出现了。它待在一个四壁以清水混凝土为表面的外舍，其中一面是全封闭的玻璃，供展示用。透过玻璃，你能看见一只相貌怪异的动物，长着狭长的吻部、扫把一般的尾巴，四肢和躯干粗壮，如不细看，会错把它的一只前肢当作它的脑袋，而把它真正的脑袋当作肩膀上长出的一只手。凝视过久，你的大脑会产生一种怪诞的、无法统一的、不能解释的感觉，这纯粹是进化所造成的陌生感，你会直觉到这是一种上古神兽，非常原始，它们广泛生活的那个年代和你的时代相隔太远，乃是以地质学家和天文学家所使用的时间尺度计量，远远超过了历史学家的解释范畴。此时我听到一个男人在一旁说话："大食蚁兽是独居动物，是贫齿目家族里唯一一个列入世界自然保护联盟濒危物种红色名录的易危物种，一天能吃三万只蚂蚁。"他并不是动物园的工作人员，穿着一件志愿者的背心，在向一群孩子做介绍。介绍时的样子有几分奇怪，因为他并没有看着那些孩子和家长，只是盯着食蚁兽，仿佛在自言自语。我走向他，没有伸出右手，只是站在离他一人距离的位置。"你好，我是一名作家。"我说。他没有什么反应。我继续说："我母亲姓桂，和舒园长是研究生同学。我想写一篇关于你母亲的小说，我能跟你聊聊吗？"他终于开口了，说："不能。"我想了想，说："那你能告诉我关于大食蚁兽的故事吗？"

"乐意至极。"他说。

原载《小说界》2023年第2期

吃东西的女人

朱　婧

　　他是在她恢复单身后与她联络密切起来的，起初的方式，也不过是邀她一起吃饭。他们生活的城市相距一千多公里，各自在稳定的职业和生活中并没有动摇的意图。他的职位让他可以自由安排出差地，他增加了去她所在城市的频次，公司的协议酒店，他也单单儿挑选离她的住处很近的那间，步行不过五六分钟距离。一起吃饭，变得不那么难以实现。

　　他们疏于联系差不多有十年的时间，这十年，他过着绝不单调的独居生活，她沉身细密投入的婚姻。当她穿过丧服获得一个未亡人的身份之后，他重新出现，以并不冒犯的方式。他每年都会去一个风景优美的城市度假数次，往往趁着出差顺道安排，那里距她所在的城市不过两百多公里。他只是在地图上，将目的地坐标轻巧移变，顺遂新生的心意。他总是周五抵达，这是理想的时间，白日安排好工作事务，从晚间开始，他可以度过一个完整周末再回去。

　　周五是理想的时间，她的孩子在放学后会被爷爷奶奶接走，让她可以从一整周繁忙的育儿与工作日常中脱身。周五下班回家的路上，松弛感就已经降临，她会选择靠边的座位，倚着车厢的隔断，穿黑色长袜的脚从皮鞋中悄悄解脱。固定路线是地铁行驶到城市的中心站，下车去商场地下超市，买好牛奶和外卖回家。她不厌倦重复，甚至由此心安。她身上黑灰色棉麻西装，已穿了五个春夏，衣柜内其他西装也都是同一品牌，款型相近，只颜色材质稍微不同。脚上的通勤皮鞋，她选的是少见于女鞋的孟克鞋款，皮质柔软，舒适利行，她会一次买入五六双替换。如果生活可以汇总成关键词，在她这里，就异常清晰和简单，追求秩序和安全。站在每周五买晚饭的蒸菜柜台前，她可以明确指向固定几个菜式，没有选择的踟蹰。只是这样的她，无法像揭开衬纸取出一件新衬衫、打开鞋盒拿出一双新鞋一般，再次拆开包装，取出一个一模一样的崭新丈夫，让生活平安继续。

他第一次约她吃饭是初春四月，恰逢难得的温暖天气，着衬衫风衣足矣。他领她去的餐厅，在一间经由花园小径可以散步通往的独栋小楼，分外安静，推开门直走进包间不见人影，服务生却很快到位，一道道预定好的菜肴呈上，内容毫无稀奇地丰裕，把参鲍翅这类食材配比做得足以配得上餐标。她并没有说出这是丈夫每每年节聚餐会选择的餐厅，对这里的花园小道、建筑和菜式口味，她并不陌生。她警惕眼前的对象既不适合轻易倾诉，更不适合伤春悲秋。

他们原没有那么陌生，甚至相当熟悉。再久一些，在时光的更远处，他们一起吃过的饭，比她和她的丈夫更早一些。他是父亲的忘年交，是家宴的邀请对象，一同在席的很年轻的他，见过她的父亲对她不避人的严厉教养。少女时代的她，如果漫不经心地插入成年人的对话，会被父亲厉声喝住；取菜的筷子越过餐盘对着自己那一半的区域，会被父亲的筷子打过来；喝汤发出声响会引发父亲的语带嘲讽或者喷声。再次一起吃饭，早年的印象同今日的形象很容易重叠，她在出演父亲教养后的理想模范。食物必在餐盘切分成小块食用，有骨头和刺的食物先剔除干净再食用，每次咀嚼食物必遮住嘴巴，嘴里的食物不能满，保证能随时从容吞咽下去回应对话，汤羹待冷却后少量勺取，不过半，不滴漏。

这天晚上，他替她处理了龙虾，切分了肉类，看似顺理成章，对她而言却是会引起诧异和困惑的过分温柔之举。许多年时间的疏隔让话题只停在眼前，他的聊天内容多为自我陈述，生活过的城市、做过的工作、结交过的人、见过的风景和生过的病。她会想起，先前和丈夫一起外食，一种乐趣就是不动声色默默听邻桌明显是相亲男女的对话。一餐饭下来，她和丈夫也差不多对邻桌男女从父母亲戚到街坊邻居，从童年趣事到手机歌单了如指掌。记忆让过往生命内容重现，自我描述也是一种创造，记忆的强光和暗影是美好的化妆术，并不存在刻意的谎言，不过是让自己都心悦诚服的造物。他同她说起二十年前，他们一起生活过的小城，说起与她的家相隔一条河道的他的姑母家，那时候他常因为探望姑母，顺便去她家走走看看。他讲起姑母良善又强势的个性与脑卒中后的凄凉晚景，说他给姑母的那么多红包被整齐藏在衣箱深处甚至直到去世她也没有机会花掉。他讲小城的四季和吃食，无论走出多远，再回乡他总热衷那些食物，以精细刀工切出的豆腐花朵一般地绽放在高汤里，炖煮烂熟的鹅肉浸润在油亮有味的卤汁中，碧绿清爽的野菜水饺，只有暮春时节姑母现挖现包现煮的味道最好。他说起夏天他去她家时，井水里总冰着西瓜，新煮的玉米和菱角散发清香。他好像完全忘记了当初离开小城时他是多么迫切多么义无反顾。他看她好几样食物推说不吃，再三劝她未果，笑问："你知道我吃过最难以想象的东西是什么吗？"她说："你不要说。"他不甘，依旧笑问。她无动于衷似未听见，他到底没能说出答案。饭后的对话依然枯涩，她好像在听，礼貌的应答总是有的，却总像心不在焉。细小脆薄的新月在天上，树影在灯光里婆娑，野猫在短墙上走道又消失在某处屋檐，几乎是良辰美景，他们之间却始终热度未够。他体胖怕热，脱去外套搭在手上，只着了单衫，一阵风过，钻入纽扣间的缝隙冰凉沁体，她帮他穿上外套。至多半小时后他送她回去，在小区门口，她举起的道别的要挥的手，和他伸出的道别的要握的手，有几秒的错差和停顿，各自收回手分开。

这是丈夫离世后的第四年，旁人对她生活的想象比她的生活本身丰富得多。每每遇到堪称荒诞的事情，她很容易理解成一种身份导致的后果，而非因个人魅力。包括他的再出现，她只能理解成若干意外中的一种，如果说其中有什么不同，那就是他安排在周五的吃饭对她的生活倒成了一种弥补。独自吃饭对她来说确实是一个问题，认真去想，好像谈不上存在适合她这个年纪的女性独自吃饭的空间。丈夫离世后，她几乎没能再发现新的餐厅，年节她还是在固定的餐厅预订家宴。婚姻生活里丈夫常带她去，与其说不适合独自吃饭，不如说她还没有学会在那里独自吃饭的方式。如果独自吃饭只有在商场的地下层快餐店和街边面条馄饨铺才合适，周末她未必想做这种安排，她宁愿拎着外卖餐盒回去。偶尔独自吃饭都像历险。某次下班后她步行到工作地点附近，一间她从前经常和丈夫去吃饭的餐厅。初发现这间餐厅，是她和丈夫上大四那年，她在一本DM杂志上看到广告，短小又简单的一条，宣传一间家庭式的料理店开张，地址正在他们读书的大学城，一个小区内的一楼铺位。他们寻过去吃饭，发现店主和他们一样年轻，而长得很像一位单名葵的女演员的服务员，是店主的女朋友。店主讲刚刚学习完回国，开了这间店，反复问他们口味如何。那里餐食异常好吃，环境安静亲切。他们自此就经常过去，直到工作结婚住到离此处很远的地方，还会特意过去吃饭。他们亲见到店主增加了雇工，他的女朋友成了妻子，不太出现在店内，见到店主添了女儿，见到店主开了分店，不再每日守在店内。店主后来开到了第五间分店，每一间都是小小的紧凑设计，一般好吃一般受欢迎。她走到那间最初的店铺，外面已经有排队候座的人，她告知服务员自己可以坐在吧台，问是否不用等位，于是很快被迎进餐厅落座。飞快点餐，食物一一奉上，淋着爽口酱汁的烤鸡肉串，煎烤到正合度的秋刀鱼，放了梅子和海苔碎的茶泡饭。在她右侧三个身位以外，是一个年轻男性，他俩各自占住了吧台的两边专注吃饭。店铺的墙壁上依然挂着店主喜欢的球员的队服，旁边还有若干挂钩，方便顾客挂外套。很多次，她和丈夫冬天进来，先挂好丈夫的外套，再挂好自己的，两件衫并排，小小的空间里坐下来挨挨挤挤，点好寿喜锅，喝上热茶，冰冷的胃和手都有了温暖的期待。

谈不上多愉快的第一次吃饭后，他保持了每月一次过来这个城市和她吃饭的频率。第二次吃饭，他安排在入住酒店的中餐厅，他白天的工作是去与主城相隔一江的工业区，帮助合作方完成对某个造船企业的收购，返城时车堵在过江隧道，将吃饭安排在酒店是为便利。中规中矩乏善可陈的老牌五星级酒店，整个中餐厅几乎没有客人，餐食也一般令人难有印象。席间，他和她讲完这一天的工作内容，再讲些时事，她会听，会短时间与他视线接触再移开，落在另一处无关紧要的地方；她会点头应声表示关心，但不追问，更不开启新的话题，很难说对他的生活乃至他个人有探求的欲望。

饭后他邀她上楼说话，她迟疑了片刻同他进入电梯。两人疏疏地站在只有两人的电梯，逐渐上升，走出电梯，厚重地毯吞没了脚步声响，与其说渐生幻想不如说各怀心思。进入房间坐下，他照例问她喝水与否忙碌一番，泡好热茶给她，态度是坦坦荡荡直截了当，又总谈到别处，她心里知道他想说未说又觉得一定要说的是什么。

再前一次，他和她的会面，也是在这样时节，梅雨季的湿闷六月，在那个远山淡影环抱丰美湖水的城市。那时她在人生的转折点上，在为婚礼准备，预定的结婚日期在那一年底。他的度假与她和丈夫的旅行安排时间地点重合，一晚丈夫安排了和一起玩一款足球游戏组队比赛的朋友会面，她没有参加，而他邀她一起游湖，她自然赴约。走了一些路后，他做出了骑车环湖这项完全不合时宜的安排，并且要载着她，最后让她产生一种疲惫和难言的不满。她坐在车后座上看到他的白色衬衫后背已经湿透，发梢都坠着亮晶晶的汗珠。她同他说，不要再骑车了，换成打车各自回去。焦郁心情和湿闷天气已让人无法有夜晚观湖的情致，他却坚持要骑完这段湖边道路。她不忍，跳下车来，跑步陪着骑车的他，又深觉这行为的荒诞。时间一点点晚去，近十点的时候，她决定返回酒店，便留了他独自在湖边骑车，自己乘的士离开了。待她洗澡完毕，整理妥当，才收到他的一条短消息，抱怨她不管他，留他深夜独自骑车。他若按一般年纪结婚生子，她做他孩子的朋友大了十岁，而他做她的朋友大了十岁，这种抱怨让她哑声。第二天，她独在湖边骑车，却恰巧遇上他，他心情看起来不坏，甚至还邀请了路人给他俩拍照，后来用电子邮件发送给她。丈夫当晚在他们入住的酒店餐厅安排了正式的宴请，邀请了当地的亲故，将她介绍给众人，也收获了盛意祝福。菜肴美味可口，喝得微醺，她陪丈夫走到室外吹风，潺潺水声和着虫鸣，地灯闪射在款曲的花园廊道的布景里，显出远世的安宁。

这祥和的记忆，不过一两个月即被打破。临近婚期母亲向她坦白父亲再一次陷入投资危机，并且说出一个不算太大的周转所需金额。她只能重复单调的语句安慰母亲，并知道母亲期待的帮助她根本不能向自己的未来丈夫道出。刚刚毕业的她谈不上有什么有效的社会关系，她转向他去求助，他几乎毫无心理压力地断然拒绝，甚至并未尝试考虑一下。问题后来解决得比想象的容易，父亲比预期更快脱困，婚礼在那个冬天如期举行，亲朋好友聚到眼前，在一场华丽的盛宴中为他们的未来诚挚祝愿。

他终于还是同她移到那个话题，问候她的父母，问她父亲的生意。话题转到多年以前的那次危机，她告诉他后来很快解决了。他说起自己当时钱全在投资市场无法调动，她也点头表示理解。她告诉他那个问题处理得顺利，是因为别人的帮助，而帮助的方式是利用了一个当时她完全不知道的金融工具。"别人帮我做一个信用贷款，承担了一年的利息，解决了问题，我爸后来居然在这个行业站稳了脚跟。"她抬头看了他一眼，带了一点笑，说起她之前全不知道有这个金融工具。他说他知道，但是不划算。她就不再说什么了。她没有说出的那部分是，那个帮她的人是她很年轻时的追求者，看着平庸，他父亲却有些权势。他给她的不仅仅是个人贷款的一笔应急金钱，还有问他父亲要来的几个定点机构的订单，作为她的父亲在新行业发展的起点。对方要求了什么回报呢，其实并没有，她在对方看来已无足轻重。他们约着吃饭商定这件事情，选择的是一间老牌酒店的午间自助餐厅，在一楼落地窗开放明亮的空间，餐厅布置的陈旧、食物的平庸让她印象格外深刻，如已被抛掷的缠绵爱恋。她拿着餐盘象征性地走了一圈，取了一些方便食用的食物，吃的动作比吃的内容重要，要好像一直在吃饭，也要显出自如。他不挑剔也不造作，取了满满当当一盘各式肉类，一盘主食，又去取了一杯果汁，姿态和表情都如此放松，像这是从办公室来到单位食堂的一餐。他语速飞快语气笃定地同她讲起种种安排，他只是想提供他轻而易举的帮助，证明他的良善和能力，想教她多少懂得懊恼和悔恨。

父亲事业发展平稳，她的婚姻生活也流畅从容，她确实拥有过被祝福的生活。这祝福履行了十年，直到那一天突然降临。丈夫去世后，她要面临的一个问题是吃东西，如何吃下去，以及吃什么。一开始的两日，仅仅喝水足矣。在客厅匆忙设置的灵堂，丈夫尚未衰老的父母亲接待前来吊唁的人。其他房间，亲戚朋友以不同关系自觉类聚，团在一起说话。上次在这间屋子里聚起同一群人，还是在她和丈夫的婚礼上。未亡人最常待的位置，是和丈夫的卧室，母亲陪着她，拿水给她喝。红枣煮的水灌在吸管杯里，是怕她大口喝水会吐出来，此前已经发生过。红枣水没有放糖，透着一点自然的淡香，对于完全没有进食的人来讲，食物的滋味纤毫毕现。潮水一般卷涌而来的悲恸，紧紧压住她的胸腔，带来反复的昏厥。躯体撑不住，耳朵尚且可以听见，大脑依然工作，她听闻丈夫的某个懂医的亲戚，大声唤人给她灌藿香正气水。

丈夫去世后前三天，她的食物是水、米汤、红枣水、藿香正气水。丈夫被安葬后回来的那天，人群散去，只余丈夫的几位近亲留守，她的父亲也回去了，母亲留了下来。傍晚，她陪孩子在楼下玩过滑梯上楼，母亲邀她一起散步。暮春好天气的傍晚，墨蓝天空绯红色流云游走，她俩从小区边门出去，走到生活区一条安静的小马路上，道边樟树对生叶片呈现柔嫩新绿，小区墙边蔷薇科植物枝叶舒展，结实的花苞预报着将要到来的盛景。走过小学校，走过学校等候区地面的白色数字，走过熟悉的超市、洗衣房、菜场、宠物店，转入另一条小马路，母亲领她到一家凉皮店，同她坐下来，点了一份素凉皮。

亮橙色塑料圆碟套上塑料袋，绿色黄瓜淡黄面筋灰白凉皮上淋上酱汁，细碎红辣椒圈青绿香菜间杂其中。母亲替她取好一次性筷子，摩擦去除毛刺，再递给她。她一口口吃下去，软的、冷的、滋味强烈的食物，唤醒味觉的本能反应。对于凉皮的滋味她毫不陌生，怀了女儿四十多天后，她进入孕吐期，几乎无法进食，丈夫每天下班后也是从这间店给她打包凉皮回去。

丈夫葬礼后的一周，她的食物是每天傍晚出门散步时，母亲带她去吃的凉皮。那一周密集地伴随各种事务性的工作，出现在派出所、银行和公证处的她和丈夫的父母，一一完成生人的责任，继而她带着孩子回返国外工作，直到遗忘的潮汐覆盖旧事。她带着孩子回到国内生活，已是一年以后，沉默成难以引人注目的一种，试图汇入庸常平静的日常河流。他早从共同认识的人那里知道她的消息，并没有急着去求证。直到一个他觉得必要而合适的时机，像展开他生命中若干游刃有余的事件中的一桩，他开始和她一起吃饭。

她已很久没有独自吃饭的经验。与丈夫相识于大学，世纪初的校园恋爱有一个明确的公开方式就是一同去食堂吃饭。但她与丈夫是在大学扩张后占地巨大的新校区读书，恰好被分在相隔甚远的两个生活区，步行需要二十分钟以上，丈夫每日傍晚搭乘电动助力车过来探她，坐在这个或另一个陌生人的车后座上，拎着热腾腾的一袋爆米花。两人总是在她宿舍楼前的操场走上好几个来回，说些没有什么特别但又连绵不绝的话。多数时间里她在说，他在听，天光暗下，他的眼神在暮色中亦有光亮，好像只有在丈夫面前，她开始可以自由说话，说不经反复思考斟酌字句的话、说有情绪的话、说没头没脑的话，也说出机锋、暗号和密码，不害羞地袒露天性和向往、袒露软弱和恐惧。他回返后，她把爆米花拎回宿舍和舍友分享，她们常常抱怨她拿回来的爆米花已经软塌。丈夫过来时搭车，回去多数是步行，戴着耳机听 CD 机里播放的音乐。他身形高瘦，冬日总穿一件厚实的棕绿棉衣，外料细密硬挺，人造毛领蓬松柔软。寒冷天气，他会把衣领竖起来保暖，衣领下方的两道皮扣扣紧，她每每看他离开，身影渐远，汇入暮色。周末是一起吃饭的日子，他们并不知道这是他们未来多年一起吃饭共同生活的序曲，校内餐厅菜单上的鱼香肉丝、水煮肉片、酸菜鱼是经久不衰的菜式。丈夫爱吃肉食，那么她爱吃的，就是鱼香肉丝中的笋丝、水煮肉片中的莴笋和豆芽、酸菜鱼中的酸菜，如此配合默契。一起乘车去城里的周末，他喜爱带她去商场吃流行的简餐，那间他第一次带她去的餐厅，存活得比他们能共处的时间更久，只不过从原来市中心绝佳位置搬离到了一个过气商场，丈夫最爱吃的起司鸡丁蛋包饭还在餐单上的推荐位，留下快乐印记的美食很难说是昂贵的。

与丈夫吃饭的最大福利是放松吧。她可以吃自己想吃的，不吃不想吃的，可以多吃，可以少吃，可以一边吃饭一边聊天，可以挑挑拣拣。那些吃饭方式，同父母一起不可以，同丈夫的父母一起一样不可以，从本质上说，他们对她的期待并无二致。他们结婚后外食变少，因丈夫的母亲对一切餐厅的食材调料和烹饪方式都充满忧惧，做饭成为她承担的必要日常。按照教做饭的APP里的菜谱，做出一道道合乎要求的菜肴对她来说并不是艰难的任务，尽管也很难说有多少乐趣。丈夫坐在餐桌前，没有一般男性评点菜式的傲慢，他用食量来诚实投票，也不太抵抗地逐渐向她的饮食习惯靠拢，包括吃不太有挑战性的食材，偏于清淡的口味。

丈夫离开后，她并非没有尝试过自己去正式的餐厅吃饭，尤其是在周围人的评价中获得不错口碑的餐厅，她也想好好吃一些美味食物。她打电话去订餐的时候，却从来不敢说是一位，她总说，两位。然后呢，总要点远超过她食量的食物，临走的时候要求打包，假装丈夫临时有事没能过来。一个人去吃饭，总归太醒目。

他突然手搭上她的肩头，把她轻轻地但又坚定地揽进自己的臂弯时，好像并没有十分冒犯，毕竟，她是单身，他也是，毕竟，他们都不再年轻。雨知趣地停下了，树木仍浸在湿润的空气里，这片区域因珠江冲积形成沙洲而得名，曾经被殖民的经历为它留下了外观别致的异国风格的建筑群。他邀她晚饭后来这里散步，灯光将树影投于建筑外墙，巨大的榕树和香樟环绕，白日喧嚣的人群隐遁，一只毛色杂乱的猫在幽暗中身影模糊，漫行到道边花台，又很快消失。路边转角的风更增凉意，他看似自然地揽住她。他们两人都穿着西装，他是下班直接从公司过来见她的，公文包尚且拎在手中。此时这一对，行在路上，看起来与其说是有情人，不如说是合伙人。这次周末的见面吃饭与平日不同，她来到他的城市，因出差的缘故。在他的臂弯，她身体僵住，不能够反抗，也无法回应，更感到透彻身心的寒冷。对方的身体语言也每时每刻都在道出一种拘谨，他们对彼此的身体极其陌生，更难说有进一步探索的愿望。

　　她从来不曾是他幻想的对象，只是随着时间的推移，她对于他来说作为一个合适的交往对象恰如其分地浮出水面。他同她说起，他看见的过往，她家中宽大的书桌上，总有厚厚一沓宣纸，上面是她日复一日不见精进但也认认真真临帖的痕迹。日日写就的还有日记，写完一本本堆放在书橱指定的一格，她的父亲常常将这些教养她留下的明证，轻松拿去给访客看，他也曾是被展示的对象。她自己喜欢不喜欢，愿意不愿意，好像是不大有人留意的。他看到她身体里住着一个小人，从她少女时期成长起来，多年后再见面，那个小人还完好地住在她身体里，那个小人教导她如何说话、走路，如何管理好自己的表情、身体以及种种举止。他以为她没有变过，也因此难能可贵。

　　南宋年间的仙人朱橘，在《历世真仙体道通鉴》中有过名录。他青年时期也曾追求功名，借居京城荒僻古刹。倦怠时，常于寺中荒园的古井旁枯坐，有时风过，吹开井底落叶，露出水面，浮现自家面孔，井中影子伴随他的枯读岁月。三年半后，科举失意，朱橘返归故里，此寺此井，常现梦中。五年后，或为追寻，他重返京城，来到古寺，复归井旁。园中荒草更盛，井中落叶厚积。朱橘拨开落叶，水面显露，映出的面孔已与五年前的不同，所谓今日之我已非昔日之我。突然间，水面幽然浮现另一张脸，与他相像又不全然相同，他仔细去看，那正是他五年前的模样。朱橘惊讶回顾，发现有一陌生男子在他身畔，也伸首探看井底。朱橘心中了然，眼前之人是五年前的自己。

男子对朱橘道白：

"我所思所想的只是与你共处一处而已，哪怕仅有须臾的时光。自从你离开京城之后，我一直留在此地。什么也不做，甚至一动也不动，一心等待着你。我知道你一定会回来的，因为你把自己灵魂中最重要的部分留在了这口井中。多亏了此，我才能够延命至今。但是我们既已相遇，无论如何我都想和你在一起，和你一同生活。我想知道，与我离别后你过着怎样的生活。因为我一直停留在过去，只知道你过去的事情。"

他手臂落下，转而牵住她的手搭上自己的臂弯，他伸平胳膊，为了方便她挽住自己，他动作像煞有介事也显紧张，她很难想象以他的年纪和经历不习惯亲密的身体接触，也无法知道是否只是他面对自己时不能。但她知道他还是在试探，想试探出一种寻常可能，再次接续彼此的人生，并非为了情欲或生存。当晚，在远超他们可能的人类寿命的古木环抱、丰盛的蕨类植物深沉呼吸中，他对绝无艳光的她再次道出心意。他相信还有东西活在她身上，是对他人来说无关紧要，但对于他至关重要之物。她只是沉默无法回应，那沉默没有欲擒故纵的伎俩，不过是像岩石一般无声无色的表达。

在她离开回到她的城市后，他打电话去说那未曾说尽的话。他问她："你还是介意那件事情吗？你要理解我，我一直是一个人的，是因为我害怕介入别人的因果。我当时是那样想的。"他说，"'一切有为法，如梦幻泡影'，是从时间维度上说的，在时点上肯定不对。辛稼轩有'青山遮不住，毕竟东流去'，大体也是此意。"过往若存在憾恨，他归结到另一种因果，从而巧妙逃避任何人事的责任，坦然地去责备命运。

时间向前再久一点，从在湖边骑行的年份再向前五年，她同丈夫刚刚相识的时候。在疾行的火车上，在她将要抵达目的地的前一站，丈夫突然出现在车厢，带着她喜欢的动画导演的影碟合集送给她。那位年长导演能够获得的寿命比丈夫更长，每年总是在预告退休又总是在推出新片。那段时间，因为升学等私人事务，她常在居住城市和另一城市之间坐火车往返，有一次，在车厢里，她遇到了正在出差的他，彼此非常惊异。她和他的邻座调换了座位，同他坐在一起，谈了一些轻松的话，她当时看起来总有很多可能，会走向哪里，同什么人一起，都还未知，生命那么轻盈，惆怅也似朝露。他不知是否因为旅途疲惫，聊天中却渐渐睡着，硕大的头颅靠在椅背上，逐渐下滑靠近她。她挺起肩头以支撑他，好像自己已经足够成熟。他那时头发尚且茂盛蓬松，也有洁净不侵扰人的气息。她是先下火车的那个人，他的旅程还要继续向前，她大力挥手同他道别，谈不上离愁别绪。下了火车，她站在站台，目送火车再次前行，目送他离开，讲起来是教养所成的周到，隔着车窗，隔开了所有私人的声息，他的面孔变成默剧里的影像，他在张口同她说什么，她听不见，他感到一些不好意思。那停靠的一分钟，因为必须彼此凝视的剧本，或多或少有些难耐，她却忠于职守，在站台的阳光和风声里，保持一个完美的站姿和弧度刚刚好的笑容。

朱橘的故事后来如此：

男子与朱橘畅谈过往，快意同游，过了一段极其美妙的时光。但很快，朱橘心生厌倦，男子固守的趣味，朱橘在这五年间早已舍弃，男子对人世的认知，也比五年之后的朱橘浅薄许多，男子却毫无知觉喋喋不休。朱橘想要断离，男子挽留阻拦，朱橘无法脱身，于是假意和解，再次引男子到井边，乘其不备，推他入井。

列在道旁的水杉岁月已久，劲直高大，深秋的落雨天气，匆匆跑入食堂的人，杂乱脚印带来湿滑脏污的地面，或留几片红褐色的羽状树叶。她跟随父亲去吃饭，她看到他进来，看到他付饭票时发现不够，脸上的狼狈和困惑，他不知道何时丢在了哪儿，四下寻找。她拿一张自己的饭票递给他，告诉他她捡到了，他犹豫了几秒接了过去。他们曾经在生命很早的时候遇见，在父亲单位光线昏暗的食堂，在人群穿梭来往中，他们在这一个或另一个早晨、中午或黄昏，在各自的桌前，吃完一顿饭，又一顿饭，各自离开，从未对彼此命运做出猜想。

曾经的大学，以及年轻时候的丈夫，一次次在日暮里告别并无伤感，因为知道下一个白天总会相见。结婚后，每日早晨在门前告别，傍晚开门迎接丈夫，是再平凡不过的日常。他们还太年轻，不知道害怕离别。对她来说，划无声也是无形的界，隔开犹如在昨日的风景，是能够日日生存下去的方式。"杀死过去的自我之后，我变成了只活在现在的人。我已经没有了过去。"朱橘如此说。那些他寄望的内容，已经随着她的记忆封印，彻底隔绝在了生命的另一边，无法成就创造未来的甜蜜憧憬。

一个新的周五，她自己走进一间餐厅，告诉前来迎接的服务生是一人用餐，被安排进了一个阔大的包间。她听到他们在包间外的走道说话，字句清晰传入她的耳中："她是一个人的。""去撤掉多余的餐具。""给她奉毛巾和热茶。"端上来的澳洲龙虾，服务生得她应许后取下去，再次呈上来，连臂钳顶端的肉都被剔取呈现。这些他为她做过的工作，专业的人可以做得更好。

她很久没有那么耐心、那么仔细地吃那么丰盛的一顿饭。她看到食物进入她的身体，像进入透明的容器。她想到他问起她的问题："你知道我吃过最难以想象的东西是什么吗？"她当时把眼前提问的他，想象成一个透明的人，人的一生，曾经吃过的食物，在透明的人形中显现，鸡、猪、羊、鱼，以及逐渐增加的复杂选项，他身体里的内容物一定比她的丰富很多，复杂很多。相形之下，她显得贫乏而单薄，好像从来如此。

她吃完饭，离开餐厅，她这天穿的是男女同款的灰褐色直身风衣、宽阔的裤子，依然是孟克鞋。这些衣衫周到服务于她的身体，毫无拘束，却又妥帖包容。她觉得自己行走在这衣衫里，边走边渐渐变高变大，从这衣衫里，走出了一个他。她有了他的体态，他行路的姿态，高视阔步，孤身一人，但自由自在。

（文中朱橘引文部分出自涩泽龙彦《镜与影》）

原载《人民文学》2023年第9期

鲁迅遗稿

黄　平

第一幕

"天空都不像唐朝的天空。"

飞机缓缓下降，穿过浓云，透过舷窗，机场已隐约可见。舷窗映出孟弧略显憔悴的面容，他的脸瘦削，眼眶深凹，眼圈有一丝发黑。看着窗外灰蒙蒙的天空，孟弧默默念出鲁迅先生这句话，合上《鲁迅著译编年全集》第五卷。临行前，他在书房里盘算许久，就像战士临阵前摩挲手中的弹匣。届时将没有手机，没有电脑，从上海飞西安，由不得带太多的行李。他没有选择《鲁迅全集》或者别的什么版本，精心选了这一卷——这一卷完整地涵盖了鲁迅先生一九二四年的西安之行。

没有太多准备的时间，对方几乎算定，他看到短信后会来。昨天上午收到的短信，约定的是今天中午的航班。孟弧是大夏大学中文系的知名教授，上海青年文学评论家中的翘楚，从未收到过如此冒失的邀请。但这条短信的内容，让他无法拒绝：

孟弧教授：

　　久仰先生盛名，今有一事相邀。我受内山完造先生后人委托，请您鉴定鲁迅先生长篇小说《杨贵妃》手稿真伪。兹事体大，万望保密，并谢绝携带任何电子设备。书稿现在西安，盼先生于明日乘坐东航MU2156航班抵陕面议。

孟弧心脏狂跳地看完这条短信，中国现代文学的几大遗憾之一，就是鲁迅没有写过长篇小说。鲁迅一九二四年的西安之行，本来是为《杨贵妃》搜集资料，但从西安回到北京后，突然没有缘由地放弃了《杨贵妃》的写作。难道鲁迅写出了《杨贵妃》的手稿，并且留给了内山完造？孟弧想回拨电话，却发现短信是通过网络软件发过来的。这是诈骗短信吧？现在骗子的文化素养不低啊。

似乎是猜到了孟弧的震惊与怀疑，对方随即发来第二条短信，这次是一张图片。孟弧认出这是民国时期静文斋的笺纸，上面的笔迹是熟悉的鲁迅字体：

　　灰黑色的城墙和雉堞，城墙外，武士们持着矛，一排排地呆站着。远远地有两匹马并着跑过来。此后是拿着木棍、戈、刀、弓弩、旌旗的武人，走得满路黄尘滚滚。又来了一辆四匹马拉的大车，上面坐着一队人，有的打钟击鼓，有的嘴巴吹着不知道叫什么名目的劳什子。路边的人陆续跪倒了，伏下去。一辆黄盖的大车驰来，车上呆木头似的沉默的、花白胡子的太上皇，就是玄宗了。

　　一个黑瘦的乞丐似的人，忽地站起，扑向玄宗的大车。他拔出青色的刀，青光充塞宇内，那刀便溶在这青光中。大欢喜的光彩，从这刺客的眼睛中射出来。

玄宗瞪大亡魂失魄的眼睛，天边的血红的云彩里，有一个光芒四射的太阳，如流动的金球包在荒古的熔岩中。

孟弧推敲这几段文字，确定是鲁迅的文风无疑。而且孟弧知道，这个开头和鲁迅好友冯雪峰的回忆对得上。在冯雪峰的回忆中，《杨贵妃》正是从玄宗被暗杀写起，鲁迅还亲口告知冯雪峰："这样写法，倒是颇特别的。"孟弧把图片下载到电脑里，像欣赏书法一样，放大每处墨迹反复揣摩。假如这是真的，这将是改写中国文学史的事件，也是每个文学研究者梦寐以求的时刻。孟弧努力平复自己的心情，他还有一个月就四十岁了，这是四十岁这一年又一个大礼包吗？这可比他之前谋划的大礼包贵重。如果是诈骗的话，对方能骗到什么呢？代表东方航空骗他一张机票？他深吸一口气，貌似淡定地回复道："感谢邀请，很有趣的活动，我去参观学习。"

西安咸阳机场，T3航站楼。

暑期，机场里到处是旅游的客流。孟弧随着人群走出到达层，接机的人群中，一个矮壮的出租车师傅，汗衫卷在肚脐上，举着块废纸壳，上面用黑笔粗糙地写着两个人的名字：吴远行、孟弧。孟弧心里瞬间浮起一丝不快。请一位打扮得像空姐的女孩，捧着一束红艳艳的仙客来接站，和请这位师傅拿着个快递箱的纸壳来接机，孟弧并不觉得有什么区别。让他觉得不快的，是燕京大学的吴远行也在受邀请之列。这次或许名垂青史的鉴定，他无法独享了。

孟弧淡然地走到这个师傅面前，客气地打个招呼，细看一眼牌子，"孟弧"的"弧"还写错了，写成了"孟孤"。师傅有些冷然地问他吴远行人呢，孟弧解释他是从上海飞来的，吴远行是北京的教授，和他不在一个航班上。正说着，孟弧看到吴远行从行李转盘上取下来一个黑色手提箱，远远地走出来。吴远行也看到他们了，脸上瞬间浮起笑容，热情地挥着手。

吴远行和孟弧同岁，洛阳人，微胖，个子不高，两眼炯炯有神，说起话来嘴唇下有个肉窝，一副龙门石窟里的大佛长相。孟弧倒是又高又瘦，快一米九的个子，平日里的学术活动中，他和吴远行走在一起，背影望过去很像神龙教里的胖头陀瘦头陀。孟弧作为评论家，在学术上是一个杂家；而吴远行专攻鲁迅研究，各类重大项目拿个不停，被视为四十岁以下的鲁研界学术明星。燕京大学这几年的鲁迅研究，也俨然有超越北大人大等学术重镇之势。孟弧看着吴远行微笑着走过来，心里忽然涌起一个疑问：自己尽管在中国现当代文学研究界和吴远行齐名，但毕竟不是鲁迅研究专家，对方请吴远行好理解，为什么同时还请他呢？

孟弧不及细想，和吴远行握手寒暄，并排往航站楼外面走。师傅在身后提醒了一声："还有个人哩。"两个人一愣，已走到了T3的出口。这一天正逢立秋，关中还是燥热，暑气扑面而来，像臊子面出锅一样热气腾腾。孟弧擦了一下眼镜，定睛一看，西安当地古都大学的许构正在外面抽烟。

孟弧和吴远行又惊又喜，以为是老朋友许构邀请他们来的。许构和他们同龄，四十岁不到，已经是古都大学中国现当代文学教研室的主任，要论对于传统文化与现代文学的关系研究得很深、京沪之外引人瞩目的青年学者，一般会想到许构。今年五月，五四运动一百周年纪念，在华东师大举办的学术研讨会上，就是孟弧、吴远行、许构以及华东师大本校的王平四位青年学人作的大会主题报告。两三个月没见，许构还是一副陕西话讲的闲人样子，有点无所事事，有点颓丧。无论长相还是神情，都酷似这两个月热播的《长安十二时辰》里的张小敬。许构也看到他俩出来了，把烟掐灭，有点茫然地看着他们："这是个啥事？你们俩也收到短信了？"

出租车从机场出发，沿着绕城高速一路向南，没有进西安市区，而是直奔秦岭北麓而去。一路走了百余公里，道路两边万峰巉巉，高下势峥嵘，山林里的余晖淡去，暮色愈发沉重。

一路上许构向孟弧和吴远行介绍他了解的经过。他也是昨天上午收到的同一条短信，唯一不同的是，作为本市的专家，短信结尾告诉许构有一辆车会接他去机场。许构本来以为是飞到外地去鉴定，上车后，师傅告诉他还要去机场接两个人，之后去秦岭北麓曲峪里面的一处别墅。许构想盘问出谁请师傅来接的站，师傅说就是出租车公司派下来的活，一个客人电话订的车，其余一概不知。孟弧和吴远行都是聪明人，知道兹事体大，对方刻意保密。只是本地人许构觉得这事怪得很，曲峪那片的违建别墅这段时间正在拆除，前几天下过大雨，峡谷里恐怕更是泥泞难走。感觉这个保密的排场，为的不是鉴定作家遗稿，而是鉴定传世国宝。吴远行表态，鲁迅遗稿就是传世国宝，捍卫鲁迅之余，和许构闲扯鲁迅一九二四年西安之行的趣事，嬉笑地介绍鲁迅来的路上腹泻，一路上吃的治拉肚子的药叫"Help"。

孟弧更多时候是沉默，他不时盯着手机上的导航，想把行车路线记下来。但是进了秦岭后，信号越来越差，转进将军山，信号完全消失了。他放下手机，凝望着车窗外连绵的秦岭冷杉，苍苍渺渺，像肃然的秦国甲士。他心中隐隐觉得有些古怪，但是又找不出具体原因，一种不安的感觉挥之不去。

从绕城高速到关中环线，下高速走村道，灰白色的水泥石板路。从村道开进去，穿过一片山杨林，又开了近一个小时，来到一条幽寂的小河前。水疾且浊，河上有一座水泥桥，桥的尽头是一片笼在雾霭中的别墅区。司机把车停在桥头，桥头立了块牌子，红油漆厉色写着：危桥禁行。

司机说什么也不走了，指着桥体说，上个月拆迁，渣土车天天往来，桥面开裂，车肯定过不去，走路没问题。夜色中望过去，河边的别墅区一片残垣断壁，里面的一排似还没来得及拆，影影绰绰，没有半点灯光。环境倒是极好，这条河和这片山杨林，把别墅区和外界远远隔开，唯一出入口就是这座桥。司机转身向坐在副驾驶座的许构要钱，开口就是一千五。许构脾气也急，骂了一句："你怎么不去抢哩，我可是当地人。"司机早有准备，拉着许构三人下车，打开后备箱，指着里面说："这一千五是全算在内的。"

后备箱里，整整齐齐码着三箱涟漪矿泉水、三箱银桥牛奶、三箱米旗面包，甚至还有三包卫生纸。这些上面，还垒着三辆菜市场常见的简易手拉车。司机给每人分了一车，告诉他们这是订车的客人安排的，车费加上这些，电话里约好一千五。订车的客人还在电话里保证："他们仨肯定会给。"孟弧等人面面相觑，假设鲁迅遗稿就在河对面的别墅里，那多少钱的车费，都要走这一遭。三个人各付了五百给司机，出租车扬长而去。三位青年学者，一手拉着车，一手拉着皮箱，一个接一个走过小桥。临走时司机告诉他们，电话里约的别墅是最里面的一栋，一号别墅。

这片别墅区，原本是仿传统徽派风格，青砖小瓦马头墙，回廊挂落花格窗，在深山里打造一片世外桃源。现在进门见到的几栋，只余一地瓦砾；里面的几栋还在，森森然渺无人迹。施工队已经撤离，估计等着桥面修复。路上许构讲起这片违建别墅的由来，孟弧和吴远行在电视上也看过相关报道。一轮冷月升起，几人沿着小径徐行，路两边密密种着樟树、雪松与悬铃木，山风徐来，浅吟低啸。走到小区最里面的一栋，虚掩着铜门，大门左右挂着"厚德载福""和气致祥"两块牌子，牌子边各栽两棵旱柳。透过大门望进去，院子里荒草有半人高，种着石榴与女贞，开着一大片白色的木槿花。

这个一号别墅无论怎么看，也不像有人住的样子。孟弧矜持，还敲了敲门。许构推门进去，庭院里安静得连一只野猫都没有，只是惊起女贞树上的几只山雀。房子共有三层，一楼有客厅与厨房，客厅与厨房中间是卫生间，卫生间对面是上楼的步梯。二楼有三间卧室，两大一小。三楼两间房，应是一间卧室一间书房。书房外是大露台，直对山景。整栋估下来有三百多平米，目前都是水泥毛坯，只是一楼的卫生间交付时装了简易的台盆与马桶，供装修工人使用。

三人互相照应，楼上楼下走了一圈，越走越惊诧。回到客厅，面面相觑，这诡秘的场面，是他们来之前万万没有想到的。他们都习惯了参加文学研讨会一路被当地作协或大学周到照顾，习惯了签到处、资料袋、星级酒店的大床房和包厢里的红酒。孟弧生性谨慎，主张明天天亮就回城。吴远行也有些蒙，抿着嘴不说话。许构尿急，去一楼卫生间方便。他拍拍门口的开关，发现没有通电；扭开水龙头，还好已经通了水。许构打开手机电筒，发现这个卫生间有人来过：马桶的水箱上，提前摆着一台巴掌大的老式索尼随身听；马桶对面靠墙摆着三张叠起来的行军床，每张床上搭着一张封在挂袋里的毛毯。

三个人饥肠辘辘，各拉起一张行军床，围坐在客厅里，吃着面包喝着牛奶，按下随身听的播放键。月光透过客厅的落地窗玻璃照进来，照在几位民工模样的青年学者身上。伴随着久违的磁带沙沙声，一个低沉的女性声音响起。鲁迅先生一九二四年的西安行，孟弧等人二〇一九年的西安行，像滚动在月色中的水银，在这秦岭深处废弃的别墅中，渐渐交融在一起。

第二幕

阳光刺眼，透过沾染着水泥灰尘的玻璃照进来，有一丝沉闷。许构走到落地窗前，推开一扇窗子，透一口气。近中午了，几个人刚刚醒。昨夜为了安全，三个人都睡在客厅，行军床东一张西一张胡乱摆着。入户的大门，孟弧用行李箱上的挂锁牢牢锁住。吴远行胡乱洗一把脸出来，眼睛里带着血丝。他坐在床上，看着他们俩说："内山完造在日本好像是有一个女儿。"

作为鲁迅研究专家，吴远行对内山完造的生平也颇了解。吴远行讲，抗战胜利后，内山书店被国民党接收，内山完造被遣送回国。一九五〇年，内山完造与加藤真野结婚，这是他的第二任妻子，他们生下了一个女儿。对于一九五〇年代的内山完造，吴远行所知不多，他觉得内山完造先生似乎有什么事情想告知国内，但一直没有找到合适的渠道，内山完造本人也很犹豫。一九五九年九月十九日，内山完造亲自飞到北京，但在当晚的宴会上，突然发抖昏迷，第二天就在协和医院去世，死之前一直昏迷不醒。这一年内山完造七十四岁，就这样永远留在了中国，和第一任妻子，一九四五年病逝于上海的内山美喜子，一起安葬在了上海虹桥路的万国公墓。

孟弧和许构静静地听完吴远行的介绍，许构说："昨晚上录音里的那位，就是内山完造和第二任妻子的女儿？"

"嗯，她自己说是日本冈山大学东亚艺文系的教师。你记得吧，她说《杨贵妃》这个手稿是在冈山的老房子里发现的。冈山这个地方，就是内山完造的家乡。"

许构说："那她为什么不来一次中国见面聊聊呢？托人弄得这么神神鬼鬼，她今年还不到七十岁吧。"

吴远行说："或许她父亲当年在北京的意外去世，让她没有安全感。"他顿一顿说，"似乎内山完造通过鲁迅遗稿，知道了什么我们不知道的秘密。"

许构说："鲁迅就是个作家，他会掌握什么秘密呢？"

吴远行摇摇头："民国那个时代很难讲，而且鲁迅先生不是一般的作家，各方势力都在争夺他。"吴远行想了一想，又说，"鲁迅先生临终前，去过的最后一个地方，就是内山书店。一九三六年十月十八日当晚，鲁迅用日语给内山完造写了一个便条，表示身体不舒服，当晚十点他本来还约定和内山完造见面。这个便条是鲁迅先生留下的最后的文字，十九日晨，鲁迅先生去世。他那天晚上想约内山完造谈什么事情，只有天知道了。"

大家一时无话，乱世知识分子的生活，确实和现在他们的生活天差地别。孟弧从行李箱里翻出来一块黑巧克力，自己掰下一块，也散给吴远行和许构。吴远行接过巧克力说："今天的关键，也是昨天这位女士重点讲的，就是参透她告诉咱们的这三段文本。"

许构说："她这是要考考咱们哪。她说第二盘录音带也在这个房间里，线索就在这三段文本之中。"

孟弧说："考就考吧，早点结束此事早点回家。住在毛坯房里，这是人生第一次。"

吴远行说："你这是习惯海上的花园洋房了。"

孟弧说:"你这首都来的大教授,在北京住得差?"

吴远行说:"呵,跟你们上海学者不能比,海淀那一片的老房子你不是不知道。"

孟弧看一眼许构,找补了一句:"还是长安的学者最好,听说你们在大学城分的房子,都是二百平米的大平层。"

许构避而不谈,指着行军床上的记事本说:"抓紧干活吧。"

这个记事本记录下了昨天的录音带中,这位没有具名的日本女士念的三段文本,据她说就是《杨贵妃》手稿上的三段。她表示该手稿记录的内容非常重要,她要确定请来的三位专家,有真正的鉴定能力。录音并不长,但是反复记录校订这几段文本,就搞到了半夜两点。

第一段:

一道阳光斜射在西壁上,高力士顺着剥落的宫墙走路。很能耐寒的树木也早已经秃尽了,灰黑色的枝丫,叉于清朗的天空中。微风起来,露在墙头的枝条,带着干枯的叶子摇动。

出了宫门,没有直走大道,转入岔路,在宫墙下慢慢地绕着。风大起来,刮上黄尘来,遮得半天暗。

现在的长安可是不比一两年前,玄宗在位的时候,街道宽阔,房屋也整齐。大店铺里陈列着许多好东西,东市西市的店铺里,堆积着蜀锦、吴绫、胡靴、绛纱镜、铜器、名瓷、茶釜、茶铛、茶碗、空青石、黄连、玳瑁、珍珠、象牙、沉香……而今只余严冬的肃杀。

高力士拐到皇城东的永兴坊,路过云麾将军、左龙武军将军刘感的宅邸,沿十字街走到西边的荷恩寺。走到门口,高力士忽而觉得有些口渴。

第二段：

　　玄宗毫无动静地坐着，好像一段木头。
　　"父皇，您好吗？"李亨轻轻地说，极恭敬地行着礼。
　　玄宗瞪着眼看定大殿的屋顶，沉默了一会儿，咳嗽几声，白胡子里面的嘴唇在动起来。
　　李亨屏住呼吸，侧着耳朵听。玄宗的牙齿都掉光了，发音不清。
　　李亨很有些焦躁模样，声音大了些："父皇，高力士总不肯说，他说完全记不得了。这样东西，怎么会记不得呢？"
　　"那不碍事，那不要紧。"玄宗说。
　　"怎么会不要紧？"李亨斜射出眼光来，有些愤懑。
　　哇的一声，夜游的恶鸟，飞过了甘露殿。
　　玄宗仿佛并没有觉得，但仿佛又有些觉得似的："对对！"
　　两人没有话。李亨深深地倒抽了一口气，只是很懊恼，觉得有什么不足，又觉得有什么太多了。

第三段：

　　这是哪里，我怎么到这里来，怎么死的，这些事我全不明白。总之，待到我自己知道已经死掉的时候，就已经死在那里了。我的身体似乎比活的时候要重得多，所以压着黄裙的衣褶，便格外不舒服。
　　听到几滴水声，几声喜鹊叫，接着是一阵乌老鸦啼。大约正当黎明时候吧。
　　黑沉沉的一无所有，只有映出的月亮灰白的影。上下四周，无不冰冷。

三个人仔细地读了几遍,鲁迅先生的文字自然是一流的,但是如何凭借这三段文字,推敲出第二盘磁带的所在?大家都很茫然。吴远行喃喃自语:"有些文字好熟悉啊,但就是想不起来在哪里看到过了。"孟弧和许构也有同感,这几位评论家平日各种应酬忙得脚不沾地,对于作品都有些生疏了。为了掩饰尴尬,许构开玩笑说:"等远行老兄那个鲁迅研究历史文献大型数据库建设项目完成后就好了。"说完,他又推一推孟弧,"你这大评论家是文本细读的高手,你来讲讲?"孟弧皱着眉头,敲着记事本上的第一段问许构:"长安当年一百零八坊,真有这个永兴坊吗?"

许构答道:"严格来说玄宗时不是一百零八坊了,不过永兴坊一直在。魏徵的家就在永兴坊。"

孟弧说:"文学归根结底是一种隐喻,这个道理你们两位'大咖'当然明白。这三段就是谜面,谜底是一个物,或者说是一个位置。"孟弧停顿一下,继续说,"我想,高力士走的这条路看起来很奇怪,是不是在隐喻什么?"

吴远行和许构听孟弧这么讲,又翻回来看第一段。许构说:"高力士走没走过这条路不知道,但鲁迅先生这段地理位置的描写是写实,是按着玄宗当年的长安城布局来的。"

吴远行盯着永兴坊,反复地看:"永兴坊现在是哪里?"

许构说:"永兴坊嘛,你几年前去西北大学开会那次,晚上我不是来找你出去吃消夜嘛,那次去的就是永兴坊的美食街。咋跟你说呢,就是靠城墙东边。"

吴远行哦了一声:"想起来了,咱们吃完后去看的秦腔。"

"对,咱们吃完去易俗社看的《三滴血》,那一路大概就是当年的永兴坊。现在的永兴坊比唐朝那时候小多了。"许构说,"我老家也在那一片,长安历史上著名的灵异事件发生地。你们读过《酉阳杂俎》吧,在唐朝的时候永兴坊的井闹鬼，我小时候还听过这个传说。"许构国学底子好，也经常拿这一段当段子讲，竟背了出来，"永兴坊百姓王乙掘井，过常井一丈余无水。忽听向下有人语及鸡声，甚喧闹，近如隔壁。井匠惧，不敢掘。"

孟弧和吴远行没有读过《酉阳杂俎》，只是知道鲁迅在《中国小说史略》中研究过该书。孟弧又指着第二段说："这一段鲁迅先生写的是玄宗和李亨的对话，注意地点是在甘露殿。"许构一下子想起来了："玄宗被赶到甘露殿，是公元七六〇年夏天的事。李亨七五六年即位，玄宗那个时候起就被架空成太上皇，可恓惶了，自己的兴庆宫也不能住了。玄宗被赶到甘露殿后，高力士也被流放了。"

吴远行说："读这一段，李亨很焦虑，他好像有什么东西在玄宗这里。似乎高力士也知道此事，但不肯说。"

孟弧继续说："此外，第三段的死者是谁？顺着第二段的逻辑，我一开始以为是高力士被李亨杀了，但是注意，这个死者穿的是黄裙。"

"黄裙？"

"死者是个女人。"孟弧说，"而且这里鲁迅先生的叙述手法很现代，是从死者的视点出发的第一人称叙述。"

许构说："鲁迅为什么要这么写呢？"

孟弧摇摇头："我现在还不清楚。这三段感觉彼此之间有一种微妙的呼应，但是到底在暗示什么呢？"

吴远行和许构也陷入沉默。临近中午，林静鸟稀，秦岭夏天的风吹进来，隐隐带来小区外的流水声。在他们看不见的地方，河边枫杨的果实垂蔓，偶尔落在河中随波而去，尘世的喧嚣，远远在山谷之外。

孟弧睡不着，他习惯独处，也是嫌许构他们这两晚呼噜声大。他把床搬到了二楼，在三个房间里挑了一个最小的，设计上应该是保姆房。这是住在毛坯别墅的第三晚了，孟弧这几天一直克制着内心的焦虑，他必须在几天内离开西安，单位还有一件大事等着他。

借着手电的亮光，他再一次翻出记事本。其实不用再看，这几段话他差不多背下来了。怎么从字里行间找出蛛丝马迹？孟弧这几天试遍了所有文本细读的方法，也很难解开眼前的这道谜。他曾经想着要不就这么算了，干脆走出房间，穿过别墅区，从小桥过山杨林，到村子里包一辆车，就这么回到城市，回到他所熟悉的世界该干吗干吗。但是眼前的文本充满诱惑，这诱惑一半来自鲁迅遗稿本身，一半来自发现遗稿所带来的巨大声望。孟弧思来想去，还是舍不得走。吴远行和许构这两天也在抱怨，在这毛坯别墅里吃不好睡不好，但大家恐怕是一样的心思。

他反复推敲这三段文字，凭借着一流文学评论家的敏锐，他觉得关键是第三段。前两段是常见的第三人称叙述，历史小说常见的写法。但是第三段是从死者的视点展开叙述，这在鲁迅准备写作的一九二四年，乃至于今天也不常见。孟弧想到的类似作品，有莫言的《生死疲劳》、余华的《第七天》，还有拉美作家鲁尔福的《佩德罗·巴拉莫》，这些作品也是他在大夏大学的课堂上，经常带着学生一起细读的。但是回到鲁迅这里，他为什么要这么写呢？

他放下记事本，枕着双手，凝视着头顶的水泥天花板，感觉这两天仿佛被困在一口井里。屋子里太安静了，方圆几里地，可能就他们这几个活人。他横竖睡不着，掀开毛毯坐起来发呆。就在这时，他隐隐听到滴水的声音，在这深夜中，一滴一滴地传了过来。

孟弧突然一闪念，"听到几滴水声"，这句话出现在第三段之中。死者所在的那个环境，必然有水！一个思路像电流一样，将大脑不同区域依次点亮。万一第三段写的这个"我"，并不是一个人，而是以拟人的方式写的一个物呢？那么，它所在的地方必然有水！此刻，就在这栋毛坯别墅里，哪里在滴水？耳朵听到的滴水声，是哪里传来的？

只有那个地方！孟弧激动地站起来，摸索着噔噔走下楼，脚步声惊醒了睡在大厅里的吴远行和许构。两个人蒙眬中扭过头，只见孟弧站在一楼卫生间前。孟弧深吸一口气，按捺一下自己的兴奋，走进卫生间，蹲下来，用手在马桶下面摸索。没有摸到什么，孟弧站起来，想了想，打开了水箱盖。水箱盖的背面很潮湿，一滴滴水珠，不断落在水箱里。在水箱盖背面的正中间，一盘磁带，装在密封的防水袋里，用黄色胶带横七竖八地粘着，像在水箱盖下面粘了一颗炸弹。孟弧撕下胶带，擦擦手，把袋子拿到手里，这就是他们苦苦找了三天的第二盘磁带。

三个人都毫无睡意了，他们像来到这里的第一天晚上一样，围坐在一起。浓云遮月，他们的手机也都没电了，周遭近乎一团漆黑。在这秦岭深处的黑暗中，磁带里一个男性声音响起。这一盘磁带和第一盘不同，讲的内容远远超过鲁迅遗稿本身。孟弧他们听得目瞪口呆，原来鲁迅一九二四年的西安行，并不仅仅是为了《杨贵妃》的写作，还因为卷入了一个流传千年的秘密。

第三幕

三个人一夜没睡，还沉浸在昨夜的惊愕中，心里有团火在空洞地燃烧。

许构舔舔有些干裂的嘴唇，问道："大家啥主意？"

孟弧不说话，看着吴远行。

吴远行一只手揉着太阳穴，似乎有些头疼。他想了一想说："一九二四年请鲁迅来西安的，是当时的大军阀刘镇华。他是陕西督军。刘镇华与鲁迅本来八竿子打不着。实际上动议邀请鲁迅的，是北大的两个青年学生。"

"就是两个大学生？"

"嗯。现在想起来是有点古怪。一个叫王捷三，一个叫王品青，都是陕西旅京学生联合会的成员。他们是通过当时西北大学校长傅铜说动的刘镇华。"吴远行转身从自己的双肩包里拿出几本书，有孙伏园所著的《鲁迅先生二三事》，有单演义所著的《鲁迅在西安》。他拿起《鲁迅在西安》："我记得也不一定准确，想要更详细的资料，你们看看这本书，这是西北大学一位老教授写的。"

孟弧接过书，补充道："我记得鲁迅先生一九二四年的日记中，也多次提到王捷三和王品青。王捷三这个人，当时是北大哲学系大三的学生，也是鲁迅先生西安之行的接待员。"

吴远行说："对，之前没有重视过王捷三这些青年。听昨晚上磁带里讲到内山完造遗留给女儿的那封信，才认识到原来他们的角色不简单。"

两个人说着说着，转向许构："老兄，你对传统文化有研究，那盘磁带里讲到的传国玉玺的传闻，是真的吗？"

一夜没睡，许构眼泡有些肿，头发也乱蓬蓬的。他喃喃地说："'受命于天，既寿永昌。'谁拿到了传国玉玺，在军阀混战那个时代，谁就是天命的代表。"

许构讲给吴远行和孟弧，传国玉玺是秦始皇命李斯所制，四寸方圆，五龙缠绕，刻着李斯的篆书。从秦开始，一路经两汉、三国、两晋、南北朝、隋，传到唐朝。隋朝灭亡后，隋炀帝的皇后萧皇后，带着玉玺逃到突厥。李世民即位，萧皇后从漠北回到中原，奉还了传国玉玺，至此传国玉玺回到唐朝皇帝手里。朱温灭唐，夺了传国玉玺建立后梁；李存勖灭后梁，夺了传国玉玺建立后唐。石敬瑭割让燕云十六州，借契丹兵灭后唐，后唐最后一个皇帝携皇后、太子与传国玉玺自焚，至此传国玉玺不知去向。

吴远行说："后梁、后唐的都城都是洛阳，传国玉玺最后是在我老家失踪的？"

许构说："未必。我们陕西一直有个传说，安史之乱时，玄宗觉察到了太子李亨夺位的野心，一直不肯将传国玉玺传给他，托高力士带出宫藏起来了。李亨没有办法，伪制了一枚传国玉玺。"

孟弧说："也就是说，从李亨开始，传到唐末的传国玉玺，不是秦始皇的那一枚了。真的玉玺有可能还在西安？"

许构说："围绕传国玉玺有各种传闻。这东西太珍贵了，无价之宝。尤其是军阀混战的年头，谁找到传国玉玺，胜过雄兵百万。所以磁带里说，刘镇华一直想找传国玉玺，从河南找到了陕西。"

大家不语，沉浸在昨天磁带所讲的故事里。原来内山完造留在冈山老宅的，不仅有鲁迅遗稿《杨贵妃》，还有一封信，里面详细记录了鲁迅临终前去内山书店的谈话。一九二四年春，传国玉玺在西安出现，当地的进步青年把传国玉玺藏到了一个极秘密的地方，避免落在军阀手里。刘镇华的党羽获悉相关传言，不断派探子在民间搜寻，形势岌岌可危。这群青年秘密联系上陕西旅京学生联合会，找到王捷三等人，希望王捷三他们联系上鲁迅先生。他们想将传国玉玺托付给信赖的鲁迅先生。王捷三等人借着西北大学暑期学校这个机会，说动了老乡，时任西北大学校长的傅铜，将鲁迅先生添加到讲学嘉宾的名单中。由此，一场关系中华民族命运的国宝大转移，借着鲁迅先生来西安讲学、搜集《杨贵妃》写作资料的名义，不动声色地拉开大幕。

内山完造在信里讲，鲁迅先生本来有机会带走传国玉玺，但在离开西安的当晚，发生了一个意外，传国玉玺还留在西安。后来刘镇华兵围西安，"二虎守长安"，知情人死在了这次围城的劫难中；鲁迅先生本人一直受特务监视，找不到安全的机会回西安取回传国玉玺。在当时列强环伺、军阀林立的环境下，传国玉玺不现身，反而是最好的结局。他于是将传国玉玺的下落，写进了《杨贵妃》这部小说。《杨贵妃》并没有写完，只是完成了一些零散的部分。鲁迅先生将小说手稿交给了内山完造，托他在河清海晏之后，将手稿交回中国，找到合适的文学评论家，破解手稿里的机密，找回传国玉玺。内山完造作为鲁迅先生挚友，作为热爱中国的日本友人，在战后一直想找合适的机会，完成鲁迅先生的心愿。一九五九年他终于回到北京，但没有预料到的是，他到北京的当晚猝然去世。一九五九年的北京之行中，内山完造为防不测，将鲁迅遗稿一分为二，留在日本老家一部分，带到北京一部分。内山完造突然去世后，带到北京的遗稿也消失不见。内山完造女儿发现的，只有留在日本的鲁迅遗稿，以及内山完造留给女儿的这封信。

吴远行说:"鲁迅先生一生都很谨慎啊,没有直接将传国玉玺的所在,告诉内山完造。"

许构说:"目前我们怎么办呢?对方说我们通过了测验,这几天会将日本部分的遗稿送过来。"

孟弧说:"没有想到要待在西安这么久,老实说,我这一段有个急事。"

吴远行心照不宣地看了一眼孟弧,笑了笑:"谁不是呢?"

许构看着他们俩,表情复杂,欲言又止。

孟弧敲着手表说:"两位老兄,八月十五日那一天,我得在北京。"

吴远行盯着孟弧:"我还给自己订了一张返程票呢,也是八月十四日回北京。"

许构直性子,嚷嚷起来:"你们俩是不是入围了今年的'盛唐学者'答辩?还有我,给你们俩当分母。"

"盛唐学者",目前国内四十岁以下青年学者的最高人才头衔。取"盛唐"二字,一是向大唐盛世遥遥致意;二是有赖于盛唐财团每年的慷慨资助,每年最终的获奖者有一百万奖金,学校也会有配套奖励。在今年五月华东师大的会议上,学会前辈暗示过孟弧,他入围终审答辩的可能性极大。孟弧自己判断,五月份作大会主题发言的四位青年学者,他自己和吴远行、许构、王平,是今年可能性最大的候选人。其中王平略小两三岁,明后年还有机会;自己和吴远行、许构都是压线的年龄,按照惯例三个人中会有一个。许构的研究比较扎实,但人头不熟,终究吃一点地域的亏。这样来说,八月北京的终审答辩,自己和吴远行二者中择其一。去年、前年都是北京学者获奖,考虑到平衡,今年花落上海的可能性蛮大。对这顶帽子,孟弧已经筹划许久,是志在必得的。

吴远行也是同样的心思,但彼此是竞争对手,不好说破。许构嚷了这嗓子,大家倒有些尴尬。孟弧素来矜持,感到耳根有些发热。许构说:"咱们不说虚的,不说传统文化的伟大意义了。就说奖金。你们俩谁得不一定,也可能都不中。就算拿到了,也就是一百万。但是假设咱们帮人家找到玉玺,你们想想这是多少钱?"

孟弧和吴远行默然不语。昨夜磁带里的男人,介绍自己是日本三井财团的董事,内山完造女儿的丈夫。妻子告诉他这件事后,他知道此事关系极大,不仅涉及中华文明的瑰宝,也牵涉到中日两国的友谊。他愿意代表三井财团,请三位学者代为查找传国玉玺的下落。没找到的话依然支付每人一亿日元劳务费,找到则支付每人三亿作为酬谢。《杨贵妃》的手稿,也无偿转让给三位学者,算作他们的发现。如果同意,请他们将大门口"厚德载福""和气致祥"这两块牌子交换下位置,左边的挂到右边,右边的挂到左边。他的人看到后会尽快奉上鲁迅遗稿,并且接他们到一个舒服的地方慢慢研读。

许构继续说:"老吴你现在是牛,蒸蒸日上,但一个项目就是三五年,你有几个三五年?这项目的钱,你敢都留在自己卡上?北京的房价噌噌涨,你在咱这个圈做得再好,和后厂村互联网那帮人比比?和金融街那帮人比比?还有,孟弧老兄,你名气大,和媒体熟,经常上电视。但你写的那些东西再精彩,有几个读者?现在谁还看当代文学评论,当代文学都没啥人看了。你跟那帮畅销书作家比比?你不是和起点中文网的总编熟吗?你跟网络作家比比?"许构很果断,越说越激动,"这次是咱们千载难逢的机会,这辈子就这一次了。就算最后啥也没找到,保底一个亿,人民币差不多五百万。下次你们再来秦岭,住我家的别墅!"

孟弧和吴远行被许构一席话说服,吴远行主动握住孟弧的手:"老兄,看来咱们这辈子,赚不到一百万,要赚这三个亿了。"孟弧笑笑,说那就早点去门口换牌子吧,这地方待够了,也等着一睹鲁迅手稿真容。几个人走到院子里,站在山楂树下,头顶万里无云,正午的阳光倾泻而下。多么好的天气啊,莫名地,孟弧忽而想到了杨贵妃,十五六岁的杨玉环在洛阳参加咸宜公主婚礼那一天,可能也是这样的天气吧。

就这么等了两天，一直没有后续消息。孟弧有些心焦，终日在房间里读自己带来的书，也读吴远行、许构他们带来的资料。三个人的书，组成了一个临时的主题图书角。他们也常在一起讨论，想从目前的资料中找出鲁迅西安之行不寻常之处，但没有什么发现。许构吵着要过桥去村子里吃碗面，天天面包牛奶吃不消，再给家里打个电话报平安，但也是嫌路远，开车过来都要一个小时。吴远行准备了一个A3的草稿本，查证当年的史料，勾勒鲁迅的路线图，看看能不能找到什么规律。

这天下午，几个人到三楼的大露台上呆坐着，望着阳光极缓慢地在对面的山梁上移动，聊着想象中的三亿日元。许构慨叹小日本怪有钱的，出手大方。吴远行冷笑一声，说人家是占个大便宜。明成化斗彩鸡缸杯就是个皇帝用过的普通酒杯，拍出两个多亿人民币；传国玉玺估计上百亿，换成日元要两千多亿。日本人找到后，大模大样地归还中国，这背后潜在的收益不得了。孟弧没有接话，看着对面山梁上的光影，就像一束光在暗绿色的毡子上移动。长天流云，时聚时散，阳光也随之隐没。

吴远行打趣，说天天这样闷死了，让许构来一段秦腔。都是很熟的朋友，许构也没啥不好意思，伸长脖子就吼了一段："一个儿，两个儿，三个四个五个六个，三六一十八位尊罗汉……"他一脸坏笑地对着吴远行、孟弧，"一个儿，两个儿"地数起来，吴远行还没有反击，孟弧却心念一动，突然想到了什么，一时还无法理清头绪。他很严肃地问许构："这唱的是什么？"

"《双锦衣·数罗汉》，你没听过吧，你们上海人是听歌剧的。"

"《双锦衣》……"孟弧默念了几句，对吴远行说，"远行兄，辛苦你去把楼下的书带上来。"

"怎么？"

"鲁迅的西安行，有一个地方很奇怪。"

所有资料搬到露台，摊在孟弧的面前，吴远行和许构围坐在两边。孟弧指着远方的山梁说："你们看那束光，一会儿亮起来，一会儿暗下去，但就是不走。"

"是啊，这有什么奇怪？"

"我在想，鲁迅在西安二十一天，有个地方，为什么鲁迅先生离开了又去，离开了再去，反复去了几次？"

"什么地方？"

"易俗社！"

"易俗社？"

"对，鲁迅是一九二四年七月七日从北京出发，十四日到的西安，八月四日离开西安。在这二十一天里，鲁迅去了五次易俗社，分别是十六日、十七日、十八日、二十六日和八月三日。还有，就是王捷三陪同他去的易俗社。"

孟弧翻开他带来的一九二四年《鲁迅著译编年全集》，把鲁迅日记中的记录指给他们看：

（七月）十六日
晚易俗社邀观剧，演《双锦衣》前本。

（七月）十七日
夜观《双锦衣》后本。

（七月）十八日
夜往易俗社观演《大孝传》全本。月甚朗。

（七月）二十六日
晚王捷三邀赴易俗社观演《人月圆》。

(八月)三日

晚刘省长在易俗社设宴演剧饯行。

吴远行看着自己的笔记说："除了讲课的西北大学暑期学校外，易俗社是鲁迅去过最多的地方。鲁迅很信任易俗社，他临行前，把这次讲学的部分薪资，捐给了易俗社。"

许构接话道："这易俗社是当年进步青年的聚点，'易俗'的意思，就是依靠文艺的力量移风易俗，'编演新戏曲，改造旧社会'。"

孟弧说："鲁迅去西安之前，和易俗社就有过交往。鲁迅当时是教育部的佥事，这个职务比司长低，比科长高。他主管的教育部通俗教育研究会，曾经给易俗社颁发过奖状。"孟弧指着面前的资料说，"我昨天读孙伏园的回忆，易俗社当时的主事人吕南仲，还是鲁迅绍兴籍的老乡。"

吴远行明白了孟弧的意思："你是说，传国玉玺很可能被藏在易俗社？"

孟弧点点头："这样一些细节就对得上了。为什么邀请鲁迅先生十六到十八日连续三晚去易俗社？这应该是王捷三他们和易俗社沟通好的，借着观演，易俗社里面的主事人，可能就是吕南仲本人，和鲁迅先生恳谈此事。在第三晚，也就是十八日晚上，显然双方谈妥了。鲁迅专门补了一句'月甚朗'。二十六日晚，双方可能在具体讨论怎么带走传国玉玺，注意当晚鲁迅和王捷三都去了易俗社。"孟弧指着鲁迅八月三日的日记说，"遗憾的是八月三日这一晚。这是鲁迅临行前的最后一晚，没有意外的话，他要在当晚带走传国玉玺。然而不巧，刘镇华也到了易俗社，到这里陪鲁迅吃饭饯行。"

吴远行说："那不知道刘镇华是听到了风声，还是就是一次巧合。但无论怎样，刘镇华在，鲁迅没有机会将传国玉玺带走了。"

孟弧说："我也是这么想。这应该就是内山完造留给女儿的信里，提到的鲁迅告诉他的那次意外。"

许构说："这么说传国玉玺当时在易俗社，可惜不知道具体在哪儿。"

孟弧沉吟道："我们还没有看到内山完造女儿手里的全部鲁迅遗稿。但是，仅凭目前我们看到的三段，我有个推断。"

吴远行和许构期待地看着孟弧，等着他继续讲下去。

孟弧把记事本打开，回看第一盘磁带里提供的三段文本："这三段中，最容易理解的、最浅白的是第二段。这一段是玄宗与李亨的对话，那个时候李亨已经当了皇帝。李亨要的东西，现在看，显然就是传国玉玺。"

孟弧接着说："由此回到第一段，这一段写高力士出宫。高力士出宫很诡异，他这样的身份，一个人出门。他去的地方是永兴坊。我一直在想，长安一百零八坊，鲁迅为什么安排他去永兴坊。当然，高力士步行，没有乘车马，永兴坊紧邻皇城，走路近。但鲁迅写得很细，他写高力士进了永兴坊之后，一直向西走，去的是荷恩寺。"

许构插话说："现在永兴坊西边没有这座寺。"

孟弧转过头，双目炯炯地看着许构："永兴坊现在的西边，是什么地方？"

许构想了想："今天的西安，是在明长安的基础上发展起来的，明长安和唐长安比变化很大。像你们熟悉的钟楼，是朱元璋当皇帝的时候建的。永兴坊最西边，应该在钟楼的东边。那个地方……"许构犹疑着说，"那个地方，应该就是易俗社那一带。"

吴远行惊愕地说："也就是说，鲁迅先生以高力士的路线，暗指易俗社的方位。高力士出宫，是要把传国玉玺藏起来。"

孟弧有些激动："我还没有说完。注意这一段最后一句，高力士到了荷恩寺门前，他觉得口渴了。"孟弧看着他们两人，"这么重大的事情，为什么鲁迅要在这里插入一处闲笔？为什么要写高力士口渴了？"

吴远行和许构有些茫然，他们知道孟弧心中已经有了答案。

孟弧越说越激动："答案在第三段。注意这个死者是穿黄裙的。我一直不懂鲁迅为什么要重点交代黄裙，直到昨天读许构老兄带来的资料，我才想明白了：杨贵妃喜欢穿黄裙。在《新唐书》里记载着，'杨贵妃常以假鬓为首饰，而好服黄裙'。"孟弧加重语气说，"我敢断定，鲁迅写的这个死者，这个女人，就是他这部长篇小说的主角：杨贵妃！"

许构问："那杨贵妃和传国玉玺又有什么关系呢？"

孟弧说："大家注意，这篇《杨贵妃》，鲁迅已经不是当小说来写了，而是当谜面来写，为了给后人留下传国玉玺的线索。杨贵妃是玄宗心中的无上珍宝，作为换喻，对应着小说作者心中的宝贝。"

吴远行有些兴奋地说："你是说，这第三段中，对读者说话的'我'，可以被理解为传国玉玺？"

孟弧抑制着激动的心情，尽可能沉着地说："几天前，从'听到几滴水声'，我想到了马桶的水箱。但当时我不能解释的是下一句，'黑沉沉的一无所有，只有映出的月亮灰白的影。上下四周，无不冰冷'。你们说，这是什么地方？"

吴远行恍然大悟："井！在井里！"

孟弧说："不错！易俗社的同人，当时处境很危险，刘镇华的人随时可能搜查剧社。把传国玉玺寄放在外面他们又不放心。所以他们用了传统的方法：把玉玺藏在井里。我猜想是在井壁凿出一个洞，把玉玺藏在里面了。"

许构也很激动："东汉末年的时候，传国玉玺就是藏在了洛阳的井里，后来被孙坚找到的。"

孟弧转头对许构说："现在想来，你前两天提到《酉阳杂俎》时，我们就该想到了。鲁迅先生对《酉阳杂俎》很熟悉，他在西安期间的讲稿《中国小说的历史的变迁》中，专门提到了段成式的这本。甚至，可能鲁迅先生就是受这个灵异故事启发，建议易俗社的朋友们把传国玉玺藏到井里的。"

吴远行转头问许构："易俗社的井还在吗？"

许构说："我也不知道，现在那一片是历史文化街区。要是被填了，就请这个三井财团把周围的房子买下来！"许构说得眉飞色舞，忍不住振臂狂笑，似乎感觉自己已经站在拆迁现场，黄尘滚滚中，挖掘机已经就位。

吴远行抱住孟弧的肩膀："老兄，今年很遗憾，否则你这'盛唐学者'

实至名归。"孟弧笑笑没说话。吴远行招呼许构，踏过一地资料，旋风般地下楼，准备翻翻行李箱，找点喝的庆祝一下。

孟弧释然地一个人在露台坐着，平复内心的澎湃。他凝望着对面的山梁，说话的工夫，阳光渐渐暗下去了。在密林深处的光影中，这一刻，似乎鲁迅先生隔着百年的烟尘，从一九二四年的夏天，沉默地转头望向他。迎着鲁迅的目光，孟弧突然有点惭愧，不自觉地低下了头。他的父母都是上海当地高中的语文老师，鲁迅先生的崇拜者，"孟弧"这个名字，就是鲁迅先生一九三四年前后使用的笔名之一。他尽管按照父母的愿望一路读到博士，当上了名校的文学教授，但是他读鲁迅的作品，往往感到隔膜。鲁迅的世界太沉重了，总是会榨出他"皮袍下的小"。今天的他，把自己的聪明都用在这三亿日元上，他们三个人一直在小心翼翼地回避一个问题：为什么不直接找到国宝交给国家。证书和锦旗的光荣，在他们这几个名教授心中，已然很虚无了。世上的一切，无论如何冠冕堂皇，都是聪明人的游戏。他想，鲁迅先生的目光，望向的是当年的西安吧。在黄河的激流上，乘船离开的鲁迅先生，对于西安城内的朋友们，内心更多的是惜别和牵挂。易俗社的青年们，还在军阀的监视下，像守卫着心中的信念一样守卫着国宝，精神抖擞地唱好舞台上的大戏。那是一种怎样的信念，支撑着秦音永存，支撑着他们相信文化的力量，可以改变那个贪婪而残暴的世界？孟弧不忍细想，他感到一种崇高的悲哀，在黄昏中一点点弥散开来，但是自己并没有半滴眼泪。"快结束了。"他安慰自己说。

尾声：一出喜剧

然而始终没有人来，一天、两天……到了八月十五日这一天。红太阳飞速地升起，黄太阳飞速地下坠，孟弧心里很焦灼，等得要发疯了。

真到了预定的"盛唐学者"答辩日，说是不遗憾，还是放不下。他仿佛看到，王平正在北京某家高档酒店的会议室里低调而沉静地侃侃而谈，对面是五位德高望重的评委，会议室外是过于安静的长椅——其他的候选人都联系不上。他以为自己不在乎了，但到了这一天，这辈子彻底无缘，内心还是涌动起强烈的不甘。他想起今年春天在华东师大开会的时候，王平彬彬有礼地迎来送往，一脸温和而饱含深意的笑容。吴远行与许构相对沉得住气，但也不像前两天那么亢奋，终日坐在院子里发呆，望着院门外寂寞的长路。

这一天是中元节，月光从银盆中流下来，漫过这一片死寂的山杨林。孟弧想静一静，他躺在二楼的床上，闭上眼睛，复盘这一周的每个细节。无数符号纷至沓来，彼此撞击，在孟弧的脑海中展开无数交叉的小径。他越想越心惊，会不会有另一种可能？他有些心悸，有些懊恼，急匆匆地冲下楼大喊："吴远行！许构！"

许构正在院子里烧纸，吴远行在一旁远远看着。许构在院子里辟出一块空地，把自己带的几本书，拿着打火机依次点了，祭奠过世的父母。带着火苗的胶版纸旋起，像翅膀着火的黑蝴蝶。许构围着火圈走，嘴里也在念叨着什么。

孟弧快步走到两人身后，用力地梳理了几把头发："我感觉不太对。"

许构停下来，吴远行也靠过来。

孟弧说："我们一共收到四段《杨贵妃》的段落，短信中的一段，第一盘磁带录音中的三段。我一直觉得这几段话，像是在哪里看到过。比如磁带中的第三段，死者的自白中，有的句子应该来自《野草》中的《死后》，可能还有《死火》。有没有来自《故事新编》的？我吃不准。"

几个人带来的都是研究资料，偏偏没有完整的鲁迅作品集，鲁迅全集也不易携带。吴远行说："我这几年主要做数据库，读鲁迅作品读得少。不过你说的《死后》和《死火》，都是发表在一九二五年的《语丝》。算起时间，恰好是鲁迅一九二四年结束西安之行回到北京后写的。鲁迅那时候既然决意不发表《杨贵妃》，把一些段落拆成独立的作品发表，也说得通。这倒也解释了《野草》中一些作品的起源。"

孟弧说:"远行兄你想的还是学问和资料,你跳出来想,万一这些不是鲁迅本人写的呢?"

许构有点蒙:"啥意思?这几段是很明显的鲁迅体。"

孟弧说:"确实是鲁迅文风,我的意思是说,如果是文坛高手借鉴鲁迅的一些原文,搅拌在一起伪造的呢?"

吴远行惊讶地说:"你是说像集句一样,把不同作品中的文字重新组合在一起,加上自己伪造的一些话来起承转合?那对方的文学造诣极深,这样的人没几个啊。他伪造这个东西图什么呢?"

孟弧苦笑一声:"今天是八月十五日,你们两位老兄觉得图什么呢?"

听到孟弧这句话,吴远行和许构如梦初醒:"为了……'盛唐学者'的答辩?"

孟弧说:"四分之一的机会,现在变成百分之百了。"

许构说:"这说不通啊,那干吗选在这个鬼地方?"

孟弧说:"这恰恰说得通。对方选在任何一家酒店,或者任何一个正常的地方,都有无数的摄像头,都会留下各种各样的痕迹。唯独这里,这片全国都知道马上要拆迁的无人敢来的废园,没有电,没有手机信号,没有任何邻居。对方需要做的,就是带着两盘录好的磁带,找到一个废弃的别墅,摆几张床,回去之后用网络软件给我们发几条短信,同时再雇一辆出租车接我们。"孟弧顿了顿,"这也解释了为什么要用磁带这种老古董,对方可以用一个变音的话筒对着念,磁带里没有任何数字痕迹。"

吴远行和许构面面相觑:"你是在怀疑……华东师大的王平?"

孟弧缓缓地说:"大家都是朋友,我本来不该这么想。但是王平今年五月在华东师大的迎来送往,好用心啊。"

吴远行和许构一时说不出话,鲁迅遗稿,传世国宝,这历史深处浩浩荡荡的一切,最终竟然落在这么琐细的心思上。他们感到一阵气闷,甚至恶心。

许构近乎吼起来:"你想多了!你这几天等得太着急,有些烦躁了。"

孟弧长叹一声,也不言语。

吴远行说:"这样,大家都冷静一下想想。这件事从头到尾是很奇怪,此刻无论是在易俗社的井里有一枚传国玉玺,还是王平在回上海的高铁上和朋友弹冠相庆,都有可能。甚至传国玉玺可能在其他地方,甚至鲁迅在一九二四年见到的那一枚也是假的,毕竟我们没有看到完整的鲁迅遗稿,而且内山完造后人的遗稿也不全……"

孟弧微微摇着头,看着火堆中的灰烬喃喃说:"鲁迅遗稿,鲁迅遗稿……"

吴远行继续说:"或者就是一场骗局,像孟弧分析的,把我们三个诓在这里。这也解释得通,为什么这么多天一直没人来接应我们。但是……"吴远行加重语气说,"但是,这么恢宏的构想,这么逼真的描述,仅仅是为了芝麻绿豆大的个人利益,这可能吗?毕竟,毕竟是大学啊!"吴远行试图强调,但不知为什么,自己也说得结结巴巴的。

许构在草地上用力地跺跺脚,把凉鞋上的纸灰跺掉。他说:"这样,我们等到明天,就不等了!明天中午,我带你们去外面的村子,找村民雇辆车,咱们回西安,你们先去我家。"

吴远行拍拍许构说:"对,再等下去也不是办法。我们回西安后,先去一趟易俗社……"

许构说:"我认识易俗社一个副总经理,咱们先进去看看……"

孟弧慢慢地走远,借着繁霜般的月色,走出这栋别墅,仰面是深蓝色的夜空。秦岭的深夜,秋意渐浓,周遭废墟的瓦砾下,起伏着蟋蟀、蝼蛄、蝈蝈的叫声。他也不知道要去哪里,就想这么在暗夜中走走,也许就这么走出这片别墅区,走回西安,走回上海。之后呢,洗个澡,吃一碗黄鱼面,坐在书房的电脑前,继续做没有完成的项目,改一改论文,抓紧投出去。这次往返的机票,开学后找财务报掉,没有住宿发票有点麻烦,还要找个理由……

鲁迅、易俗社、传国玉玺，这一切就消失在一九二四年，像消失在书里的一行字中，而已。

孟弧感到一下子好多年过去了，好多年周而复始的无聊，以及无聊的泡沫上，伪饰出来的意义。一切像一个精致的游戏，而游戏的内部，就像眼前所见，是深夜里一片空荡荡的废墟。

就这么走着，走得足够远了，小区出口就在前方的暗影里，耳边也传来门外淙淙的水声。就在这时，孟弧隐隐听到身后一阵惊呼，似乎吴远行在用力地喊他的名字。

他回过头，感觉有一道刺眼的白光。

原载《上海文学》2023年第6期

喜 丧

杨知寒

1

路上我和大陈换两次班，车开一宿，到达市区，见着了人影和炊烟。和主家约定的地点，是个老火车站，停下后见着两辆黑悍马，醒目地停在广场上。我把睡后座的大陈叫醒，他摸摸板寸头，摇下车窗，迅速向车前站着的几个精瘦小伙儿，将手一挥。不知道的，以为该他唱大轴呢。从悍马车里出来个胖子，夹克下，腰间扎孝。一颗大瘊子，栽着黑毛，种在他滚圆的下巴上。胖子和我握手，欢迎你，刘老师，远道而来，大驾光临。他说话有点憨，许是被脸上肥肉给挤的，眼睛眯成一线。我记得电话里跟我约活儿的是个老头儿。胖子笑，那是我爸，在老家等呢。后头跟的是乐队？我点头，说我们也是两台车，从五市过来。一有演出，我跑哪儿乐队跟哪儿，都是老伙计了，除了大陈，是今年才加入的。大陈不知何时站到我身旁，说别客套了，是坐你们车，还是我们跟着走？怎么安排？胖子捋捋瘊子上的毛，这位？我说，我师哥，姓陈，喇叭匠。大陈也和胖子握回手，笑得矜持，十分拿派。

春天时大陈想招儿打听到了我的住址，一敲门，又被我看见他那张长条脸，我第一反应，是顺势关门，同时和身后的齐眉比画，别出声。再隔门和大陈说，你先下楼。他骂骂咧咧，对我老大埋怨，跟去我租下的一个平房改的工作室里，和我好好叙了回旧。茶水小妹十指纤纤，坐下后，为我俩摆弄连套的几个杯子。小妹看茶，大陈看她，据我观察，五六年没见，这人秉性，一点儿没变。当年我们一块学习、训练、吃喝、演出，他最后被戏团踢出门的原因是什么？那一晚的大陈就像条野狗，在各个屋里东躲西藏，还想往女孩戏服里藏，让我给他找顶假发戴。我叫他，师哥，怎么了？他往脸上拍粉的手颤颤巍巍，边化，边借镜子瞧门口。我又问了遍，说我指定能帮上你，这屋就咱俩，啥事儿你说。他一声叹息，都他妈来找了。武松组团了，我跑不出这狮子楼。我于是知道事儿还是坏在他作风上。越想越气，我也到镜前上妆，准备下场演出，不搭理他。气的是，大陈是和我一块长起来的，我俩小时住的地方，相隔不到二百米。都被一样的水土养，吃一样米饭粒，论戏功，他且比不上我，论长相，也没觉得他比我强多少。无非是个头高点儿，谁让我发育到一米七，就到了天花板呢？大陈的优势是会使飞眼儿，会卖嘴儿。虽说，这都是艺人本门功课，可他就是能把台上本事也使到台下，并锦上添花，变成自己的一门绝活儿。据我所知，光一年半载，团里和他牵扯的娘儿们就不下仨，我却还单蹦一人，找不着自己的一副架。有时晚上演出散了，我俩会一块到剧团附近吃烤串，要点儿啤酒喝。我劝他，定下心，只可一个祸祸吧，你也做回人。他听不进，沾醉后，眼里东西暧昧，更不受禁。大陈手指蘸酒，不断在桌上画圈，一圈套一个，九连环似的。他自言自语，总在给自己打气，说，这个我真能整上。他再飞眼儿，我真能啊。

主家车前领，我们跟后，两台悍马开路，道上看不出阵势，等近了村，当真夹道欢迎，行人躲避，有跟拍手，有跟送花的。车在村口开不下去，停下就有人迎上，给胖子和跟车的几个小伙胸前扎上白骨朵儿。到了地方，我和大陈准备找地方抽烟，解解一晚上的乏。胖子指点我们说，刘老师，村里最大那个院，就是我家，我们在家等你。乐意逛，你随意走走，不急，咱下午场。大陈问，午饭咋掂对？胖子说，你俩啥时去，啥时满汉全席。这个甭担心，好吧？我道声谢，回头安顿乐队一车，愿意吃饭的跟去吃，愿意逛景，逛。都看好时间点儿。身后人也四散，大陈插兜在村里转悠，不少孩子围住他走，一些大点儿的孩子则拿手机对准我，直嚷嚷，就他，上过电视呢。我手里掐着烟，不想被人看着，好些事也直在脑里转，闹腾不是一两天了，想独自消化消化。农村空气清新，植物都肃杀，枝干光秃，积着雪块，是我怀念的童年景象，心不觉落下来了。远处茫茫一片，可不是雪，是漫长的白布盖在了帆布帘上，远瞧，棚上扎着成片白花白球白锦带，好大一场丧。唢呐连绵，悲哭声不绝，一起一落，显得风景更静。我不回头，择道往前走，身后跟的人越来越少，风吹脸上，嘴唇都有点儿发干。我经过的一户人家里，正放着熟悉的二人转磁带，《马前泼水》。磁带里，我去的是朱买臣，在和现实差不离的风雪天里，唱朱买臣晚间归家，路上自得其乐。天下三尺鹅毛雪，山野荒郊断行人。砍柴驱寒心中暖，映雪读书更提神。这书中明礼仪妙趣无尽，讲伦理论道德字字重千斤。手捧诗书往前走，不知不觉过了家门。走过人家，我心皱皱的疼，猛吸两口烟，试图断了念。

　　戏里唱，崔氏女强逼落第秀才朱买臣，写休书，离家门。在我眼前，直闪烁灵灵那张脸。她两扇窗似的水眼睛，过去瞧着，让我总疑心要有蝴蝶飞出来。更疑心什么山伯英台、商林雪梅的故事，不只是戏里才能发生的。艺术当真源于生活，却未必比生活高出一截。我简直迷透了她。按说今天该灵灵跟我去演出的，因现实种种，她没跟着。现在这个点儿，她大约留在戏团，或是带几个师妹练活，或是和几个师弟逗闷子，最不济，是她又一人儿抱着酒瓶不撒手，东倒西歪在后台。我和齐眉已经谈好了离婚，毕竟风言风语后者也听够了，不想再跟我挨这种日子。这趟来之前，我俩约定，回去就离，等我把这趟挣下的钱，也交到她手里头，往后俩人，就"撒由那拉"。想到这儿，我又乐一乐，许是朱买臣唱多了，觉得谁都亏欠自己。可但凡我是崔氏女，这样没出息起外心的爷们儿，也何苦去留他。

　　大院好找，顺白布寻去就是，偌大广场似的围院里，灵棚架得老高。孝子贤孙抽空吃了饭，匆匆跪成两列，没劲儿号啕，也有劲儿哭唧唧，强抹眼泪。我其实不擅长出白活儿，这么说也许要遭师傅骂，毕竟是给人捧场的戏子，什么场合都该能料理，红的白的，可主家颜色来。可白活儿的确不好出，尤其是碰上今天这种，喜丧。来前，胖子他爸跟我交代过，这趟是送他家老老爷子，人活到快一百，吃饱饭后两腿一蹬，利落爽快，上了西天。你要不唱出点悲，于这漫天白布都不合适；要也唱不出喜庆，则辜负人家叫戏子来演一回。喜丧喜丧，本就有点悖论，唱戏的得摸清是喜还是丧，拿捏好中间一根分寸弦儿。车上我一直掂对这个事，和大陈也商量说，这一趟，咱高低别出差错，哥俩平平安安挣钱，平平安安拔营。我心里还存的话，并没说出，想等回五市后，再告诉大陈，即师哥，我接济你没一年，也半载了。这趟活儿后，师弟送你上阳关大道，咱别再有往来。

　　大陈总也不知道，他有多像颗定时炸弹。我甚至觉得，在这个世界上，我和所有被他祸祸过的女人老公，心态不差多少，总是担心，这人会把爪子伸到什么地方。会不会越是亲近，越是僭越，越是信任，到头越要喂我吃颗榴弹炮？进了院，我被主家围上桌，胖子和他父亲频频举杯，频频嘱咐我，点到为止，不用多喝，怕等会儿发挥不好。酒我只抿了抿，专注于填饱肚子，四下看，没见着大陈，又上哪玩儿去了。胖子爹坐我身边儿，不是贴耳朵，就是拍我肩膀，他人很瘦，脸色在最亲昵时，也不阴不晴，看不出笑模样。行走江湖这些年，遇上这样主顾，最叫人害怕。因你觉不出他性格如何，更觉不出他如何看你，满意还是不满意。屋里人还是密密匝匝，疑心这家不得近百口。问了，果然答我一百多口。村不大，举村都是一家，开枝散叶，散叶开枝，刚去世的老老爷子，是现今辈分最高的一个爷。他这一去，村里等同于一个小国家重新搞选举，一个主权的原则不变，但在分散开的子孙之中，还要看谁最尽孝，最得人心，谁也就最能接到，往后领头的宝位置。吃饱喝足后，我出门见大陈在檐下站着，漫不经心擦着他手里的唢呐。我问，刚才哪儿去了？他说，从村口走到村尾，看你垂头丧气，就没敢叫。咋，还因为那个灵灵啊？我说，嗯。他说，灵灵没多出色，小孩儿一个。嗓儿还没见亮儿呢，身段也一般。我看他，你再说？大陈嬉皮笑脸，她能成角儿，成大角儿，行了吧。我说，快上场了，主家没安舞台，让咱们在棺材前唱。上点儿心，别惹麻烦。他不信，就在那大黑棺材前？我说，对，一村的孝子贤孙瞧着，得费把子力气了。他说，想不到啊师弟，你也有不易时候。还以为，你到哪儿，都有人追着扔赏钱。我白他一眼，大陈朗眉星目，按说在一批出来的学艺人中，他更该是那个角儿，如今他到底不是，只能弃了台前，到底下给人吹奏，强混营生。我还是想灵灵，几乎咬牙切齿，到屋后扎了孝带子，戴了白帽儿，等唢呐声起，跪在黑沉棺材前，一声号哭，嗓子破开了天，唱《哭七关》。这戏要不哭就算白唱，我想到了和灵灵的"哭七关"，在阳间。一关人言，二关可畏，三关前生，四关今世，五关错遇，六关缘尽，七关未定。

　　七关没过一半儿，在被我带起的号哭里，大陈直把唢呐吹散了营。

2

　　一身缟素的小媳妇站在廊檐下，半避着人，半露出脸色，头盘着，下巴颏尖尖。大陈喇叭吹失音儿的时候，我挪眼睛瞧，他正端详她，眼光是我不能再熟悉的，如递飞信，如诉衷言，眼神若能拧成一股绳，另一端，已系在了小媳妇腰间。我顿生股恨，想找个气口，给大陈递一脚，过去揍揍太少还是咋的？我这边哭哭啼啼，努力将唱声压过喇叭声，猛拔一个音，更有意喊在大陈耳边上，吓他一跳。大陈装得若无其事，喇叭嘀嘀嗒嗒吹下去，再看，小媳妇倒不见了。记得她穿重孝来着，是至亲才有的装扮，论关系，她和躺棺材里的老老爷子，该不出五服。下午戏好容易散去，大陈臊眉耷眼跟在我后头，我领他去了个没人地方，上来就是一腿，指着他鼻子说，能不能看看地方，看看周围多少人？你他妈真整出事来，我毁不毁？咱俩能出这村？他没言声，拍拍雪，自己爬起来。我甩狠话，一会儿就给你买票，还得唱两天，别给我惹事儿。他说，不走不走，这是干啥？大陈揽我一侧胳膊，从我兜里，掏出两支烟来，再给递上火。我说，你是吃一百个豆不嫌腥。他笑嘻嘻，和我碰着肩膀，碰几次后，许是在回味，脸色隐在越来越暗的天光下，模糊不清。大陈说，我这辈子到世上，就不是来守规矩的。我说，你不守是你的作风，别连累我吃饭。他笑，尿玩意吧。我再搡他一把，从面前走了，感到没话好说。大陈和我确是两条道上的人，这辈子能和他有截交情，算我上辈子没积下德。

晚上还有一顿酒，草草收尾，村里生活安静，不到九点，挨家挨户熄了灯。除了外头守灵的，几个老爷们儿低低抽泣外，世界再无动静。我和大陈被安排住一间，大炕睡起来舒展，被褥都是新换的，闻着一股洗衣粉的清香。灯熄后躺下，我简直怀疑，是又回到了小时候，枕在妈妈给我缝好的荞麦枕上，听她放的戏匣子里，声儿渐微弱，讲述出那么多的爱恨情仇。大陈睡在另一头，也不言声，我俩都不知道，是谁更早醉了。手机振动，是灵灵。我看了眼她发的信息，话里头不无埋怨，你就这么走了？走前，我是想告诉她一声的，但灵灵最近的确给我惹下不少麻烦，团里人都劝我，冷冷她吧，小女孩一个，你越伤心她越闹，到时谁都活不好。你是柱子，你不能塌。说实话，我白天赶路、唱戏，心思都不在家，老是幻想，灵灵在我走后，不是摸了电门子就是开了药罐子喝，灵灵也许等不了我回来。其实啊，人与人之间多重误解，往往在一句话的事儿。都说我们唱戏的，文化水平不高，四六不懂，给钱就是爹，要不怎么叫人骂下贱？事实哪是如此。我们唱的，都是踏实得不能再踏实的戏词儿，若论真实，我是不觉得还有什么人，能比我们这一行的，更日日泡在真实里头。只须提防自个儿，别把真实当生活，否则累人，更累己。毕竟唱一出戏，就活下一辈子；接一回钱，就短截脊梁骨。要在一日复一日的生活里，仍去说服自己，你也是个人——如此要付的辛苦，说来都是泪。

思前想后，更不忍，想把心里话都说给灵灵听，更想她安心，不叫她受罪。

我打字慢，手指头粗，总得留心错字。不怕灵灵笑我没文化，而怕她多心，觉得和她说话，我不走神儿。我说，灵啊，安心等哥回来。回来就娶你。灵灵说，我难受，我没想过人能这么难受。我再也坐不住了，起身穿衣，准备回电话给她。大陈没动，他似乎笑了一声，我也没在乎。出门是个小院，月光清白，照见院里栽的一排葡萄架，到冬全都干枯了。雪没铲净，留出一条行人的道，天冷得厉害，我披件棉衣就出来，哆哆嗦嗦，不能久站，于是边跑跳着，边和灵灵说话。她真在哭，电话那头声音嘈杂，似乎她刚带上扇门，才稍静一些。灵，我在外头给人演出呢，别哭，怎么了慢慢说。没不要你，哪儿能？别哭了，啊。我哄的像是个任性的婴儿，她根本听不懂我的话。到底怎么了？别让我跟着急好不好？谁在你边儿上呢？我追问，能听出灵灵不说话的时候，从其他地方传来的笑声，及笑声的回声。你还在剧场吗？几点了都？我不傻，我什么都听得出来。压着火气，我重复道，踏踏实实地等我回来，啥事儿都能解决。我这边儿都解决好了，你不用再等多久，就两天，行不行？灵灵说，明天吧。我说，明天不行。你懂事，我家灵灵最听话。这两天你没事儿，正好背背词儿，回来咱还得唱呢。到时咱俩一块儿挣钱，一块儿享福，多美啊。

回屋，见大陈披了被子，在炕上坐，正点烟来抽。他的姿势就像前一刻还趴在窗沿上偷看，这一刻刚回了正。问他怎么不睡了，大陈将身后那半边窗帘也拉开，月光洒在炕上，不点灯也能见着彼此的脸。他耸耸肩，神色有点忧伤。蓝灰色的气体在炕上蔓延开，飘在一切事物上面，和雪一个样儿，覆盖下许多心情。天上的一轮孤月，如吊在驴子眼前的红萝卜，引我俩抽抽烟，都伸头去看，先带着期望，后带着消沉，再后是种沉重乏味的东西。大陈哼着《叹情缘》的调儿，手在膝盖上打拍子，不唱出来。

齐眉长得不丑，他突然说，似乎回忆起什么，我和她也见过几面，你忘了？真不丑，还不给你添乱，为啥非得离？别跟我说为了爱情啊，幼稚。我不知道怎么跟他解释，就是因为爱情，遇上这码事，哪儿有幼稚成熟之分？但我的确也总会想起齐眉，想起她平时在家做饭，背对我的身影；想起有时我说笑话，她眼皮也不抬半下的敷衍。我很清楚，在嫁我之前，她心里早住进去了一个人。她一样清楚婚姻对我其实不公平，几年生活下来，她基本事事顺我意，不挑不拣，不苛求。我也曾想，别人是不是都这样过下来一辈子？戏是戏，生活是生活，没那么些牵肠挂肚，挂肚牵心。直到在这世上，灵灵居然出现了。非让我去形容，就好比你半辈子是个盲人，习惯了天是一个颜色，地是一个颜色，却在某天突然见着了，从没人和你形容过的色彩，你也不知能和谁说，因为说不准，这一抹亮色，是不是都见过，还是只落在了你眼睛里，偏亮给你一人看。但我总算是，饱尝了随之而来的一切。一切都让我清晰记得，无须刻意，也没齿难忘。去年开春后的一个傍晚，我和灵灵走在江边，天不阴不晴，下了一整个白天的雨，刚停下。能闻见叶子清鲜的气味儿，空气正变得微暖。江边空空荡荡，类似今夜，世界徒剩下一轮月，两个人。当晚灵灵坐在白色大理石的桥栏上，活泼得像只小玉兔，跟我一句句学戏词儿，每个拖音都被她不住在嘴里荡来荡去。她人更叫我提心吊胆，她不停晃着，身后就是江。我上前拉她一把，手指刚接触，一切都奏效在了一瞬。虽说平日在台上，演出各式痴男怨女，搭档间搂抱摸手再平常不过，就那一下子，还是突破了古今。灵灵百灵鸟似的嗓子，像被人掐住了喉，在潮湿的空气里，她愣瞧着我，半晌突然一笑，笑完，又咬着自己的嘴唇。

　　又是突然，记忆在我心里蹿到了不久前一天。那天我刚下场，接着了戏院老板的电话，让我快到门口来。原来是灵灵和齐眉碰上了，后来知道，那天齐眉是被灵灵约来的，灵灵有意当着所有人，给齐眉一个下马威。我到的时候，灵灵脸通红，肿成一片。齐眉不说话，灵灵也不哭，后者狠瞪着我，我当然知道，揍是灵灵有意让自己挨的，好叫我心疼，更让齐眉看看，两人在我心中分量如何。齐眉撇开众人，向我走来，我怎么也忘不了她边走边甩两只手的动作，那么轻巧，仿佛刚扇了一只狗，要对狗主人有个交代。她问，你想我怎么做？我说，先回家。齐眉从没那么开心笑过，就是在度蜜月的时候，也没见过她那么笑，像是她刚看完了我一场精彩的演出，巴掌不是扇人扇红的，是拍红的。我跟齐眉往家走，转身，就听到灵灵破嗓子哭，高喊寻死。下午，太阳特别大，我身上穿着供人取笑的红兜兜，脸上画着刻意裁短的黑眉毛，涂红脸蛋，被我抹去几把后，颜料混浊开。这成为我最狼狈的一次亮相。沿路谁人不笑，不回去瞅瞅啊？齐眉笑，猛地，我感到泪水涌出眼眶，都淌在脸上。她再看我一眼，不急不慢自己往前走了。忘了那天我是怎么回的家，那天有没有回到家。天黑以后，世上只剩我和灵灵。她哭累了趴在一个小桌上睡，我则醉倒在一个灯光璀璨的地方，不知前世今生。

3

一千瓦的碘钨灯，齐亮在头顶，照见灵棚里，入夜后视野清晰，甚至瞧得清，每个跪下去的人后脑勺上，是长一个旋，还是两个，反骨又生在哪块儿。今夜是最后一场，如果不是主家非要求唱到十点开外，我本计划，当天就赶回去。我不断看时间，想为什么打不通灵灵电话，两天来，我打电话给很多人，都和我说没见着她，她没去过戏团，团里有她的演出全给换了下来。谁也不知，灵灵如今身在何地。人都像约定好了，在电话里宽慰我，小姑娘家，耍性子，和你冷战呢。我却有种沉甸甸的猜想，预感像憋闷许久的天气行将结束前，那块儿不容忽视的积雨云，十分清楚，总要落下点儿什么，到自己头上。眼前是口阴沉的大黑棺材，上头罩它的，是风吹不到雨淋不着的厚厚棚布，下面，则垫了数十根松木头，怕雪还没化，棺离地太近，会受潮。乐队里那帮老伙计，吹吹打打，哭哭唱唱，直唱到月亮星星都和人见了面，可当中没一颗，闪动着我的灵灵。我将焦虑都投入唱段，任愤怒、委屈、不舍，集体爆发，《十跪父重恩》，唱到七跪："七跪父重恩，孩儿在外爹担心。孩儿若是回来晚，老爹心急如火焚。站在街前把儿盼，盼儿早日回家门。"唱得我眼泪一重又一重，换得叫好声连连。村人朴实，无不竖上大拇哥，叫胖子和他阴阳脸的父亲，也多给我添份儿赏钱。

哭着哭着，听不出喇叭匠换班儿，我抹眼泪四下看，整天都没见过我师哥了。再细想，似乎从昨晚上睡到半道，他起夜后，就没见人回。昨晚睡前，大陈将手抱在一处，枕到自己脑袋下，脸上不乏喜色，偶尔瞧瞧我在那边儿，抓心的样儿。这回他明目张胆对我笑。我把他踹起来，没留意他有不对劲儿，当时我沉浸在万重担忧中，正慌不定神。我求他告诉告诉我，师哥，你是过来人，是不是什么事儿都不会有，我俩能过这一关？大陈头歪着，看我说，来，告诉告诉我，为啥会这么惦记一个人。你觉得，她也是这么惦记你？我说，你不知道，我俩情多深。他说，如果你不是角儿，你俩能深？我的师弟啊。大陈没乐，像在说掏心窝子的话。他说，对灵灵，你了解又有多深？大陈盘腿坐起，审犯人似的，气氛有点瘆。我看见他一双眼睛青黑，人也早瘦没了当年的精气神，如今我遭的这些，大陈难免会不当成事儿，他何止经过，简直都踩过、飞过、飘过了。对于女人，我俩感兴趣的点全不同，我一时不知道该说啥。大陈话里有话，我能听出悬念来。问他，你听说什么了？他贼笑，不是跟你吹呀，小姑娘天生，就没有和我不亲近的。她们的事，也没我不知道的。但是师弟，我不预备告诉你。不是想跟你拿一把，是你帮衬过我，我记情。现在没必要推你一把，让你往无底洞里陷。师哥能做的，是劝你看开。没事，抓紧睡吧。还有明天一天，咱俩谁都不要理会谁，专注于各自领域就好。我还问，你啥领域？他盖好被子，头乖巧地露在外头，表情温顺又满足，他说，我的领域，从来富贵险中求。

"九跪父重恩，父为孩儿操碎了心。为儿牵心去还债，累得爹爹病一身，走路把腰弯，迈步两脚沉。不几年满头白发，脸上尽添新皱纹。"在棺材前跪，我心坠得厉害。想就快唱完了，这一程送别人家的老老爷子，可算送到了头。胖子再给我扔下一沓钱。头一转，我好像看见棺材往前一动。看周围，尽是埋头哭的后脑勺，离我最近的喇叭匠，也在身旁闭眼吹着曲儿。我定定神，接唱："十跪父重恩，儿不争气爹伤神。昨日恨儿不成材，今日恨儿不成人。

眼下您老归天去，孩儿抱头闷声哭。想再见爹爹一面，除非到梦里去寻。"棺材又动了，我停了唱。喇叭匠眼也睁开，我俩四目一对，确认都没花了眼。

大阴沉黑棺猛往前窜，哭灵的人惊叫往后，瘫在地上。我扔掉手里竹板，撒腿往外跑。

小孩们最先沸腾开，扯嗓子叫，可不好，诈尸了！主家人要拿主意，几十口人眼巴巴瞧着灵棚，棺材先前分明好好地安置了，现今的确往外窜出一段来，若没外力，是做不到的。棺材十分沉重，底下先头铺好的松木棍，此刻成了滚轮，能使它被推动。胖子父亲喊众人闭嘴，暗地指挥胖子和几个男丁，到灵棚后，合伙儿看看情况。胖子他们几人，使好眼色，齐力将棚顶上的厚布白花全掀下了，布一落，露出棺后瞠目结舌两个人，都衣衫不整，双脸通红。他俩立时被围，小媳妇当先被踹倒，脸按进了雪里。跟着他们揍我师哥，拳脚如雪片儿，打出他好些血珠，也洒落进雪中。

胖子父亲等一群人把我师哥揍个半死后，叫胖子关门，远亲都先回吧，剩下的事儿他们自己人料理。人都不走，院里闩了门，都扒在墙头看审，连上房顶的都有。胖子父亲脸上罩着一层冰，上前拽住躺地上的大陈的衣领子，问谁认识他，知道这人哪来的。胖子指着我，姓刘的带的，是他师哥。我想逃，早没出路，眼前刚还给我叫过好的孝子贤孙，此刻恨不能要走我的命。我不敢帮大陈一把，连我带的十来人，面对此景也都觉得臊，收好了手上的家伙儿，远远避开。这个时候，谁出头，谁挨揍。我想过了各种解释。说我和大陈其实不熟。说我也劝过，骂过他。说大陈是一时糊涂，这趟不要钱了，算了，好不好？所有钱都不要了。我将怀里几沓赏钱递回给胖子，胖子没收，反手给我一巴掌，打得我也坐进雪地里。胖子给他父亲搬来凳子，后者坐院当中，清凌凌的月光下，周围声音都像哼哼。和大陈远远相望，我看不清他那张脸。小媳妇刚被扒了裤子，和我按在一块儿。胖子像拖死狗一样，将大陈也拖过来。几个男丁上前，给我们穿戴好重孝，白斗篷披在我们仨身上。我和小媳妇都老老实实跪在棺前，大陈眼看跪不起来了，他满脸往外冒鲜血。

站他身后的人，直扳他肩膀，叫他塌不下去。胖子父亲抽上一支烟，看我们都跪在棺材边和他脚底下了，像上了阴间公堂，周围戴孝的人，则送我们仨一程。他把烟掸了又掸，说，继续，唱《哭七关》。你们仨都唱，不用打板儿了，由我们使鞋底子打拍子，扇你们仨脸。说完他眯着眼，烟气慢慢从他不阴不阳的瘦脸上弥散，让我怀疑，棺材里是否有着同样一张脸。他说，唱不完不许走，唱不好也不许走。唱不出动静来，你们试试。

几天里漫长的哭声，如今全赏给我们仨，要尽情表演、发挥，开完羞耻的专场。三人眼前各站上个主家的人，手里都攥着布鞋底，先往底上啐了口痰，预备抽。准备好后，等我起调，我唱。哭呀么哭七关哪，哭到了第一关。唱完第一句四下，啪啪扇得我，金星乱冒。唱完第二句六下，身畔小媳妇本就光腿，直打哆嗦，又恐惧又挨痛，人后仰过去，两腿乱蹬。忘了唱到第几关，腥味儿从我嘴里窜出来了，我双手向前撑地。我很记得刚才胖子父亲提的要求，唱不出动静来，都不行。大陈动静可是越来越虚，转头看一眼，我吓丢三魂和六魄，他没人形了。知道我们很难走得了了，我也没指望，唱还是哭，说不明白：哭呀么哭七关哪——血跳出来，鞋底子又几下，打烂我的鼻子。

胖子父亲走到我们仨前，其余两人已昏死了。他让我好好看着他，抬头，我看了。听他问我，都是人，你们怎么做到这么下贱的？我说，我们错了。他又问，第几回了？我说，我不记得。他没说话，胖子给我一脚，我彻底栽下去，嘴里吃进一口雪。断念前，鬼使神差，我眼前还是灵灵的脸。她也为我受过不光彩的打。灵灵，我怎么总有坏预感，咱俩要见不上？我怎么总有坏预感，却总在预感前藏起来，强存侥幸，在许多事前，都想着拖延，不信它会叫人后怕。风到晚间烈起来。眼撑不住闭上，我还能听到响儿，听见自己被人拖着，唰唰在地上摩擦的动静。听见快门声，家族里的小孩子们，那些曾给我拍过照片，羡慕我上过电视的崽子们，再拿出手机，拍下了我此刻。听见挨家挨户，仿佛抱柴火来的声音，我们仨最后被安排，躺倒在火堆旁，闻见烧塑料的气味儿。一村之中，我的所有磁带、光盘、荣耀，都被丢进烈火，在老老爷子灵前烧了。火光连天，照出人间疯狂。大陈在我身边默默断了气。小媳妇在我身边失了禁，她奄奄一息。我魂儿也被烧了过去。血流进眼窝，我听见满堂孤魂恶鬼，齐喊出一字：杀——

4

灵灵很瘦啊。她缩在一只小小盒里，最后叫我见着时，里头装有她白骨烧就的末儿。

逃回来后，我很长时间没去戏团。人们口口相传，出这么大事儿，搭上一条人命，扯出一场官司，捂哪能够捂住？我耳边总是乱得很。到身体恢复，能出去走走了，我去团里，看见节目单上冒出的，都是新鲜名儿。老板在门口接待我，两手倒是握得很热，顾忌着我的伤情和心情，不敢太摇晃。他委婉说，不用着急上戏。再等等，等开春吧。我同意，我已经破相，往后很难登舞台。这趟来，其实是想替灵灵收走她留的东西。老板说，没啥啊。我点头，没啥好。我给你唱几年了？他掰指头数，快五年了。我问，五年，我拢共给你挣了多少钱？他目光机警，说你医药费可是我拿的。还有这趟乐队的开销，大陈的丧葬费，好些都是我垫的。刘儿，咱做人得凭良心，啊？我说，啊。他捏捏我肩上的骨头，劝道，挺起来，别被打倒。我问后来到底怎么回事儿，是谁跟灵灵说什么了，还是谁欺负她了。为啥等我回来，就见她成一捧灰了？老板赌咒，事儿和他一点关系都没有。我说，我是没出路的人了，又给你挣过银子，你最好还是告诉我。老板酝酿来酝酿去，一星半点儿泪花在他眼里荡，挤下一行。他说，灵灵没受啥委屈。是她心窄，等不起了。我问，那你为啥哭？他说，灵灵该等你的。那天还是我发现的她，电话咋也不通，好些戏等着上，没办法，我带了俩人去她住的地方。门没关，我当下就觉得不对劲儿。后来你知道了，她飘飘荡荡的，拿一根绳了断自个儿。这姑娘心思忒重，总对我们哭，说你和她是逢场作戏，跟大陈似的，玩弄人感情。

哪儿是这么回事啊？我问，她这么说的时候，你们怎么劝的？老板眼睛瞪溜圆，看我好半晌。我懂问到这儿就可以了，他知道的不比我多。除了挣走我们身上几个钱，商人什么都不预备去知道。

身体好了，我染上新的毛病，夜夜发噩梦，总梦见有小孩啼哭，在雪地里，在棚子后。对我这番遭遇，齐眉没说是报应，她照顾我仍悉心，和过去一样负责任，言谈算是客气。深夜醒来，我梦见了一口大阴沉棺材，无数次压上心口，闹得冷汗淋漓，再也睡不着。从小屋里望窗外，我想月亮，想谁会是毁我一生的那个仇人，又该向何处寻仇，如何寻。我联想到团里每个人头上，咬定了又推翻，想不出灵灵到底是被谁给欺负了。拳头发硬，我不高的个头儿尽着上跳，蹦得蛤蟆似的，想跳出困住我的顶，把天捅穿，状情才好直抵灵霄，告去最高一层殿。夜晚静谧，我感到陌生，当我不再是角儿了，夜晚将我从掌声和叫好里，重还给自己。我曾哭着问齐眉，是不是你祸害的？趁我一走，你要了什么招？她泼杯里的酒，到我脸上，说，戏唱多了，你不值我耍阴谋。酒在脸上干掉，我问她，那谁值得？你心里早有一个人，在我去你家入赘前，你就有事儿瞒我。咱俩早不存重修旧好的希望了，我只是心里闹得慌，觉得你们女人，心都藏着秘密。不爱我的，藏也罢了；爱上我的，也一样去藏。我不准备原谅灵灵，当你我也这么说。说完，我洒酒，到地上。齐眉无限怜悯望着我。本来我就不俊，如今眉骨塌一块，鼻子少半截，嘴里缺了牙齿，身上拖残肢，往后若想活命，除了把自己打扮成个啐痰不羞、泼屎不恼的丑儿，哪有活路走？我哭得难喘上气，比去火葬场那天，见着灵灵化成烟和灰，清楚她再不能和我讲一句笑话时，内心更为崩溃。我说，总觉得，灵灵把我也给害死了，我骨头被人砸碎了。我的魂儿不在了。你明白吗？齐眉问，听实话？我点头，傻笑着看她。齐眉分得很开、过去总被我拿来和鱼作比的两只眼睛，当夜闪闪发亮。她说，我真就从没瞧得起你。那天和你的灵灵在戏团前，其实她扇我，比我扇她的巴掌多。可她不像我，她那么依附你，其实她就想看你替她出次头。问题是你出了吗？我说，没。大陈和我说过一句话，我现在品出味道来，其实对谁，我也没深入了解过。我深处想的，从来是我自个儿。我总在想我唱的戏，经历过的几辈子，说穿了，感动我自己。我还老想感动一个世界呢，操。

齐眉说，那晚你能活下来，就该感恩了。我问，活着就得感恩？她说，活着就得。这几年，我也总想死，每当去戏院看你在台上眉飞色舞，我都想死。我问，现在你活着，还感恩不？她冷笑，你活着，不也和瞎子差不多？没啥感不感恩的，我早死透了。夫妻在一起几年，从没像今夜这样，推杯换盏，诉说心情。齐眉趴到桌上，眼泪打在她一只胳膊上，蹭得晶莹一片。过一会儿，她喝得多了，瞧我乐说，她爱的人，也被人生生打死了。我傻，我早该想到，她多少年来恋着谁，又想起，大陈死前的相貌。他明明已不信感情了，明明在他和齐眉之间，没有我和灵灵这种牵绊，可齐眉还是一往情深，以不足为人道的痴，去爱一个不值得的相。我小心翼翼对待着眼前共眠了几载的女人，可以猜想，当我活着从村里回来，还带回大陈的尸骨时，她内心是如何绝望，又如何深感荒唐。

对彼此相同的怜悯，叫我俩在散场时，肝胆相照了。齐眉将酒桌收掉，扶我回去睡，走前她在我脸上丢下一张皱巴巴的纸。那是十一月的第七日，灵灵离开人世前一天，寄给齐眉，想转给我的信。在灵灵一生中，这是她最后一次给齐眉上眼药。语气既扬扬得意，又有别的东西。

哥：

你说，我们唱了多少出戏啊。好些调子、曲儿，都是你一字字揉进我脑袋里的。你是我的爱人、贵人、兄长，是我师傅。可你很蠢，论天赋，我且比你高。当初第一次见，在戏团选人，你已是个角儿了，你看着我，说我唱得不咋好。进团后，知道你有家室，更知道，你过得不快活。总还记得那晚在桥边，你惊慌失措，像《回杯记》里，张廷秀多年后归来，再见王兰英，受不了她半点审问和啼哭;像《包公赔情》里,自知有违情面,想不出如何面对恩嫂的包公拯;更像《梁祝下山》,咱俩唱了无数回的那出戏里,呆头呆脑、不往歪处想的梁兄山伯。你受不了我的眼睛。后来你多回说,很受不了我的眼睛,现在想让你再看一回,却是办不到了。不想对你说的,现在该对你说,在每一晚,都有魔鬼敲我的门。你不知道,魔鬼不长鬼相,你更不知道我一个人,在烈狱里泡了几重天。我累透,累疯了。别人告诉我,你这趟下场,是给人去唱喜丧。你总能料理好,所有敏感的分寸,再没人比你捏得更稳当,你能稳当地把椅子坐成炕。这丧,当也给我唱吧。哥,当你深打一躬,长跪月前,是替我,替你的灵灵去超度。记着多替我念一回。哥啊,灵灵困。

我打了漫长的一场官司,总要出庭,站在原告和证人的位置上,诉说那晚在我眼里,发生过的一切。来听官司,为大陈眼泪涟涟的妇女少女,都能组成一个营,庭散后,她们跟到我身边,细问前因和后果。真有个小媳妇吗?她们不信。小媳妇出不了庭,她被驱逐出家族,直驱赶进了精神病院,我没再见过她。在从法院往家走的一路上,我心里不是滋味儿,春过完了,现在是春夏之交,想起雪的触感,漫天白布前,我手拿麦克风唱出的哭灵,已似前尘往事。等这场官司尘埃落定了,我人生也要重新洗牌,往后无非,下乡,进村,将先前在城里度过的热闹晚上,换成平静的早眠之夜。再过几天,就到清明了。为谋生计,我连接下几个白活,预备随同行的十数个演员,挤在一辆大巴车上,浩浩荡荡开过去,过上有人看、没人赏的新生活。灵灵注定要成为我噩梦的一部分,虽然我也常怀念她的眼神,以及唱曲儿时她特有的耍小性子的情态和卖弄,但直到我死,她的死都是一个谜。我希望赶紧忘记,如人所愿,的确忘了不少,再记不下,任何一本大套戏词。像记不住,任何一件眼面前儿的事。

齐眉今夜搬，没说几点走。进屋前门没关严，让我听到齐眉正和人打电话，打着打着，她唱起来。海枯石烂不变更，长亭洒下离别泪，但愿早日得相逢。贤弟呀，梁兄啊，但愿早日得相逢。我听傻了，从不知道，齐眉也会唱，而且唱得好。披着怎么也披不挺括的西装外套，我倚在墙后，边听边乐。往日和灵灵，同扮眷侣的画面闪现眼前，或许我真该终生为她哭丧，为她念透所有超度的经。人生好些时候就这个样儿，一辈子没说开的话，随着盖棺论定，成为一辈子解不开的结。齐眉最后嗲声向电话里道了句再见。我忍不住乐，忍不住笑弯腰，瘸腿撑着我，形神并茂，像个上了台的丑角儿。我在台上打躬施礼，不舍得下，直想听完满场的巴掌声和叫好儿。

原载《青年作家》2023年第4期

山中有虎

焦 典

　　松果如塔，榫卯严密，密致庄严。顺山爬，腿胀腰酸，攀十步歇两步。倚靠树脚，喘口气，说话声音大些，就啪啪坠落，砸得头鼓大包。抬头欲骂，一树松塔，如金刚怒目，不动自威。风凉凉过，如在耳边轻轻提醒，嘘。于是噤声，顶礼，愤懑而去。

　　山高藏树，跟着白影往上，愈走愈浓稠。

　　四下一片漆静，月光间隙透进，疏疏如硬雪。山色苍苍，夹杂白点，难免眼花。前脚眼见白影在左，后脚就已经消弭无形。不能跟丢，凝神再看，白影隐于高处，枝叶间露一双眼，湿绿色，定住人双腿。若不是常常见此，恐早已吓得拔腿跌下山去，以为是怪、是精，最不济，也是一团幽冥火。

　　目视久之。等人双腿发麻，白影转身没入林间。跟跄两步，屏息凝神，听软爪踩叶声，循踪迹追去。

　　堪堪追上。白影一跃，立于石庙边沿。说是庙，不过一人高，三面石壁，一面顶，乱杂杂石头垒个底座。锈蚀斑驳，供的是哪路神仙已经看不清了，大抵就是土地公、山神之类。小时候都去过的，逢到过年，大搪瓷盆装上囫囵个儿猪头，猪耳朵团扇似的，扇着风就供奉到跟前。山中怕火，专门用石头围一个圈，纸就在那里头烧，边烧边用树枝压着，不让火星子跳出来。还得有响，五千响大地红鞭炮，绕一圈。害怕也不能跑，都站在边上，看到有炮带着火跳到草里，就得赶紧冲上去，用脚、用膝、用背、用腹，哪怕鞋底炸裂，衣服炸破，火一定压灭。若是着了，山崩地裂，烟火吞云，远近皆被牵连，不是一家一人能担当的。诸事完毕，依序跪拜磕头，念叨山神保佑，土地爷爷土地奶奶赐福。实际上并不知道石碑上刻写的名字，那些笔画似乎雕刻之初就被云雾遮挡住，模糊难视。但总归是好的，总归会慈眉善目地看着我们，因此山再阴，风再凉，也不必怕。

现在同样如此。即便石皮剥落、黑苔淤积，不知是哪家庙宇，但总归是保护人的吧。因此我背靠石壁，盘腿而坐，静静等着。

等白影慢慢地踱步数圈，仿佛很忧愁地挠挠石壁，等白影向西而立，引颈翘首，意尤孤子，等白影最终垂下尾巴，叫一声"喵"，我就拍拍手站起来，招呼它，回克了，猫。

猫没有名字，非要说的话，应该就叫"猫啊"。猫是我妈捡回来的，刚来时，浑身毛发湿硬，一簇簇扎在身上。仿佛刚打了一场苦仗的将军，刚渡过了奔涌的江水，疲惫地登上了岸。我妈靠到近旁，帮它一缕缕梳毛。可惜下雨，浑身湿，越理越缠得紧。猫倒不在乎，舒服地叫一声，十支鱼肠小剑伸展亮出，透一透气，随即收回爪内，韬光养晦。我妈就敲敲碗，喊它，猫啊，甩饭了。它就甩着尾巴，过来吃饭。我妈出门，站在门口跟它招手，猫啊，妈妈赶街去了。它就"喵"一声，算是应答——你走吧。

我一直觉得，我妈爱猫胜过爱我，大概因为我不是亲生的，而从来没有人指望一只猫会和自己有血缘关系。

猫啊闭门高卧，直睡得灯火俱亮，鼾声不绝，我妈进门，欣慰一笑，悄悄掩被。猫啊恍惚醒来，起身跳到餐桌上，打一呵欠，歪斜着又睡。如若是我，睡一整日，必迎接一顿痛骂，大概说我应该去扫大街扫厕所，是只大白胆猪（云南方言，大意是说人很懒惰，做事不积极，态度很敷衍）之类。沐浴亦是，猫用香波、强力吸水麂皮绒毛巾、橡胶鸭子、柔风吹风机，以泡、以揉、以玩耍、以抚摸。我由此闻到沐浴液香精味就怒火上涌，坚持用舒肤佳香皂洗澡二十余年。积怨日久，一日，我携猫啊离家数十里，以极低廉价格，卖给花鸟市场老板，他人转身买走。归家后，我妈痛哭数日，哭至力竭，连打我的精力也耗尽了。我于心不忍，趴在窗前默默祈求，猫啊，你偷偷跑出来吧。一连数日，我在街上游荡，遍寻猫啊肥嫩白色身影不得。一个午后我颓然进门，见杯盘狼藉，我妈珍藏的云南红葡萄酒倾倒一地，猫啊已酒醉饭饱，酣然卧于桌上，不知魏晋。

此后猫啊经常会独自出门，整日不归。我担心其一去不返，惹我妈伤心，哀毁骨立，我不愿见到她那样。于是每当猫啊出门时，只要我在家，都会悄悄跟随其后。其实猫啊也知道，有时候被车流或是高墙挡住丢了身影，猫啊就会在下一个转角处等我，眯着眼睛，喊一声"喵"。

这次回家，猫啊身形已瘦了大半，神情也苍老了许多。以人的寿命计算，此时猫啊已是耄耋之年了。但猫啊身手灵活，机敏不减，我想，大概是它在我离家的这十余年里，依旧时常外出历练的原因。现在每逢猫啊出门，我依旧会循着它的猫爪痕迹跟去，只不过不再是怕它离家出走，害我被埋怨打骂，而是以此为借口，走出家门，寻个风月清爽罢了。

对于我的辞职，我妈怒不可遏。中国首都的体制内，不锈钢的饭碗，我告诉我妈我把它丢了的同时，我妈手里的碗也被狠狠摔在了地上，那只瓷碗，比我的年龄还要大上几分，碗底深，带一朵青花，碗口敞开，有着不同于现代工艺的古朴气势。我只好从拼多多上又给她买几只碗，光光滑滑，一路从广东挤大货车来。摔不烂，打不破，唯恐我们七天无理由退货。只是偶尔晚上在碗柜里发出脆脆轻轻一声响，大概是夜里想家，要哭，又怕人听见，就装作咳嗽。我本想告诉我妈，我在外面也是这样的，想起她的时候，就想哭。后来想想还是算了，这并非我辞职的真正理由。真正的理由是什么，我也说不清楚。我妈总说我小时候很爱笑，那时候我怎么会想到，在接下来要体验的这个世界里，人和爱都被分门别类，十分险峻。

我只好告诉她，我的身体逐渐变差，尤其是视力，已经没办法胜任坐在办公室面对电脑敲字的工作了。我妈说我，鬼话连篇，也不知是随了谁。她干了一辈子活儿，视力还是5.0。如果我真的是她生的，那我的视力也不会这么差。我带着埋怨看着她，她随即收了声，只是敲锅打碗，默默发泄着，虽然我并没什么资格去埋怨她。但至少这一点上，我说的是实话。长大了视力就稳定了，也是一个"××了就好了"的经典谎言。我的眼轴如同一条弹力绝佳的橡皮筋，没有限度的，可以一直拉长。即便佩戴足度眼镜，所见之物边缘依旧有毛毛糙糙的叠影。医生说，这已经是我视力的极限了，光学的矫正手段无法达到更高的清晰度。我对医生笑笑，没事的，反正我也没什么一定需要看清的。

猫啊似乎并不服老。年轻时常常白日睡觉，一梦华胥，现在年纪大了，反而有空就往外跑。它总是知晓一些密径，带我钻到禁止游客通行的密林里，钻到被封存的工厂里，甚至钻到干枯多年的老井里，抬头往上看，小小一片天，对我和猫啊这样的中小型杂食动物来说，刚刚好。四下无人，静若太古。我回想起学校里的大红色光荣榜，一路北上的火车，恋爱，泪水，年终表彰，歧视的眉毛，羡慕的眼角泪痣……回想起生活了三十余年的城市的烟火，好的坏的，臻臻至至，竟有隔世之感。

寂静实在诱人，寂静令人上瘾。我跟随猫啊，准备深入西山保护区时，被工作人员叫住了。猫啊侧脸一瞥，装作没听见，兀自进山了。我四肢愚笨，目标又大，只好止步。

站到起，你看不见写的不准进嘛？那人训我。

我指头敲敲眼镜片，高度近视，看不见。

哦莫莫，赶紧回克啦，山里面有老虎晓不得？

我想起小时候在猫啊脑门上画一个"王"字，猫啊站在冰箱上，我给它唱《狮子王》的插曲《生生不息》，哑然失笑。我点点头，是呢是呢，有老虎，还是个纯白的。

　　归家时，天色已不早。这几年，眼睛散光愈重，视物影像相叠，往天边一看，夕阳成群落下，颇为古劲悲壮。视力不佳如我者，反而得见常人难见之景致，想想也很得安慰。

　　好心情来得轻易，去得也迅速。一进门，满屋劣质香烟味，熏得直想干呕。我妈和全婶、李佩玉正在麻将牌桌上大摆长城，一根烟连上另一根，不断地杀着彼此的心肝脾肺。还有一角，座上无人，一台iPad支在桌沿，视频通话进行中。一张褶子能藏人的老脸，在屏幕里发号施令：正手边第三颗，活的，活的，就是那颗，打打打。李佩玉听着指挥，伸手帮他出牌摸牌，头不歪，眼睛不瞥，面上看着君子，指肚一搓，摸的什么牌，其实一清二楚。几回就和牌，iPad里的老脸点炮，送给李佩玉一个杠上开花。屏幕里骂声大起，震得iPad机身嗡嗡响。李佩玉云淡风轻，老表，莫着急嘛，打牌打牌，要慢慢打，牌才会来嘛。

　　二人隔屏幕对辩，兴头不减，我侧身挤进卧室。我妈抬眼看我，张嘴欲言又止。卧室里狼藉一片，我儿时费尽心力收集的《老夫子》全套，拉拉杂杂地丢了一地。一黄黑小儿正酣睡在我的床上，看其眼泡凸起，面庞膨胀，是全婶的孙子没错了，血缘就是这样，藏不起任何秘密，好的坏的，都会在经年之后显露人前。小儿不过七八岁，但鼾声如霹雳，晴天炸响，让人头皮发麻。我抬手提起，丢至门外。小儿梦中惊醒，呆坐片刻，俄而大哭，哭声比鼾声更加凌厉。

　　全婶惊慌抱起，嘴里大念，不善的要偿还，耶稣基督云云。末了，她说，认不得哪点来的种，再养也养不像，你妈那么好的人……

　　我一肚子空荡荡山谷，一肚子流徙，一肚子郁结，正正遇着发泄的当口。抬手，往全婶右脸扇去，面颊糙厚，留不下掌痕。全婶脸却白一块，从里往外，扭头望着我妈，呆呆的。

　　李佩玉起身，念念有词，大概是追忆年轻时是如何以棍棒教育幼子之类，转至厨房，提起扫帚，将要扫向我身上时，被我反手一挣，李佩玉失力，屁股着地，跌在麻将桌边。桌子倾倒，绿油油麻将牌，哗哗啦啦撒落一地。

两女一男，俩老一少，如同梨园武行，马腿吊毛，翻桌翻梯，搬演了《雁荡山》《战马超》《穆桂英挂帅》，一出接一出。

如此一番闹剧，以我妈砸破电视，垂泪喝止为结。

道歉，将全婶和李佩玉送出门。我妈拉着我的手问我，你哪哈回北京？你不回北京也得了，你想去哪点就去哪点，不要再来折磨我了。

我点点头。我会走的，不过现在我得去找猫啊，它进了西山一直没有回来。

白日里，西山游客如织，尤以清晨六七点为甚。年轻人少，年老者多，但都精壮健朗，前呼后应，彼此招呼着爬山。偶尔遇到有雅兴的，站在半山亭子里，高唱《地质队员之歌》，声浪遒劲，腰板笔直，俨然是一立地金刚，年轻时风采可见一斑。现在夜深了，人踪全无，山深月清，中间杂有不知名动物呜咽呜啼。独自一人，我有些许畏怯，不敢贸然进山，立于山门外，心想猫啊也玩耍多时，不久后应该会径自归来。

候许久，不见猫啊。自嘲实在迂腐，猫非俗物，怎么就非要按照钟点，由他人设立的门进出？猫有它自己的起止自由，有它自己的独门蹊径。打电话回家，我妈说猫啊尚未归，我吸足一口气，进山寻猫啊。

正门早已关闭，我找到猫啊"偷渡"进西山保护区的窄道，防护网透一大洞，刚容人，杂草遮蔽，不是因猫啊，路过多少次也不会看见。缘山继续西行，老木、古石、幽篁、蜿蜒掩映，错落有致。路尽有树桥，河床窄浅，早已干涸，落满枯枝败叶。用脚试探踩踩，还算结实，走至三分之二处，脚下一陷，树桥内部已被蚀空。没等反应过来，我已经滑下树桥，尾椎落地，狠狠地哀号了一声。

万籁俱静。周围所有的活物，似乎都被我痛苦的惊呼震住了心魂，不再聊天，不再求偶，不再警示同伴，如果我能夜视，也许会看见它们齐刷刷的目光正投在我身上。片刻之后，山林才恢复响动。天天坐电脑前，缺乏运动的身体，此刻让我尝到了苦头。努力想爬起来，却四肢绵软。腰间不断传来剧痛，提醒我离了现代的城市文明，我不过是一个退化得在自然之中寸步难行的虚弱动物。我想给我妈打个电话求助，但拨出号码前，我还是按灭了屏幕。

我坐在地上，好像又回到了十四岁的时候。坐在柜台的玻璃前，打开户口本，看到我的名字下面清晰到尖锐地写着"收养"两个字。我妈说，有两个小孩是她的愿望，她不愿被罚款，更不能失去队里的工作，因此只能委屈我，这样之后才能再有一个妹妹或者弟弟。她还给我买了一个三色的冰淇淋，我没有吃，把它放在窗子外面，蚂蚁蜂拥而至。后来趁我妈上班时，我在家里到处翻找。我不知道我要找什么，但我知道一定会有什么的。然后我就找到了，我的亲生母亲写的自愿放弃抚养保证书，字迹歪歪扭扭，宛如虫爬，下面是签名加手印。最后一句话，我至今记得，"保证永不来往，永不打扰"。我坐在地板上，一动不动，就像是一颗卫星突然脱离了轨道，在冥茫的宇宙里飘浮。

现在我依然飘浮在这里，在这个夜晚，在这座无人的山中。我突然发现其实那个十四岁的我一直都在，之后漫长的成长岁月不过是在其表面不断地包裹上涂层。现在它融化了，又露出里面的核，一颗坚硬又易脆、皱巴巴的榛子。我坐在地上，不断地喊，猫啊，猫啊，喊得眼泪直流，眼前一片模糊。

似在看我笑话，一中年两脚动物，如无助幼儿般啼哭，山中诸物哄笑，声响如沸。一股猛烈的臊腥味，沉沉地压了过来。我头皮一紧，突然反应过来，动物们不是在嘲笑我，而是对即将到来的致命危险，发出了绝望的呼号。

是老虎。

云南应该已经很多年没有出现过野生的老虎了。是从动物园里跑出来的？还是自然保护区真的起到了作用，生态已经恢复到了老虎得以栖息的程度？我不知道。但那股又臭又臊的味道，带着与生俱来的威压和震慑，正逐步靠近。腥风荡起，扑面而来，眼睛本就病弱敏感，一时竟无法睁开。

心下怖畏，忽闻一声极熟悉嗥叫。猫啊从莽中跃出，睁目张口，站在我身前，舌面倒刺，根根竖起，浑身毛发，森森而立。欲拦、欲扑、欲以命相搏，我从未见过猫啊这般愤怒，更怕它螳臂当车，白白在老虎面前送了性命。

我呼唤猫啊，猫啊猫啊，乖猫乖猫，快点跑吧。

猫啊以头抵我的背，我艰难地站起来。虽然腰间仍旧刺痛，但也顾不上那么多了。

急奔。路嶙峋，枯枝参差，刮得双腿痛，面颊刺痒。摔倒，膝盖冷湿，不知是血水还是露水。猫啊身前引路，高木千章，层层绕绕，草可没人。及一老树，四人合抱之粗，我从小不少来西山，竟从未见过如此粗壮苍老的巨木。树的底部有一小洞，猫的身体轻松可过，人则需要贴地蛇行而入。天暗无光，树洞里黑漆漆，不可测。暂时得喘一口气，我怀抱住猫啊，它小小暖暖的身子令我昏昏欲睡。

不等我眼皮垂下，老虎又至。黑暗中看不到脸，但老虎口中那股血腥味直扑面门。老虎在洞口极力猛钻，树干吱呀作响，大概很快就会破开。已不可退，不可逃，不可躲。绝望之际，怀抱中的猫啊渐渐变硬、膨胀，那种触感很奇怪，就像是猫肚子里有一个吹玻璃的匠人，正在大口大口地吹气，柔软而多毛的猫皮，又在逐渐硬化，变得光滑，接近瓷器的手感。猫啊越来越大，大到我抱不住，大到及人高，大到把老树撑破，最终变为一座小庙那么大。

猫啊大大地张着嘴，眼睛整个地往外凸出，犹如旧时衙门前的两面大鼓。我抬头努力地辨认，虽然整个身体变成了介于石头和瓷器之间的材质，但它是猫啊没错。猫啊小心翼翼地张开爪子，钩住我的衣领，把我提了起来。它的嘴张得更大了，轻轻地把我吞进了肚中。

猫啊肚中有种奇异的温暖，很纯粹，很安稳，如同这个世界还没有孕育出生命，无知无觉，无所求、无所惧地安然。老虎好像在外面不断地撞击，发出砰砰的声响。我很快睡着了。

醒来，在家中。

昨日满地狼藉，现在已经一片明净。微信里躺着我妈消息：起来自己点点外卖。

看来所谓老虎，是大梦一场。

但又不全然是。腰椎依旧刺痛，枕头边放一残片。不知何物，不知从何处来，摸上去，和那只变成小庙的猫啊，倒是一般感觉。

猫啊懒懒躺在阳台上，半眯着眼看太阳。尾巴上秃一块，我想看看，猫啊尾巴往怀里一缩，胡子耷拉着，终于显出几分它这个年龄该有的老态，弓起背睡了。

因为腰痛，我在家躺了几天，哪里也没去。见我妈每日清晨出门，冲锋衣、运动鞋，登山包上挂一个三升水壶，如同参加荒野求生。午后至傍晚，则着轻薄衣衫，带着猫啊，深居卧室内，哼哼哈哈，不知在练些什么。一日，我实在好奇，敲门，推开一看，我妈正在一块瑜伽垫上，四掌着地，头向下，肚皮朝天，把自己扭成一团麻花。猫啊睡在我妈肚皮上，稳稳当当。

我妈说，她这练的是冥想瑜伽，能打通自己和自然天地的隔阂。我问她，又是跟何方神圣学的，佛祖、天主，还是耶和华？不用说也猜到，无外乎全婶、李佩玉二位。李佩玉原本生意做很大，这些年经济下行，各方形势又颇严峻，原来的产业倒得七七八八，于是四处捣鼓，磁石按摩、理疗床垫、中药针灸种种，转折再三，不复以往。无事时，就到处遛狗斗鸡，玩牌泡澡，倒与当厌了家庭妇女的全婶做了玩伴，时常找些乐子，来寻我妈一起加入。

中场休息，手机小声放山涧流水音乐，一温柔女声徐徐引导：放松你的颈部、你的四肢，想象你正走在松软的沙滩上，细细的沙粒抚摸着你的脚趾……我妈躺在瑜伽垫上，大口喘气，衣服贴身，两侧肋骨明显地凸了出来。我掩门出去。

没过几日，我妈练习瑜伽倒立，伤到颈椎。颈托外固定，每日送到医院做理疗。生活不便，不得已向我求助。我笑她，天天和破产老板、家庭老妈妈鬼混瞎搞，这回把自己搞成歪脖子了。难得，我妈也笑，不认老不行，还总觉着自己是苗老大。我妈姓苗，年轻时，在队里，除了队长和党支书，其余人都叫我妈"苗老大"。这个称呼像一个颇有年代感的日记本，红皮、硬壳，表面很多划痕和污渍，我和我妈偶尔翻看，里面变黄发脆的纸张间，还总夹着些细细小小的干花。

那些年很热闹，大家也爱热闹，商店餐馆，活动游乐，都以热闹为佳。天暗月上，两台卡带机，大放《连锁反应》《跳舞街》《黑街》。震地翻天，呼叫不闻。我妈留偏分短发，地质队工作服也不掩帅气。有绝技，抱古典吉他，高坐阶上，唱 Take Me Home, Country Roads。英文发音对错，谁也不懂，然而人人都不喧哗，静坐倾听，点头称好。我妈为人潇洒，讲公正。未担任任何官职，职称就是普通的地质工程中级工程师，但却算是队里的意见领袖。有二人斗，其间抵牾，复杂难说，相持不下，请我妈一决。其中一人，常将自己的新摩托借我妈出入，因此颇有信心。不想我妈丝毫不偏袒，此后我也失去了坐摩托后座飙车的乐趣。

听说我妈也曾有机会升一升，奈何匿名队友一笔"作风问题"，我妈也就平头小兵一路干到退休。倒也无妨，绘图技术过硬，谁也奈何不了，无官无职，反而乐得自在。至于那"作风问题"，有人很看重，在我和我妈心里轻如鸿毛。找男人有作风问题，找女人也有作风问题，结婚多了是作风问题，不结婚也是作风问题。车轱辘糨糊话，无所谓。每日照例行止自由，没摩托了，就和李佩玉一起骑自行车兜风。

后来，李佩玉讲，要停薪留职，自己出去单干。彼时，其实我妈也已觉察到，在那地质队合金大门外面，有一头猛虎正在虎视眈眈。湖边假装喝水，把下巴牙齿都没在水里，只等夜深人静，就会翻墙入户，把大家以为会长久稳固的大理石地板、窗户、办公楼都撞得粉碎。但我妈就想守在队里，为了什么，我不知道。我们母女和大多数中国传统的家庭一样，很少坐在一起，也不说什么太交心的话。

李佩玉自己奔生活后，很快就显露头角，周边这些人中，他做生意做得最大。他从来就聪明，心也狠。在吉玛特市场上，海鲜和冷冻产品销售，成为他一家之业。谁要想在市场里卖货，得先至他家挂上名，糕点、水果、火腿，下面压住几条"大重九"，算是见上面。每月底，二八分账，不论利润薄厚，要抽取两分"市场介绍费"。有一位从贵州来的小媳妇，带俩孩子，做事麻利泼辣，无有不成。不愿处世蝇营狗苟，自租了摊位，卖她的黄辣丁。李佩玉不打人、不砸摊，强令其余摊贩以极低廉价格抛售货物。小媳妇卖十元一斤，市场其余家就卖六元七元，小媳妇亏本卖七元一斤，其余家就卖四元五元。不出数月，小媳妇就被打压得翻不起身，欠了几万货款。被人要债，当其幼女幼子面，扒了衣服，袒胸露乳，跪地写保证书。等再露面，状貌大变，犹如经年旧衣，残破不堪。每有新人入市，李佩玉便带其"偶遇"小媳妇，对其谐谑谈笑，话里话外，透着威逼，也透着利诱，其人行事大概如此。

但对我妈，依旧见面敬一声"苗老大"，邀合伙、入股云云数次，我妈皆婉拒。铜墙铁壁，无缝可入。无奈，转头向全婶，大概李佩玉总要找一个女人，以证其成功。全婶那时还叫小全，眼皮未塌，面盘也还算正常，只是稍稍泛黄。

小全信神恩教，近似基督教，但又不完全一样。主教租一地下室，逢月末，召众人聚会，席地而坐。一台录音机以最大音量放管风琴伴奏的赞美诗，放到高潮处，众人要高呼"阿门"。主要教义，宣讲男人是天，女人是地，女人事事要让着男人，家庭才能和睦之类。此外也穿插讲圣彼得、摩西、雅各诸位，以及品评国内国外政治形势，号召众人去往纽约克。小全文化水平不高，听到外国名儿就神昏意乱。也就那么一念，也就那么一听，最后就记住了"男人是天，女人是地"。李佩玉和其好了一年，嫌其迂腐，又弃之如敝屣。小全改嫁队里钻井技术工，成为全婶，在丈夫拳脚下和厨房厕所里团团转，神恩教传给她的"箴言"，帮她度过无数个疼痛难忍的夜晚。之后，神恩教被警察以邪教处理，全婶惋惜，落泪数次。

有过一个面目不清的女人，披肩发，抑或马尾辫，长上衣长裤子，一个咖啡色的模糊影子,来我家。进门、脱鞋、洗水果,熟门熟路,自然妥帖。我妈见到她,神色张皇,似喜似怒,全然不复平日里洒脱不惊的样子。那两日,我妈罕见地请了假,时常与其出门,告诉我,办事,明日再问,又说,逛公园。全婶好事,跑来问我,是哪个?克哪里?我毫无头绪,依葫芦画瓢,告诉她,克办大事,隔天又说,克外国旅游。如此逾月,我以为这个女人就要永远和我们一起生活下去时,她说要走。那天,她拉着我手,说要带我一起,我妈不许,两人几番推搡拉扯。我倒丝毫不担心,她比我妈矮一头,我看得出来我妈招招都在让她,要见真章,我妈不会吃亏。后来她找来个男人,说是"罗耶",我妈体格和嘴上功夫都落了下风。这时李佩玉来了,嘴皮子不输人,但动起手就露拙,被"罗耶"反手擒在胯下,十分狼狈。李佩玉说,阔以,阔以,你以为就你介懂法律,来地质队占马门。李佩玉打大哥大,叫来警察,警察不能打人,更得讲法,也拿"罗耶"没有办法。李佩玉又叫来全婶,全婶日夜被丈夫拿来练拳脚,身体打磨得精壮,也从丈夫那儿学了两招,把"罗耶"打得龇牙咧嘴。得胜后,全婶眉欢眼笑,齿牙春色,好像断电了许久的钨丝灯泡,终于得以在那一刻发了一次光,虽然也就那一次而已。

那几年我妈意气飞扬,女人走后,我妈罕见地哭了一场。没过几日,我妈就领回猫啊,初时它烟灰色,像兑了太多水的墨汁,冲淡后只剩一点颜色。彻底清洗后,显出真身,通体雪白,双耳竖立,十分机警。起先谨慎非常,偷肠窃肉,悄无声息。有顺风耳,百倍甚于人。我偷看电视,闻我妈脚步声即关,但我妈进门伸手一探,还是难逃屁股开花。有了猫啊,观其藏匿赃物,它跃下灶台时我即关闭电视,扇风降温,五分钟后,我妈遂至。平安无事。日久,猫啊见我妈对其偏爱,每闯祸事,遭难的只我无它,便日益放纵,常行白日纵酒、深夜狂歌之事。我妈睡眠深受其害,工作渐疏,终于在一个五一,提出休整七日,全家外出观海。

摆开中国地图,猫啊大爪一拍,定下目的地,广西北海。进站安检,不许私自携带活物,藏匿猫啊于书包之中。恐被人识破,轻拍书包,对猫啊曰,装死。猫啊机敏，一动不动，顺利通过。

云南没有海，称之为海的，实际上只是巨大湖泊。一路火车，摇摇晃晃，眼见高山渐平，成丘陵，成平地，天边隐隐露出一线蓝灰色。我兴奋异常，我妈和猫啊倒是神色淡然，仿佛在此之前，他们都已见惯了海似的。

空气很快湿透，海在我面前露出它的柔软弧线。海面不纯粹是蓝，有绿、有黄、有灰，甚至有紫，灿烂之景，不可名状。礁石坚致，风涛漱击，海岸柔和，海浪酥润。我们沿滩步行，不觉间走了颇远，四下已无游人。立礁石上望远，怀中的猫啊突然挣扎，扑腾入海水中。伸手欲拉，不得，当下情急，又觉自己泳技尚可，泳池里常能轻巧过人，我竟效仿猫啊跃下。入海方知危险，海水苦咸，难以睁开双眼，表面算得平静，水下浪潮涌动，我失去控制。我妈岸边呼救无果，随之入海。

海水此刻露出它残酷的另一面。海浪翻滚起落，将我揉得七荤八素。我妈拉住我手，疾呼躺平。水中调整身姿，我仰躺在海面上，随波漂浮。海水有时候还是涌上口鼻，屏息咽下，苦苦辣辣。我妈躺在我身边，双脚略低于水面，小腿和脚掌在水下轻轻打水。我问我妈，我们会漂到海中间？我妈说，放心。最后，我们竟然就这样漂着，靠上了岸。

我咳嗽着，问我妈，要是海浪把我们往里边推咋办？

我妈说，不会。

我又问她，你什么时候学会的在海里游泳？

我妈说，不会。

我看着面前的海水忖度，如果真的淹死在里面，多久会被人发现。几天？几年？也可能永远都无人知晓。与猫或人相比，它都太大，大到失去了比例尺，大到失去了比较的意义。猫啊荡漾一圈，自在地泅水归来，看来关于猫不会游泳的说法，纯是以偏概全的谣言。我看着海水，一层层地把猫啊淹没，又一层层地退去，脑海里全是我妈一直在水下轻轻打水的双腿。山堆堆，堆成了云南，说到底，我们骨子里都是山里人，大概一辈子也学不会顺着浪潮游泳。我妈躺在水面上，浪推着她，她不会借势，也无力抵抗，但在那无言的水面之下，她一直拍动着自己的双腿，轻轻地，一直打下去。直达今天，那幅画面始终藏在我脑海里，偶尔，也会悄悄冒出头来。

我妈的颈椎还没好利落，李佩玉就失踪了。

李佩玉在离开之前，和要债的人大大搏斗了一番。和以往的孱弱不同，他这次应该使出了他全部的气力。地上留下要债人的一只耳朵，不知道属于谁的血，慢慢地流了一地。所有熟人的联系方式，删除；家里可以变卖的东西、电视、冰箱、微波炉、带不走的名贵手表，砸烂；在此生活了几十年的痕迹和连接都被他亲自一一销毁。他做了永不再归的准备，下了任谁都佩服的决心。

警察来调查走访，我妈和全婶都摇头。只是偶尔听他抱怨，经济衰退，闭店通知，客流量归零，又下了政策什么的，那些名词，整天飘在新闻里，飘在阳台上，大家也都没怎样。这几年大家都说不好做，谁知道他是真的不好做。

警察走后，全婶说要去帮李佩玉清整清整，我妈暂时干不了活，就由我陪同全婶前往。除了警察，我们也并非首位造访者，门锁已被强行敲坏，屋里脚印纷杂，沙发处空余一圈印痕，餐桌的四条腿被粗糙锯断，丢在墙角，大理石桌面不知所终，连墙边几盆发财树、琴叶榕也被掠走。全婶强撑颜色，还是尽力，衣柜席梦思床整理如初，地面脚印灰尘清扫净爽，掠夺余料尽数丢弃，完毕后，整间屋子空旷静默，更显萧索凄凉。李佩玉上山下海几十年，最后除了自己带走的一副躯干，竟一无所有。墙上还剩一幅字：云山不求吾是，林泉不责吾非。不是名家手笔，写得勉强犹豫，倒还苟且保全。我取下来，卷好，暂免它屋子被拍卖后，垃圾场烈火焚烧的命运，也算是一个留念。

我和全婶相对坐，默然无言。我先开口，致歉，对不起，全婶，那天我不该那样子对你。全婶摆手，没么子事，没么子事，是我讲话难听。在家你大爹就老是讲我，不会讲话，没得办法，我念书念得少嘛。要是有下辈子，哎哟，不管我爹我妈是打我还是骂我，我都要克多念几年书……走前，全婶说她不久要去昆明，帮姑娘带第二个娃娃，不能像李佩玉，最后一个挂念他的人都没有。我点点头，然后又摇摇头说，李叔用不着别人挂念他，他会自己继续折腾的，一直折腾到他一口气都没有，其实我挺羡慕他的。全婶笑我，乱讲话，不要被你妈听见。

回到家，一如既往，猫啊又不在。我妈让我附近找找，它老了，走不了太远。我在心里暗暗嘲笑我妈，这么多年，对她的宝贝猫秉性还不了解。猫啊再老，也是那种眉发皆白，还"脚著谢公屐，身登青云梯"，在大江大河旁高颂自己"老骥伏枥，志在千里"的猫。结果出门，下楼，一回头，猫啊正站在楼顶。迎风而立，毛发飞扬，偶尔左右侧头，扫视一番，仿佛自己是一只正在巡视领地的老虎。老式居民楼不过五层，但见猫啊这般立在边缘，还是有些心惊。我忙上至五楼，从爬梯登上楼顶。

天气舒爽明朗，凉风扑面，畅快淋头。从楼顶俯瞰，平日里觉得庸俗老旧的职工小区，竟也有几分可观。灌木齐整，枇杷果疏疏杂入，高槐深绿，天竺桂叠翠，水木明瑟，难怪古时文人雅士都爱登高望远了。沉浸一番，我轻唤猫啊回家，猫啊踌躇一会儿，跟我下了楼。我跟猫啊说，猫啊，以后不能上楼顶了，很危险。猫啊故技重演，打一呵欠，佯装听不见。

说也奇怪，连续多日，猫啊都偷溜上楼顶，长久逗留，正襟危坐。我妈说她近日心里常觉不安，我安慰她，人在慢慢变老的时候都这样，不是有什么事，只是身体自己生出的伤感情绪罢了。我妈放心不下，多次试图说服我去医院做全面体检无果，遂强行带猫啊前往宠物医院，预备给其来个猫咪血常规加腹部彩超加胸部 X 线的豪华宠物体检套餐。

一猫一人，离开不过一刻钟，家里来了客人。彼时我正把眼镜摘掉，戴上护眼仪，准备给疲劳不堪的残败眼球做个热敷，门就响了起来。开门，依旧是进门、脱鞋、洗水果，熟门熟路，只是动作不再如当年那样自信和麻利，透着迟缓，更透着试探。因为我没戴眼镜，那人的脸还是模糊不清的，这反倒和记忆中的样子一模一样了。

那人说普通话。我这几天都在你们小区的亭子里坐着。我不敢上来。

嗯。

你们家的小猫很威风，天天站在天台上看着我，生怕我来打扰你们似的。

它就是站着玩。

我尽力忍住紧张和害怕，心跳如擂鼓，我害怕她真说出什么，但又害怕她什么都不说。

屋子里陷入寂静。这时，猫啊突然回来。从窗子外一跃而入，站在茶几上，舔了舔爪子。

来人大概有些惊诧，发出了一声轻呼，虽然我看不清她的表情。

猫啊像要打呵欠，大大地张开了嘴。好几秒钟过去了，还是张着。茶几上的杯子、刚洗好的水果、电视遥控器、前几天抢购的布洛芬药片都缓缓地移动，窸窸窣窣地彼此摩擦着。

猫啊一吸气，所有物件尽数被它吸入腹中。

还不够，猫啊向外吐了口气，发出类似叹息的声音，缓了口气，继续张开嘴。整个屋子开始融化、变形，就像那年我放在窗外的三色冰淇淋，在阳光下逐渐变软，彼此渗透，扭曲。然后是树，是小区里那潭久未有人清理的金鱼池，是风，是雨，是金沙江上的船影。沉水秋月，棱棱砺砺山石，皆若乘风，飘飘然落入猫啊嘴中。

等万物静止，我和那人也已成为猫啊的腹中之物。环顾四周，长河荡波，巨麓无言，俨然一辽阔山河。

中有小桌，不知何人设了普洱热茶，又一盘玲珑花饼。我与那人相对而坐，渐渐撤下心防，相谈甚细。她告知我许多我妈的旧事，是比我参与的那几年，还要年轻的时候。我也把我和我妈、猫啊这些年的种种，趣事难关，或喜或悲，一一描绘。不知谈了多久，猫啊腹中日月交替了无数次，我们把该说的能说的都说干了，说尽了。她拉住我的手问我，做了决定，不跟她走，永远不会后悔吗？我说，永远不会后悔。

猫啊似乎也累了，深深地打了一个呵欠。腹中星霜屡变，猫啊张口一吐，万物归位，恍若什么都没有发生。四下空寂，那个女人不见了，甚至连猫啊都消失了。

我妈跟我说，养久了，就有感情，动物在临死之前，就会自己悄悄离开。猫啊大概是寿限到了，不想让我们伤心，自己走了。我说不会的，以猫啊那般的恣意，它肯定是又去了别的地方，或者别的人家，继续纵情山水，快意生活。不仅是为了安慰我妈，我心里也是真的这么相信的。

路上逛街，看到老街子上有人在卖瓦猫，我买了一个回来，放在客厅里。虽然还是陶土烧的，但上了白釉色，和猫啊倒是有几分相像。瓦猫前爪抚一块方形的太极八卦图，猫口大张，双目鼓暴，两只耳朵尖尖立着。虽然刻画凶猛，但看着却并不可怖，反倒有几分憨态。以前大家还不住楼房的时候，家家屋顶上都会安置一只瓦猫，张着大嘴，威风凛凛，会把一切不好的事物都吞吃掉，守护着瓦檐下的家。后来大家都住在高高的楼房里，这些瓦猫也就渐渐少了。我妈时不时会给买回来的瓦猫擦擦灰，就像原来给猫啊洗澡一样。

我跟我妈说，我决定留在这边，做个民宿，或者搞个小酒吧，都蛮好。我妈还是训我，永远别跟大部队反到起，人家现在个个奔着"国央公"去么，我又要出来自己搞。我说，我们家哪个赶上大部队过。最后她叹口气，讲，不要想着我，你自己该干吗干吗。我笑她老孔雀开屏，自作多情，我是要守着等猫啊，才不是稀罕她。

这久在家，不像以前天天伏案盯着电脑，眼睛感觉松快了不少。晚上洗漱完，照镜子，两只眼睛亮亮的、湿湿的，像猫啊早晨刚睡醒的样子。

原载《青年文学》2023年第5期

魔一般的夤夜

路　魃

　　庄生晓梦迷蝴蝶，不仅是一句诗，还指庄生以及他的三个朋友。于是，除了庄生，剩下的便是晓梦、迷、蝴蝶。庄生是我父亲的本名，其他三人的代号由"庄生"派生而来。为人父的期待孩子学会说话后，先叫自己一声爸，我第一声叫的却是庄生。此后，我也没叫过他爸。

　　直呼老子本名实属不敬，可我理直气壮。毕竟，这是庄生的意思，是他不允许我叫他爸或爹的，自小教我叫他庄生。并非他不想把我认作儿子，反而是——我想，是他不喜欢父亲这个身份吧，有什么道德或身份上的冲突似的。个中的理由，我最终也知道了，虽然知道得很迟。

　　庄生、庄生、庄生——这么叫久了，我渐渐把他当作一个和母亲住在一起的老熟人，至于父子亲情之类的，倒是不怎么热衷于去辨认确立。这样的好处是，我们之间没有血缘辈分的压力，我不期待他父慈，他也不指望我子孝。

　　他唯一期望我做好的，是到古山寺去打扫，勤勤恳恳，特别是擦拭弥勒佛身上的尘埃。"你替我去吧？我晚上出诊，白天没空。"父亲说，竟是客客气气地探询，又带着些许家长式的威严命令道，"在佛面前记得谦恭，千万不要在寺里面撒尿。"大多时候，他是很朴素的，说话平缓沉郁，慢条斯理，没有任何顿挫之感，像来自收音机里的播报。

全县的人都称他是一等一的好丈夫、好父亲。奇怪的是，母亲对他竟然也是毕恭毕敬的，与其说是自己的枕边人，毋宁说是座上宾吧。我没问过母亲为什么。想起古代朝廷，君王高高在上，从民间来的皇后和她的皇子大抵是这副模样，表面是羡煞旁人的皇族，背后还是以严酷的礼教维系着。只是我们一家更世俗，也更和睦。

我十二岁开始去打扫古山寺，每周一次，打扫一次花上半天。我通常周末去，迄今已有五年了。古山寺不是一个正式名称，它的原名是"夕照寺"，曾是全县唯一的佛门地。寺的匾额已不复存在，寺门的门楣空无一物。拆走匾额那天，我还很小，也甚少到那儿去。夕照寺变成古山寺，也是从它失去匾额的那天开始的，无名也无分，空余一座寂静无人的深山院落，因此得了名。

随着匾额一同消失的，还有寺内大大小小的佛像。有人见过一桩奇事，说亥夜时分，目睹过众佛夜行。不久后又有人说，是盗贼在运走寺里的佛像。释迦牟尼佛、送子观音、地藏菩萨、金刚夜叉，一尊尊行走大地，离开县境。不知古山寺遭了什么罪，被盗走佛像似乎也无人在意，无人报警，只有那些年轻人议论纷纷，觉得不可思议。寺庙被盗空后，唯独天王殿迎门的那尊弥勒佛免遭毒手，大概是祥和温润的笑容令盗贼也心生慈悲，手下留情了吧。

"夕照寺"匾额最后流落何方了呢？总不会送去了博物馆。有个传闻，说它被挂到隔壁临县的一个寺院了。传闻未经证实，也许是有一座同名的寺庙新建落成吧？可由此猜想，庄生要我打扫古山寺的动机，大概是对这种被抛弃和忽视的不甘？香火鼎盛一时的寺院，不能落得如此下场，于是叫我去打扫，去维护，好歹那里还有一尊弥勒佛。

佛也会孤寂吗？盘在一个座上，落灰积尘，别说是百年，要是数十年没有香客祭祀和香油钱，就算是弥勒佛又能笑多久？县里的人处心积虑，只为一只摔不破的铁饭碗；另一边厢，有人一心向佛，难道是为了一个能坐上千百年不动的莲台？那时实在想不通古山寺所代表的佛门奥秘，不过打扫工作我可是一次没落，一是顺顺庄生的意，二是聊作周末的消遣。

古山寺在县城的山里，离市集很远，离我家很近，只有一两里路。除了盗贼，平时别人没有闲情逸致登山拜访。那里因此成了我的私人领地。我在那里干什么都不会被人发现，哪怕我朝铜炉里撒尿，除非弥勒佛的背后长了眼。

烧香的铜炉还在，盗贼没把它们偷走。因为倒卖佛像的钱就够他们吃一辈子了吧。雨天，铜炉灌满水，积攒多年的炉灰被浸泡起来，鸟粪里的草种子落入其中，很快长出植物来。有些植物是我没见过的，想必是某些从另一个地方迁徙至此的鸟带来的。给铜炉除草也是我的工作，不能让这里满目蛮荒，有时不舍得那些奇珍异草，只好拔下来，移栽到僧寮后面的菜畦里。渐渐地，僧寮就被各种不知名的植物裹住。植物的根肆意横生，从地砖下钻出，把床脚也缠上了。

庄生特别叮嘱我，打扫要在午后动身，对谁也不许说，也不能让人看见。五年来，几乎没有人知道我在古山寺干了什么。遇到暴雨天回不了家，等雨停，等着等着，就入夜了，我也不怕，就在僧寮里过夜。有点宁采臣误入兰若寺的意思，床底下蛮缠的树根是姥姥的爪牙，只是不会遇见聂小倩，长夜孤单。

但来古山寺的事，我并非对谁也没说。庄生的另外三个朋友，也就是晓梦、迷、蝴蝶，他们各自有个儿子，分别叫风、雨、沛，都是单字名。我是单字一个"惠"。我跟蝴蝶的儿子很熟，因为是同龄人。至于另外俩人，我和他们关系普普通通。蝴蝶的儿子阿沛，每次喊他名字都像骂人："啊——呸！啊——呸！"我没告诉他打扫古山寺是庄生叫我去的，但他多少会猜到，要不然，一个年轻人为何要去打扫寺院？总不会是想出家当和尚吧？

他随我去古山寺，没什么别的事可干，只是匍匐在弥勒佛前，念念有词。我去井里打桶水，爬到莲台上，用抹布仔细擦拭弥勒佛圆滚滚的头，包括他的耳垂、眼眶、嘴巴，还有衣服的一道道褶皱。夕阳明亮时，擦净后的弥勒佛，暗淡的佛身显出微微金光。阿沛见状，念得更起劲儿，头也磕得更频了。每次站在弥勒佛旁，我都好似领受了他的跪拜。他这么做，不是求财，是为他父亲祈福，也是为他自己祈福。阿沛跟他父亲一样，身体底子弱，瘦巴巴的，弱不禁风，只有一副骨架，没有几块肉。所以，他父亲的代号叫"蝴蝶"，是很贴切的。

"下一个死的会是我爸吗？"阿沛仰起脑袋问道，呆呆望着我。

"这得问弥勒佛。"我跳下莲台，淘净抹布。

"你不怕？阿风、阿雨的爹都死啦！"他站起来，拉着我衣袖，"大家心照吧！你搞清洁，我拜神，都是来求佛祖保佑平安的。"

"我可不吃这套呢。"我拨开他的手，"我爸是医生。我只知道，晓梦和迷都是病死的。要搞清楚，什么是科学，什么是迷信。"

我随意扫了扫庭院的落叶，就说要下山回家。阿沛掸掸膝盖上的尘，也不吭声，跟在我后面一起下山。方才明明一片晴好，踏出门口没几步，竟然又是风又是雨。我们躲进僧寮的廊下避雨。阿沛望着天，打起了哆嗦。天并不冷。见阿沛那病鸡似的可怜样儿，我忽然也有一丝惆怅，一丝恐惧。

晓梦是喝酒喝到得肝癌死的，迷是抽烟抽到得肺癌死的。庄生晓梦迷蝴蝶，四个中已经死了两个。庄生和蝴蝶，昏昏然地，还活着。阿沛说，这是寺里的佛像被盗走所致，大人们不出手阻止，这里不但没有佛保佑，还降了罚。简直胡思乱想！我们县的人，生老病死，没有什么异常之处，不能因为四个好朋友中死了两个，另外两个便也得无因无缘地死啊——只为死得齐齐整整？

嘴上是这么说，但仔细想想，县里有不少男人总是年纪轻轻就死在女人前头，留下一群孤儿寡母。这县境内，男人仿佛天生要比女人脆弱。这里的食物，这里的水，腐化男人的身体，却磨砺着女人的心。我望着阿沛，阿沛又望着我，我们好像预感到自己也命不久矣，扑哧一下笑出声来。恰好一声惊雷，我们赶紧溜进了僧寮里。

五年来，我在僧寮里过了许多个夜里，每回庄生都不来找我。他知道身在山里很安全，盗贼早就不盯这里了。五年来，庄生一次都没来过古山寺。母亲有时放心不下，还上来看看。那么多个夜里，我都没做过梦，唯独今夜，梦的门敞开了缝儿。前半夜，我看见僧寮外烛火通明——原来和尚都回来了，脚步频密，撞钟，做晚课念经，好似蟋蟀在叫。有些和尚进入僧寮就寝，睡在我和阿沛旁边，谈论不久后将要举行的佛事会，说方丈今日接见了远道而来的高僧。后半夜，身边的和尚都不见了，进来的是一对牛头马面，绑着我和阿沛，要到地狱阎王那儿去。我叫阿沛。他一下醒了，原来也没睡着。我们坐起来，点亮一根蜡烛，发现手臂上全是红点，是虱子咬的。外面的雨还在下，铜炉里的水珠嘈嘈切切，好似梦里的晚课还没停歇。

"你看这红点，像不像烧香疤？"我袒露手臂。

"烧香疤是什么？"阿沛抓挠着，痒极了。

"和尚头上的那些点点啊。"

"我们睡僧寮，不就成了半个和尚，不能娶亲吃肉啦？"

"明天下山，我们就等于还俗了。"

"好——！"

阿沛叫得起劲儿，双眼却是浮肿的，蜡黄的脸，仿佛病了许多年。下山后，我叫庄生给阿沛把脉，调理调理他这病恹恹的身体。庄生说，这又不是病，是命。我叫阿沛别娶亲了，怕他死在媳妇前头，免得县城又多一对孤儿寡妇。阿沛不信庄生的医术，说他又不是县医院的医生，不过是早年跟江湖郎中学了点中医的皮毛，竟然敢出来接诊。

对，庄生是江湖郎中，是某些人口中的"黄绿医生"，因为他没有执业医师资格。阿沛不信他，但信他的人多了去。他的医术在私底下是得到承认的。

"他要是真行，晓梦和迷怎么会死？"阿沛讥讽道。

"是病，也是命。"我竭力为父亲挽回颜面，"要搞清楚，他们死的时候，我爸还没开始学医！"

"好吧。他就是因为害怕死，才开始学医的。"

"这是什么理？学医就不用死了？谁不会死？只是时间问题。"

是时间问题——

通常在夤夜，庄生才会出诊。那个时分突发的疾病，与其他时分的不一样，跟白天的更不一样，虽然它们有同样显著而相似的躯体症状，但时间才是至关重要的因素。若有人白天来找庄生看病，庄生会建议他到县医院就诊。对于白天的疾病，他表示能力有限，束手无策。这时，母亲再好心劝说几句，顺便送走来人。母亲是庄生的助手。她本来在卫校学习当护士，但因为害怕给人扎针，中途辍学了。一个是江湖郎中，一个是辍学护士，绝配。

问诊通常持续一个多小时。其间，母亲坐在人家的客厅静静等待。接诊完，她才按庄生给的药方为患者配药，从来不用打针。我向母亲打听庄生是怎么给人治病的，她叫我少打听。

我悄悄研究过庄生开的方子，无非是几味去肝火、护脾胃的中药，夏枯草、山栀、柴胡、吴茱萸之类，并无异处。我断定，一切的关键在于问诊过程。可是，母亲也不知道庄生在房间里跟患者谈了什么，妻子的身份没有赋予她窥视那神秘的问诊过程的权利。没人知道他施行了什么医术，而他接诊过的患者，也一律默契地保守秘密，仿佛视之为生死契约。

"别的医生是白衣天使，他呢，是夜晚的鬼。"母亲说。

虽说我没有为庄生提供实质性的帮助，但私以为夜晚来求医的那些患者，他们得以痊愈安康的福分，是我和庄生共同修来的。他修里子，我修面子。我在古山寺像个扫地僧似的，勤勉劳作了五年，弥勒佛没看在眼里吗？多少会有。一个再小的土地公，也会保佑一方水土。

恍然间，我对阿沛的话有了几分认同：庄生要我去古山寺打扫，就是为了多修福分吧，以天地灵气，运转体内阴阳，弥补非科班出身、自学出道的不足。只是身为医生，亲自去怕被人笑话，哪怕是叫我替他去，也不能被人看见。庄生表面朴素老实，心里还是有几分狡猾的。

一九九九年，六月，第三个周末，我没有去打扫古山寺。因为就在周六傍晚，我出了趟远门。那天黄夜还没到，庄生就说要临时出诊。这是他第一次不在黄夜出诊，也是母亲第一次不在他身边。这回，他叫我一起出门。我们要去的地方很远很远，要离开县境。我不明白他这么做的原因，又喜出望外，觉得离他的奥秘更近了一点。我是否有机会窥探他的问诊过程？我望向母亲。母亲一句话也没问，一切顺应庄生的意，帮我收拾行囊，往里面放了些干粮，也不叮嘱我当助手要做些什么。她目送庄生和我坐上夜班车，驶入暮色。无边的暮色把无限的神秘带入我的内心。

夜班车的车厢没灯，路线图会发光，一个站一个小灯，站与站的连接线也发光，像一幅星座图，夜行洪荒。路线在第三站开始分岔，再分成三个方向，其中一条线的终点站是临县。我立刻知道，我们要去的是临县，传闻"夕照寺"匾额重新挂上的地方。我望向庄生，想问问他。他整个人变成一团黑影，额头抵着窗玻璃。车身摇晃，暮色荡开如大海的涟漪，仿佛航行海上，离陆地越来越远。远方阴郁的岛屿尚未成形，却已经提前照耀我们的航线。如同一个黑浪扑来，船身一个颠簸，颠开了药箱盖子。我看见里面，竟什么都没有……我轻轻合上盖子。什么都没看见。那天的世界，好像有什么变化悄然出现了，同时被我在无意间窥见。

车在临县停靠时，我没有感到惊讶，也不必多此一举问庄生此行的目的。无非是去看看那座挂着"夕照寺"匾额的寺院。这个时间，临县还在沉睡，大街小巷空无一人。庄生叫我拿出干粮，我们在路边凑合着吃了。我环顾四周，临县没有给我太多新奇的感受，那种清冷的印象是跟庄生联系在一起的，也许，它本不存在于世，是从庄生的精神世界延伸出来的空间，而我随他出行，只是走进了他隐藏在我生活之外的更广阔的心灵分区。

吃完早餐，天还没亮。看见环卫工出来打扫，我们上去问路，问之前先打了个招呼。环卫工说，这么早出现在大街上的，肯定是坐夜班车来的外地人，还断定我们是打算去夕照寺的。庄生愕然，点点头，又看了我一眼。而我回望他的眼神，肯定告诉了他，我其实已经猜到了。他轻轻吁了口气，请环卫工给我们指指路。为了旅游营收，夕照寺建得并不远，就在主干道边上。那是一座巨大的木结构建筑，木漆刷得均匀锃亮，寺门飞檐下的榫卯层层叠叠，即使在昏暗的黎明，看起来也是磊磊落落的。当夜晚的灯全亮起来时，这里会有多金碧辉煌啊，肯定比古山寺要热闹。我痴迷地欣赏了一会儿后，发现庄生还站在路边，有好一阵子只是远远观察。

早上五点，还没到开放时间，寺门紧闭。寺内传来诵经声，窗棂内有点点灯火。和尚在做早课。庄生终于走到寺门前。顺着他的目光，我看到"夕照寺"匾额，是崭新的，但也可能翻新过。

"会是古山寺的匾额吗？"我问。

"不知。"庄生从镂空的浮雕孔洞朝里看，"再等等吧。"有人从寺里走出来，庄生便走到一边，或侧过脸去，生怕被人发现似的。

寺院开放后，庄生仍没进去的意思。等到艳阳高照的上午，游客和香客逐渐多起来了，他才叫我动身，一起随人流进去。从外部看，夕照寺已经足够恢宏，当我一路穿过各殿堂时，更是讶异，原来一个寺院可以如此富丽堂皇，诸佛镀金，贡品繁多。这让我不禁想起凋敝的古山寺和那尊无人供奉的弥勒佛。如果神佛是互通的，那无论是在这里受供奉，还是在那里受供奉，应该都是一样的——尽管这么想，我依然感到落寞，在我眼里，山中的弥勒佛更像是我的一个被遗落在山里的朋友。空山无人语，一炷香下来，十几岁的我，有一个上千岁的友人作陪。

这座夕照寺的殿堂结构跟古山寺的差不多，也许天下的寺院都是大同小异。一尊尊佛像看过去，我几乎可以依照这里的形式，想象这些佛像假如放在古山寺的话，应该摆在什么位置，摆上去后又会是什么模样。我仿佛看见守护了五年的古山寺原本的样子，这让我兴奋不已。我还是第一次看见真正的和尚，出家人与我们并无二致，只是穿着海青，有些还留着一头黑发呢，也许是俗家弟子吧。若换上便装，谁还能认出他们？当然，也就不能凭外貌断定善恶雅俗。

除了禁止游人进入的区域，我把其余地方参观了个遍，觉得乏味了，回去找庄生。庄生形迹可疑，在人群里躲躲闪闪，四处观望，最后来到大殿前，发现了什么似的盯着里面。大殿里，只有交谈的几个和尚。我没见过他这样，好似一个平常严肃端庄的人，忽然现出了一副贼状。等到几个和尚离殿，庄生吸了口气，走到他们面前，却拘谨得说不出话来。他们好像认出了庄生，又不太确定似的，不知说了几句什么，便一起往后殿走去。庄生不时回头，应该在找我。我一闪，躲在树后。

日影西斜，几个和尚和庄生才一道走出来。我装作不经意地走到他面前。庄生目光黯敛，面露忧色，要我向几位师父行礼。我便鞠了躬。和尚安排我们在某殿内等候。他们说了什么呢？我不敢打探。落日照进殿内，晚课开始。庄生要我站起来。听到指示后，我们走到指定位置，和其他一起参加晚课的信众唱诵。因为不熟悉经文，我咦咦哦哦地伴装。虽然听不清庄生念的是什么，我却不免浑身一抖，因为从他口中吐出的，无疑是流畅的且与其他人发音一致的经文，节奏也很是得当。晚课结束后，我们在斋堂简单地吃过斋饭，其间不见那几个和尚。我们来到寺门外准备离开时，他们才再次出现。

"这事还得再问师父。"一个和尚说，"要不，你先回吧。"

"明白。有劳了……"庄生回答。

我们又坐上夜班车，连夜回家。对于今天在寺院发生的事，庄生没做一字解释。他与和尚貌似曾经认识，大概就是在那刻，我暗暗猜测了一些事。我不敢想象一个这样的父亲，在他背后会有什么灰暗的历史，或隐而不露的悲戚，到了要求助于和尚的地步。但也许像夜班车的路线图，由一生三，此事会有多种可能吧，不能就此断定……

回家后，我立马想去找阿沛，要告诉他我在临县的所见所闻。如果他要祈福，应该到临县的夕照寺去，那儿更热闹，也会更灵验。母亲却叫我别去，说阿沛家在办丧事。什么丧事？难道蝴蝶……我还是去了。阿沛家门前，果然有些穿麻衣的人在办丧事。一群宾客在低声交谈。我在路口看着不敢走过去。阿沛就在门口石墩上坐着，见了我，急匆匆跑过来，问我这两天到哪儿去了。

"蝴蝶、蝴蝶，我爸，死了——真的死了？"

"我知……是怎么回事？"

"庄生没告诉你吗？我爸那晚骑摩托撞到电线杆，就那么一下，人就死了——恰好死在他面前。"

一问才知道，蝴蝶死的时候正是我们去临县那晚。庄生是见到蝴蝶死了，才生出去夕照寺的念头吧？难道是害怕下一个轮到自己所以去祈福吗？

"最后一个肯定是你爸。他们是不是干了坏事，遭了天谴？"

"什么天谴，别咒他！"我气急了，"晓梦和迷是喝酒抽烟死的，你爸是意外撞死的，请问我爸有什么理由死？"阿沛哇一声哭了。门口的宾客纷纷打量我，仿佛盘算着不久后是不是要去参加庄生的丧礼。

晓梦的儿子阿风，迷的儿子阿雨，他们也在人群中。我刚说的那些有所冒犯的话，他们应该也听到了吧。他们齐齐向我走来。阿沛还在一旁抹泪。我难堪极了，感觉即将被责难。阿风是我们四个孩子中年龄最大的，他爸晓梦是我们四个父亲中第一个死的。阿风不是来责难我的，他提议大家一起去散散步。阿雨是个沉默的人，极少听见他说话。烟是他父亲的死因，雨是他的名字。烟雨蒙蒙时，我会想起这一家人。散步是借口，阿风带我们上山，不知不觉就走到了古山寺外。

昨日没打扫，庭院里不见几片落叶，弥勒佛上也没有显眼的尘埃。也许我的工作本来就没有什么意义，完成的只是庄生对古山寺的某种期待或寄望。

"这寺有些年头了啊。"阿风四处走动，"庄惠，庄生没告诉你，叫你来打扫是为什么吗？"

"没有。"

"你真不知吗？"

"真不知。"

阿雨和阿沛似乎知道些什么，看着我又不说话，等阿风把话说下去。

"庄生晓梦迷蝴蝶，真是够诗意的。"阿风说，"这四人曾经是和尚，你知道吗？"

在夕照寺，我自认为离奇的猜测在这里得到了证实，只是没想到，其他三人也是。无论是前者还是后者，这样的事一旦被证实，我便为一种晦暗不清的事物感到茫然，难以理清其中曲折的过去。

"你怎么知道？听谁说的啊……"

"我爸临死前告诉我，庄生、晓梦、迷、蝴蝶是一起当的和尚，也是一起还的俗，就在这座寺院。他死就死吧，到头来还要告诉我这种事。"

"还俗做白衣，有何不可？你们说，是吧……"

我的质疑缺乏底气，最后的字都已说得飘忽了。

若其中存在一种关乎死亡的因果关系，阿风认为大家都有权知道这件事，于是，在听闻蝴蝶死后，终于决定告诉阿雨和阿沛，但现在，这两人再没机会去问自己父亲了，但我们还有母亲。难道她们会不知情吗？不可能。是母亲的身心最早接纳了父亲。他们自然有还俗的权利，这跟阿沛口中说的干坏事、遭天谴又是两码事。但我们没法下定论，互相看看，感到无奈，仿佛因某种命运而结义了。最后，他们三个人的目光又齐齐落在我身上，因为最后一道命运尚未真正在庄生身上应验。

"凭什么庄生要死？"没人找得出理由。

我们在僧寮的床板上躺歇，四人一字排开，看着漏雨漏光的屋顶——当年父辈四人在僧寮夜寝，是不是这般光景呢？沉重的气氛被一种奇异的历史对照消解了。我们还谈起想象中的他们当年的生活。会有什么戒律清规吗？每日打坐念经会不会憋得慌呢？阿沛说，今晚守灵，他要先走了。大家想起山下的烦忧，心也被搅乱，不明白庄生、晓梦、迷、蝴蝶为何要还俗，吃斋拜佛明明也乐得自在逍遥呀。

蝴蝶终于死了，只剩庄生一人。他因此感知到本体的存在，走出梦的树林。

我回家去。父亲和母亲会在小餐台上等我，一起落座吃饭。到晚上，睡在一张床上，同床异梦。这是俗世之家的真谛。

度人先自度，救人先救己。庄生自度了吗？救己了吗？若他有所动摇，为信众和患者修福分，又好似只是进行了一场缺少主诉对象的虚妄祈祷。他已经好几天不出夜诊了。夤夜时分，母亲守在门口，或者守在电话旁，一旦有人求医，便借口庄生抱恙，请对方到县医院就诊。蝴蝶的丧礼，庄生也没到场参加。他亲眼看着三个朋友陆续离世。他在房间里抽烟，喝酒，头往墙上撞。这样做，人就会死吗？不完全对，是时间问题——要抽十几年的烟？喝十几年的白酒？而撞死自己，一定要在人最脆弱的时分，在夤夜，亦即寅时，凌晨三点至五点。他要活着，一人去承受三种死。

母亲在庄生的房门外，踟蹰，想劝说。她劝不动。一种痛苦不会自动消失。

"妈，我都知道了。"我说。

"惠，"母亲仍看着房内的背影，"你去睡吧。"

"庄生以前是和尚吧？"

母亲愣一下："啊，都是我的错……"

"怎能是你的错？"

"怎能不是？一想起，我的血管都结冰了。"

母亲有点神思不清，使劲儿揉捏自己的胳膊。

庄生从未向我提起过他的故事。母亲在这夜告诉我她所知道的一切，并非出于认为我有权知道的初衷。我想，与晓梦临死前将自己曾是和尚的往事告诉阿风一样，是为了结束无人倾诉的现状。另外三人的妻子，也早与她约定了，不再提起自己丈夫曾是古山寺的僧人。她们接纳了丈夫的人生，自己反而成了使情绪无法泄洪的堤坝。

何止她们四个，这附近的人会不知道吗？他们每逢节日去拜佛，发现见过的四个和尚后来渐渐成了家，跟大家来往甚密，其中一个还处处行医。他们共同掩埋了一个秘密，不向年轻人提起。

那年清明，母亲随外祖母上古山寺上香，看见一个扫地僧在弥勒佛下打扫。那扫地僧是庄生。两人还很年轻。后来母亲多次找借口上山上香，上香后，把提篮里的祭品拿出来给庄生，又往功德箱里投些钱财。庄生不接受母亲的食物，只是感谢施主的香油钱。来的次数多了，母亲看见庄生常与三个僧人结伴，他们似乎是相熟的。见母亲来，另三人便推推庄生，他总不耐烦地止住，径自回到佛殿深处。

三个僧人倒是热情随和，开始跟母亲聊佛偈，慢慢谈及出家的事。

他们原是同村人，有阵子村里缺粮，父母将他们送到寺院，求方丈收留。寺院不见得有饱饭吃，但如果过得不错，他们打算干脆当和尚，好歹有个身份。只有庄生是诚心出家的。庄生小时候不止一次梦见和尚，也许因此开悟了。他向父母描述那个梦。父母说，他有慧根，却又一直不舍得送走。眼看缺粮，他们只好以此为由送走他，学学佛法，还能混口佛饭。

他们走了很远的山路来到这里，来了后，就没下过山。寺院规定，只有指定的人才能下山办事，比如采购食材、接见来宾、参加佛事会等。这听起来，实属严苛又古怪呢。每次溜下山，他们都被门房抓住。母亲说可以帮他们支开门房，条件是他们带上庄生。庄生万般不情愿，最后拗不过，也动了出去的心思。母亲带他们在山下游览了一番。由于是寺里的和尚，大家见到他们都恭恭敬敬地行礼。那是他们第一次以佛门弟子的身份到人群中去，不懂什么规矩，只好有样学样地回礼。他们回去后，因此受了罚，后来门房也不准母亲进寺了。

在这么偏僻的山里建寺，本来就少有香客光顾，终究是会荒废的。古山寺后来还发生了一桩丑闻。有个和尚盗取香油钱，变卖了法器。这原本是寺院内部的事。然而，不久后，山下有人举证，说那和尚还干了伤风败俗的事，因为这件事，古山寺被解散了。除了犯事者，剩下的和尚暂时被转移到临县的一个小破庙。那天母亲和很多人一起在公路边，目送一群和尚提着包袱步行离开。她始终没看见庄生。直至夜深，忽然有人敲母亲家的门。母亲开门，看见的竟是庄生和另外三个和尚。他们说寺院批准了他们还俗的申请。

"寺院真的批准了吗？"我问。

"没有。他们是半路溜出来的。"

母亲把庄生的房门掩上。她走到大门那儿，推开门，又关上，不断重复。月色忽有忽无，眨眼似的，照亮清寂的厅堂。她当初就是这样见到了那个决意跟她共度余生的男人。我站在父亲和母亲之间。那边是头颅磕墙的咚咚声，这边是大门闭合的咿呀声。我听到了，那是一种脆弱的事物从屋外狂奔进来，撞到墙上肝脑涂地的恐怖声响。

"惠，他不准你叫爸，是因为他不知自己到底在哪个位置。寺院没准许他做平民，他的心已是平民的。"

"惠，你每次想叫爸，他都要敲自己脑袋，抓自己眼睛，好像那里有一团黑雾笼着他……"

"惠，心无正法，不如舍戒还俗，佛祖始终会理解的呢。"

"惠，我心都悬起来了啊……"

我已明了庄生的过去，但母亲不允许我跟庄生谈及此事。蝴蝶死后那段时间，庄生闭门不出，花了很多时间在阁楼上翻找旧物。他问母亲，他的念珠在哪里。小时候，我在阁楼发现一串木珠，挂到一只野猫脖子上，它就这样流落到了荒野。庄生的额头磕出了一个黑印，路过的算命先生说他印堂发黑，要给他指点迷津。他一口回绝："歪门邪道，此非正法。"他把家里的烟和酒都扔了，也不再吃肉。我和母亲嘴馋，只能等他出门后再吃。最开始，他房间里的念诵声细如蚊鸣，过了几夜，竟渐渐大声起来，不再顾忌是否会被我听见。他还要母亲在门口挂个牌子，写他有事外出，近期不再接诊。他躲在家里，成了秘密活动的老鼠。"此地不宜久留啊，那么多年了我都没想明白……"这导致我和母亲出门也鬼鬼祟祟的，生怕被问及庄生的去向时，会露出马脚。

黉夜。不速之客来了。一群白蚁入侵家园，该怎么抵挡那些无处不在的小脚和牙齿？！他们吵吵嚷嚷，堵在门外，疯了似的敲门。他们先是哀号，哭诉自己浑身疼痛，不得安生，要庄生出去给他们治病。母亲害怕极了，在房间里不敢出去，再也没力气劝他们去县医院。没得到回应，他们就要撬门。这扇冷漠的门啊，如此坚固，绝对不允许病弱的身躯通过。他们开始咒骂，骂庄生是假和尚，是真骗子，是庸医，治标不治本，因为今夜，他们的病全都复发啦！

　　我也吓得浑身僵直，却偏要走到窗边看。三团吹不净的黑雾，在人群中游动。那雾的形状，真像死去的晓梦、迷和蝴蝶呀……我去敲庄生的门："都来了，都来了……"他砰地把门关上。但人群久久不散去。

　　"都来了，都来了……"

　　"乌合之众！愚蠢至极！"庄生冲出来，着了魔似的对着窗口大骂。他又盯着我说："这世间的苦厄，哪是念两三次经就能度的啊！"

　　"惠，一切疾病，都是心病，是心魔。"庄生又说。

　　他在黉夜出诊的秘密也解开了。在灵魂最脆弱的时刻，所谓黉夜之疾，不同于白日的，是由类似于心碎、绝望、哀恸等情绪带来的躯体障碍。躯体障碍，心魔所致。于是，黉夜的诊治，根本就谈不上是真正的治疗。即使已舍戒为白衣，他还在做着出家时做的事：凌晨三点至五点，在烛下，与求医者做早课，念大悲咒，愿早日越苦海，早登涅槃山。早课结束后开的药方，不过是一味安慰剂罢了。

　　我恍然大悟。悟的是大悲，非大智大慧。今夜汹涌而来的疾病复发，不过是由月亮盈亏引起的一次苦海回潮。

　　那天，我又到古山寺去打扫了。还能称这里为寺吗？一座空屋，一尊弥勒佛，一个年轻人，能有什么作为呢？我也终于得知，当年消失的佛像，并非被盗贼运走。古山寺地处偏僻，为了旅游创收，市里决定修缮临县的破庙，将古山寺中的佛像运到那儿去，重立夕照寺。之所以留下一尊弥勒佛，也许是给这里的人留个念想吧。大人们不再提及此往事，从此视之为隐疾。

打扫疲惫，我在僧寮里午睡。醒来时，惊觉已是夜晚，夜虫戚戚，晚风徐徐。我穿过一重又一重的佛殿，发现弥勒佛也不见了，空余一个莲台。这时，一个温厚的声音响起，问我下山的路怎么走。我回头，看见某处走出一个胖乎乎的老者，笑吟吟的。我朝那黑暗的旷野，给他指了一条路。他道谢后，翩翩而去。我随之下山。每经过一户人家，我便发现里面的男人都变成了和尚。他们在灯下诵经，而女人和孩子蹲在门外哭泣……

母亲拍拍我的脸，叫醒我，轻声说：

"惠，起来。你爸要走了。"

"你……忍心吗？"

庄生穿好了藏在箱底快二十年的海青，头发也剃了。我依稀看见他的头上，有几个排列整齐的灰印。那是他出家时的烧香疤。母亲敞开门，雾灌进来了。今夜的雾很浓，浓到看不见房舍，看不见月亮。有一年洪水来之前，雾也是这么浓的。洪水过后，我们就要重建破碎的家园。

我和母亲在门口送行。母亲满脸都是痕，是这雾的痕，还是泪的痕？多年前，母亲像鸟笼一样困住了庄生，现在又像放飞鸟儿一样，让他走。临行前，庄生对我说："惠，一个新的千年就要来，以后古山寺是你一个人的了。"他把古山寺接纳过的所有生死苦厄，都交予了我。我的肩，猛地往下一垂，发出骨头被压裂的骇人闷声。

庄生要去临县，求方丈像当年接纳他一样，接纳现在的他。为什么要这么做呢？是因为害怕背叛佛门，大难临头？还是，仍眷恋着年少时释迦牟尼顿悟的梦？庄生转身走进大雾。袍子在雾里看不清后，他从此没了身体，只有一个孤零零的青色头颅，在半空飘荡。

我很想叫他一声爸，最终还是收住了酸涩的舌尖——

原载《山花》2023年第12期

鱼，鱼，鱼

袁德音

二〇二二年九月十八日，一个糟糕的日子。由于台风天气影响，整条东西线灌水，我在电车里待了大约三个小时，在台风来临前将礼物送给圆的计划泡汤了。中间我下了次车，询问站内的勤务人员，他说估计短时间内发不了车了。不得已我回了家，在进门的一瞬间，我倏然有了一种落空感。我本以为是在电车里落了雨伞或耳机，我反复检查，却并未发现有什么遗漏。这致使我回忆起了初到东京时去上野赏樱花的日子，那天我也是急匆匆地从银座线下车，忽地心中有了这一份落空感，可时至今日我仍无法解释，为何凭空会有如此一种感觉。

和圆的相识是在开学前。时值四月，待在家里总觉得发闷，我常去二楼休息室闲坐，捧上一本书能看一天。楼道里的教室黑着，唯独右手边那间偶闪着微弱的光。是渐白的落樱，透过百叶窗能看见它虽落未败的模样。我撞见圆时，恰巧打算撑伞回家。那段时间，东京的天气一直不见好，雨下下停停，风里混杂着泥土和落花的气息。我出学校时，天空正落起细雨。我庆幸自己有备伞的习惯。

正当我要走时，他喊住了我："同学等等，这雨伞是我的吧？"

由于他说的是中文，我一下愣了神，过了好一会儿才反应过来，支支吾吾道："这……这是我的雨伞。"

"不可能啊，我分明把雨伞放在校门口的架子上的。"

"可是今天上午分明没下雨啊，即使带了伞也一定是放在包里的。"

可无论我怎么解释，他都不听，一口咬定我手里雨伞就是他的。从颜色、伞柄到伞骨的细节都一一讲了一遍。我无言，当真是遇到了这么一个无赖，这伞就在他面前，难不成他还能描述错？

我不想纠缠，转身要走。

他又喊住我："算了，算了，就当是我搞错了。这样，你送我一程，到车站，行吧？"

我懒得与他争论，便答应了。

一路上他话很多。我们简单交换了一下各自的信息，例如，名字、专业、年级。接着，他又说了不少，但九段下的人行道太陡，太费腿力，再加上雨声沙沙，后面的话我一句也没听清。临走前，他和我说再见。我没忍住好奇，问了他一句。

"话说你是怎么认出我是中国人的？"

他笑笑，指了指我的裤子："牛仔裤，日本人很少穿牛仔裤的。"

开学后，我又撞见了圆几次，我尽量避着他。但运气不好的是，周一最晚的人文学课我居然同他上的是一节。人文学课是大课，几百人挤在一间阶梯教室，大屏幕上放的不是《俄狄浦斯王》就是《伊丽莎白》。教室内灯光昏暗，尤其适合睡觉，歌剧来来回回看厌后，我便蜷缩在座椅里睡觉。可圆却不放过我，他总喜欢当我昏昏沉沉时在我耳边喋喋不休，说的也无非是自己的一些人生经历。一来二去，我对他的家庭情况也有了一定的了解。

圆出生在上海，是静安区的少爷。小时候天天住在酒店式的快捷公寓，一晚据说要好几千。他曾扬扬得意地和我说，那年他八岁，奥巴马访华的时候就住他家隔壁。也是从那时起，他爸爸一下子病倒了，肝癌。家里人说什么也不愿相信国内的医术，一定要把他爸爸往日本送，妈妈便拉着他一同来了日本，这一待便到了现在。遗憾的是，他爸爸并未熬过头年，丧事是在日本办的。家里的钱还因为银行手续问题被冻结了一段日子，亲戚奔走四散，直到最后打了一场官司才拿回。从那以后，他妈妈就和变了个人一样，时不时地朝圆发火，朝他扔东西。原先不曾克扣的零花钱也变成了一个固定的数值。一次圆为讨他妈妈欢心，在他妈妈生日那天，偷了家里的信用卡买了一只蒂芙尼（Tiffany）的水晶杯。他妈妈气得把他按在地上打了一顿，以至于到了现在，圆仍时不时会问我："她为什么要打我？我多孝顺啊！"

关于我的童年，父母健康，万事顺意。可我仍不时地会羡慕那些从小在日本长大的同学。倒不是说我多喜欢日本，而是因为语言的不便利、妆容的差异，我常常被认出是中国人，虽说绝大部分的日本人服务热情又周到，但总有小部分的日本人喜欢刻意刁难外国人。电车上的故意挤碰，半夜被巡警检查在留卡，被问是男是女，都令我困惑不已。

与其他留学生不同的是，我没有读语言学校。借由国际高中的推荐信，只是经过了网络面试便直接进入了大学。原先我是完全没有打算来日本的，家里条件一直都不差（拆迁户），所以从小到大读的都是国际院校，学的也是英语，一直默认自己会去英国或美国读书，再不济也是加拿大或澳大利亚。高三时，爸爸生意上出了点差池，家里亏损了不小一笔钱。家里经过深思熟虑，仍坚持送我出国留学，不过目标从西方转向了东方，说还是去日本留学吧，毕竟离家近，坐飞机只要三小时，学费也不算贵。对于女孩子来说治安也算不错。此外，作为黄种人，混在人群中不易被认出来。

这突如其来的决定打乱了我原有的计划，我不得已重新开始学习一门语言。所幸我争气，花了半年时间将面试稿背得滚瓜烂熟，考了一所还算不错的大学，攻读都市文化专业（至今我也无法解释这一专业，导游、电影、舞台剧都有所涉及）。仍记得出国前，我妈妈陪我去医院体检，一个年纪稍大的医生问我开双语的体检证明做什么，我说去日本留学，她听了直摇头。她说中国的东西都还没学明白，出什么国啊？我笑笑没说话。

　　深究回忆，我是个不称职的人。初到东京的事，现如今虽说记得梗概，但一些细枝末节却早已忘得一干二净。仍记得，日本的中介都是说话不眨眼的骗子，他们利用信息差，尽可能地从初来乍到的留学生身上坑取利益，语言学校、私塾、手机卡、网络……无所不用其极，而我自然也是其中受害的一员。对于此类事情我着实气不过，也借着电话同父母倾诉了好几次。他们说，都是小事情，平安喜乐便好。

　　唯独满意的是房子，住在离东京湾很近的地方，楼里都是中国人，夜晚没有汽车经过，很清静。房子同车站隔着很大一座公园。三月，粉色的烟火在我窗外肆意丛生。我常去公园荡秋千，赏樱花。上野和市谷也去了几次，樱花的长相不尽相同。而我却患了花粉症。每天眼睛都火辣辣的，鼻子闻不出什么气味。唯独能缓解的办法便是夜间去江堤边走走，晚上的江风灌入我鼻腔的那一刻，似乎一切都好起来了。

　　后来的日子，圆对我开始了狂轰滥炸。每到周三便邀我出去游玩，我都没有理会。我每天把自己藏在家里画小人画，试图在创作的过程中找寻到落空感的来源，一种曾经拥有却又转瞬即逝的感觉。我一次次将画笔提起，悬置半空却不知该画些什么。直到一次人文课，我上课睡觉被老师抓了个现行，老师也没指责什么，只是拍了拍我的肩膀提醒我别再睡了。这使得我越发愧疚，哪怕批评我两句也好啊。反倒是坐在一边的圆开始哈哈笑个不停。到了周二我一整天仍气鼓鼓的，又不好意思同父母说。直到周三圆提议去海边走走，我鬼使神差地答应了。我们到葛西临海公园时已近黄昏。厚重的云层下仍朦胧着橘红色的霞光，被摩天轮拦腰截断倾洒在午后的滩涂和海面上。葛西的海与我印象中的海大不相同，没有金色的沙滩，也没有波光粼粼的海面。相反，只有黑色的海面上与之沉浮的片片孤岛，以及滩涂上一眼望不到边的芦苇荡。往寒酸点说，这和东京湾的江堤边也别无二致。本想散散心，却觉得步子变得愈发沉重。我赌气似的迈开步子向前跑，每跑一步，脚上竟轻了一分，清冷的海风在我耳边刮得呼呼作响，我听见圆在后面追，但我没有回头。在即将冲进海里的那一刻，我及时停下，借着惯性，猛地拾起地上的一块石子往海里丢。没有水花，甚至没有落水的声响，黑色的浪潮卷起白花花的泡沫，瞬间将这一切吞噬了。不知为何我心中顿时畅快了不少，也随之踏实了许多。我机械地重复这一系列的动作，扔了不过十下就觉得有些乏力，抬起手看才发现手掌已经变得灰扑扑的，磨出了一层皮屑。

圆问我为什么这么做。

"过瘾。"我说。

仍记得小时候偶有心情不快便会去河边扔石子。但如今想起小时候又能有什么烦恼呢，无非是对未来的迷茫与短暂的忧伤，身体累得没了力气便也没心思想了。于是，那时候的我常常把自己搞得精疲力尽，回家后就瘫死在床上，什么也不想。

丢完石子，太阳已经快落下，在天际留下一抹橙色的光亮。我同圆在海岸边漫步，聊到童年。我说自己还是挺幸福的，父母健康，万事如意。初中时家里又赶上了拆迁，拿了好大一笔。

"还记得老家长什么样吗？"他问。

我摇摇头："完全没印象了，那时候手机拍照还不方便，都没留什么照片。"

他深表遗憾，但很快又将话题转移到了我的短发上。"那么漂亮的女孩子怎么留这么短的头发？"他问。

我不由自主地摸了下发梢，什么也没说。

为转移话题，我将手指向海岸线处远远的像烟囱一样的东西。我问："那是什么？"

"是羽田机场的指挥台。"他说。

自此,总有一个梦如云一般盘旋在我的脑内,梦里我化作小时候的模样,戴着大红的渔夫帽,将一颗颗石子投入黑色的浪潮之中。本将忘却的记忆,也随着葛西临海公园再度涌上心头。年幼时,烦心到河边丢石子的缘由也找到了。

我生在浙江,长在浙江。可才四五岁时,因为父母工作的缘故,随父母一起去了上海。到了三年级,又因为户口关系被父母送回了浙江读书。转了学,成了在校生,与高年级学生同住。小时候脾气倔,一言不合就能同室友打起来。高年级的学生高大,打架又有章法,喜欢抓着人家的马尾辫,不管我怎么使劲也挠不着对方。从那以后,我拜托宿管阿姨给我剪了短发,平常戴一顶小红帽,以此遮掩。一吵架,唰地一下就能将帽子扯下,和她们战个痛快。

可是那梦里的河又是否真实存在呢?我也无从知晓。它只是我记忆中的一小部分,我深知记忆的不可靠,总将同自己毫无关联的事与物牵连在一起。但就是那么一块小小的藏匿在梦中的反光水面,第一次在我的人生中搅起了小小波涛。我迫切地希望找到这处水面,总以为它或多或少与我的童年有种紧密的联系,如同脐带一般。

与苏女士的见面是在不久之后。虽从电影上知道日本人搬家有送邻居礼物的习惯,但由于我生性羞涩,便略过了这个步骤。不知什么原因,周末清晨她家的小白猫溜到了我的阳台上。当时我正在研究如何使得自己的妆容更像日本人的。邻居按响了我家的门铃。那是我第一次同邻居有了交集。

我半掩着门,是个女人,素颜。

她眉头紧锁,十分抱歉道:"真是不好意思,我家的猫好像溜去你家阳台了。"

我打开阳台门,果真有一只白色小猫蜷缩在阳台的一角。

我尝试抱起它，它没有反抗，很听话地依偎在我怀里。

"真是给你添麻烦了。"她说。

我试着将猫交还给她，她没有要接过的意思。

"我能进来坐坐吗？"她问。

我愣了一下："当然了。"

"对不起，我实在太无聊了，想找个人聊聊。"

"没关系的。"我敞开门，请她进来，给她倒了杯水。

她说了声"失礼"便进来了。

我这才看清她很高，穿了一身浅蓝色的睡裙。

她与我闲聊。

我说我很喜欢她的猫，并问她我是否能摸摸它，她同意了。

其间小猫一直依偎在我的怀里，摇着尾巴，时不时地发出咕噜咕噜的声响。

中间聊起各自的感情状况，她说："我刚离婚，才搬过来，屋里乱得很。"

我有点不敢相信："你看着像学生。"

"我快三十了。"

"那你前夫呢？"

"和我差不多。是日本人。"

我不禁好奇起来，问她找一个日本人做丈夫是什么感受。

她似乎有意回避谈论她的前夫，用喝水掩盖了沉默，转而将话头抛向了她的公公，她说："日本人都有精神病，之前还问我来日本前是否喝过茶。还嫌弃我太过死板，难道规矩本分也是错？"

我见她不愿说，便也没再问什么，只是打着圆场，说我对此感同身受："日本人的确不正常，我们学校有个日本人还问我筷子是否用得习惯。"

后来，我得知她姓苏，此后便一直称她为苏女士。渐渐地我同苏女士便熟识起来,她二十九岁,离过一次婚,目前在门前仲町的一家中华料理店打工。从那以后,我不时地能吃到生煎、小笼包一类的小吃,都是苏女士给我从店里带的,热腾腾的,汁水多,比日本的寿司、刺身等冰冷干瘪的吃食好得多。可与国内的美食相比,我又觉得多少差点意思。但很快我便心生愧疚,觉得能有免费的中国小吃品尝已是不错,竟还挑剔起来,像个赤裸裸的负心汉。

至于梦中的场景我仍追忆不清。为此我反复打电话同家里确认了几次。

我问爸爸:"小时候我去过海边吗?"

爸爸迟疑了一会儿:"没有。"

"那我小时候去过河边吗?"

爸爸沉默,妈妈接过手机:"有啊,当然有,你在浙江读书的小学里面不就有条假河吗?"

我兴奋极了,或许我小时候就是去那条河边扔石子的。为了验证此猜想,无论心情好坏,我每晚都会去江堤边扔石子,也不知道是不是小时候养成的习惯,每一次扔石子我都铆足了劲,试图将石子扔至对面的江岸。可才数十米,石子便坠入江中,虽看不见水花,但能听到扑通的水声。有时在黑夜中甚至能听到在江边垂钓的大爷的喊骂声:バガ野郎,誰だ？（混蛋,是谁？）那一定是我投掷出的石子惊扰了即将上钩的鱼。

伴随石子的一次次落水声,梦中的水面与东京湾的江边也越发贴近。

不知不觉,到了七月,我的花粉症已无大碍。九段下一片绿意,蝉鸣四起。经过千鸟渊时,我尽量克制自己想往湖里扔石子的冲动,生怕不小心惊扰了附近的警察。七月的千鸟渊涨满绿水,南风吹来,偶有荷叶在湖间漂泊沉浮。无所事事时,我便坐在长凳上细数翠绿之中为数不多的几点粉红花苞。仍记得四月初到东京时,我还曾同留学中介一起来千鸟渊划过船,脚踏板很重,光踩就要花很大的力气,最后在转弯掉头时,一不小心没控制好方向,栽入了岸边横出的樱花丛中。

不过这般酷暑，我也无法久居室外。没课时，我便去学校一号馆的十三楼闲坐。那里位居高处，视野开阔，站在落地窗前，越过武道馆那飞起的薄荷绿色屋檐，还能看见银亮的晴空塔尖。但令人不适的是，总有一群日本人在此聚众打得州扑克，围成一个圈像古罗马斗兽场，不时大呼小叫，每一声都喊得震天响。里面的几个男孩脖子上挂着比指节还粗的金项链，女孩踩高跟鞋，穿超短裙。我很不喜欢。但凑巧的是，圆也是其中的一员，他经常来邀请我加入赌局，说赌博的一些日语专业名词虽然难懂，但倘若我想参加，他可以充当翻译。除此以外，他还有不少陋习。抽烟、喝酒都是与我相识后慢慢展露出来的。不仅如此，他还经常说胡话，干胡事。例如，上课胡乱调侃老师，周末的时候会去水烟店吞云吐雾。这些我都还算可以忍受，毕竟祸不及我，除了他调侃我的短发时，说那干瘪的发梢像刚捕捞上来的章鱼，软趴趴的。我正准备发作，他又补上一句："你这发型像男人的啊，还不是一般的男人，是那种二十四小时站在秋叶原十八禁店看小黄书的男人。"此后，我便不理他了。

再同他说话，已是处暑，夏天发生了不少事情，安倍晋三遇刺，党派选举，那段时间每天从车站下来就能看见一群穿着朴素举着"反对国葬"牌子的老阿姨在街边大声叫嚷，在我与其擦肩而过时，又冷不丁塞一包纸巾给我。（纸巾里尽是些宣传广告。）

闲来无事时，我仍会去十三楼看书。不知从哪一天起，打得州扑克的人蓦地失踪了，取而代之的两三对小情侣，聊着不着边际的话题，时不时地提一下死去的安倍。

八月末，我如往常一样，下了课去楼上打发时间，竟看见圆抱着一台笔记本电脑在角落打字。

想来在头发的事情上，他也不是有意嘲弄我。再者也过去快两个月了。我便同他打招呼。

而他只是瞥了我一眼，手指依旧在键盘上舞得飞快。

出于好奇，我上去问他："你在干吗？"

"写小说。"他说。

还真是稀奇，我都不知道他竟还有这般能力与耐心。我坐他对面看书，他写小说，我不时地看他一眼。写了大约一小时，他像是遇到了瓶颈，停了下来。

"怎么不写了？"我问。

"写不下去了，明天再写。"

不管我是否爱听，他都饶有兴趣地同我讲起了他的小说创作。他说他最近在写一篇关于鲸鱼的小说。将鲸鱼暗喻为孤独，在剧情中具体化。

我虽觉得老套矫情，却仍如同走流程般询问他："那你的小说灵感都从何而来啊？"

"童年的回忆。"他说。

之后圆便从头至尾地和我讲起了他童年的一次奇幻经历。虽说圆生在静安区，但每年暑假都会去嘉定区和爷爷奶奶住上两天。嘉定区的村子那时流行种葡萄，每走几步就能看见一大块葡萄田，紫青相接的。爷爷在村口做五金店生意，家门口常停了辆搬货的小皮卡，出于方便从不锁门。一次午休，圆调皮上车捣鼓，无意间将手刹卸了下来。小皮卡缓慢倒退，圆还觉得稀奇，以为还没点火车子就启动了。最后在烈日炎炎下小皮卡一屁股倒进了人家的葡萄田里。所幸葡萄田的栅栏交错复杂，把小皮卡卡住了，无一人受伤。受过这次惊吓后，圆自然老实了不少，每天就坐在树荫下乘凉，听爷爷奶奶讲乡间小事。但听多了也生厌，总想弄出些新花样。一天午后，天空中出现了大量积云，纯白且厚重，像极了路边摊贩的棉花糖。朝着天空盯久了，总觉得云层后面有黑影在游动，像《逍遥游》里的鲲。想摸却摸不到，便去树下的井里瞧，倒影间，水中树后云下竟真有一条鲲在游动。弯下腰伸手抓却抓不到，永远只差那么一点，最后索性将半个身子都探下去，再听见背后有呼喊声准备回头时，已经一头栽进了井里。

"然后呢？"我着急问道。

"说出来你可能不信，光影浮动中我看见头顶有一头鲸鱼游过。"

"所以到底是鲲还是鲸鱼？这两个差别可大了。"

"我也记不太清了，总之是鲸鱼模样。"

"还真是魔幻啊！"我感叹，"那你后来还见过那头鲸鱼吗？"

"后来不知什么原因，那口井没过多久就被封了，上海也再没出现那么厚的云了。"

我伸手向圆要他的小说看，他给了。第一行就令我印象深刻："天空是一块厚厚的玻璃，上面载着海水和云。"至于那里面是不是有鲲我不得而知。

从那以后，圆写的小说我都会看，我也开始坚信作家和作品是不同的，不能一概而论。周三，我们依旧保持着出去游玩的习惯。可一旦出去游玩，心里势必变得空落落的，我将其归咎于对家乡的思念。虽说来日本的时间不长，但相较于每天戴着口罩住在压抑的房间中，我更倾向回国。对于一些在日本所看到的美景，也常有似曾相识的感觉，我每每在记忆深处搜寻却不得其果。做梦的频率也随之变高，且总做重复的梦，我不知道是否与看了圆的小说有关。梦中的我似在井中又似在湖底，下意识地屏住呼吸。我想游出水面便尽可能地抬头，水面之外跳跃着奇异的光。在光的照耀下水中波纹闪烁，五彩斑斓。水流潺潺，虽置身于水中却不觉寒冷；无形的水流将我包裹，从我身上划过，抚摸着我肌肤的每一寸。我尽可能地控制自己的四肢想向上游，却无济于事，忽觉头顶有一抹黑影掠过，呈七彩，鱼状。我还未反应过来，一双强有力的大手便将我从湖水之中拉了出来。梦也随之结束。

有时周三下雨便不会去太远的地方，会去神保町。他知道我喜欢看书便常邀我去那闲逛。神保町书店的古书，成集成卷，有香草的味道。其中最令人印象深刻的是一家卖洋书的店，满页的英文，我看不懂，圆买了一本。我问他买来干吗，他说装饰。现如今回忆起，大学四年我来了无数次神保町，最后也只是在内山书店买了两本余华的小说，在绘画店里买了一张仿制的浮世绘。下雨天的神保町，店家会将外面的书摊收起或铺上一层塑料薄膜。雨水和书籍相得益彰，令人格外安心，我喜欢和圆挤在狭长的过道上看书，空气里混杂着潮湿的泥土味道，每一下翻页都显得更有质感。有时雨势太大，甚至溢进店内，圆便会提议去小巷中的咖啡馆闲坐。可他一旦坐下喝上两口咖啡，便会提起他丢失的雨伞，问我何时将伞归还给他。提的次数多了，我也时常怀疑，莫非真是我把他的伞拿了？

除了伞的话题以外，我们还会聊起上海。他知道我久居嘉定，便会问我嘉定的变化。

"并不是我崇洋媚外，"我说，"说来惭愧，我是个没根的人。可能是来了日本后才学会观察吧，从前的我不曾有记路的习惯，喜欢凭着感觉到处闲逛，累了便拦一辆出租车回家。现在不一样了，生怕出错迷了路，无论在哪都规规矩矩，不敢串小巷、坐过站。无所事事时便反复琢磨东京的电车线路图，反倒对东京的各个地名街道变得了如指掌。"

圆笑笑，接着问："那老房子拆迁后，你还回浙江吗？"

"逢年过节还是回去的，有时为了走亲戚，有时是去山里上坟，像是匆匆忙忙走个过场。其实很想去书城看书，到江边走走，在西施故里坐一个下午。也是讽刺，在老家却没有属于自己的屋子，回去一趟住的也是酒店，两三天后又回上海。"

回忆起之前的梦，我和他说："在我的记忆中似乎也有一次落水经历，好像在浙江，光影交错，头顶也有黑影掠过。"

他问我是什么，我说不知道。

"可能是我们与家乡的联系吧。"他淡淡道。

后来圆便没再和我谈起过家乡，他说一旦涉及类似的话题，我就会变得很伤感，像是在凝视空气中的飘浮物，眼中有层看不透的迷雾渐渐由灰变黑，最后令人迷失其中。

接下来的日子，在熟识圆的过程中，我们聊电影、小说、音乐……他的才识令我仰慕。不过除此之外，我羡慕他超乎寻常的记忆，抛开文艺，即使是对生活中的一些琐事他也能如数家珍。例如在跟我调侃他的小学生活时，他提到了他的小学班主任。他说她丑陋、恶毒，喜欢扼杀孩子们的梦想，侮辱学生们的人格。这样的例子，都被他纳入了后续的小说素材。相反，梦中的那一抹反光水面，我在记忆之中却怎么也找寻不到它的踪迹。

九月初，圆常和我提起他快要过生日了，说想在家中办一场派对，到时会请不少日本朋友来，问我是否感兴趣，是不可多得的练口语的机会，被我委婉拒绝了。我害怕同不相识的人待在一起，这会令我饱受折磨，无论我多和善，对方多热情，我都始终觉得有一块透明的玻璃屏障将我们隔绝。之后几天圆便和消失了一般，我猜是去布置他的生日聚会了。果不其然，那几天他在社交平台上频繁发布他和日本朋友的狂欢行为。视频中的他戴着浮夸的金链子，长到快垂坠到肚脐处，和几个行为疯癫的人在幽暗的场所摇摆，像是参加了一场意图不明的邪恶仪式。

九月泥土湿滑，在江堤边钓鱼、散步的人也越来越少，我仍执意去东京湾扔石子。不凑巧的是，一个下雨天在平滑的石堆中我崴了脚，摔倒在地上的那一刻，我甚至看到了被挤压在石堆缝隙中吐着白沫的小螃蟹。所幸受伤并不严重，医生给我拍了片子，说是韧带拉伤，之后贴了膏药，打了绷带，嘱咐我静养。由于拄拐不便，前一周我都没有去学校。我始终抱一种奇怪的心理，想将崴脚的事告知圆，但又急切地希望他能来主动与我寒暄，然后我再将此事于不经意间向他透露。可是当我在他的社交平台上看见新一轮的视频后，我便很快打消了自己的想法。不过他的生日礼物我依旧会准备，我打算为他画一幅小人画，关于鲸鱼的，为此那段时间我反复看了许多关于鲸鱼的动漫、电影以及纪录片，其中印象较为深刻的是 *Mind Game*，讲述的是主角一行人在逃亡的过程中被一头体形庞大的鲸鱼所吞噬，令人惊奇的是鲸鱼的肚内竟别有洞天。于是，我便开始想象，倘若真的某一天我在江堤边扔石子，一头鲸鱼突然跃出江面将我吞入肚中带回国内，那岂不是好事一桩？

没有去学校的日子，我在亚马逊上购置了大量的空白明信片，买了些制作精细的画笔与少见的颜料。苏女士需要工作，又担心我在家中一人无聊，便将小白猫寄放在我家供我消遣，到了晚上再将其接回。早上无所事事便匍匐在窗台前画画，有时小猫会过来舔画板上的颜料，都被我及时制止了，但也有例外，稍不留神雪白的毛发上便会沾染上颜料，交还给苏女士时也实在不好意思。看着这小东西的吃喝拉撒也是一种很治愈的事情，看猫粮被扒拉一地，看它舔水龙头上的水滴，看它无忧无虑对房间的每一个角落好奇着。唯一不满意的是，小白猫不太喜欢我抱它，只能在我怀里待上一小会儿，没多久便蹿到床底下睡觉去了。

有时画到一半累了，或是没有头绪时，我便坐在窗口看外面的绿植。我时常感慨日本的绿化率竟然高达百分之六十，在繁华的市区例如原宿、大手町见到一两片森林、公园也是常有的事。反观浙江，还记得大约是二〇一一年，家乡拆迁，我同父母一起回浙江暂住了几天，天天和动迁办的人打交道，希望每平米尽可能多分一点。可惜事情谈妥后，没能看上老房子一眼，老房子便成了瓦砾，背后的竹林也被铲得一干二净。那两年，浙江城市化迅猛，移山填湖都是常有的事。我总觉得如此不好，果真在高中毕业前浙江下了一场暴雨，车子在马路上同船一般。

临近九月十八日，圆依旧没有联系我。我醒得越来越早，有时半梦半醒中还能听见除草机的响动，拉开窗帘可以看到修剪绿植的管理员，他会热情地与我打招呼。郁闷的时刻也不少，譬如有时急需一些生活必用品，不得不出门，家离超市有一段距离，虽说绷带已经拆除了，但脚仍无法触地，需要挂拐，购置回来的东西也只好绑在拐杖的支架上，往往一个来回我便满身大汗。

为圆画的画已完成大半，明信片上我几乎没有留白，整个画面都用了大量的色彩，先用墨绿色涂抹出了一片树荫，再用灰色和黑色勾勒出了井口，最后小心翼翼地在井口添上了一个孩童的脑袋，展现了孩童窥视井面的模样。不过最关键的是水中倒影——鲸鱼和云，对此我却迟迟没有下手。这是最艰难的，我很难想象在圆的记忆中那种类似鲲的鲸鱼形同何物，那像路边摊贩的棉花糖的云朵又是何种模样。我试着追寻我梦中的那道黑影，却只记得一抹五彩斑斓。

由于腿脚不利索，许久不去江堤边丢石子，我心里闷得慌，时常会联想到梦中的水面是否与五彩斑斓有关。我冥思苦想却不得其解，便和父母通电话。虽和父母说不上无话不谈，但他们也是有求必应。刚住校的那段时日，每每和室友吵了架，除了去江边丢石子，剩下为数不多的宣泄方式之一便是用电话卡向父母告状。即使到了如今也保持着这个习惯，但凡心情不好就视频聊天，令我感到幸福的是爸妈似乎也很喜欢我的这种宣泄方式，每每争先恐后地夺着手机只为见我一面，虽常常彼此一声不吭，只是干瞪眼。

那晚我侧卧在床，右手支撑着身体，左手拿着手机，问我爸妈："哎，我现在记性差，以前浙江那小学里真有一条假河吗？"

"你记性差也不是一天两天了。"妈妈叹气道。

爸爸拿过手机："是的呀，那时候帮你办转学手续，我和你妈还在你们学校转了一圈呢，假山假水假庭院，环境可好了。"

我妈插嘴："你怎么会不知道？那时候老师都来告状，说你在河边戏水，每次放寒假也数你去学校玩得最欢。"

"放假？"

"是啊，你小时候可皮了。节假日就往学校跑，夏天去河里采莲子，冬天就在冰窟窿上钓鱼。"我妈说。

"鱼？还有鱼？"我惊奇道。

我妈愣了一下："你读书是不是读傻了？水里当然有鱼啊！"

"什么鱼？"我继续问。

这把我妈问倒了，她转而将手机交给了我爸。

"我记得是锦鲤吧。那河里的鱼又不许钓，为了美观，那时候养的鱼苗几乎都是锦鲤。"我爸说。

听到这我打了个战，梦里的那一抹接近水面的五彩斑斓也似乎有了解释。我接着问："不许钓，我还钓？"

"要不你怎么天天被老师和保安追着跑？听说一次还掉水里了。"

"我还落水过？"我震惊，脑子里联想到的都是圆坠井的场景。

我爸妈听后齐声大笑："不提了，不提了，这不是你的常规操作吗？"

除了学校的事情以外我们还聊了很多很多，不过由于我记性不好，都忘了。

此后的日子，我停下了为圆画画的工作，转而为自己的记忆寻找出口，我重新准备了颜料和画笔。不过画的都是我小学时在学校河边嬉戏的场景。我想象自己在池塘摘莲叶避暑，为躲避老师和保安的追捕在石板桥间来回逃窜，其间说不定还会因为露水湿滑坠入池塘。于是，那抹黑影便有了最好的解释：学校假河里的锦鲤。色彩艳丽，花纹多变。我欣喜极了，随即用了大量的翠绿和朱红在明信片上涂抹，点缀勾勒间不亦乐乎。但很快我冷静了下来，之前的种种经历已然告诉我记忆和联想的不可靠。果不其然，当在回忆冬天的场景时我停滞了，画笔悬在半空，我甚至拿捏不准该用什么色彩的颜料。难道这段记忆根本不存在？又或许是父母的记忆出现了偏差？虽说我极有可能在冰窟窿前垂钓过，但也许并不是在学校的假河里。很快一系列的问题迎面而来且令我无法解释，比如梦中的一片漆黑，水声潺潺。按理来说，当时才上小学，算是极小的年纪，父母肯定不会让我独自夜出。再者，学校的假河也并无水源，只是一潭死水，为何会有潺潺的流水声呢？这些问题在某些黑暗的角落隐藏，我找寻不到踪迹。至于为何找寻，我也难以给出解释，可能只是为了一种满足，满足在虚无中对真相的渴求。仍记得初高中上课时，老师要我们调动自己的童年回忆作为写作素材，无论我如何努力回忆，童年都如一团模糊不清的火苗，使得我无法靠近。为数不多能想起的也只是近一两年的事情，每当晚上我同苏女士抱怨起这些烦恼时，她都会感慨，甚至说是羡慕，说我是"活在当下的人"，但我不喜欢这个称呼，心中隐隐有些悲痛，却又无从说起。

　　圆生日前的那个双休日，我的脚踝已经恢复大半，我拜托苏女士陪同我去了一趟原宿，说要帮一个要好的朋友挑选生日礼物。

　　她一下子便猜中我的心思，笑嘻嘻地和我说："是男孩子吧？"

　　我不好意思地低下了头。

　　我对原宿并不是很熟悉，全程都是苏女士领着我走的。原宿的街头人流不如疫情前那般密集，但也还算热闹，街边的七叶树上仍系着花火大会时的红飘带。我们在巷子里逛了几家店，最后我决定买一只 Noah 的不锈钢水杯送给圆，叫店员帮我简单打包了一下，之后我打算自己买些飘带和礼品纸，把包装做得再精美些。买完后见时间尚早，苏女士提议去表参道逛逛，我答应了。从原宿到表参道，我们始终手拉着手，我甚至有些不好意思，虽说我是个女孩，但如此行径确实也是第一次。又大约逛了一个小时，由于九月份天气尴尬，气温不冷也不热，摆在货柜上的都是些老款式，苏女士什么也没买。

　　回车站的路上，苏女士都在同我谈论她年轻时的往事，她说那时候自己就读的语言学校在新宿，上午一结束就往原宿、表参道跑，原宿的衣服和包都很新潮，稍加打扮后走在街上像摩登女郎。但话锋一转，苏女士劝我不要太把男人放在心上，她说："男人就是衣服，只要我们足够独立，裸奔也不是不行。"

　　我听后哈哈大笑。

　　途经代代木公园时，苏女士突然心血来潮说知道附近有一间寺庙，很是灵验，比浅草寺要准得多，问我要不要去看看。抱着来都来了的想法我同意了。苏女士带着我横穿了整座公园，由于天色渐黑，草木茂盛，很快我便迷失了方向。我尽可能地跟在苏女士身后，在林间穿梭。不知走了多久，苏女士在一间寺庙前停了下来。正门简陋，只是用木材堆砌而成，未见牌匾。我向苏女士询问寺庙的名字，她也只是摇摇头。再往里去才发觉这寺庙虽小但也初具规模。正门东西侧竟分别设有小型的钟楼、鼓楼。寺内的松柏也不同于外面的，竟浓荫如墨。

可能到了晚上，寺庙内的行人并不多，通往拜殿的参道长而宽，行人也不顾左行右列的规矩只是胡乱地往前走，显得很悠然的模样。参道两旁巨树参天，将天空遮蔽，只留下中间长长的一道光斑落于地面，像是碧绿的拱桥被一分为二。树的种类繁多，我企图认出几种，说来惭愧，只认识椎树和橡树。

又走了大约十分钟，途中我们经过了好几个殿门，每一种殿门的模样都不尽相同，但哪里不同我又说不上来，可能是造型，可能是材质。不仅大道可以行走，寺内还有一些小道曲折通幽，苏女士似乎对这里较为熟悉，不断地带我在这些小道间穿梭，向我介绍着寺内一些较为有趣的活动。她说寺庙虽小，活动却不少，七八月的时候有花火大会，十一月还有菊花展，平常红日子也有一些古书展。踩着那石块铺成的小路，很快到了拜殿前，先是净手的地方，苏女士拿着长柄木勺净手，将水池里的水舀起浇到自己手上，再换手重复。我照做。再往里走，四周都是半人高的玉垣。拜殿红漆绿瓦，屋脊两边翘起。苏女士和我说拜寺也是有步骤的，净手，投钱，抽签，挂牌。说着拿出了事前为我准备好的硬币，一个五元硬币。在日语里，五元有实现愿望的意思，预示着心想事成。

她让我学她的样，走到长条带木格的善款箱前，将硬币攥在掌心，许下心愿后便将硬币掷入善款箱中，拍手祈祷。

她说："该你了。"

我不想许，反复说着："日本的神可不管中国人。"

她催促我说:"很灵验的。当年我说想要个男朋友,没过多久就成了,你试试呗。"

我抱着一种试试的心态,许了愿,急匆匆地将硬币抛入了善款箱。硬币落在钱池中的声音很清脆,如入水一般带着碧波。虽然我嘴上说着日本的神明不会管外国人的事,可我依旧固执地希望我的愿望可以实现。最后在天黑前,我们花了五百日元买了"绘马"(许愿的木板),用黑色马克笔写下了各自的心愿,挂在了绘马架上。至于许了什么愿望,我不能告诉你们,只是如今看来,它并未实现。

回家的路上,林间不时有飞鸟啼鸣,显得冷清。

苏女士感叹,有时早上过来走两步也挺好,空气新鲜,说她以前在这还看到过练习空手道的学生,穿着道服可精神了。我们不咸不淡地聊着,她头一次主动提及她的前夫,同时也是她的初恋。她说那是在十年前的花火大会上,她的前夫就是在寺前向她表白的,且夺走了她的初吻。

"坏男人最可恶。"我说。

她笑笑没说话。

到家进屋前,我好奇,从门缝中探出脑袋问她:"你许了什么愿啊?"

"不能说哦,说了就不灵验了。"她莞尔一笑。

九月十八日,圆生日。我早早将事先画好的孩童在井口窥鲸的小人画塞入礼盒中,打算下午出发,当天将礼物送给他,却因为台风天气被延误。整条东西线灌水无法运作,我在电车里待了大约三个小时,最后悻悻地回了家。回到家中屋里一片漆黑,我全身被雨打湿,湿漉漉的,心情糟糕极了,脚踝也因为天气湿冷,变得很僵硬。心里空荡荡的,很是不安。只是简单地用毛巾擦拭了身体,换了一身衣服,用吹风机将头发吹干后,我便躺在床上想梦中的场景,中间有几次似乎回忆起了什么,想拿起笔记录,却一点干劲都没有。心情难说好坏,只是满心的期待在一场意外后彻底落空的无力感。最后只是在床上翻了个身,拿起一边的手机,向圆发了句"生日快乐"。他回得很快,是"谢谢"。真想去江堤边扔石子啊,但屋外狂风大作。我想,这该死的台风天气。

后面几天,我可以去学校了。九段下的坡依旧如此陡,我走走停停,有时倚靠在一旁的栏杆上休息,望向千鸟渊,发现千鸟渊里的荷叶不如夏日那般碧绿,已然开始枯黄,没了生气。在学校我依旧没有看到圆的踪影,有时仍会去十三楼坐坐,却发现十三楼不知从何时起变得空荡荡的,只有少数几人搬了两张凳子躺在落地窗前午休。九月末,九段下还举行了安倍的国葬,学校周遭乱哄哄的,礼炮与喊骂齐鸣,到处都是警察和游行的人。十月初也尽是些荒诞的事情,池袋北口着火、千叶华裔女孩失踪、朝鲜导弹划过日本上空。不过圆依旧没有出现,直到十月中旬,普通的一天,我和往常一样穿着白衣、牛仔裤、运动鞋出门。大约中午的时候,圆联系了我,约我晚些在新宿的一家咖啡店闲谈。那天课程较多,放学后我还特地回家换了一条裤子。到新宿时已过八点。从新宿站出来,站前依旧聚集了不少人。有在卖唱的,有倚靠在栏杆上闲聊的。长灯远眺,星光浮散,几点红光掺杂其中。我穿过斑马线,看见了等在咖啡店门口的圆,身上仍穿着我们前一次离别时的那件浅棕色呢绒外套。

落座后,我点了杯果汁,圆点了杯美式咖啡。店内放的是巴洛克音乐。我看向圆,觉得几月不见他憔悴了不少,黑眼圈很深,眼皮向下耷拉,头发也有段时间没洗的样子。我事先将出门前备好的礼物拿了出来。他显得很惊喜。我示意他可以拿出来看看,他说等回去再拆。

随后我们便和平常一样就一些日常琐事闲聊起来。他同我讲生日聚会上的趣事,在海边点燃一张破旧的沙发,还有和一个不明身份的女人写信。他的表情虽显疲惫,但无疑眼放精光。同样的表情我在他的社交平台上见过几次,让我觉得陌生,且有种想要回避的冲动。

"跟谁写信?"我一咬牙问道。

"怎么说呢，只是网上认识的。"他的嘴角不由自主地上扬。

"网上？"

"是的，网上。但是是以笔友的身份交流。"

"那你与她平常会聊些什么？"

"无话不谈吧。"

"你今天喊我来这，就为了聊这些？"我尽可能地克制自己的情绪，但我发现我的声音已经开始止不住地颤抖。为此，我连忙喝了口桌上的冰水。

"当然不是，话说女生最了解女生了。今天叫你过来是想让你帮我参谋一下。"

"怎么说？"

"我跟这个女孩反复写了几次信，但我依旧不清楚她的意图。"

"意图？什么意图？"

他低下头，没好意思继续说下去。

回去的路上我什么也没想，脑子里都是咖啡馆里的那首 Secret Garden，循环往复。到家后我简单地洗漱了一下就睡了。令人无奈的是到了半夜时分，屋外风雨太大把我吵醒了，之后再也没睡着。我索性坐起身拿枕头靠在背上发呆。不时会想起圆，我对他说不上喜欢，但为何得知他与别的女生暧昧后，我又打心底里不高兴？我为自己找理由，在我心里圆只是一个容易被骗、不谙世事的小鬼。我之所以担心，也只是因为怕他被别人玩弄了感情。

想到这我心里好受了些，拿起手机看，心情却又跌落到了谷底。圆给我发了不少消息，都是关于那个女孩的。他说那个女孩理解他，他们热爱音乐会，喜欢佐伯俊男，都喜欢胶片机，在一种过度曝光中找寻真我。他和我说那个女孩居然看波拉尼奥，性爱描写大师。我无奈，对此我丝毫不了解，可是倘若圆要我了解，我也会去阅读。但转念一想，我确实不如人家同圆那么般配，无论是在家庭条件上还是在文学素养上。我将页面划到最下面，眼泪还是不自觉地落了下来，他说他可能要退学，他说经过这几天与那个女孩的交流，他觉得在当今的时代视觉的冲击要大于文字，为此他准备退学报考美校。为什么不呢？我安慰自己，这确实符合他的性格，无拘无束像那个为了鲸鱼跃入井中的小男孩。我感觉有些无力，心像是被挖去了一角，明明是圆率先闯入了我的生活，为何如今却像一个无事人一样退去？又或者说之前的种种暧昧只是我的幻想，只是因为我自私，使得记忆稍加倾斜变得有利于我。真该死，不是吗？我宁愿他是个轻浮的男孩，然后在一个月黑风高的夜晚在某个转角被我恶狠狠地对着裆部踢上一脚。

  回忆起同圆的种种过往，也似乎只是关于童年经历的交互。在彼此的童年之中寻找自身的影子，他找寻鲸鱼，我找寻水面，仅此而已。仍记得一次，我同他讲起我戴小红帽与室友打架的事，他震惊不已。他问我之后如何，我说打架输了还被请了家长，我妈听了连忙从上海赶过来帮我申请了退宿，后来一直陪我住在浙江的老屋。他听后连忙感叹我幸福。除此之外，我也会同他讲一些零碎的过往，而他吐露的也永远只是那个糟糕的小学老师和那堆令人寒心的亲戚。如此想想我们也并无什么交集，我便释然了。

  为了将其遗忘，我特地参加了学校新创立的手球社。社团里除我以外都是日本人，做自我介绍的时候，格外不舒服。他们会来问我，来自中国哪啊？那有什么好吃的吗？坐飞机来日本要多久啊？虽然大家对我抱有极大的热情，但我总觉得自身无法回馈等同的好意。由于手球社刚成立，手球甚至是用排球代替的，在分配位置时，我被选中当守门员，几次排球结实地砸在我身上，火辣辣的。之后，社长见我没什么基础，便让我先学习手球规则，偶尔也会帮我纠正发球姿势。那段时间比较充实，每天上完课便去社团报到，练到八点才结束，累得无力，没有胃口，回到家中随便吃点面包，洗个澡，就睡了。不过在训练时偶尔也会心不在焉，对着排球的纹路都能发呆好久。

  很快圆办了退学手续，他离开学校的前一天，我始终不想见他，躲在十三楼，为此还旷了和他一起的课。他似乎有什么话想当面对我说，我却不想听。他没办法只好打电话给我，说一会儿楼下图书馆见。我说，行，一会儿我和朋友一起过来。他在电话那头犹豫了会儿说算了吧。挂断电话前，他说雨伞的事就算了，欠着吧。自此，我再也没见过他。回想起与他相处最为紧密的那个夏天，蝉鸣格外热烈。

随着训练变得越加频繁，我身上的瘀青也变得越来越多，特别是大腿和手腕上，有时不小心磕在桌边也会疼上很久。也唯有身体上的疼痛才能提醒我不要麻木。每天上下学，依旧得乘坐拥挤的地铁，只有一只手能够扬起的空间，在手机上或点或划，玩一些无须动脑子的游戏，例如《地铁跑酷》《羊了个羊》。也仍会去江堤边扔石子，不过丢下的石子再也不会在我内心激起涟漪了。有时扔得一手灰去江边洗手，虽会看到"禁止戏水"的警语，但也不管不顾，将手放入水面的那一刻，凉冰冰的，一种奇怪的感知使得我自身与手隔绝，像是在触及隐秘的回忆。

没有圆的日子，也说不上不自在，只是觉得少了什么。我并未被想象中的悲伤所吞没，倒是那种莫名的落空感再次袭上心头，落入了一种不安。我曾天真地以为这种突如其来的落空感与圆有关，但转念一想这种感觉初来东京时便已盘踞在我心间，使我无法将其连根拔起。只不过圆的出现，短暂地填补了这个缺口。我试图在我内心将其贬得一文不值，但之前的种种回忆又将我拉回感性的边缘。我打算忘掉他，说到做到，转而直面内心的那种落空。我试图去找寻这种不安的来源。这很可能来源于我初来东京的不适应。糟糕，这使我不经意间联想到圆小说中的那句话："天空是一块厚厚的玻璃，上面载着海水和云。"这如同烦闷与我一般，虽平常被玻璃隔绝，但倘若玻璃上出现丝丝裂缝，那暴雨便倾盆而下。而当凡人到了天堂，又是否会因为这湛蓝的海水而窒息？这么一想，凡间也不错。

对于水面的寻找，我依旧没有放弃。我始终对学校的假河抱有一种怀疑。闲来无事，我打开了地图，搜索了小学的地址，果然在学校偏南的位置，有一条人工河流。我用手指在屏幕前丈量，再用比例尺测算，得出结论，假河大致三米宽，百米长。倘若站在河对岸丢石子，哪怕只是小学生，石子也一定会飞过水面落在后面的草坪上。为此我难过了一段时间，难道那处水面真的是我幻想出来的吗？我根本不曾有过在水边丢石子的经历？

回忆起到东京后的生活，不能说好，但也绝对算不上差。可事到如今，我只想着该如何逃离。这么一想，东京塔犹如红色钢铁交织而成的巨兽，夜晚的人流像是恐怖电影中的尸潮，富士山也听说快要爆发了。我放松筋骨，人啪地一下落在了床上，感觉自己即将消失了，变得轻飘飘，不复存在。

在伤心难过的日子也会和父母通电话，不过通电话时尽量强颜欢笑，不让他们担心。例假推迟，身体不适，半夜容易反复醒来。终于在一次半夜，我支撑不住，情绪崩溃，哭了大约有一小时。我很想知道我多久没有真正地快乐过了，所谓笑容似乎也只是为了应付他人而挤出的。可当我询问自己为何不开心时，我竟又说不上理由，像是在被湍急的暗流静悄悄地吞没。

在通信录里翻来覆去找不到一个能打电话的朋友，又不好意思去吵醒苏女士，便拨通了我爸的电话。他有半夜打麻将的习惯，很可能没睡。

电话响了大概五六下才通。电话那头的人明显是刚睡醒，声音黏糊糊的。

"怎么了，这么晚还没睡？"我爸说。

"睡不着。"

"遇到烦心事了？"

"没。"

一阵窸窣，我猜是他正在黑暗中摸索拖鞋准备往客厅去。

"吵醒你了？"

"没，刚打完麻将，刷手机呢。"

"妈呢？"

"睡了，我去客厅和你说。"

接着一阵脚步声、倒水声以及打火机点火的声音。我爸一直没有说话，过了好久，才吐出一句："今年回来过年吗？"

"估计难，学校放假晚，而且回来的机票好贵。"

"你在外面一定要注意安全啊。"

"好的。"

又一阵沉默。

"那没什么事了。"我说。

我爸嗯了一声："没什么事了，早点睡吧，明天还要上课。"

我说，好的。挂了电话。

挂断电话后，我整个人瘫软在床上，将脑袋埋在被子里，脑子空空的，不知一会儿该做些什么。又过了大约十分钟，我爸发来了语音，我点开。

他说："今年过年你回来吧，我们回浙江放烟花。"

我自小和我爸亲，他也不把我当女孩养，每年最期待的便是过年。每年三十夜前，爸妈会将在上海的事务打点好，然后驱车回老家住上几星期。所以每到正月，村里的田野上到处是我和我爸的身影，手里捏着爆竹或烟花，你追我赶的。还记得那时候的冬天比现在冷得多，一晚从大姑家吃完饭回自己家，闲来无事，从衣袋里掏出一盒鞭炮，我爸示意我将手搓热，然后从中抽了一根给我，对我说："我们把鞭炮点上，比比谁胆子大，捏的时间长。"结果才刚用打火机点着，他忽地一下，把鞭炮扔进了我卫衣帽子里，接着就是砰砰两声。虽说我记性不好，但我仍记得我小学六年级那一晚，我妈指着我爸的鼻子骂。之后兴许是我爸不服气，又拿鞭炮炸了院子里的两个水缸。

不过后来随着老家拆迁，我爸生意上亏损，也再没如此美好的回忆了。

我想起这些，心里泛酸，手指颤颤巍巍地打了个"好"。

我爸回："晚安，宝贝。"

可能抱着早些看到烟火的想法，同时也为了改善心情，十月末我向苏女士提议去海边放一场烟花，她答应了。我们计划去千叶县，海滨幕张那有很大一个奥特莱斯，早上购物，晚饭后便能散步到海边放烟花。那边人少，夜晚能在海风中手持烟花尽情奔跑呐喊。等到了那天，我和苏女士起得格外早，穿着简单，只是在短袖外披了一件薄薄的夹克。坐京叶线时，我远远看见湛蓝的海面都能兴奋好久，期待夜晚能快些来临。由于目的地是在千叶，过去需要两个半小时的车程，一路上苏女士都在同我讲她和海的故事，但多数与遗憾有关。其中为数不多印象深刻的是她的热海之旅，苏女士大学那年本打算和朋友一起去热海看花火大会，结果到达目的地，雨便开始下，抱着雨会停的侥幸心理，她们在商场二楼的咖啡店喝了一杯又一杯的拿铁暖和身子。直到天黑，雨势也没有减小，最后匆匆赶回了东京。

至于为何印象深刻，是因为随后她同我说的话像预言般应验了。晚上我们事先查好了攻略，说只要沿着连接海滨幕张车站的天桥一直往前走，就能到达海边。饭后我们怀揣着好心情，拎着购物袋，行走在天桥上时，远远地便听见了海浪声。我们循着海浪的声音一直往前走，缠绕在天桥上的灯带在黑暗中无限向前延伸，像在指引我们一般。我们几乎是奔跑着前进的，嘻嘻哈哈谈论着一会儿在海边的计划。大约过了十分钟，路走到了尽头，走下天桥时，我们停留在了一片巨大的空地上，一眼望过去并没有海，只是成片的防风林在遮天的黑幕中摇晃。

走错了？尽管地图导航在我的手机上腾挪了好久，我始终没有找到防风林的入口。我迫切地想看到海，之前在葛西看海的经历太糟糕，我现在极其渴望踩在柔软的沙滩上，看烟花将黑夜点燃。为此，我甚至起了穿过防风林的冲动，但被苏女士阻止了。她建议，时间还早，不如在防风林前转悠，指不定找到出口了，我同意了。果然如苏女士所说的，当我们在防风林前走了十分钟左右时，终于发现了通往海边的缺口。但另一问题摆在了我们面前，前方的道路上居然设有路障，一旁的树干上还挂有"台风危险"的警告牌。海风呼呼响，我愣在了原地。海浪冲刷在沙滩上，我们的谈话由于海风变得模糊不清，我和苏女士却无法再靠近半分。

"要翻过去吗？"苏女士问。海风中，她的头发舞动，我看不清她的表情。

我愣了一下。

她以为我没听清，便双手拢住做话筒状，贴近我的耳边："我说，要翻过去吗？"

我没犹豫，当即点了头。路障很矮也很结实，我们像是踩楼梯般，三两下就翻了过去。苏女士的速度很快，似乎下一秒就要冲进海里。但同一瞬间我看见，海的方向远远地，在黑暗中有光点闪动。我连忙拉住苏女士的衣角，示意她蹲下。

"怎么了？"她转过身子问我。

"前面好像有人。"

"会不会是游客？"她问。

"不知道，"我摇头，"会不会是巡逻的警卫？"我说出了自己的担忧。

"那还去吗？"她看向我。

"你说如果被抓到了，会被遣返吗？"

"谁知道呢？哈哈，怕什么，富士山都要爆发了。"她回过脑袋看向海。

我没说话。

"去吗？"苏女士又问了一遍。

那两个人走得越来越近，他们的话语飘浮在海风中，听不清楚。只是两道光束越发明亮，总感觉他们就是举着手电筒在往我们的方向照射，明晃晃的，甚至有些灼热。

我一下子泄了气："不去了吧。"

"行。"苏女士背对着我，我听不出她的语气。

沉默了一会儿，她从口袋中拿出了事先准备好的打火机和手持烟花。"在这把它们放掉吧。"她说。

那个夜晚，我们坐在路障上背对着大海，吹着海风，将打火机护在怀里，点了好几次火才成功。钢丝棉燃烧，火光四射。其间我和苏女士谁也没有说话，只是各自拿着烟花，也不挥舞，低垂着手，看着火焰攀升，直到最后一丝光亮也被海风和黑暗吞噬，才将燃尽的烟花丢至一旁，悻悻而返。

自那以后，我的心情更加郁闷了。我后悔自己当时没有一咬牙闯过去。万一，海边的不是巡逻的警卫，只是胆子稍大些的旅客呢？即使被发现了又怎么样？我又没有违法，难道真遣返我不成？我自始至终被内心的条条框框所拘束，可回想起从前，我也并非如此，我捣乱、恶作剧，没有一点心理负担，如今却变得如此畏首畏尾。我将其与环境关联，是否与我远在他乡有关，没有依靠，做什么都要思前想后？可倘若真的被我一语中的，我是一个没根的人，那我又该如何畅快地活在这个世界上？我陷入两难，只能将愤怒洒向别处。我想起了之前在寺庙许的愿望，它并未实现。虽说我当时并没抱过多的期待，但回想起购买的挂置的绘马可能被丢弃在寺院的某个角落吃灰，我便恼火。说到底，这一切都只不过是资本家敛财的手段罢了。很快，一个计划在我心中悄然诞生：我要把绘马夺回来。这不只是一种因为愿望没实现而产生的别扭，还是一种证明，我固执地以为只要夺回绘马，此后便能在日本活得自在些。

当我将此事告知苏女士后，她显得很兴奋，兴致勃勃地说要一起。

行动定于万圣节当晚，我们打算偷偷潜入寺庙将绘马盗取出来，如果届时被警卫发现，我们也能从代代木公园逃出，奔跑一段距离后，混入涩谷万圣节的人群。

等到了万圣节那晚，我同苏女士去涩谷事先感受了一下万圣节氛围。涩谷人潮涌动，好几种不同的嘈杂音乐声此起彼伏。树上挂满了彩灯，街上到处都是各种"牛鬼蛇神"。搭讪、拍照的也屡见不鲜。我甚至看见有几人当街撒尿。我和苏女士为了之后的行动，穿得都很简单，看见有趣的妆容打扮便拿手机拍下，有时会被一些玩 cosplay 的男女生搭讪，也只是笑嘻嘻地敷衍两句。我们俩聚精会神，都知道一会儿有正事要做。

等到了八点，涩谷的人变得越来越多，苏女士和我说该走了，我点头。

我们步行至寺庙前。不同于上次，我不再迷失方向，清晰地记得来时的路。寺庙已经歇业，殿门的进口被很粗一根麻绳拦了起来，不仅如此，不远处的警卫室也亮着灯。我不死心，苏女士让我不用着急，她说像这种寺庙，为了防止火灾发生，都设有一条较为隐秘的通道供院内的人逃生。于是，我们抱着试一试的心态在寺庙前转悠了起来，一边走一边还在手机上研究寺庙周遭的布局。终于功夫不负有心人，我们在寺庙外的灌木丛中找到了一个缺口，刚好能容一人侧身通行。

在进去前，苏女士拉了拉我的手，说："若一会儿顺利，指不定还能赶上万圣节的烟花。"

"万圣节有烟花？"我好奇。

"有的。"她点点头。

夜里，庙内十分安静。走在参道上，我猫着腰聚精会神，生怕有警卫忽地从一旁的草堆中跳出。脚步拖动，踩到落叶，即使是细微的呼吸声都能吓我一跳。苏女士倒是满不在乎的样子，像往常一般走着。所幸没有人发现，我们顺利走到了拜殿前绘马架旁。净水处的水仍孜孜地流动着，发出潺潺的水声，在夜晚略显诡异。苏女士举起手机帮我打光，示意我动手。我凭借着记忆先将目标锁定在了绘马架的倒数第二行第三列的位置。

"我们是挂在这边的吧？"我小声询问。

苏女士点点头。

我双手飞快，不断翻找着我和苏女士的绘马，每翻弄一下，木头便会发出碰撞的沉闷声响。由于时日已长，我和苏女士的绘马早已被压在别人的绘马下面了。翻了两三分钟，终于我在旁边的位置找到了我和苏女士的绘马。我从书包里拿出事先早已准备好的剪刀，对着红绳便剪，可红绳韧性十足，连剪带磨地又花了不少时间。好不容易啪地一下，两块绘马落在地上，正准备松口气时，忽地远处两三道强光亮起，明晃晃地打在我和苏女士脸上，我睁不开眼，下意识地发愣。接着，哔哔，两三下哨声。"誰？（谁？）"

我还未反应过来，苏女士大喊不好，拉着我撒腿就跑，绘马被遗留在了原地。

我和苏女士一刻都不敢停，背后的哨声也变得急促起来。可能是我们跑得太快的缘故，风同树叶打在脸上凉飕飕的，像被刀子刮了一样。警卫呼呼地在后面紧追不舍，手电筒的光束打在我们后背，投到地上的影子像极了刚从笼中窜逃而出的怪兽。

"止まれ！（停下！）"身后的警卫大声呼喊。

我和苏女士不管不顾。

"怎么会被发现呢？"我连跑带喘道。

"不知道啊，可能被监控摄像头发现了吧。"苏女士哈哈大笑。

"那怎么办？"

"大不了被抓呗。"

一瞬间我的惊恐也一扫而空，取而代之的是一种无拘无束的自由。这不正是我想要的吗？但与此同时我急切地想逃出这里，我的潜意识不断地告诉自己，只要逃出这儿，一切便是新生。想到这，我不禁也哈哈大笑起来。

我想，完了，我也疯了。

"止まれ！""止まれ！""止まれ！"

但我们根本甩不掉后面的警卫，随着时间拉长，苏女士的体力也渐渐不支，开始大喘气。"我好像岔气了。"停顿了两秒，她又接了一句，"真的年纪大了，跑不动了。"

"那怎么办？"我急切道。

光束越发朝我们逼近，如芒在背的感觉也愈发强烈。我知道这时候一刻也不容迟缓，我脑子飞速转动，不由自主地推了苏女士一把："你先跑吧，记得一会儿看烟花。"

我头也不回地往回跑，就在我即将被那些人逮住的时候，我一个急刹车，侧身跳起，脱离参道，一头扎进了树丛中。果然那些手电筒掉转方向，朝我袭来。我尽可能地去回忆苏女士前一次带我来时走过的小径，企图凭借地理优势甩掉身后的警卫。前一晚刚下过雨，土地湿滑，每踩一步都会留下很深的坑印。身后的警卫不断喝令我停下，我可不会听他们的。今晚你们谁也抓不住我。我渐渐找到了在这片土地上奔跑的感觉，我几乎是将自己抛出去的，我脚底生风。同时为了稳定步伐，更好发力，我每跑几步便会用手去抓一下树干，像极了远古时期在树林间游荡的山顶洞人，想到这我自己都不禁发笑，也感叹手球的练习使身体强壮了不少。也不知道苏女士摆脱了那些警卫没有。当我在林间奔跑时，天上开始绽放朵朵烟火，一束束火光直冲云霄，黑夜被照得如同白昼。可下一秒，由于看得太过出神，我的手并未能抓到树干，脚下也随之一滑，人跌了下去。下方也并非什么土地，而是水面。我这才想起，我跑得太远了，似乎已经跑到了代代木的南池，砰地一下，我落入水中。还来不及多想，池水便将我淹没。影影绰绰间，我似乎看见有锦鲤在我的头顶游动，我好像回到了老屋中。终于一切涌上心头，那一份落空感也有了彻底的归属。

原来在拆迁的老屋后院有一片很大的竹林，竹林背后有一条小溪。

那晚是三十夜，爸爸将水缸炸了，被妈妈要求在院外罚站。

我怕他无聊，走出去问："放鞭炮吗？"

我爸见我来了，连忙将手里的烟熄灭，对着我笑了笑："不放了，快十二点了。一会儿喊上妈妈，我们一起放烟花。"

我期待极了，为了看时间，在家中与院子里来回穿梭。等春晚数起了倒计时，我迫不及待地去喊妈妈："妈！妈！整点了！放烟花了！"

"好嘞，好嘞。你先和你爸出去放。"我妈不紧不慢地笑着，从客厅走了出来。

我们终归比别人晚了一拍，在整点报时结束后，天空中瞬间绽放了好几朵绚丽的烟花，有红绿相间的，也有金灿灿的，甚至有特殊图案的。

"那要放喽！"我爸举着打火机道。

"不行，不行。"我说什么也要将烟花搬到小溪间的石板桥上放，说这样才显得有仪式感。我爸答应了。终于在《难忘今宵》的歌声中，烟花悄然升空，黑夜中打火机点燃导火索的那一瞬间，火花四溅，我蓦地后退，扑通一声掉进了小溪中。恍惚间眼前似有石斑鱼游过。至于那一抹抹彩色，则是被我放飞的烟花，将石斑鱼映照得五彩斑斓。

原载《西湖》2023年第2期

骷　髅

穆　萨

晨雾尚未散尽，如残留的睡意在大脑中缭绕不去。公路蜿蜒，海拔越来越高，透过雾气，时或能够看到远处的城市，那些建筑密集地坐落在旷野中央，静谧得令人惊讶。一只狐狸迅疾地穿过路面，他忙踩了一脚刹车。车上其他人没看清是什么，短暂地望向遍布石块与杂草的狐狸消失之处。他没有告诉他们那是一只赤狐，任他们好奇与猜测。坐在副驾驶座上的秃头男人是他的上司，正是此人在这个难得的假日喊他来这种荒郊野外开车。"小程，公司有十几口人想去，还差一个司机，你还是一起去吧。"他只好答应了。后排是三位女同事。他一路听着他们喋喋不休，把车开得飞快。

公路尽头是一块平整的土地，他们下车后，另外两辆车很快也到了。这些男男女女年龄在二十五到三十五之间，置身野外，似有无穷精力，兴奋地嬉闹着。接下来是山路，只能步行，程誉提出他想留在这里看守车辆。上司知道他只是不愿随众人爬山，于是同意了。同事刘岩想要陪他，他以自己犯困，想在车上睡觉为由，拒绝了她的好意。

来时的路上他的确有些犯困，但此刻山里的空气让他清醒无比。同事们沿小径而上，很快连声音也消失了。周围剩下他和三辆尚自散发余热的汽车。风吹得青冈树叶簌簌作响，看不见的鸟雀在其中争相鸣叫。路的一侧是停车的平地，另一侧是梯田式的山坡。他从山坡上逐级跳下去，到一个较为陡峭的地方停住。眼前视野开阔，空气凉爽，他找了一块石头坐下，感到十分惬意，假日被占用的怨气似乎也渐渐平息。

百无聊赖之中，他捡起脚下的一块碎石抛了出去，石头在空中旋转下落，伴着一声轻响掉在肉眼可见的缓坡上。他想超越这段距离，于是捡起另一块，用更大的力气扔出去。很快他就迷上了这个游戏，以至后来发明出更多的花样，比如先以较高的角度扔出一块石头，再以另一块击打它，有时竟能打中。平台上的碎石被他捡完了，前往下一个平台之前，他在脚下疏松的土地中又挖出几块抛了出去。埋藏在土壤中的石头较大，但他可以像掷铅球一样，用肩背的力量把它们扔出，别有一番趣味。他继续在脚下挖掘，其中一块浑圆，触感不像石头的，等到全部挖出，他发现那是一块完整的人的头骨。

程誉像被那东西咬了一口似的，猝然丢下它，倒退两步。头骨在地上翻滚几圈，停住时面部朝上，那双塞满沙土的眼睛无神地望着天空。他站在原地四下张望，周围寂然无声，连鸟雀都不再叫了。他继续盯着地上的头骨。它颜色偏黄，表情既狰狞又有些无辜，两排牙齿还完整地留存着，光秃的头顶则让他想起他的上司。起初他和它对峙般站着，等到他确认那不过是个骷髅，既没有危险性，也不会让他产生生理上的不适，他渐渐地不再害怕，蹲下身子凑过去，近距离观察它。他感到这个游戏比扔石块新鲜刺激，也比他身后那群人哼哧哼哧地上山又下山好玩多了。

后来，他用双手小心翼翼地把头骨捧起来。头骨比表面看上去要重一些，里面藏着土壤和许多植物根须。他和它对视，像个考古学家拿着它翻来覆去地观察。最后他把它带回汽车旁，从树上折下一根细枝，顺着面部那些窟窿开始清理。随着沙土从眼睛、鼻子、嘴巴里掉落，孔窍疏通，一颗干净清晰的骷髅渐渐呈现。

"是不是舒服多了？"他对它说。

接下来的几个小时，程誉一直坐在树荫下端详着这个死人头骨。他猜想死者的性别、生活年代、身份、死因、死去时的年龄……一切信息都无从知道，更显得这个骷髅神秘诡谲。临近中午，气温逐渐升高，他从车上拿出矿泉水喝了几口，用剩下的水将骷髅表面清洗一番，又拿到阳光下晒干。此时它看起来更像一件工艺品，虽然品相不佳，颜色偏黄，头顶甚至有苔藓似的青痕，但这样一来倒更显得粗犷自然。

同事们下山时，头骨已被他裹上塑料袋塞入背包，放在汽车后备箱里。车是公司的，但平日任由他开。后备箱还有其他同事的物品，为避免被他们察觉异样，他把自己鼓囊的背包放在最内侧。爬山耗尽了他们的精力。原定于下午的其他活动已有半数人表示不愿参加了，上司只好决定取消。他们沿山路回到城市，由于出汗，连聚餐也免了。程誉只需开车把上司和后排的三位女同事逐一送回住处，就能够独自享受剩余的假期。

回程路上大家默不作声，当车内只剩下他和刘岩时，他们反倒有意无意地说起话来。刘岩问他整个上午独自一人是不是很无聊。他敷衍地说他只是睡了一觉。于是她讲起他们登山的过程，讲山上的地形、植物、动物。作为回应，他偶尔抬头从后视镜里看看她。她坐在中间座位，头发扎在脑后，镜子里映出她的额头和眨动的双眼，使他联想到那层皮肉之下的头骨。

"那你呢，除了睡觉，什么也没干吗？"她问。他说还扔了石头。"扔石头？"那个额头诧异地前倾了一下。他向她解释自己如何让每一块石头飞得更远，又如何用一块石头撞击空中的另一块。她听后捂着嘴大笑起来。他不知道这有什么好笑的。他想，假如他告诉她，他还捡到一个死人头骨，就放在她身后的后备箱里，她还笑得出来吗？

快到她的住所时，她邀请他一同吃饭。"不好意思，我想自己吃。"他拒绝道。"没关系，也没指望你会答应。"她说。这话让他微微一愣。的确，他独来独往惯了，对于公司里任何与工作无关的邀约，总是尽可能拒绝。上司为了大局,有时会勉强他参与一些活动,比如这次登山。而其他同事碰壁一两次也就识趣。唯独他身后这位女士似乎乐此不疲,从来不会因为被拒绝而不再相邀。他知道,她说"没指望你会答应"还不够准确,应该说她料定了他不会答应。他不知道一个人为什么明知对方会拒绝仍然提出邀请。但让他发愣的并不是这个。即使他常常以拒绝的姿态出现在人前,也从未有人对他说过"没指望你会答应"这类话。而今天听到刘岩如是说,他的心底生起一股小小的叛逆。似乎较之于和对方吃饭,他更不能忍受对方明知他的答案却仍要他亲口说出。对他而言,这近乎一种戏弄。于是在靠边停车之际他几乎要脱口说出同意和她一起吃饭,但他还是忍住了。"下次吧。"他说。

他的公寓距离刘岩的住所只有五分钟车程。公寓是他一年前买的,如今还在按月支付房贷。进屋后,他首先打开背包,拿出里面的头骨。塑料袋不够密封,一些渣土掉进背包底部,他不去管,径直将头骨拿进卫生间,放在洗漱台上。接下来,他点了一份外卖,换上宽松的睡衣,像男孩把玩新买的玩具一样用一支牙刷认真清理头骨的每一寸部位。

这项工作比他想象的更为耗时。骨头表面顽固的污垢要经过反复刷洗才肯掉落。一些肮脏的印记和颜色已经与白骨同化,怎么洗都是徒劳。最费力的是牙缝。不知道此君生前就不讲卫生还是死后才形成的大量斑痕,他像雕刻师一样几乎将两排牙齿逐一打磨,它们看起来才稍微像样。外卖送到后,他快速地吃了,随后又清洗头骨内部。两小时后,他总算把它洗得干干净净,没有一丝尘垢了,尽管那些洗不掉的东西让它看起来仍然脏兮兮的。

他的房间几乎没有朋友来访,但父母偶尔会来看他。因此他不能像摆放工艺品一样光明正大地把头骨放在桌面或是置物架上。思来想去,他把它藏在卧室衣柜的顶层。当天夜里,他梦见头骨在衣柜里生出了皮肉,五官渐渐清晰,头发与柜子里的黑暗融为一体,但仍然分辨不出死者的性别。他问它叫什么,它表情严肃,闭口不言。那副样子让他感到有些害怕。第二天早晨,模糊的梦境使他想到小说和影视剧中许多荒诞不经的鬼怪故事。他第一次对他的工艺品产生疑问，这东西是不是一件不祥之物？他把原本属于荒野的它带回住所，是否有失妥当？托梦，还魂，重生，这些词语在他脑中不住闪现，是否此人生前的遭遇将与他的生活相交，从而给他招来厄运？好在白天的阳光旋即使这些想法淡去。打开柜门面对着散发清淡土壤气息的头骨时，他一样爱不释手。

剩余的两天假日意味着他可以不跟任何人见面。父母有时会喊他出去吃饭，但几乎每次都谈到对他恋爱结婚之事的担忧。他们甚至自作主张给他安排过相亲饭局，在他明显表示厌烦后，他们也就听之任之，不再插手。有时他自然也会感受到独处的孤寂，可但凡与人交往，那些别扭与不适之感总让他立刻想要退缩。他通常无法参与谈论他们那些话题，无法领会他们的玩笑，对他们所喜爱的事物也提不起兴趣。学生时代他曾因此感到自卑，但如今已接受他与他们之间的差异，他就是这样一个人，以这样的方式存在。他并不厌恶人本身，假使能够找到同类，比方说，假使有人和他一样喜欢这个意外捡来的头骨，他并不排斥和那人共度假日，一起把玩、研究这件荒野之物。但想想就知道，倘若他所熟识的这些人看到一个骷髅，他们脸上的表情会变成什么样。

假期第三天，他醒来时没有再被梦境困扰。但另一个想法在他脑中诞生。他的工艺品曾经是个活生生的人，此人不仅有脑袋，还有身体的其他部位。它们是否也埋藏在那片梯田式山坡上？想到他带回头骨的做法可能使一具完整的骨骼身首异处，他感到这也许才是这件事的不祥之处。于是，他带上一只编织袋和两样小型掘土工具上路，驾车来到南山公路的尽头。天气依然晴好。平台上土壤被翻动过的痕迹犹在。他用铁锹在埋头骨的地方挖掘，没几下就又出现一截白骨。可见它们原本是一体的，他想。他兴奋地挥动双臂，把多余的土壤顺着山坡抛撒出去，干燥的土壤颗粒像降雨一样落下，发出均匀细微的响声。

一具无头的人体骨骼很快就出现在他掘出的坑里。脊柱、髋骨、肋骨、四肢，清晰分明。为避免打乱顺序后不易拼接，他先用手机拍摄一张照片，再把它们一一拾进编织袋。确认没有遗漏，他把口袋放在一旁，扩大挖掘范围，试图发现棺椁的痕迹或是死者的遗物，最终一无所获。正当他掘土之际，身后传来人声。来不及将编织袋放入车内，两人已经从小径来到公路。"太好了，有车。"他听到他们中的男声说。他们朝他走来，他赶忙拉上编织袋的拉链。

一对小情侣，学生模样，长得清纯可爱。他们趁假期来爬山，打车到此地步行上山，下山后正好遇到他，想搭顺风车回城。"我们可以给你和打车来这里一样的价钱。"男生说。他们在路边蹲下身子，一边询问他是否方便，一边看着编织袋、坑和他手里的铁锹。这景象，俨然是野外埋尸现场被人撞见。他有些心虚。"这是在挖什么？"未等他回应搭顺风车的请求，女生已经好奇地问。他只好先回答女生。"矿石。"他说，随后捡起坑里的一块普通石头，装模作样看了看，丢下山坡。两人倒是来了兴致。"什么矿石？值钱吗？"女生接着问。"不值钱，做研究用的。"他说。"您是地质专业的？"男生对他顿生敬意。他回答说是。接着，他们指着口袋，说想看看他挖到的矿石。"有什么好看的。"他冷淡地说，开始收拾工具，准备离开。"您挖完了？""那您同意带我们回去吗？"两人跟在他身后问。"走吧。"他把编织袋放入后备箱，请两人上车。他不想拒绝，一是自己心虚，怕拒绝引起他们的怀疑；二是他不想让他们在挖掘之地停留，以免发现什么端倪。

回去的路上，他们仍想与他谈论地质和矿石。他在地质学上和他们一样是外行，为了不露马脚，只好主动把话题引到他们身上。他问他们是哪里人，在哪所学校读书，学什么专业，得知他们不在同一所学校，甚至又问他们是怎么认识的。总之，陌生人相遇时聊什么，他就同他们聊什么。往常他讨厌这样，他不知道说这些话、互相了解对方的信息有什么意思。如今他为了避免谈论自己为隐藏骷髅而撒的地质学的谎，不得不勉为其难聊起这些。他故作感兴趣地问他们，他们倒是都真诚相告。

"我们认识的时候……你说还是我说？"男生欲言又止地看了看女生。

女生让他说。于是他继续讲他因何原因去她的学校，如何在食堂吃饭时因没有饭卡而请她代刷，又如何在刷卡后索要她的联系方式，两人如何开始频繁地聊天，频繁地前往对方学校……他冗长地描述着他们相识的经过，不住地看向身旁的女友，与其说是讲给陌生司机听，不如说是讲给她听的。听他讲述这些时，程誉无须插话，也不用思考什么新的话题，因而他感到舒适。看着后视镜中两人对自身经历甘之如饴的样子，他想原来这就是人们不厌其烦地交流的结果。他又想，假如他告诉他们，后备箱编织袋里其实并非矿石，而是一具无头的骸骨，他们还能甘之如饴吗？

到了市区，两人在一处公交站下车。他们要付给他搭车的费用，他坚决不要。因为骸骨的缘故，他不愿留下任何和他们联系过的痕迹。他继续开车回去，拎着编织袋上楼，将里面大大小小的骨骼放入浴缸。浴缸洁白的内壁反衬出骨骼表面的脏污，他知道清洗它们又要花去他大量的时间了。黄昏时分，他盘坐在客厅地板上，对照自己拍摄的照片和一幅人体骨骼结构图，像拼积木一样把那些清洗干净的骨头连同柜子里的头骨拼接在一起。人体骨骼有 206 块，许多部分本就连接在一起，因此拼起来倒也不难。而一些细小的骨骼脱落后不易区分，比如 28 根手指骨形状大小相似，挖出时又不曾标记，他只好随意拼凑。

这堆松散的骨头平躺在地面，看身高大概是个成年人。他在房间四处走动，不知道应该把它安置在哪里。唯一隐秘且足够宽敞的空间是床箱。掀开床板，里面放着一些冬季被褥。尽管这样会显得自己和骸骨共寝，但他的房子别无合适的空间，他只好决定把它藏进去。他又下楼买了一根热熔胶枪，把那些骨骼的脱落部位粘好。这样一来，骨架稍微有了立体感，一具完整的骸骨标本在灯下呈现。他绕着它走来走去，从不同角度欣赏他的杰作，心中很是满意。死亡的模样，他想。每个活人都不过是给这东西填上血肉后的样子。他注视着它，仿佛注视着所有人的内部。他想到和自己朝夕相处的那些人，父母、上司、同事，想到刘岩，还想到今天搭顺风车的那对情侣。几十年后，他们都将变成地上这副模样。随后，他把床箱里的空间腾出来，小心翼翼地将骷髅放入。

假期结束，每天照常上班，他感到他又回到了活人的世界。他不再有时间整日和骷髅待在一起，只能在每天起床时和晚上下班后掀开床板看看它。久而久之，一副静态的骨架也没什么好看的，但它的存在给他的生活造成了一些变化。他买了一些介绍人体骨骼的书，开始了解不同部位骨骼的名称和作用。他搜索查看近几十年来本地发生的命案和人口失踪案，试图知道这具骷髅是否和某桩尚未侦破的案件有关。不仅如此，对人体骨骼的熟悉使他有时将身边的人也想象为一具具骷髅。那些白骨在大街上奔波，有的乘车，有的走路。除了那个大高个，同事们几乎不再认得出谁是谁。他们用髋骨坐在椅子上，用指骨在键盘上敲来敲去，龇着两排牙齿，像往常一样忙得不可开交。由于久坐，大部分同事的脊柱弯曲得严重，还不如他床箱里那个人的脊柱健康。他自己也是如此。照镜子时，他可以看到自己皮肉下的头骨轮廓，额骨、颧骨、鼻骨、上下颌骨。这层皮肉似是虚幻之物，他所看到的那些坚硬的白色骨组织方为实相。

一次，某同事过生日，宴请全部门职员，自愿参与。刘岩知道他不会去，因此特意来做劝说工作。"又不是你过生日，你干吗来劝我？"他说。不过，大概是上次她邀他吃饭时他心中微小的叛逆起了作用，他竟同意了。不仅刘岩，公司其他人也感到意外。晚上他们在一间包厢喝酒唱歌，许多人上前蹦迪。他坐在沙发上看着他们，刘岩在旁边和他碰杯。酒过三巡，众生皆为白骨的幻想又出现在脑中。他看到那些男男女女化为体形相似的骷髅，努力扭动着身躯，并且互相取悦。他们的肱骨带动桡骨和尺骨上下摆动，他们的足骨踩着节奏，胫骨和腓骨在拥挤的场地寻找缝隙，他们的髋骨无节制地晃动，不健康的脊柱像一条条笨拙的蛇，颅骨们更是自以为是地甩来甩去。音乐吵闹，不同颜色的灯光照着他们，这景象犹如中世纪的死亡之舞。

"你笑什么？"刘岩在旁边发问，他才觉察到自己被幻觉中的骷髅们逗笑了。他很想告诉她他在笑什么。但她大概从未见过真的骷髅，更没有像他一样和骷髅长久地相处过，即使告诉她，她也无法将眼前这群同事在想象中白骨化。但是他看到她也在笑。"你又笑什么？"于是他问。"我觉得你笑的样子挺好笑的。"她说。多么可笑的一句话。他不理解她为什么要这样说，可这话实实在在地又一次惹他笑了起来。他的笑更加助长了她的笑。于是，两人莫名其妙地笑得停不下来。和一个同事笑成这样，于他而言是从未有过的。

这次聚会后，他和刘岩的关系表面看来没什么不同，但他能感觉到他们之间的些许变化。她常常找他聊工作上的事，有时聊着聊着话题就转入日常。一次他们不着痕迹地讲起彼此的童年经历，聊了许久他才惊讶地意识到他居然连这种事也开始对她诉说。他本能地戒备起来，而她似乎也敏锐地察觉到他的防线，及时止住话题。她对他小心翼翼的迁就，使他略微感到心情复杂。为了偿还这份迁就，他开始试着主动找她说话，这在以往是绝无可能的事，而她并不露出惊讶的神色，只是自然而然地接纳着，仿佛他们的关系向来如此。

距离骷髅被完整地掘出已有两星期，他偶然地从一本书上看到通过骨骼可以判断死者的性别。原本已经习以为常，对骷髅的兴致又被重新激起。晚上，他对照书上介绍的方法察看床箱里的骨头。由于缺乏不同性别骨骼实物的对比，一些方法模棱两可，并无作用。但他隔着皮肉摸索自己相应部位的骨头作为参照，发现这具骷髅额骨陡直，颧骨低，乳突较小，骨盆入口为椭圆形，可初步判定其为女性。他放下那本《法医人类学》，退后一步，隔了一段距离端详躺在床箱里的骨架。一个女人，他想。知道性别后，他似乎不再能够安然地将它看成一件工艺品。这是一个女性的遗骨，而不是一个摆件。但这一想法没在他脑中过久地停留。时间不早，他盖上床板，准备上床休息。

《法医人类学》还介绍了通过骨骼判断死者年龄的方法。较之性别，年龄推断起来更为复杂，即使是专业人员也未必能够准确地鉴定出来，同样由于缺乏实物对比，对他而言更为困难。因此他花了大量时间研究这部分内容，最终还是只能粗浅地推测死者是一名成年人，年龄在二十至四十五岁之间。还很年轻，他想，不知道为什么猝然身亡。埋骨南山，又无棺椁坟墓，大概死得很不正常。也许是凶杀，见色起意，谋财害命，杀人掩埋后逃之夭夭。死者生活的年代无从推知，那需要更加专业的仪器和技术。但查看近些年本地的案件，没有发现未找到尸体的凶杀案，失踪人口也多为老人和儿童。多半是个古人。这样想，他更容易接受了。既然不是同时代人，就不涉及未侦破的案件，捡回骸骨的行为大概也算不上盗墓，他可以安心收藏这件标本。除此之外，人骨标本想来也和其他藏品一样，年代愈久远愈值得收藏。倒不是说它可以高价售卖，而是时间使人对同类的骨骼没有了心理障碍。一具新鲜的尸体令人不适，而一堆白骨则仅仅使人初见时产生恐惧，久之，人们可以端详甚至触摸它。假如骨骼深埋于地下上万年，挖出时已成化石，那么它不仅不会引起恐惧和不适，还可以放在展柜里供人参观了。

　　他的这件藏品，自然还没有久远到可供参观的程度。但表面那些即使是缺乏保护、直接与土壤接触造成的斑痕和污垢，也足够显示它和死亡已相隔一段漫长的距离。这是一个惨遭意外的古代年轻女子。不论真相如何，他凭着一己之私这样定义他的藏品。他也为它只能够由他独享而感到遗憾。许多时候他脑子里邀人一起观赏的念头一闪而过，尽管他不善与人交往，但一想到有个人和他共同研究这件死亡与时间的艺术品，兴许还能为推知骸骨的身世提供新的思路，他还是有些蠢蠢欲动。

　　一天下班后，刘岩搭他的车回家，他在她所住的楼下停车，两人一起去附近一家餐馆。这不是他们第一次单独吃饭了。这段时间他们联手逐一击破他构筑已久的防线，他们的关系正平稳地向深处推进。饭间，她问他一个人生活有些什么爱好，他不假思索地说他喜欢收藏。话一出口他就后悔了。挖到那具骸骨之前，他对收藏毫无兴趣。"看不出来啊！"果然她继续道，"收藏什么呢？"他原想骗她说收藏矿石，可刘岩不像那对搭车的陌生情侣可以敷衍，若是追问起来，他对矿石一无所知，没法继续编下去。何况他本能地并不想骗她。于是他说："标本。"

刘岩露出惊喜的表情，立马对他的这一爱好来了兴趣。"肯定很美吧，你收藏的标本。"她侧着脑袋想象着，仿佛已经看到了她想象中的他的藏品。她继续问："都有些什么？"他动用起自己为数不多的关于标本的知识，勉力回答她。"还不是常见的昆虫，蝴蝶、螳螂、蟋蟀，还有一些别的什么。"随后他问她，"怎么，难道你也喜欢标本？""当然了。谁会不喜欢标本呢？"她看上去很兴奋。"可是，"他说，"都是死了的东西，都是尸体，不会觉得害怕吗？""不会，以前去植物园见过他们制作标本，只觉得很漂亮。昆虫都很短命，它们用被制成标本的方式对抗时间，多好。"他表示认同。最后，她笑嘻嘻地说："我想看你收藏的。"他想了想，答道："改天吧。"

这天回到住所，他开始网购标本。他首先买了一些他向她提到的蝴蝶、螳螂、蟋蟀。随着它们被送到，他拆开包装，看到那只翅膀上鳞光闪烁的黑色燕尾蝶静静地伏在透明容器里，一种既鲜明又诡秘的美似乎瞬间将他震住。于是，出于对标本本身的兴趣，而不是为刘岩来他的房间参观做准备，他开始大量地选购其他的动物和植物标本。除了成品，他同时也买了一些工具，打算亲手制作。很快，他的房间就名副其实地成了一个标本收藏爱好者的房间。

收藏标本期间，他非但没有冷落他的骷髅，反而对它爱惜有加。他感到那些买来的标本虽然异彩纷呈，但在赤裸地呈现死亡的美与震撼上，它们远远比不上他床箱里的人骨。他给它涂上制作标本使用的防腐剂，人体骨骼面积大，防腐剂用量多，以至每晚睡觉时他都能闻到浓烈的药剂气味。这气味让他联想到木乃伊。相比骨骼，血肉之躯更难于存放。但这并不是他要考虑的事了。

刘岩几乎每天搭乘他的车上下班，这在部门已经尽人皆知。他们一起吃饭不再刻意邀约，饭后去附近公园散步也是常有的事。对于他们关系的升温，同事们收敛对待这种事向来的态度，既没有打趣起哄，也没有投来异样的目光。大概他们深知他性格孤僻，恋爱不易，于是都小心谨慎，不敢表现过度的关注。刘岩同样把握着分寸，仍像朋友一样与他相处。自从她上次提出想看他的藏品，他回说改天，她就没有再提过此事。他猜想，也许她将他的"改天"理解成了他不愿意。毕竟他们虽然都是独居，对彼此的关系也已心照不宣，却从未去过对方的住处。或许她认为在他看来这仍是一道尚未打破的界限。想来想去，在一个周末他主动邀请了她。

他们约好下午相见，她穿了一条下摆参差不齐的黑裙子，像那只燕尾蝶。他领她进屋，替她放包，给她泡一杯果茶。直到此时，他还不确定他是否要向她展示那具骷髅。她亲切地打量着他的房间，仿佛打量着一个她不久之后就将搬来的地方。较之观看标本的目的，他请她来他的住处这一行为对她而言显然更为重要。但她还是首先被茶几表面的几样标本吸引了。那是几只体形中等的帝王蝶，在他的藏品中实属最为普通的，因此摆在客厅茶几上。她拿起相框仔细观赏。对于她的称赞，他表示这种蝴蝶没什么特别的。他起身去置物架给她拿另一只蝴蝶，她跟了过来，站在架子前面观看。置物架上多为昆虫，不同种类的蜻蜓、螳螂、蜘蛛、蝉，她挨个欣赏，最后才看到他拿下来的那只。

"蝴蝶里面，这一只是我最喜欢的，也是最贵的。"那是一只阴阳蝶，长得奇怪，左翅为黑褐色，右翅为蓝色，像是某种畸形或病变所致。"这种蝴蝶是稀有品种，"他说，"据说雌雄同体，左翅是雌性，右翅是雄性。""雌雄同体，那它们怎么交配呢？"她说。"大概既可以和同类交尾，也可以自娱自乐。"他猜测道。于是她笑了。她的笑里有一种绝对的信任，这让他既感到放心，又隐隐地有些担忧。

看完昆虫，他带她来到阳台，那里有个更宽的置物架，上面摆着他收藏的体形稍大的动物。这一次，刘岩没有像刚才那样凑近它们直接拿起来观看，而是隔着一段距离，表情严肃地盯着它们。上排的架子上有几只蝎子，几条个头较小的蛇，两只拳头大小的伸展着脑袋和四肢的乌龟。中间部分主要为不同种类、不同颜色的蜥蜴。架子下排则陈放着一些海洋中的鱼类。"害怕吗？"他问。她摇了摇头："多看几眼就没事了。"随后上前拿起一件，察看里面蜥蜴皮肤上的褶皱和花纹。等她看得差不多了，他告诉她："我还有一件体形更大的标本，想看吗？"她点点头："当然。"

他们来到他的书房。书房是由一间次卧改装的，并不宽敞，两面形成九十度夹角的书架之间放着一根木质圆柱，圆柱上固定着一只蓝孔雀。这件藏品让她惊讶。圆柱齐胸高，孔雀站在上面，丰满的扇形尾羽垂悬，煞是美丽。就在她绕着孔雀欣赏和抚摸的时候，他感到心跳加快。"这还不算什么，我还有一件藏品。"隔着孔雀，他看着她说。"还有比这个更大的？"她问。"更大，当然。但体形不是最重要的。重要的是物种。实话跟你说，是一具骷髅。""人的骷髅？""没错。""你在开玩笑吧？""没有。"她的表情看起来有些疑惧，对眼前的孔雀瞬间失了兴致。她还是决定要看个究竟。

卧室门一打开，弥散的药剂气味就使她皱起眉头。他没有再说多余的话，径直带她走到床边，连同铺盖掀起一侧床板，那具骷髅赫然躺在里面，如同躺在自己的棺木中。那双空洞的眼睛像是在看着什么，又好像什么也没看。刘岩失声叫了出来，面部不受控制地紧绷。她本能地抓住身旁的他，但又立马撒手，转而后退几步。裙子下摆晃动，像只受惊的燕尾蝶。

回到客厅，她的情绪平复了一些，但脸色仍然难看。她在这房间不再觉得舒适，走路时也似乎有意回避房间的主人和那些标本，仿佛她恍悟自己误入了一个遍布生物尸体的诡异之地。她决定要走了。"不好意思。"她连声道歉。他试图向她解释，那具骷髅是他捡来的，就在那次爬南山的时候。他还告诉她，那是个古代女子，距今已有很多年了。他又说，之所以放在床箱里，是因为暂时没有合适的空间。但这些都没什么用。"不好意思，我只是觉得有点变态。"她说。她找到自己的包，跟他道别，随后转身离开。那杯果茶已经变凉，他坐在沙发上，一口气把它喝了。

晚上，他被防腐剂的气味裹挟着躺在床上，几次忍住了想要联系她的冲动。这些天与她相处时的场景不停地涌上脑际。他去想床箱里的骷髅，他有些后悔把它展示给她。原本是个很好的下午，她喜欢那些动物标本，也喜欢他的房间。他们会一起吃晚餐，他会送她回家，也许还会跟她上楼，去她的住处看看。虽然缓慢，但他们的关系会持续发展下去。如今骷髅把一切搅黄了。但即使今天不给她看，她也迟早会知道这件事。没关系，他想，他们不过回到了原来的样子。他可以照样独来独往，照样对任何人爱搭不理，他床箱里的艺术品还在，他照样可以把空闲时间全花在它上面。

第二天，他很晚才睡醒，打开手机没有任何她的消息，这让他重又感到心神不宁。他不知道事情有没有回旋的余地，不知道经过一夜，她心里如何想。下午，他总算忍不住约她外出吃晚饭，她回说："不了。"他盯了这两个字许久，大段输入他想要对她说的话，最终又统统删去。晚上他再次掀开床板，用手指摩挲着骷髅的肱骨，触感滞涩，微凉。他想象着他的手抚摸她的皮肤，那是一种截然不同的感觉，尽管他从未触摸过。

许多同事看出他们关系的变化。他看到他们关切地去问她，而他不知道她是怎么对他们讲的。这种感觉让他更加不安。若是以往，他自然可以无动于衷，对他们的想法和看法漠不关心，但这次他只能佯装不在乎，实际上却不住地瞥向她的工位。她背对着他认真工作，一次也不回头看他。回到房间，在公司的那些感觉短暂地消失了。他原以为能在骷髅这里寻求慰藉，但看到那堆白骨，他发觉自己对它有了轻微的责怪。这本应该深埋地下的不祥之物，他想，却被他带回来搅扰人间的生活。

防腐剂的气味日益消散。他似乎也逐渐适应与她的冷淡关系。只是再次看到她的背影，总感到比那个沉睡在床箱里的女人更叫他心生怜爱。这并不是由于她们之间生与死的区别。一星期后，他带着那具骷髅来到派出所，向他们讲述了挖掘和收藏它的详细经过，又乘警车去南山，将挖掘现场指给他们看。由于涉及人命，他们把他留在所里，同时将骨骼送去检测。后来他们告诉他，死者是一名民国时期的年轻女子，由于年代久远，仅凭骨骼无法推断死因。他没有问他们将如何处理这具骷髅。那不再是他所能关心的事了。

  从派出所出来，已是黄昏时分。他走进对面一家他来时就注意到了的花店。玻璃容器里插满各式各样的花枝，下面标着好听又别致的名字。他问店主："这些花还能开多久？""一两个星期。"老太太微笑着说。真是易逝的东西，他想。他选了一束颜色夺目的黄玫瑰，随后开车前往她家楼下。

原载《野草》2023年第6期

双　桨

别　鸣

　　五月大端阳，晚上蒋津扯住我不放，到江边摊吃麻辣烫。他叫来半扎啤酒，一米九八的个头，蹲坐红塑料小板凳上，胖头鱼一样，腮帮子起伏，闷头一气喝了前三瓶。喝到后三瓶他开始话赶话，反正不听我意见，尽扯他在收费音频听来的格言金句，怪整船人乱了节奏，不是他能力问题。过了十点，江面漆黑，有游轮经过，霓虹闪烁，隐约传来歌声，我后背透凉，越过蒋津庞大身躯，想象别处的生活。

　　蒋津伸长手脚，说："人生有三种能力决定未来，一是让自己变巨牛的能力，二是让周围人都帮自己的能力，三是混不好也想得开的能力，练成其中一种，人生就有奔头。"我说："那你就会第三种？就不能练第一、二种？"蒋津埋头嘞肉杠子，佝偻着，汗直滴。我盘算，蒋津怎么说都算见过世面，省城待六年，进京集过训，可是话说回来，就是撑不住场面，这么多年也没见什么长进。正有些郁闷，阿婆把电话打到蒋津手机，我坐小方桌对面，都能听见她训人，蒋津急赤白脸，一抹汗水，哼哈几句，手机直塞我。

　　阿婆语速快，一说一串："铁栅门我反锁了，你姑娘娃，都深更半夜，陪他这个人才，搞甚名堂，快些回来，桌上咸蛋红枣粽子，吃了洗了睡，明早还要起来卖面。"我连答好好。阿婆节约话费，断线突然。我把手机还蒋津，催着买单，他伸长方便筷，在锅里反复捞，瓶里酒喝干净，从绿塑料筒里猛抽卫生纸，擦额头擦嘴，喊熊老二打个折。小妹握单，左右不肯，必须照价，蒋津酒劲上头，非喊老板说话不可，说熊老二肯给初中同学面子。旁边油毡棚子里，闪出熊老二，提剁肉菜刀，指指点点，骂蒋津白长这身板，江边芦苇秆子，杵到天上，空心没用，兰矿新村队下午丢人，害他押错龙船，亏了一千多。蒋津伸长臂，摁我肩膀，小山一样斜靠过来，我只好抵住，掏钱买单，赶紧走人。

峡口江涛嘶吼，汛期水涨，两岸山峰对峙，黑色剪刀一样，剪出倒三角形靛蓝夜空。大船航行渐远，船尾灯光闪烁，蓝三角尖上，摇荡出串串碎金。浊浪拍岸，夜深风急，码头坎下，江滩腾起几道黄龙，沙尘打着旋上天。败阵的龙船裹挟其中，飞腾不得，被人倒扣两条长板凳上晾，龙头反拧垂地，龙须在风中乱摆，嘴脸疲沓而沮丧。蒋津在我耳边又唠叨："熊老二打小在兰溪河哪见过江船？不要怨天尤人，现在我们的样子，是曾经的我们用时间亲手塑造的。"我推他说："站直了，装什么装。"蒋津耸肩甩手，往石梯上跨，长腿蹒跚，右腿膝盖僵直明显。我跟他身后，爬上两百多级石梯，穿过省级公路，兰矿新村依山而建。大江截流，江水倒灌兰溪河，兰矿矿区淹没，整体转产落空，有门路的谋出路，剩余一百多户集中搬迁，半山腰先住五年，山体滑坡，又往高处搬，依着山脊，夹在本地集镇间，局促两栋五层楼，小路曲里拐弯，两边横七竖八搭简易板房。此时一片漆黑，唯有麻将馆亮堂堂，门旁悬挂一蓬艾蒿叶，内里烟雾缭绕，叔伯们围桌或坐或站，见我们经过，远远打招呼："屈窘窘，这晚还和蒋队到江边看水，爬上爬下不嫌累，早点结婚嚯。"我说："你们荷包里钱莫掖到，早晚每人包个大红包送来，着甚急？"叔伯们搓麻将大笑，又上下打量我和蒋津，七嘴八舌议论身高差。

我记得大概十五岁前，我和蒋津身高还差距不大。初中二年级，班主任严三立安排我俩成同桌，早自习蒋津胳膊肘过线，我把圆规藏课本里锥他，他一蹦而起掀翻课桌，我跳起用雨伞敲他头，并没有踮脚去够的印象。到初三，蒋津像冲天炮一样，剧烈发育长高，阿婆说他放屁都往上嘣，眨眼冲过一米九。学校篮球队缠着他入队，兼教体育的历史老师谭老师骑人字梯，篮球筐下给他演示什么叫扣篮，一度让他成校园明星。全县校园篮球赛上，兰矿中学队成众矢之的，蒋津一上场运球，就被其他校队队员针对，抢球时被暗里扇耳光、上阴肘，他面色惨白，迈不开步，屡遭全场嘲笑，不得不被换下场。遇省皮划艇队招队员，谭老师认为他身板在这儿，不学体育可惜，极力推荐说蒋津他爸是峡江舵把子，有水上运动家族史。

蒋津得幸离开兰矿，去省城练了六年划桨。先前阿婆一提这事就恼火，说蒋津是瞎猫子撞到死老鼠。后来兰矿中学那届高考，只有我过分数线，学校敲锣打鼓送喜报，阿婆差点烧高香，结果我被省内三本录取，念三年文秘，找不到合适工作，还是回来跟她下面条。现今蒋津退回兰矿新村，还伤右腿膝盖，阿婆就说他是个人才。反正十五岁以后，我和蒋津就说话费劲，非得仰头不可，脑袋基本在他第四根到第六根肋骨之间活动。

麻将馆里，有人说荤段子，大意是就这身高差距床上恐怕不大协调，叔伯们哄堂大笑。我有些恼火，推蒋津一把喊："动手抓赌，抓赌！"叔伯们手捏牌，纷纷摇头说："就他这点本事？"我见蒋津满脸堆笑，抓一大把路边沙砾，朝麻将馆里猛撒，叔伯们大叫躲闪，我拽起蒋津就跑。拐过巷角，经过骚人民宿，蒋津抓我右手，蠢蠢欲动说："要不再来试，不是阿婆话多，早该结婚了。"我很不耐烦说："莫乱想，十一点你接班，不想要饭碗了？"心想都怪他自己上次浪费机会，蒋津以前皮划艇队四个队友，带家人从省城自驾游，沿途去了三峡大坝、西陵峡，非要来诗祖故里不可，看望退役发达的蒋津，自然要他招待，免费好吃好喝好住。我这才知道，蒋津两年前离队时，曾对队友吹嘘，要跳出舒适区，改变世界改变自己，挣五百万给他们看。队友们是来兑现的，蒋津怕被嘲笑，专门请了假，联系骚人民宿，好话说尽，让民宿老板外出，他花积蓄包三天，对队友说这是他连锁产业之一。我被他扯来，客串服务员，结果闹得我七窍生烟。蒋津那些队友家属得便宜也不卖乖，挑三拣四，要求太多，天天让我唱《六口茶》、跳摆手舞，不管我怎么解释这是诗祖老家，不是土家山寨。队友们也是整日拿"骚人"店名开荤玩笑，我跳脚辩解，这是"离骚"的"骚"，不是"骚货"的"骚"，他们大笑一番，不再睬我。等到第三天下午，好不容易送走他这些队友，我躺客房大床上，累得不想动，蒋津中午狠陪了些酒，趔趄溜进来趴我旁边，哽咽起来，我搂着他头睡着。天色暗下来，后半夜迷迷糊糊，被他摁住，折腾半天，结果没成。和前年我偷偷跑去省城看他一样，酒店房间里，也是翻来覆去，反正不成。

再往斜上走一段，见到一楼"川妹面馆"招牌，蒋津先从旁边墙缝推出脚踏车，再过来托起我脚，顶我翻过铁栅栏，我想轻手轻脚，松手落地时，还是踢响面盆。蒋津守栅栏外，舍不得走，贱兮兮的，我从铁栏间伸手推他，低声说："快走，我阿婆瞌睡浅，醒着呢。"蒋津捉我袖口，伸鼻子说："这花椒味，香。"我说："快走，迟到扣两百。"他掏出手机，摁出收费音频课，塞进耳机，浅蓝制服夜光下透白，叉长腿猛踩脚踏车，抄草丛小路，车尾竖起长竿警灯，无声连闪，冲下斜坡。

"川妹面馆"招牌上的"川妹"，既不是我阿婆，也不是我，其实是我妈王翠，面馆从她手里开张。在我阿婆嘴里，我妈王翠也是一个人才。人才，是阿婆讥讽人最重的话，大概就是不省事、不正常的意思。

我掏出钥匙踮脚走，轻开阳台后门。当初搬迁时一楼最俏，屋后朝阳空地，能种菜养鸡，兰矿这一百多户，谁家都抢着要。我阿婆举着我爸相片，在搬迁办公室赖着哭了三天。等一楼房子钥匙一到手，我妈马上在空地种辣椒种花椒，出钱雇工打通向街阳台，面馆再开张做生意。

在阿婆眼里，我妈的长处，除了生我之外，就是下红油小面绝活。面要干爽泛黄碱水面，铁桶锅沸水里翻滚，长竹筷子捞起，过竹漏勺入海碗，白面裹麻辣红油，一勺肥肠或牛肉，加上黄豆葱花，馋得面锅旁边的人口水直流。其中关键,是用油辣子、花椒面秘制红油,外人掌握不到,开始只有我妈会,后来被阿婆偷瞧好久,瞟学了大概。

以前兰矿人都食堂过早,馒头花卷豇豆包子加稀饭,只有我家特殊,吃我妈的红油小面。对门邻居小孩蒋津没人管,天天溜到我家,和我面对面坐小板凳,端小搪瓷碗,埋头稀里呼噜嗍面。兰矿搬迁前两三年,效益眼见不行,食堂三天两头停伙,我妈把厨房窗户擂掉,从灶台支出木桌子、长板凳,早上卖红油小面。起初就收食堂饭票,三张票一碗面,到晚上拿饭票找司务长,换等价米面油。这样卖了一年多,兰矿转产又停产,食堂永久关门,我妈开始收现金,光头小面从五角卖起,阿婆如今涨到两块五,加牛肉肥肠就算豪华面,十三块一碗,往来生意人经常点。

屋里阿婆留盏小台灯,给我回来照明。靠墙案板上,她已备好明早要用的大瓷缸红油,旁边三个大竹匾,铺开褐花椒壳、红辣椒皮、生姜、大蒜。圆茶几上放两个咸蛋、一串三角粽子,我假装没看见,快步往里屋走。"莫想跑,吃了才能睡。"我说:"不想吃,半夜吃了容易停食,明天胃疼。"阿婆说:"蒸都蒸好了,你好歹吃两口,大端阳应个景,我这儿有酵母片,睡前嚼一颗。"我说:"我这个月又胖三斤,还想不想我嫁出去?天天让我吃这吃那,又不是过去,没得人饿肚子。"阿婆不吭声,我以为她翻身又睡,毕竟明年就七十,我好歹劝说关了面馆,阿婆左右不肯,说老家伙闲下来,走得更快,有事做终究有念想,等我结婚生娃,她有重孙抱,再关不迟。

我进里间洗漱,正埋头洗脸,背后有脚步声,阿婆披衣揉眼,我闻到酒气,立刻数落她,又偷偷喝酒。阿婆说:"过端阳,喝杯雄黄酒,驱邪保平安。"我只管拧毛巾倒水,低头不搭理。阿婆说:"蒋津那个人才,你就算了啊,要钱没得钱,要甚没得甚。"我打断她说:"少操这些心,好不好?我都二十四,这是我自己的事。"阿婆本有些醉意,满脸赤红说:"翅膀硬了是吧?想学你那个人才妈是吧?等我死了,你尽管去。"阿婆动了肝火,我赶紧不吭声。阿婆站了一会儿,说:"卡和存折给你,明天把你妈打卡上的钱，转到存折上给我，存到你好结婚。"

打我懂事起，我阿婆和我妈就是对手。我也知道我妈在兰矿是个异类。首先，她一口和周围人都不一样的方言，我大概三岁以前跟她学说话，出去和兰矿其他小孩玩耍，被大家嘲笑欺负，每次我哭着回来，阿婆就指着我妈说她是人才，然后逼我很快憋成一口弯管子兰矿普通话。再后来，我长到十多岁，才慢慢发现，我妈小时候教我，比如说吃肉是吃"嘎嘎"，夏天抓蜻蜓叫捉"丁丁猫儿"，傍晚指蝙蝠说看"檐老鼠"，都是上游川江方言。其次，我妈爱干净，每天睡前要洗澡，夏天等天黑定，她一手端放毛巾香皂的白瓷盆，一手牵我手，到兰溪河畔寻僻静处，洗得香喷喷再回家睡觉，冬天她用煤炉子烧两大壶开水，紧闭卧室门，抱我在木盆里泡澡，有一次我们缺氧晕倒在盆里，阿婆更加恼火，本来煤从矿里捡来不花钱，也被阿婆说成浪费败家。再次，最招人嫌的是，我妈爱读书，从老家捡回黑皮书放手头，兰矿办公楼有一间阅览室，像我妈这种矿里工人家属，三天两头进入，绝无仅有。我妈看书容易入戏，诵读，跟着书里内容，叹息哭泣，机关的人开始觉得稀奇，后来嘲讽多，这让阿婆难堪，总说女人不安分，家门算不幸。直到三年前，我妈跑去南方，一去再没回头。她将黑皮书留我，被阿婆塞煤炉子引火烧掉。我妈给我订火车票，我去湛江看过她两次，对她现状，我不接受，再不去。我妈给我一张卡，每月打钱过来，阿婆怕我卡绑手机里乱花销，总要求我取出，转存到她为我办的零存整取存折。

我阿婆说人老了瞌睡少，每天早上她四点起床，将煤炉子开封，换蜂窝煤，烧头锅水，煮碗筷消毒。等我五点出来，先吃头碗面，再抹台摆碗，待头拨早客陆续到来。去年秋天，我从湛江回来，从阿婆手里夺过长竹筷子，负责炉前下面、起锅分碗，让阿婆只管放红油、撒作料、舀浇头。一般忙到上午九点半，过早的人就逐渐稀少，十点一过我和阿婆就吃午饭，等到十点半不见客，封火收拾锁铁栅门，回房睡回笼觉。

江上开始发大水，好些人早上不过江，今天生意一般，阿婆记账说："你睡一会儿再去银行。"我嘴里答应，找到她喝剩的半瓶雄黄酒，倒进下水道。片刻间，大木床传来阿婆鼾声。最近两年阿婆手抖脚抖，我扔了家里所有存酒，央求附近超市小卖部，不卖酒给她，她还挖空心思找酒喝。我躺床上刷手机，蒋津又给我推荐两门音频课：和7位"大咖"一起，在人生赛道上不断成长；听完这10课，发现财富增长的5个新机会。我先前认真听过三门，都是语重心长往心窝子钻，但热血沸腾后我也无法印证，后来我发现蒋津天天催促我点听，都是为他挣积分，方便他购课打七折，更觉得意思不大。我又点开我妈朋友圈，她时不时发九宫格湛江风景照，金沙湾海滨浴场、霞山绿荫路什么的，他们一家也带我去过，到处潮乎乎的闷热，我总觉得回到了小时候发高烧时，难受又无助。上个月大概我妈和她现在的老公、小孩，一起去了趟丽江，朋友圈里发古镇、雪山、虎跳峡风光照片。我起床到洗脸池，使劲拧毛巾，擦去泪涕，反正睡不着，换衣裳去银行。

出了兰矿新村，下两百多级石梯，沿着省级公路，我往镇上银行走。每年端阳前后，峡江开始涨水，一寸一寸舔，等梅雨到，就一尺一尺拱，急浪卷旋涡，上游冲来杂物，江面堆积成丘。我想起蒋津他爸和我爸当年顶风破浪捞浮财，两岸观者如云，锣鼓喧天。码头坎下，暖阳高照，沙坝中间有几个大人小孩放风筝，从镇上买的塑料纸白雪公主、孙悟空和机器猫，拖彩色长条尾巴，飘飞江流上空，远看静止不动。龙船仍垂头丧气，倒卧两条长板凳上，船底朝向天空暴晒，遍布盐渍般白痕，像块超长腌肉，一群人正围着议论。我望见水手张，现在都叫他张总，这个黄发男人高举右臂，提一尾大鱼风筝，发号施令。我脚步不停，沙坝上光亮刺眼，大鱼风筝在阳光下泛银光。我歇脚细看，鱼尾在动弹，斑斑血迹，混入江沙。他手里提的不是风筝，是一尾近两米长的江鲟。

蒋津他爸和我爸都在的时候，他爸是船长，我爸是大副，每天驾"兰矿一号"，上午将车队运来的煤堆装舱，转运到下游三十多公里外连沱码头，卸装到大型货轮，运往大江南北，吃过中饭他们又驾"兰矿一号"，载上满舱物资砂料，傍晚运回峡江口卸岸，再由货车拉回兰矿。那时峡江多大鱼，与船家各安天命。江面，能见巨大鱼脊露出，尾鳍泛水花，阿婆说江豚拜风，江鲟护桨，江豚出没提醒大风大浪，最好停班，江鲟出现就是风和浪稳，正好行船。

沙坝上，众人朝我这边张望，水手张招手喊："过来，你。"我左右看，并无旁人，他更大声："望么事望，就是你，过来，过来。"我往码头坎下走，印象里水手张还停留在船上，成天操持拖把做甲板卫生，自从"兰矿一号"倾覆，蒋津他爸和我爸追悼会办了之后，五六年一晃过去，只听闻水手张发迹，反正与我家再无往来。我行近龙船，他紧锁眉头，举大鱼说："你这丫头，跩得跟二五八万一样，叫你半天不动。"众人都笑，看稀罕一样。他说："联系不到蒋津，估计躲起来了，都找不到他，你看到他，就带话给他，躲得过初一，躲不过十五，明天内回公司，办解聘手续，滚远点莫惹人嫌。"我说："他码头值夜班，从来老老实实，没惹过是非。"水手张将鱼递给旁人举，合起手掌搓揉，说："把蒋津这个瘸子，从江城招回来，当我码头保安队队长，他怎么报答我？"我不明所以，不好接话。他说："我搞个龙舟队，参加每年端阳比赛，招他回来就是为这，让他带队训练指挥，我做了大指望，他倒好，把队伍搞成稀烂班子。"旁边帮忙举鱼的矮胖子补充说："一时要我们改桨板，一时要我们跪划，整日里经验成套成套，上场一点作用都不起，被别队甩出好远。"水手张说："我算搞明白了，他比赛训练在湖水里，我们峡江有风浪有旋流，还赶上发洪水，他个够迂腐。"矮胖子又插嘴补充："还是舵把子的儿子，要赶上他爹半点灵活，就好了。"水手张飞脚踹过去，夺过大鱼高举，说："你个够话多。"我说："输就输了，好大点事，至于开除蒋津，大人有大量。"他扫众人一眼，攀我肩膀到江水前，说："听说还跟到你阿婆下面条，大学生，可惜了。"我推开他说："莫扯虚头巴脑，说正事。"他说："好，不扯懒淡，截流后你也晓得，客船货船都不再靠我们码头，不吸引游客上岸，大家喝西北风。"他指岸上搬空废弃的老诗祖祠，

"打旅游牌，把诗祖榨干用尽，龙船比赛就是榨干用尽的办法。"

我想起，以前诗祖祠在半山腰，兰矿子弟上学那会儿，每年要打红旗，成群结队来春游，如今江水涨到祠门口，门窗黑洞洞干瞪眼，里外野草丛生，瘫在岸边，远看像栋烂尾房，就差墙上写"拆"字画圈。诗祖铜像搬走快十年，"兰矿一号"也翻在祠门口那片江心，想起来都像上辈子的事。水手张说："我们新村码头和旁边镇上码头，哪个能赢昨天这场赛，就在莅临贵宾心里，投上重要一票，游轮靠岸后的独家经营权，就要靠这一票一票争取过来，我讲这些，你该懂。"我说："你又不是外星人，这有什么不懂？"他说："的确是我们兰矿唯一正取大学生！可以，可以。"我说："问题是现在已经划输了，你还能怎么搞？"他说："你这个问题有意思，下一步怎么搞，正要研究一下，要不你晚上七点半，来公司临江大楼继续谈，公司正差策划推广部副经理，我觉得你有希望。"身后众人喧哗，打断他的话，矮胖子指江心喊："有东西，是大鱼？是浮财！"一团黑影随浪起伏，众人都挤江边看。水手张说："大鱼在我手里，大惊小怪，就一根木料。"矮胖子说："搞不好是江底金丝楠，当年蒋舵把子从大水里捞浮财，抱起过一根，被浙江老板一万块钱收走了。"水手张举大鱼用力扔他，说："你再话多，么事舵把子，不就是个飘飘？"众人扯嗓子哄笑应和，矮胖子不再张口，涨红脸举右臂，手指紧扣从鱼唇穿过的铁丝，将鱼头尽力擎向空中，鱼目圆睁充血，鱼尾在江沙里拖来拖去，裹成了沙铲铲。沙坝边缘，江浪翻卷，涛声如雷，我估计没睡好，头昏脑涨，恍惚得厉害。我往岸上走，江风猛刮，水手张黄发飞起，大声说："诗祖老爷才是我们舵把子，他老人家说得好，要上下求索。求的甚？求财得财。索的甚？索利得利。"

我一路发冷，挨到镇上银行，拿号坐等。铁椅冰凉硌后背，我站起不断转圈，想大概昨晚吃麻辣烫江风一吹受了寒，有些感冒发烧。叫号一直不动，柜台前有人争吵，一白发老妇拍透明隔板，问养老金怎么没到账，保安过来劝说拉拽，老妇掏出手帕抽泣，我看见老妇扭曲面孔，鼻右翼有颗红痣，突然记起她。四年前一个夏天晚上，码头放完露天电影散场，阿婆和她在人群中猝然大吵，声嘶力竭，引来里三层外三层围观。之后不久我妈王翠就决然南下，再没回来。

我当时和我妈挽着走，聊电影情节，阿婆突然当街暴怒，我们不知缘由，阿婆已揪那老妇右臂短袖，喝问："你说谁是飘飘？信不信，撕烂你贱嘴。"她反手抓阿婆领口说："老娘就说了，你敢把老娘么搞？长年一起，死都抱团，还不是？"阿婆和她扭作一团，我和我妈急护阿婆，掰她手指，推来搡去，失去平衡，四人栽下沙坝，滚成泥猴。回家路上，阿婆和我妈不吭声，我亢奋过度，边走边打盹。蒙眬中望见川妹面馆招牌，我听阿婆说："过去浮财晓得抢不少，现今欺负孤儿寡母，贱×遭雷劈。"我妈说："唉，秤不离砣，砣不离秤的。"阿婆连声哐哐，说："峡江行船，不许提秤砣，那是舵不离桨，桨不离舵，船家义气第一，老辈子说：双桨抄起，过峡闯滩。"过一会儿，我听见我妈说："凡事包容，凡事相信，凡事盼望，凡事忍耐。"阿婆说："你不要立场不坚定。"我实在太困，只记得我妈灰头土脸，几道水痕滑过面颊，仿佛被割了几刀。今天再遇这鼻翼长红痣的老妇，她捂脸痛哭，被保安搀到我身旁座位。我死盯她，想趁保安转身，抽她两嘴巴。她拿下手帕，满脸涕泪，滑过苍老脸颊，眼神哀怨，嘴里叨咕，找旁人借钱。我恍惚想起我妈，心里疑窦丛生，怀疑自己看错，这老妇可能并不是四年前那人，我越发感到凄凉可怜。

我起身出银行，江风正起，凉透心肺，浑身抖。沿公路走，穿过集镇，我往兰溪河深处去。兰溪河早不是过去潺潺溪流，涨成一湾深潭，墨绿深邃，停滞不前。与大江交汇处，墨绿与浅黄，水面分界明显，维持兰溪河最后的尊严。我在发烧，头昏脑涨，想找怀抱。我妈出走前那一晚，挤上我小床，最后一回抱紧我。我妈问："你知道我从哪里来？"我不懂事，打趣说："从你该来的地方来。"我妈又问："你知道我要到哪里去？"我说："到你该去的地方去。"

天上乌云密布，远处传来雷声。公路坎下，老诗祖祠裹在蓬草间，荒凉无声。祠前咫尺之遥处，江水喘息奔腾。蒋津他爸和我爸驾"兰矿一号"，江心劈波斩浪，拦截大龙。端阳过后，洪流从上游直涌而下，川渝支流纷纷涨水加入，洒脱闯过白帝城，自此憋屈怄气，受尽瞿塘峡巫峡束缚，好不容易脱缰而出，到老诗祖祠门口，眼看下一个峡口又近在眼前，江洪咆哮暴怒，将冲刷而下的生灵物什堆积，不断盘旋江心。年年此刻，舵把子扬名立万时，蒋津他爸赤身出没风波，旋涡里拽捞钱箱、家具、猪牛、盆锅，转身游回浅水，抛在滩头，任由两岸矿工村民抢拾，一朝得浮财，半年饱饭菜。给舵把子助威，声嘶力竭指浮物方位，热闹压过洪峰。

　　雨点噼啪在落，我愈加寒冷，头疼如裂。我妈说："寄寄，妈给你说正经的，不要嬉皮笑脸。"我说："你是白帝城来的，每年清明不时带我去江边，给家公家家烧纸。"

　　我妈说："我是从重庆奉节白帝镇八阵村来的，住在草堂河边边上，你家家祖上参加过保路运动，家家过去念教会学校，一辈子当老师，嫁了家公生下我和你舅舅，你家公搞运输挣钱，河边起栋水泥吊脚五层楼，正对长江和白帝城，我考取景区售票员，家里日子好着呢。"

　　我说："听你说无数回，耳朵都起茧了。"

　　我妈不管不顾，继续说："谁都没想到，只住够半年，一九九一年六月，半个月雨不住点，都担心山上滚石头，万一滑坡冲了楼，江水看着直涨，毕竟我们在草堂河，到入江口有距离，七月初六整日瓢泼，到晚上电闪雷鸣，江水倒灌草堂河，江里河里洪水对撞，把楼房地基冲断，五层楼斜着垮，山上泥浆直灌，全被冲进洪水。"

　　我说："听阿婆讲过好多回，你抱根木料，一直漂到峡口，遇到我爸捞浮财，把你救起来。"

　　我妈说："当时救我起来的，是蒋舵把子，你爸每次捞浮财，负责搬东西。"

　　我哭着说："妈，我爸和蒋津他爸翻船，走都走好久了，您翻旧账？"

我妈说："船家不落家，你爸和蒋舵把子绑船上，一年四季难得回来，等他俩一起沉船走了，就被人反水，我大街上遭人欺负，出门被戳脊梁，以后该你扛的，你得自己扛。"我只管大哭。我妈说："被救上岸，在你阿婆家住了快半个月，就想要回去，江里洪水没退，你阿婆又嘴巴缠人，隔三岔五打岔，让学这忙那，过了半年再想回去，已被老家那边认定失踪死亡，售票员工作没有了，几个远房亲戚也不待见，只捡到家家留下的黑皮书，被阿婆软缠硬磨嫁了你爸。"我妈说："阿婆都看在眼里，都早在安排，想拴牢你爸，机关算尽一场空，也莫想拴住我。从前我是眼瞎的，如今能看见了。"

雨水淋透我头发，衣服湿漉漉紧贴身体，我仿佛在江浪中奔跑。风大浪大，洪水滔天，蒋津他爸站在船头，铁桩一样屹立不动，我爸在驾驶舱紧握舵盘，"兰矿一号"像小纸片般起伏。那条大龙六层楼高，张牙舞爪，巨型餐饮城，重庆趸船改装，洪水中脱缆，踩住浪巅，冲州撞府，直杀而下。上面有令，再过一个峡口，挟洪流巨浪，撞击大坝，必酿大事故，不惜代价在此拦截。两岸依旧观者如堵，雨具相连，鸦雀无声。蒋津他爸将扁壶里酒，一口气喝一半，取下背带扔进驾驶舱，我爸将余酒一饮而尽。蒋津他爸喊，干死个够。我爸转动舵盘，开足马力，"兰矿一号"船头笔直，往大龙拦腰猛撞。甲板交错，火花四溅，砰声震峡，听者胆寒。大龙倾斜，"兰矿一号"船头开裂，掉头再撞，嵌入大龙船体，马力不减，往江底抵。大龙咬紧"兰矿一号"，洪水里打旋，一圈接一圈，往深处卷。旋涡嘶吼，钢铁沉没，垃圾大量涌起。阿婆撕心裂肺喊，我妈死死搂住我，我看不清、听不见。

兰溪河碧绿宽阔，雨水打出无数细眼，我跌跌撞撞往坎下望，旧渡船靠岸边，船上无人。水波荡漾，一道颀长黑影游弋水下。我喊几声，蒋津像江鲟一样，破水而出。沿林中小路，我下到河畔，爬上旧船，蒋津指着我笑，说像雨水淋透的红面猴。他划动双桨，船行至树荫避雨处，从参赛背包里，翻出汗巾将我擦干，用毛毯裹住。我额头滚烫，心里焦灼，听他把手机放船头，音量调到最大，反复播音频："如果你真的愿意去努力，你人生最坏的结果，也不过是大器晚成……你总抱怨你没有一个辉煌的父亲，总有一天你的儿子也会像你一样埋怨你的无能……"我咽口水，压住聒噪喊："水手张让我带话，你明天内办解聘手续，让你走人。"蒋津捡起船桨，低头不语。

那是划艇专用桨，看他右膝绑厚厚绷带，我说："抱着这桨，你还想做甚？你被淘汰，回不去了。"

他说："我是我们队最有天赋的，那四个队友都不如我，全都拿奖牌，为什么我不可以？"

我说："你右膝练废了，废了，懂不懂？"

他说："快好了，真的快好了，我在兰溪河里游得可快，逐步加快划桨速度，不疼。"

我说："你是舵把子儿子，划船游泳都不敢去峡江，只在这兰溪河里泡，你这算甚？"

他关了手机声音，说："我不是蒋舵把子儿子，你难道不晓得？我是你阿婆从别人家抱来，塞给他的，你不晓得？我从小到大，天天在你家混吃混喝，舵把子一年到头不回来，你不晓得？"

我说："听谁胡说八道？"

他说："我回来后，拽你阿婆问清楚了，我亲生爹妈过去住对岸，据说就在过江三百里处。"

我说："阿婆，你信她？"

他说："峡江舵把子，是诗祖老爷，我信他老人家，要上下求索。求的甚？求名得名。索的甚？索利得利。"

我说："你爹是飘飘，你也是飘飘，你就是舵把子儿子，装么事装？信么事信？"

蒋津满脸血色，长身猛扑，将我压在旧船中央，他低声嘶吼，我朝他脸上吐口水。他拉开毛毯，分开我双腿，直冲我体内。我连声大叫，船身剧烈起伏，他腰腹抵住我头，双肋在我眼前猛晃，我双手死死抓紧船帮，害怕船体翻覆。雨水大概是停了，我透过树冠，隐约看见光。剧烈摇荡间，我恍惚回到前年去省城看他时，他带我在东湖划船，我把船桨伸入湖水，分明触及大鱼身体，滑溜而湿润，弥漫着水腥，远处隐约传来景区广播里歌声："水中鱼儿望着我们，悄悄地听我们愉快歌唱，小船儿轻轻漂荡在水中，迎面吹来了凉爽的风。"混沌中，停止了，我被手机铃声惊醒，蒋津不知去了哪里。我头疼欲裂，腰腹酸痛，勉强支起上身，摸到手机，是阿婆来电。阿婆说："你没和那个人才在一起耍？打蒋津电话他故意不接呢。"我说："哦。"阿婆说："你钱转到存折了吗？"我说："没。"阿婆说："那还不赶紧回来早点睡了，明天早些去银行排队。"我说："哦。"阿婆挂了电话。我翻找衣服，摸索口袋，卡和存折已不见。我缓缓起身，穿好衣服，想起蒋津走前说，欠我的，让我等着，总会还我，他先去找水手张了结旧账。我想他如何和水手张销账，会不会强硬起来，将水手张踹倒在地？

  雨已住，近黄昏，我爬上公路，撑腰往前走。洪峰已过峡口，向大坝去，浊黄江水灌入兰溪河，墨绿与浅黄界线，瞬间不见。我见手机微信我妈头像摇晃，我妈朋友圈里说，地虽改变，山虽摇动到海心，其中的水虽砰訇翻腾，山虽因海涨而颤抖，我们也不害怕。我逼近码头公司临江大楼，行到那栋船形十层楼前，水手张带一群人，正站楼下，向江边望。一艘游轮避洪靠岸，游客发出阵阵欢呼，打开手机相机，朝沙坝拍摄。

  那条败阵的龙船，被人用火点燃。熊熊火光中，仿佛活物一般，龙须颤抖，龙首舞动，龙船在升腾。我看见沙坝一角，一个匆匆逃走的细长身影，蒋津正扔掉火把，佝偻着往最后一班轮渡赶。洪水在涨，轮渡就要停班。过江三百里，除了山，还是山。

原载《花城》2023年第6期

午夜的海晏县大街

索南才让

从家里出发，乘坐装马的厢车到了海晏县，先去了阿克敦巴酒店，那里有小白在等着我们。因为疫情，他从成都回来后已经在此隔离了十四天，今天他拿回自由，要请我们喝酒。在他的房间里，我们四个人聊了一会儿赛马会。步行去裕丰楼吃饭。酒是八十二块钱一瓶的汾酒，喝得尽兴。等散场出来已是午夜了，海晏县街面上空无一人，四月的夜游风将每一栋楼都拂扫一遍，也在我们身上久久流连。我打着嗝，沿海湖大道朝汽车站方向前行。右边荒地上高高的两堆钢铁建筑材料，发出又涩又锐的哨音，我走向那顶绿色的工地帐篷，似乎某个声音吸引了我。我观察帐篷里面的热闹，也许是觉得有趣吧，走了进去。我听见了好几个人的声音，进来后发现只有两个女人。她们很友好地看着我，无声地询问。我扶住帐篷的钢管立柱，不再那么眩晕了。

你是送外卖的吗？戴蓝色棒球帽的女人说，但看起来不像，你是来找人吗？

他不是送外卖的。你有什么事？另一个长得漂亮的问。

我张开双臂，我手里没有东西。

我说对吧，他看起来不像送外卖的。你喝酒了吧？漂亮女人朝帐篷门口张望一下，目光回到我身上。你喝了很多酒吧，脸红得像屁股。她一说完，好像在等待这句话，帽子女发出沉厚的笑声，笑得眼泪出来了。这会儿我才发现她们也喝了酒。她们身前的小方桌上有一个酒瓶和几个纸杯。我让自己显得自然一些，观察她们，然后有些高兴。她们醉得比我厉害，而且和我一样，她们也在努力让自己的表情变得自然一些。但她们没有做到，反而变得更坏了。她们不自然地扭捏着，好像身体里有什么东西在动。

我们的朋友买夜宵去了。帽子女妩媚一笑。他们会带酒回来，你和我们一起喝一杯吧。漂亮女人也点点头，用眼神鼓励我，不用不好意思。

我就是进来看看，我刚刚吃完饭。我在最近的一张椅子上坐下，但马上又站起来。进来了两个男人，大个子披着头发，不友善地审视我，在等待解释；小个子将提着的夜宵和两瓶酒放在桌子上，朝我转过来一张木头脸，我听见了最好听的男声。老兄，你有什么事？他说。我进来是想休息一会儿。我说，我晕乎乎地被风吹进来了。然后不等他们再说，我离开了帐篷。走了一段路后，我犯起迷糊，想不起来究竟有没有跟他俩说话。但没关系，我很难受的状态好了很多。我接着朝汽车站的方向走，心里有点火气，现在，他们肯定在嘲笑我。没关系，尽管笑好了，我笑别人那么多，已不在意别人笑我了。我走了几百米，被风一阵阵吹，觉得清醒了，但我知道到了明天，我很可能已把这段经历忘得干干净净。因为按照以往的经验，我会这样的。这种情况叫断片，好像一部电影中间有一部分被切掉了，可能很重要，但却没有太大影响。我又走了几百米，汽车站可以看见了，隔着马路，我能看见汽车站前面停着的五辆车，其中的一辆是我的。我已经走了好一会儿了，为了点一根烟，我坐在马路牙子上，拉起衣襟摁打火机。这时候，一辆警车停在我面前，我数了数，下来四个警察。其中一个女警察很眼熟，我多打量两眼，认出来了。她说，弟弟，你在这里干什么？她蹲在我前面，笑嘻嘻地看着我。不知怎么回事，其他三个警察都在这一刻嘻嘻哈哈地笑起来。

我在抽烟啊。我说，这么晚了，你还在巡逻？我瞭着这三个警察，我觉得自己很奇怪，居然出现了骄傲的情绪。

不是巡逻，我们执勤刚回来。你起来，我送你回去。她说。

不用，我取个钥匙就回家。我利索地站起来。

你到哪里取钥匙？

我指了指小停车场。我把钥匙忘在车里了，已经好几天了，我今天刚从牧区下来。我说。

你要开车吗？她说，千万别动车。

你觉得我傻吗？

我送你回去。她坚持说。

真不用，你放心吧。我说，我到了家给你信息。

这时一个男警察问她，你弟弟住在哪儿啊？

就是这栋楼。我说，六单元。你们忙去吧，我走了。

你回家去。姐姐说。

抽个烟也要警察管。我说。

别这样说，我们在管治安。一个警察说。

那么请问，我有什么错？

你快回去吧。姐姐说，我们走吧。

等这辆警车拐过街角后，我坐下，重新点了一根烟，慢慢抽着。等了差不多二十分钟，她从政府大楼前面的人行道上走来。我就知道你会这样。她说。

我也知道你会回来。我说。

你真不回家吗？

我要回家，但先要取钥匙。

你要是想喝，我陪你喝点。姐姐说。接着我们去了她家，就在汽车站后面的青花小区里，这是我们海晏县最大的小区。我不知道我们喝酒了没有，反正第二天上午十点，我在她床上醒来，她已经上班去了。微信里有她的一条信息：昨晚，我们又发生了事，我们不是说好了做姐弟吗？你为什么这样？你违约了。我在她家的冰箱里找到一盒牛奶，一口气喝干。她这样说可真没意思，显得矫情又做作。我回复她：我什么也不记得，再说我也没有违约。我们没有规定成为姐弟后不能发生关系。我离开她家小区，很快坐进了我的丰田卡罗拉里面，一阵比醉时更严重的头晕目眩，不太清楚接下来要干什么。我一定有事要做，但不会太要紧，这件事正在回来找我，我抽烟，慢慢等着。第三根快要抽完时，它来了。我得去赛马场，我的马——海王在那里，他们几个也在那里训练马，兴致高昂。比起前几年，我对赛马的态度越来越散漫，这件事在没完没了地给我痛苦。我对海王也不再费心耗时地训练了。认识姐姐之前，如果我有十个故事的话，九个跟马和赛马会有关。我很认真地对待赛马，不会拿马开玩笑。现在我对自己的态度感到奇怪，我想我还没有想清楚，可我却从来没有好好想过，好像我被吊在半空，上摸不着天，下踩不到地。

再过几天，年度"金长鬃"赛马会在海晏县蒙古大营赛马场举办。这是重量级的比赛，如果算上虎头蛇尾的那一届，海晏县"金长鬃"十年里已经举办七届了。疫情突发的2020年取消了，第二年差一点取消，最后虽然照常举行但规模大幅度缩水，弄得像本县的交流赛一样，因为外面的马一匹也不让进来。如果我没记错的话，参加比赛的马总共只有六十几匹，又被分成七八个项目，几乎所有的马都取得了"不错"的成绩，因为每个项目都取前6名，8个项目下来就是48个奖。太丢人了！不过今年的这一届到目前为止，外县的、外州的甚至外省的比赛马，该来的都来了，这几日蒙古大营赛马场很热闹，训练日夜不绝。

给姐姐打了个电话。她没接，一分钟后，回复微信：什么事？在开会。今天忙。她将我要说的话全部堵死了，果然是最了解我的人。在县医院的十字路口，我临时起意，向右驶向公安局，院子里停着三辆警车，全部四门敞开，有几个警察在擦车，其中一个认出了我，说这不是弟弟吗，来找你姐姐？我说我不是你弟弟，当然也不是你哥哥。他说你说话挺冲的，是对我们警察不满意？我说没有的事，我最爱警察叔叔。他说昨晚你就阴阳怪气的，你有什么事？我说我没有事，在警察叔叔的保护下，我活得很安逸。他说是吧，你能有这觉悟，我很为你姐姐高兴，不然她太冤了。我说不用你为我姐姐操心，麻烦你了。他说我觉得我们可能会成为一家人，我觉得我有可能会成为你姐夫。我说你有种再说一遍。他说你捏着拳头想干吗？想打我？你想清楚，打警察可是重罪。我说有种你脱了这层保护壳，我对你有个整法。

其他几人搅黄了我们的冲突，打发我去找姐姐。我回到车里，绕着升旗台转了三圈，离开了。我从蒙古大营停车场的后门进入赛马场，迎面撞上一片沙土，我避开，走到附近的水泥看台坐下。赛场中有十几匹走马以均速锻炼着，蹄子踏起来的黄沙打着肚皮。不知道是什么人出的主意，赛道里铺满了黄沙，足有一尺厚，跑得再快的马到这样的场地里也是英雄落难。这种赛道和草地根本没法比，没有了最激烈的速度较量，观看激情也会大打折扣。眩晕的感觉还没有过去，我看见华丹朝我招手的样子，有点像劈开在风中的纸人，轻轻地摇摆，我真担心他瘫趴在沙子里，被马蹄踩成碎屑。但一晃眼，我躲避了一下阳光的妩媚撩人，他便已经牵着马站在我鼻子跟前。他说，你咋的了兄弟？我说没事，就是难受。他说你他妈看起来明明就是有事的样子，装什么？我站起来，一拳捣在他眼窝里，那股憋着的怨气随之喷出。我对他笑一下。他慢慢地抬起手，捂着眼睛，慢慢蹲下去，哦哦叫唤。小白来了，站在一边，掏出手机拍视频，一边说，瞧瞧，老八打人了，受害者是华丹小王子，你们快来看啊，就在入口这里。接着他给华丹拍了两张照片，对我说，我发到我们"八大山人"的群里了，嘿嘿，他把你怎么了？华丹说，我问他是不是病了，他就给了我一拳，你这人怎么回事？你他妈真有病啊？我的眼睛怎么样？小白上前细细一瞧，说，没事，敷上鸡蛋，一天就好了。华丹揪住我的头发说，你这个断掌，看看我的眼睛，我把你怎么了？我说你再他妈他妈的我还打你。华丹说你再动我一下试试？再碰我一下，我们绝交。小白劝道，别呀别呀，你气不过就还他一拳，老八你站好。我摆摆手，说，海王呢？华丹说去你妈的海王。

我们绕过大半个赛马场，到了主席台的背后，这里乱糟糟地扎着几十个尖顶小帐篷或旅游帐篷，几乎所有的帐篷门口都有一个结实而硕大的拴马柱，大部分拴马柱上都拴着一匹马，每一匹马都有一个名字，每一个名字都装着一个故事，每一个故事都代表着一个象征性的开始和结局。多可笑啊，现在一匹马可以代替填充一个人的大部分生活，必要的时候，甚至是全部的生活。我看见我的白后蹄枣红马，海王，这位阁下等着我去训练它。它精神萎靡，屈着一条后腿假寐的样子，这一刻显得那么面目可憎。可它何辜呢？受苦受难的是它，我却好像感同身受的样子，何必呢？我兴味索然地解开海王的缰绳，牵着它离开帐篷区。华丹问我去哪里，我挥挥手，决定以后再不赛马了。我骑着海王走出体育场，在车旁犹豫了一下，然后将钥匙扔在车顶。总有一个人会把车送回来的。我打算骑着海王回家。这一回——从今往后——它再也不是专门比赛的马了，它回归本初，成为我的一双脚……连接我的身体，即便我们不能血肉相连精神共栖，至少也要抛开其他的羁绊变得纯粹一些。我们回家，去把日子过安稳。赛马场……见鬼去吧！

走之前，我想去跟姐姐打一声招呼。我几个月不会联系她了，或者因为这一次的离开，我们就此打住，真正分开。我没觉得占了她便宜。看样子她很快会有新感情，我其实蛮乐意不打扰她，悄悄地退场。早在她搞出姐弟闹剧之前，我已经对这段没头没脑的恋情感到厌倦，可是我不能说——其实是不敢说——她当警察将锐利之气用得精光，转而在生活里软弱得一塌糊涂，我怕我说了她绷不住。但我没想到她也有这想法，她从未表现出来过。那次，天亮了，我们同时醒来，外面灰空急雨澎湃，房间里潮热难忍，但我们都懒洋洋的，一下都懒得动。她突然提出来改变一下我们的关系。我问怎么个改变法，她说就是换成另外一种关系，比如姐弟关系。我说，姐弟？为什么不是兄妹？她说，你觉得合适吗？至少……要是我大你三岁，而不是八岁，我也愿意。我说这和年龄没关系。她说，那和什么有关系？我说跟心理年龄有关系。她说不管是什么吧，反正现在我们的关系不好，很别扭，我们转换一下看看吧。你笑什么？她瞪着我。我说没啥，一想到要叫你姐姐我就开心。她说你开心就好，其实我一直想当你姐姐的，却不知道怎么稀里糊涂成为情人了。我说我们不能算是情人吧。她说那是什么，我连情人也算不上吗？她一副其实也无所谓的样子。我想了想，说，是比情人更亲近的关系。她说是什么关系，我说我也不知道。

接着这个对话是在当天晚上，那个秋夜像初雪一样消融得无声无息。我们揣着莫名复杂的心情，在新开张的酒馆里喝了啤酒，出来时，驶经海晏县的一列火车准时响起了凌晨的汽笛。那声音带着长途奔波后哮喘般的疲惫，却依然在夜空中强有力地推进过来，有一种直捣人心的决绝。这声音戳进心里，娴熟地找到最佳位置，引发震颤。我闭上眼睛，几乎在奢望得到一种给予，又或者是想专注于什么。我呆立在空荡荡的大街中央，以冥想的姿态在等待、在接受。我想我这可怜的一点余烬，剩有一点颜色的余烬还能再获燃烧的机会……空寂的大街直条条像一根大铁棍，我和她依偎着走，彼此提供感情上的暖意。我们回忆起三年前我初次请她吃饭，然后送她回家。我提议到广场上去散散步。她不愿意，说这么晚了，要不改天吧？我说别呀，我会送你回去的。在广场黄铜浮雕的背后，我抱住她，吻了她。

那时候，她还是乡上的一个户籍民警，我因为分户口的事情去找她，前前后后好几次，得到她分内分外的诸多帮助，心里很感激，多次想表达谢意，都被婉拒。后来她说，从我第一次找她开始，她就已经察觉到我的"不怀好意"了。但是后来我还是屈服了，我以为自己会不为所动呢。我说这怎么能叫屈服呢，难道不是情投意合了吗？她说是被迫的，无可奈何。她从开始便不看好结果。

我们的关系发展既平顺又不着边际，有很长一段时间我们没有见面。我知道她很忙，但我不忙，除了赛马，我平常只在清晨训练海王的那三个小时忙一点，而后几乎无事可干。我有很多时候一整天都睡觉刷手机，即便这样我也没去找她，我不知道为什么，好像有或无都可以，就那么一个状态。我们打电话和视频，我说我忙得要死，她表示理解。毕竟是在为自己的事业而奋斗嘛，她说。我不明白她真的如此理解还是暗含讽意。我跟她说过赛马是我的一项事业，有极好的前景。但她并不认可，她不太懂这一行，一脸不以为然，说严格划分的话，这是娱乐。我说难道娱乐不是事业吗？你将那么多靠娱乐为生的人置于何地？她想了想，说你说的对。我们再没有谈论这个话题。

我在公安局对面的那片保护林边上下马，将海王拴在围栏杆子上。这会儿，公安局门口有很多人，他们好像要去训练，穿着防弹服。我不卑不亢地走进大院，在这些人中找她。她下了两个台阶，朝我走过来，步子迟疑，有些迈不开腿的意思，但很快调整了。她的表情正常，但心里肯定很不高兴。她在说话前先看了一眼海王。我说，我要回家了。她不太明白我的意思，说，回家？你不赛马了吗？我说以后再也不赛马了，我来跟你道别。她一怔，说，再也不赛马了？那好啊，真好。她真的在为我感到高兴，我心里很温暖，有些后悔这样来找她，之前想说的话又不想说了。我本来想说我们就此结束，这是最好的方式，因为我再不会穿得干干净净地来县城，来约会了。一旦不赛马了，那么多理由破灭于虚无，都找不到痕迹。当我们下一次见面，会成为纯粹的一个牧人和一个警察，而不是情人或者姐弟。我们往大门外面走，我说，我可能有几个月时间不能来找你了，我有很多事情需要忙。以前不觉得有事，现在想法一改变，发现要做的事情太多了，由此可见，对待事物我们没有客观，甚至没有真正的正确，都是自以为是的正确。她点点头，说也许吧，我不会想这些，再说也没有时间去想，我每天忙得头发都没时间洗。她笑吟吟地瞧我一眼，说你放心，我会去看你的，带着好吃的去看你。我说不用的，你那么忙，有时间好好休息，美容、睡觉或者逛街买衣服啥的，你有多长时间没有逛街了？她说怎么，你不欢迎我去？你是要甩了我吗？我说，你不是很早就把我甩了吗？怎么说这种话？她说是啊，可是你又找回来了，我们又发生关系了，所以现在我们其实又变成了从前的关系，你在装糊涂？我说，有这个必要吗？她说怎么没有，我又不是"小姐"，不是你想睡一觉就可以睡的，既然又睡了，那就好好地睡下去。我说，你不是有很多追求者吗？刚才就有一位警察叔叔想当我姐夫呢，我看你一点也不寂寞，有很多人争着抢着要当我姐夫。她说小王八蛋。我说，你到底有几个追求者？发展到什么地步了？她气得脸涨红，就差眼泪掉下来。我说好了好了，我说句实话好像十恶不赦似的，既然你想继续，我求之不得，这醋不算白吃。她说你现在是不是特别得意，觉得我很在乎你？我说你现在越来越不要脸了，有意思吗？她说你不用狡辩，我一看你表情就知道你是这么想的，你是不是已经很烦我了？我说等什么时候你来看我了，我们再慢慢说，到时我们会有很多时间，我们做爱后说。她说其实你的能耐也没多大。我说，你的意思是你已经做过对比了？她转身走了。她走得很带劲，一身制服英姿飒爽，我觉得她真不赖，并且越来越优秀了。所以好像我刚才的话说得有些不成体统。

我突然想起从昨天下午开始，海王就没有喝过水，它渴得直嘬树皮。我牵着它绕开树林，去北面的河边。这里的草地和树林用网围栏一片一片分割开，成了好些单位的责任林地。我找到一个被人用钳子剪开的豁口进去。草地上的牛粪很多，一看就是奶牛的屎。附近的养牛人，为了让牛吃点好草也是拼了。我听说都是晚上赶着牛来偷吃这些草的，天快亮了回去挤奶。这些牛已经改变了生活作息，把反刍歇腿的时间放在白天了。海王咕咚咕咚喝水时，我想起来河边的这片草地，当年是我们每年夏末来交淘汰羊时的驻扎地。那是一九九几年的时候，我跟着大人们来过两次，一次是十一岁，一次是十四岁。后一次我偷偷溜出去，在县城街道上逛了一下午，观看了好几个商店里的货品，翻了畜产公司的大围墙。那红砖墙虽然很高但不平滑，很轻易就上去了。我是去找姑姑的，先在大门口喊了半天，没人应。但翻墙进去也没找到她，整个大院子里所有房间一个人也没有。我看见一辆三轮车，好奇地骑上去，费了很大的工夫才控制住方向。在这个空荡荡的超大院子里，我骑了两个小时后再次翻墙离去。我回忆了一下当年住过的具体位置，大概再往上一点，在医院的背后。那里曾经有一大片居民平房，如今拆得精光，修了一条宽敞平整的柏油路，伴有一条人行道，活动筋骨的人不断绝。这是一个轻松的环境，我在草地里躺了两个小时，让海王吃了个半饱。为了应对明天的比赛，海王已经两天没有吃草了，用精心准备的饲料维持着体能。它的肚皮使劲朝内收缩，贴着脊骨，身体又细又长，真像那种撵兔子的瘦狗。现在退出，它可以放开肚皮去吃草了，以后我再不会限制它吃东西，它结束了运动员的生涯，有权放纵自己得到快乐，吃出一个胖墩墩的大肚皮。以后无论它想吃什么，我都当是对它之前遭受磨难的补偿。我骑着海王，沿着河往上游走，找到了当年驻扎过的地方，这儿已然是一片刻意造出来的湿地了，有两只瘦母羊死在泥汪里，为了活命吸干了毛发里的营养，依然挡不住命运的齿轮。这里修了一条弯弯绕绕朝更上游去的木质栈道，被晒得脆生生的。海王的马掌和木板碰撞"笃笃"作响。路过两个散步的女人，说，喂，这是人散步的地方，不是赛马场，你走错了吧？咦，你不是昨晚那个人吗？我俯视她们，果然是那两个女人。今天她们正常得很，穿着一模一样的长裙子。帽子女戴着太阳镜，仰头和我说话，你在这里干什么？你记得我们吗？我看漂亮的女人，她盯着海王晃动赶苍蝇的耳朵出神。当然记得，很高兴再次见到你们，我说。那你在这里干吗？她摘下太阳镜，亮出脸上最好看的眼睛。哦，我在回家，我说。你住在哪儿啊？她也将目光落在海王的耳朵上。海王的耳朵是最好的马耳朵，有棱有角又灵活，我想它的灵气重点体现在这耳朵上。我下了马。我家在凯热，我说。哦，那个村我去过，漂亮女人终于说话了，在大山根里是不是？我去过那里的一个牧家乐，老板是一个胖子，你认识吗？当然认识，我们是发小。我说。但他家做的菜不好吃，肉也不好吃，煮得太软了。她说。有机会请你来我家吃肉。我说。可以吗？你有胆子请两个年轻女人去家里？她很怀疑我的诚意。咱们定个时间吧，我来接你们。我说。你今天先别回去了，晚上请你喝酒，就在那个帐篷里。昨晚挺不好意思的，那两个人是我弟弟和他朋友。漂亮女人说。帽子女也说是啊，你别走了，我们先请你喝酒了才好意思去你家吃肉啊。既然这样，这顿酒无论如何也是要喝的，不然你们会觉得我只是在说客套话。晚上几点？我说。七点吧，不要吃饭来，我们会准备的。帽子女说。我们走到了八骏马铜雕像前，她们分别和海王照了几张照片，和我也照了。我和漂亮女人站在一起时，挨得更近一些。胳膊结实地挨在一起，相互传递热能。我们加了微信，她俩继续往前散步，我因为古怪的心理作祟，没有同行，说有事要办，骑着海王返回它吃水的地方，一时间，不知道该干什么。但我想我应该躲得更远一些，以免她们回来时看见。我还有四五个小时需要消磨。我骑着海王，绕了远路来到海晏县产业孵化园区，经过这两栋低趴的黄色建筑，朝银天宾馆走去。海王的蹄子嘚嘚清脆地敲击建设路崭新的柏油路面。看见早保的新世纪汽车行了。我的丰田卡罗拉就是在这里买的。早年的早保是修理摩托车的，他发迹很快，叫人吃惊。也许是水到渠成。我想了想，觉得机会对每个人还是公平的，不能因为别人混得好就起怨恶念头。正在建设的全民健身中心的外面，草木葳蕤。有五六匹马在吃草，互相距离几十米，长长的绳子拴着它们。海王好奇地看它们，歪着脑袋，身子走偏了。它想到下面去，下去之后很可能会和其中一匹打一仗。我拽了拽它，它不太愿意搭理我。下面的马嘶鸣着。海王精神抖擞，我已经拽不住它了。快到那匹叫喊的马跟前时，海王已经激动得直喷粗气，一副傻气的样子。这时候它好像觉得自己是一个霸主，要宣示权威了。儿马就是这毛病，易冲动，爱打架，动不动想表现。但这里没有母马，对方也是一匹儿马，同样情绪激动，迫不及待地想和海王打仗。事不可为，我寻了个机会跳下来，扔开缰绳，走远一些，看它们的好戏。它们彼此喷气闻味，抬前蹄试探几番，然后不再耽搁，立身打了起来。

它们结束得很快，几乎是我一个哈欠的工夫，海王已经回到我跟前。它倒也没有受伤，兴许是发泄得很好，它的眼神也柔和了，显得心满意足。我们没再到马路上去，我牵着它，在这块县城郊区的草地里走了一阵子，一直走到驾校的大院子旁边。这里新开了一家面馆，我将海王丢在草地里，穿过马路。真惨啊，一只狗被碾死在路面上，我好好的食欲，一下子被恶心没了。在店门口，在吃与不吃之间纠结了一会儿。服务员从吧台里面观察我，三个练车的小姐姐从驾校大门出来，叽叽咕咕说话。我跟随她们进去，要了一碗炸酱面。但脑海中的那团尸肉挥之不去，我有些惊疑不定，按道理我不太可能会被这样的小场面冲击，这种事发生在人身上我都见过，但现在我却在这里觉得难受。我面对着马路坐着，越过马路，稍稍坐直身子便可以看见海王，它又去那匹儿马那里了。身后的三个小姐姐，聊练车的事，还有对拿到驾照的憧憬。我听出来除了一个，其他两位都是科目二挂的，她们更担心考试，对那个还没有考过的说一旦你第一次没考过去，那么第二次难度将是第一次的十倍，因为你心理问题更难对付。我想起自己考驾照的时候，一次性全部通过，没有遇到她们说的那种心理难关。我拿到驾照半年后就有了现在这辆车，并且很快便因为驾驶违规被罚。我去交通事务办理中心交罚款扣分，给我办理业务的是她的姐姐。那时候我和她还不认识。我想起来正是因为之前见过她姐姐，所以那天在派出所，我总觉得在哪里见过她，我盯着她。她说你干吗，我说我见过你，但想不起来了。她说笑话，我天天在你们这里你当然见过我。我说我是第一次在这里见到你，但我之前绝对在另外一个地方见过你。当然我还是想起这种熟悉感觉来自哪里，也知道了那是她姐姐。我记得我们第二次见面时我好像说过一些拿她们姐妹对比的话，还稍稍惹她不高兴了。她姐姐是最反对我们交往的人。几乎从一开始，她便看不起我，尽管我和她姐姐的接触全部加起来也没有几回，但我还是很明显感觉到了她有一种将人严格划分等级并以此来对待的习惯。这不是她一个人的问题，甚至可以说是大部分人的问题，但从来没有一个人像她那样表现得既真诚又认真，似乎这是她生活得有意义的准则，她在全力维护。现在，我们的关系变化了，我用不着难堪，可以心平气和地想想，觉得反对或许真有道理，她工作越来越好，前途光明，而我和几年前比没多大变化，依然是一个骑着马做白日梦的人，即便我现在从梦中醒来，也不觉得我进步了。我以后还能干什么呢？除了老老实实生活，还有什么呢？我刚刚把自己的梦想掐死，并且表现出一副迫不及待的样子。

海王吃饱喝足，肚子溜圆。我们准时到了约定的帐房门口。将海王的缰绳拴在一条钢管上。帐房里面的人听到动静走出来，是昨晚那个大个子男人。哎呀了一声，老兄，你这匹马是比赛的吧？好身板啊。他啧啧称奇。以后不是了。我说。咋不是了？他围着海王转了一圈。好马呀，这身体比例实在太棒了。他说。我不再赛马，要回家去牧羊了。我说。什么？用这么好的马去放羊？老兄，你是在糟蹋它呀。他大为惋惜地去摸海王的脖颈儿。你怎知道它愿意比赛呢？我知道，它早就累了，早就不想比赛了。我说。可是你看看它，它的价值就在赛场上，你是它的主儿，这事你得替它做主啊。他说。我又不是它的宗教，我以后再不会替它做主的。我说。嘿，不管怎么说，这匹好马真真切切是你的。他没再在这事上纠缠。

帐房里收拾得很干净，地上铺的是蓝色的地革（昨天晚上我没发现），床上是蓝色四件套，从生活气息来判断，这个帐房已经有人住过很长一段时间了。邀请我的两位女士都在，对我很热情，我和她们握了手，坐到床对面的塑料椅上。这里的四把塑料椅四种颜色，我坐的是黄色的，觉得和我的肤色般配，漂亮女士也坐上了和她很搭配的白色椅子，但橘黄色椅子和蓝色椅子被坐错了。我觉得帽子女应该坐橘黄色椅子，而把蓝椅子让给高个子男士。我看着他们坐在我对面，心里十分别扭，好几次想脱口而出，想让他们换一下，可这显得很蠢，我不太乐意在漂亮女士面前做这种事。我转过头去看漂亮女士，她莞尔一笑，说我弟弟今天工作忙，来不了了，就是昨晚拿来酒菜的那个，你记得吧？我们的饭菜正在来的路上。裕丰楼的菜，可以吧？高个子男士说酒是丹葛尔古城的青稞老酒，二十年的，好得很，等会儿你好好品品。我说好的，感谢你们的盛情款待。他说客气了，在工地帐篷里招待你，怠慢了。我说怎么会，帐篷是我的家。他说你这匹马退役，实在可惜，我看它年龄不大。他重又提起海王。我说它七岁。它退役，其实也是一种回归。他赞同地点点头，不错，也的确是一种安全的回归。他看向漂亮女人，说闯过这两年的苦难，才真正明白开心和安全比什么都重要。帽子女给我们倒了茶水，吁着气说，所以我们就要加倍重视健康和开心，我打算不再结婚了。漂亮女士和她对视一眼，说这样很好，你不必受到拖累了，你完全是属于你自己的。等下我们要为此干一杯。高个子男士站起来，挡住了整个帐房的门，高声说，也要为我们的相识干一杯。他深情地看眼漂亮女士，转而对我说，人生无常，多折腾也没有好下场，还是平平淡淡实实在在好。漂亮女士眉目含情朝他一笑。我喝了几口水，这是几个受了伤的人或者假装受了伤的人，在比试看谁有资格说最痛苦的话。他们乱糟糟的声音中，我分外觉得自己是那个坦然于云端的人，俯瞰着这条被各种声音清洗过的街道。

酒菜被真正的外卖小哥送来，摆上小方桌。我将茶杯放在脚底下，因为实在没有地方放了，桌上摆了十个塑料打包盒，呈金字塔形往上垒着。酒是好酒，我们连碰三杯，喝干满满一纸杯。我们相互通报了姓名，我说为我们的相识干杯。我们便聊出了共同的亲戚。世界真小，每六个人里面就有一个亲戚。我们从日益严厉的交通整顿聊到遍布所有重要道路口的摄像头，聊到个人隐私、不能破的案子、没有结果的追问、绝望的呐喊、担忧会被制裁的日子……然后我说，我有一个朋友在当警察。再聊了一会儿，我们发现说的又是同一个人。大个子男士说，她是我表妹。而且现在，我知道你是谁了。我点点头，说是啊，但我从来不知道你。他说我妹妹不会说这些的，但我知道你。我说是啊，你知道。这层关系让我们接下来的交流不那么顺利了，本来我们聊得非常好。他尝试回到之前的状态，但其实是他变得有些怪，似乎不太确定应该把我放在一个什么位置上。帽子女搂着漂亮女士的脖子哭哭啼啼，又开心起来，和我们一一碰杯，我想我们喝了有四五斤酒。外面黑黝黝的，已经很晚了。帐篷里的灯光开始昏暗起来了，我望着夜晚，想着姐姐，一头栽进忧郁里。每当我喝醉了，便愈加想念姐姐。我们的那些记忆，也愈加清晰。

我离开帐篷，牵着海王再次行走在空荡荡的街面上。我想起三年前，我赛马得到第二名，姐姐给我和海王庆祝。她给海王的脖子上搭上高级红绸缎，请我吃饭。那是在街另一头。我们聊得特别开心，我几乎可以确定，她动了和我结婚的念头。这一晃眼，我们雾一样的感情，慢慢退散着。我低着头默默地走，累了，在马路牙子上坐下，点了烟。灰暗的路面在无限展开，仿佛一片深邃的海洋，我突然心有所感地抬头。姐姐站定在面前，不言不语地看着我。我伸伸手，明白这是幻觉，但她来了我仍然高兴。我看着她，害怕一晃眼，她就不见了。我把海王的缰绳递给她。她牵着海王，对我凝眸一笑，转身离开。他们亲昵地依偎着，渐渐融入彼此的影子，渐渐融入水色中。

原载《收获》2023年第2期

云中的呼麦

陈萨日娜

毡子一样灰蒙蒙的云薅下身上的毛扔向草原。

"云要给草原盖被子。"我说。

阿尼娅（蒙古语中阿姨的意思）收起竹扫把抬头看了看天，又看了看阿拉坦达巴。阿拉坦达巴像一头壮实的牤牛，横亘在村西。一条南北走向的柏油路穿过恩格尔草原，爬过阿拉坦达巴，通向哈日浩特市。哈日浩特有煤矿有铝厂。一辆满载煤或铝的庞大的货车碾过恩格尔草原，压过阿拉坦达巴，吃力地粗喘着驶向南方。

"也可能盖灾难。"阿尼娅嘟哝着，又弯下腰扫起院子来。云有万只眼睛，专挑阿尼娅扫过的地方扔毛。阿尼娅挥舞着扫把，在一片灰尘中唰唰唰地扫着，一次比一次卖力，硬要把那些毛清除干净。云动怒了，把自己撕扯成无数个碎片一股脑儿撒向草原。雪立刻覆盖了阿尼娅清扫过的空地，也覆盖了她拿着扫把的手以及扫把。她无望地划拉几下，直起腰来，脸像浮云一样迷茫，眼睛像盛满忧伤的深潭。每到刮风下雪，她都迷茫和忧伤，她心爱的男人就是被暴风雪掳走的。他的肉身变成了野草的肥料，但是她还在回忆里一天天地痛苦又执着地延续着他的生命。回忆是另一个维度的世界。阿尼娅突然尖声叫起来："咕瑞，咕瑞——咕瑞，咕瑞——"

苍灰马沙哑地嘶鸣着，从门前的草地上飞奔而来。它总是在听得见阿尼娅呼唤的地方吃草，或者，无论在哪里它都能听见阿尼娅的呼唤。苍灰马向阿尼娅频频点头打响鼻，鬃毛上的雪被它抖落掉，跟鬃毛编织在一起的天蓝色的哈达露了出来。阿尼娅叹一口气，扔掉扫把走过去摸苍灰马的鬃毛、额头、眼睛。苍灰马曾是他的坐骑，如今已经老了，额上的白月牙暗淡了，像被火苗舔过一般。阿尼娅依偎着苍灰马，把脸埋进它苍灰色的鬃毛里，一动不动。雪花飘落在他们的头上、背上。很快，他们变成了一尊尊雕塑。

"白毛风会唱各种呼麦。"阿尼娅这样开口，我就知道她要讲他和苍灰马的故事了。

"他的呼麦就是跟白毛风学的。晴朗的天空下闭上眼睛听他唱呼麦，头发被白毛风吹乱，皮肤被白毛风吹冷。他常常坐在马群边唱呼麦。追赶马群的时候，他发出白毛风在草原上横行霸道时发出的呼呼声；让马群掉头的时候，他发出白毛风被挡在门外时发出的呦呦声；叫唤马群的时候，他却发出白毛风绕过山岗时发出的咻咻声。"阿尼娅的眼里闪出一丝奇异的光芒，嘴角带着微笑，她不是讲给我听，她是在跟他对话。

"那天，马群蜷缩在东边的山脚下。白毛风绕过山岗，发出咻咻声。马群可能以为是他在叫唤它们，毫不犹豫地跟着白毛风奔跑起来。白毛风呼啸声越大马群越拼命奔跑，跑过阿拉坦达巴，跑出恩格尔草原。马群里有壮实的马，也有弱小的马，它们会在奔跑途中走散，有的可能冻死，或者被狼吃，被人抓住，被卖到各处，再也回不来。那我可怎么办呢？我还能做什么呢？怎么跟他交代呢？哦！我跨上苍灰马就奔进了白毛风中。就算跑到天边，我也要把马群找回来。"阿尼娅每次说到这儿都会紧张又忧愁地盯住我的眼睛，好像马群在我的眼睛里似的。

"我的苍灰马跑得比白毛风快。但是，白毛风刮得我们无法睁开眼睛，就是睁开眼睛也只能看见赶羊鞭能及的那么长距离内的东西。白毛风戳着我的后背，好像我只穿着一件单薄的夏衣。白毛风是不会让我们返回去的，我们在冰天雪地里没有目的地奔跑。卷走的东西越多白毛风的呼啸声越大越诡异。"阿尼娅用手反复抚摸着编成三股的辫子，以掩饰内心的恐慌。

"我的苍灰马跑了太久。它的腿在颤抖，脊背也在颤抖。突然，苍灰马被什么东西绊了一下，我被摔倒在地。我想爬起来，但是我的腿脚冻麻了，不听使唤了。白毛风唱起了另一种呼麦，有点像招魂：呼——瑞——，呼——瑞——。白毛风卷起雪片、尘土一层层地盖住我。苍灰马用蹄子匆忙地刨地，往我脸上吹热气。白毛风吹得更起劲儿，用蹄子刨是刨不完的。苍灰马绝望地嘶鸣一声，跑了。它的蹄子震动着我身下的土地。我看见它的鬃毛也变成了一股白毛风。我又高兴又伤心。我希望我的苍灰马活过来。让我伤心的是，它扔下我跑了。"阿尼娅停顿一下。她嘴唇发干，眼神涣散，像重新经历着那些往事。

"不知过了多久，我不再感到寒冷。我听见熟悉的呼麦声，像夏天的早晨马群从门前跑过，像秋天的傍晚风从草场上吹过。我吃力地睁开眼睛，呼麦声停止了，他在看着我。他还是那么年轻，他的鼻梁有点歪，是驯一匹烈马时摔下弄成的。他右边的嘴角调皮地上扬着，以前我们每次约会他都高高地骑在苍灰马的背上，以这样的笑容迎接我。'我来了，'我说，'我还没有老得满脸皱纹吧。'"阿尼娅不由自主地摸摸她的脸。她第一次给我讲这段往事的时候，她小麦色的脸是紧绷的，鼻梁上的几粒雀斑给她增添了几分活力。为了保持皮肤的紧绷，她每天用鲜牛奶洗脸，她很怕去见他时满脸皱纹。

"恍恍惚惚中，有人喂我温热的东西，有人把我抱起来。世界轻飘飘的。我感到幸福，我没找到马群，但是我找到他了。他一直在等着我，我没让他等太久。'腾格里阿爸保佑，你活过来了。你养了一匹什么样的马呀？简直成精了。'耳边传来风撞开房门般粗鲁的声音。我睁开了眼睛。那是个脸上画满冬天的男人。真的，他脸上满是紫色的冻伤。'它用蹄子敲打我牧铺的门，差点把我的门敲碎了。它咬住我的衣襟，一个劲儿地往外拉。真是成精了，就差开口说话了。我一看它着急的样子就知道它的主人出事儿了，没想到主人是个女的。我穿上皮袄，灌一壶撒了炒米的热奶茶跟着它出来。这鬼东西居然能顶着白毛风跑，哦，你这匹马真是腾格里的赏赐。'男人不停地用他那生锈了的声音说着。可怜，那也是个孤独的人啊，见到活人没完没了地说话，估计见到死人也会没完没了地说下去，像几百年没说上话似的。话多的男人把我扶上马背。我的苍灰马像穿高跟鞋的人过冰面一样小心翼翼地走着，生怕再次把我摔下。'它以前是我男人的坐骑，现在它不再是一匹马了。'我回头对脸上画满冬天的男人喊。"

"白毛风也一年比一年老了，就像我的苍灰马一样。"阿尼娅这样结束她冗长的讲述。

我七岁那年的一个秋日，阿妈跟我说："太愁人了。你阿尼娅一个人太孤单，是那人毁了她呀。哎，腾格里保佑！我怎么能怪罪一个上了西天的人呢？你去陪陪阿尼娅吧。总比一群马强吧？过几天，我去接你回来。"阿妈偷偷地擦眼泪，但是阿妈的眼泪是泉水，擦干了又流出来。

那天，阿尼娅骑着苍灰马。她让我骑在马鞍上，自己骑在鞍后，从背后抱着我。从我家到阿尼娅的住处要走很长的路。阿尼娅一路在唱着歌。远远地看到一群马在河边吃草。"瞧，那是咱们的马群。马群原来的主人去了很远的地方。"阿尼娅说。

正是割草的季节。那时候，阿尼娅还没有四轮车、打草机、搂草机。阿尼娅天不亮就骑着苍灰马去割草，以备马群逢暴风雪时食用。她用羊皮袄裹住我，把我抱上马背。天黑得像无底洞，可怕的东西都躲藏在洞里窥视着我们。"我害怕。"我说。"闭上眼睛，闭上嘴，咱们关了门窗就不怕黑夜了。"我闭上眼睛闭上嘴往阿尼娅的怀里靠，有时候就那么睡着了。牧场在草原的尽头，要从黑夜走到日出。孤独是要命的。阿尼娅有时候哼长调。长调再长也没有路途长。于是，阿尼娅向苍灰马倾诉。她跟苍灰马什么都说。很多我都听不懂。睡意蒙眬中，我听得最多的是骑着苍灰马的男人，他的套马杆能套住太阳月亮星星，最远的那颗星星他都能套住。他会唱各种呼麦。白毛风嫉妒他唱的呼麦比它唱的好听，绑架了他的马群，为了留住马群，他跟着白毛风走了。从此，白毛风的呼麦多了几分凄凉。

苍灰马是匹出色的贴杆马。阿尼娅说，他走后她突然学会了驯马、吊马，他的灵魂附着在她的肉体上了。

空闲的时候，阿尼娅安静地站在或者坐在吃草的苍灰马身边，目不转睛地注视它。好像苍灰马是铁，阿尼娅是磁铁。

苍灰马二十六岁那年的一次那达慕上，阿尼娅给天地敬献白食，往苍灰马的额头上抹黄油，在苍灰马的鬃毛和尾巴上编织天蓝色的哈达，把它放生了。苍灰马从此有了自由的生命。除了死神，谁也无权干涉它的生命。苍灰马也获得了自身的自由，谁也无权修剪它的鬃毛。

云把自己撕扯得参差不齐。雪覆盖了村庄，覆盖了恩格尔草原。村里人铲不净门前雪，只能铲出一条兔子小径一样的小路进出。羊圈里、牛圈里全是厚厚的雪。牛羊蜷缩在暖棚里不肯出来，一些被排挤的、进不了暖棚的牛，背上驮着厚厚的雪站在暖棚外发抖。柏油路上也铺满了雪。

太阳畏畏缩缩地出来了。阿尼娅拿起铁锹铲雪。一辆黄色的环卫车碾轧着厚厚的白雪出现在柏油路上。车厢里站着三个人，挥着铁锹往铺满雪的柏油路上撒盐。环卫车缓缓地沿着柏油路驶向坡道顶端。越接近顶端，坡度越大。环卫车喷着浓浓的黑烟艰难地、缓缓地前行：吧嗒吧嗒，吧嗒吧嗒，吧嗒吧嗒……环卫车爬上顶端后消失了，车声在山的那头响了很久。

种马黑莫尔带领着它圈管的二十多匹马出现在雪地上。雪后的草原白得无边无际，没有牛羊，没有人烟，没有草木，只有这一群马。苍灰马似乎听到了什么召唤，猛地抬起它沉重的脑袋。它回头向阿尼娅长长地嘶鸣一声，朝马群跑去。马群里还有黑马、白马、枣骝马，它们呼出的白汽在空旷的天地间短暂地盛开便消失。阿尼娅目送着苍灰马汇入马群，慈爱地笑了。

种马黑莫尔时而跑到最前面拨正一下方向，时而跑到马群中间，查看马儿的情况。这些大自然的精灵闻到了盐的气息。它们的蹄子炸飞了厚厚的雪，它们的鬃毛在冰冷的风中起伏着，它们舒展四肢奔跑着，奔向一场生命的悲剧。

太阳直射着阿拉坦达巴，盐融解着阿拉坦达巴上的雪，整个山岭反射着冷冷的惨白的光。路面比以前更滑了，阿拉坦达巴比以前更陡了。

黑莫尔能预测到暴风雪，能感知到沙尘暴，能警惕野狼，但是它不懂自然界以外的东西。它们一路奔跑，一路装点着草原，直到柏油路才停下壮美的步伐。马儿停止奔跑就跟所有平庸的动物一样了。

后来，我曾无数次地靠想象还原马群发生悲剧的场景。它们争先恐后地扑到路面上，舔路面上的盐。它们拥挤着，一会儿排成一排，一会儿围成一团，为了舔到更多的盐，它们互相撕咬，竖起耳朵互相踢。有几匹马沿着柏油路往上跑，又有几匹马跟了过去。爬坡对马儿来说可没有环卫车那么费力。在更高处，它们找到了一处比较密集的盐，它们扑了上去。山的那一侧传来重载卡车沉重的粗喘声。马儿们低头忙着舔盐。为了护住自己的地盘，它们打着响鼻红着眼睛竖着耳朵吓唬靠近的同伴。卡车越来越近，粗喘声越来越重，被雪覆盖的阿拉坦达巴在卡车的碾轧下震颤。重载大卡车艰难地从坡道的那边爬了上来。一爬上顶端，大卡车就变成了一头庞大的猛兽，偌大的阴影立刻吞噬了这些会奔跑的精灵。吱嘎——，猛兽发出刺耳的声音，庞大的身躯像一座坍塌的岩石般急坠。黑莫尔本能地向旁边跳开。也有马儿陆续向旁边逃命。但是更多的马儿没反应过来，不知发生了什么事儿，它们还沉浸在盐的滋味中。坚硬的碰撞声、尖锐的刹车声，掺杂着重东西倒地时的沉闷声……吱嘎——，大卡车在这种用刀子划过玻璃般的声音中一路冲下去。吱嘎——，那尖锐的声音无止境地回荡在阿拉坦达巴上、回荡在恩格尔草原上、回荡在村庄的上空。不知过了多久，天地间安静了。是的，死一般的安静。

死神驱散了所有的噪声。

　　划破天际的吱嘎声传到村庄的时候，阿尼娅正在院子里铲雪。她直起腰看向柏油路。吱嘎声还在持续。阿尼娅又望了望南边的雪地，马群跑过的地方留下了一条长长的马蹄印，草儿在那些马蹄印间探头探脑。阿尼娅扔下铁锹跑到拴马杆旁骑上坐骑奔向了阿拉坦达巴。我紧随其后。

　　惨白的太阳照在横七竖八的马的尸体上，照在被鲜血染红的路面上。

　　阿尼娅惨叫一声跳下马背，却不慎跌在雪地上打起了滚。她挣扎着爬起来，在没过膝盖的厚雪中连滚带爬地前行。阿尼娅离柏油路也就五十米远，但是这五十米路她走了很长时间。活着的生命、正在离去的生命、已经消失的生命之间，时间无限地延长了。速度与重量在这片山坡上展现出了强大的杀伤力，死亡的气息弥漫在冰冷的空气中。

　　好多匹马，横七竖八地躺在血泊里。有的已经死去，肚子看起来特别大；有的还在抽搐，嘴里吐出微弱的白汽；有的已经支离破碎，碎肉到处可见。每一具温热的躯体用仅存的体温感化着身下的红雪。

　　阿尼娅扑倒在离她最近的一匹马身上。马身血肉模糊，根本看不清原来的颜色。她爬起来，扑向另一匹。她深一脚浅一脚地走在血泊中。她的两只手像两根木棍一样僵在身体两侧，脑袋慢慢地转动着，眼睛游离在每一具脱离灵魂的躯体上。她的鞋早被鲜红的雪染红了。突然，她的脑袋不转了，眼睛直直地盯住了一具马尸。那散落一地的鬃毛上编织着哈达，尾巴上也编织着哈达，虽然哈达上也沾满了血，但是斑斑点点地露着本来的天蓝色。阿尼娅的双腿好像在地里生根了，膝盖剧烈地颤抖着就是挪不动。她佝偻着，用双手推着大腿，一步一步地走到了那匹马身边。她呆立了足足三分钟，当她开口想说句什么的时候，一口鲜血从她嘴里喷了出来。这是她的苍灰马。

　　阿尼娅像抱一件珍贵的宝贝一样抱着苍灰马的头颅。上马的时候，爬了几次都没爬上去。她的躯体被悲伤浸透了，变得沉甸甸的。我将阿尼娅扶上马背。她直挺挺地骑在马背上，看不见一路跟随着的我。黑莫尔望着柏油路发出一声响亮的悲鸣，带着剩下的十几匹马奔向了远方。

阿尼娅骑着马抱着苍灰马的头颅，下柏油路，沿着山脊走着。山脊上的风像老鼠的利齿，啃咬着我的脸。阿尼娅在一棵孤独的山荆子树下勒住马儿。她确信，把苍灰马的头颅安放在恩格尔草原的最高处，它的灵魂就能找到托生的方向。

阿尼娅抱着苍灰马的头颅爬树。树不高，但是山顶的风是个恶作剧的淘气鬼，吹口哨摇晃树枝样样都卖力。她既要保证苍灰马的头颅不掉下来，又要保证自己不跌下来，所以爬得谨慎缓慢。她选了几根向太阳升起的方向伸展的结实的枝杈，把苍灰马的头颅放上去。山顶的风在哼着苍凉的呼麦。阿尼娅盯着苍灰马的头颅默默地坐了一会儿。

我们牵着马往回走。阿尼娅默默地、直挺挺地走着。走到山脚下，她猛地勒住马，转身望向山顶。

"听见了吗？呼麦声。是他在召唤它。"

我摇摇头，脸已经冻得通红。空旷的雪原安静得像油画。天空是静止的，阿拉坦达巴也是静止的，只有那棵山荆子树在山顶上孤独地挥手。

阿尼娅病倒了。她发高烧，说胡话。

"苍灰马的灵魂会找到的，会找到的。"

"听见了吗？呼麦声。他等得不耐烦了。该去找他了。"

"咕瑞——咕瑞——"阿尼娅睁大烧红的眼睛叫唤着，"我在这儿呢，咕瑞——咕瑞——不要迷路喽。"

阿尼娅与自己的身体和灵魂抗争了三天三夜。第四天，她挣扎着起身接下我端来的奶茶。

喝一碗撒了炒米的热奶茶，她拖着虚弱的身子爬上马奔向阿拉坦达巴。我不放心，跟着去了。她站在山荆子树下仰望。夏天，这棵树枝繁叶茂，枝叶间藏一只红狐都很难被发现,但是寒风把叶子扒了个精光,苍灰马的头颅成了一片硕大的叶子。苍灰马的头颅已经冻透了,眼睛被乌鸦啄去,只剩下两个黑洞,风在洞里奏响哀乐。山顶上没有积雪,像是白雪世界里的一个补丁。阿尼娅孤独地站在这片补丁上,手脚已冰冷。

阿尼娅很快封锁了悲伤。有一阵儿,她吃得少,睡得也少,但是话多了,而且尽量说得兴高采烈。去看马群的时候,收羊群的时候,找牛犊的时候,她碰到邻里乡亲就去拉家常。她会这样开始:"还记得不,我的苍灰马……"她试图从回忆中寻找苍灰马的存在。又过了一阵,阿尼娅不再说苍灰马了,甚至不怎么说话了。在很多个夕阳意犹未尽的黄昏,她瘦瘦的身影孤独地呆立在井边,旁边是比她更瘦更孤独的影子。

苍灰马走后,阿尼娅时常去苏木买来各种盐砖,红的、绿的、白的,方的、圆的、扁的……去旗里,去任何地方她都会买来或者捡来各种盐砖。她把各种颜色各种形状的盐砖放在墙上,放在门前,放在草原上,也放在那棵孤独的山荆子树下。灰色的冬天突兀地多了各种色彩。黑莫尔天天领着它管辖的马群来门前舔舐盐砖。阿尼娅轻手轻脚地走出去,围着马群一圈一圈地走,端详每一匹怀孕的母马。她守着一丝微弱的希望不安地等待着。

太阳渐渐变暖。草原踢开身上的雪被子。怀孕的母马们开始下马驹。阿尼娅像钉在了马背上,整天骑着马围着怀孕的母马转。海骝马下了枣红色的马驹,"黑绸缎"生下黑色的驹,黑鬃黄毛马产下了自己的复制品。阿尼娅焦急地看着每一匹马驹从母马的尾巴下拱出来,挣扎着站起身,然后毫无陌生感地在草原上奔跑。奔跑的马驹完整地展示出它们的颜色、体态及生命的本色,阿尼娅脸上的肌肉慢慢松弛下来,眼神变得散漫、哀怨。她慌乱地掉转马头奔向阿拉坦达巴,奔向苍灰马。

除了云青马,怀孕的母马们已经卸下了贵重的包袱。云青马的肚子很大,走路有点吃力。马群奔跑在草原上的时候,它独自留在门前舔舐盐砖。阿尼娅一动不动地站在不远不近的地方，目不转睛地盯着云青马的肚子。真担心她会在云青马的肚子上盯出两个窟窿来。

下过了几场大雨，草长得很好。骑马走过一片牧场，骑马人的靴子会被草染绿。

那天，村里的阿吉奈在院门前紧急刹住摩托车，挤着嗓子喊道："琪姆格阿妈，快啊，你的马陷进水泡子了。"

水泡子在村子的东边。天气干旱的时候，水泡子的水干涸，暴露一摊烂泥。烂泥一天天地萎缩。所有人都以为它会一直萎缩，直至消失。然而，它不会消失。雨水来了，烂泥就能复活。雨水越多，活力就越大。靠近它的牲畜很难逃脱它的魔掌。

陷进水泡子的是云青马。可怜的云青马惊慌得胡乱挣扎，越挣扎陷得越深。它的四肢已经陷进去了，用大鼓一样的肚子支撑在烂泥上。筋疲力尽的云青马用一双无助的眼睛看着阿尼娅。水泡子周围聚集了很多人，人再多也没法上前施救。云青马离人们站着的地方至少有十米，这十米全是烂泥。人没有云青马的大肚子，比马更容易陷进去。而且，就算人能靠近马儿也使不上劲儿。阿尼娅束手无策，绕着水泡子来来回回地走。阿吉奈跟着阿尼娅走了几个来回，突然大喊："有了有了！"

所有人的目光聚焦在阿吉奈身上。阿吉奈瞟我一眼，嘴角上扬了，声音更高了："巴雅尔，快把你家钩机开过来。顺便拿几条绳子来，宽的，要宽的绳子，不要圆的。"阿吉奈每喊一句都向我瞟一眼，看得我的脸火辣辣的。

巴雅尔把钩机开来了，把宽绳子也带来了。阿吉奈像个指挥官，高声指挥着，让钩机停在水泡子边够得着马儿的地方。阿吉奈把一条绳子系在腰间，另一端递给旁边的人，手里拿四条绳子走向了云青马。阿吉奈走得很快，但是没几步就陷进去了。烂泥很快没过了他的脚踝，没过了他的膝盖，每一次拔腿都很艰难。走到云青马旁边的时候，他已经变成了泥人。阿吉奈费了很大的劲儿才把两条绳子从马的身下穿过去，在马的背上打死结。他爬上钩机，把拴住马儿的绳子固定在钩机上。钩机轻松地把云青马从烂泥里拉了出来。

"哈哈，我的办法不错吧？"阿吉奈站在钩机上，得意扬扬地看向人群。人们点头称赞。阿吉奈容光焕发，久久地站在钩机上不下来。

阿吉奈用别人的车把云青马拉到了院里。云青马的肚子看起来更大了。它耷拉着脑袋，站不起来。马是站着睡觉的，只有马驹会四仰八叉地睡觉。阿尼娅看着耳朵都举不起来的云青马心疼地走来走去。阿吉奈的眼珠子转了几下，又喊起来："巴雅尔，巴雅尔，先别走，把钩机留下。快回来。"一块块泥巴啪啪地从阿吉奈身上掉落，但是阿吉奈没时间管。阿吉奈又当了一回指挥官。他指挥着巴雅尔，让钩机停在云青马身边，再次使用了刚才从烂泥里救出马儿的办法。云青马被钩机拉着站起来了。阿尼娅拿来一桶水，用马刷仔细刷洗了云青马身上的泥巴，然后割来一捆草放在马儿嘴边。回屋的时候，还不忘打一桶水放在云青马跟前。

阿吉奈兴奋极了。他回家洗漱一番，换上干净的衣服又跑到我家，说话到很晚才回家。

第二天黎明时分，阿尼娅惊叫着从梦中醒来，一骨碌爬起来。她趿拉着鞋跑出去，我迷迷糊糊地起身跟着。远处的山岭黑乎乎的，面前的钩机也黑乎乎的。草原的清晨有点凉，阿尼娅打了个冷战。她怕惊着什么似的慢慢地、轻轻地走向云青马。云青马的脑袋耷拉着，一动不动。草原静悄悄的。牛、羊、马都还在熟睡中。鸟儿也没有起来。我点着了院子的灯。黑暗被灯光赶到了院子外边。

云青马死了。脑袋耷拉着，耳朵耷拉着，整个身子都耷拉着，显得痛苦又疲惫。云青马的身后，耷拉着一个小脑袋。马驹也死了，被憋死的。云青马不会喊疼，也不会喊救命，被钩机托着的它甚至躺不下来。在深深的黑夜里，它独自承受了痛苦的生与死的审判。

阿尼娅僵硬地站着，半天没动弹。

"苍灰色的。"我盯着马驹看了一会儿后低声说。

阿尼娅打个激灵，一步跳到马驹跟前。马驹确实是苍灰色的，额上还有个白月牙。阿尼娅的嘴唇颤抖着，牙齿在嘴里打仗。为了不让嘴唇颤抖，她紧紧地咬住下嘴唇，血从牙齿间渗出来。她颤颤巍巍地进屋，哆哆嗦嗦地爬上炕躺下了。

"苍灰马。是我的苍灰马托生的。"阿尼娅微弱地说，"一样的苍灰色，连额头上的月牙都一样的。他让苍灰马回来陪伴我。我们的苍灰马千辛万苦找到我，我却把它杀掉了。"泪珠从阿尼娅的眼睛里滚下来。这个不会哭的女人第一次在我面前流下了眼泪。

"云青马的颜色接近苍灰色，生苍灰色的马驹再正常不过。"我安慰阿尼娅。阿尼娅像吃了摇头丸不停地摇头。

阿尼娅始终不肯原谅自己。她不再去阿拉坦达巴看苍灰马，她不敢面对苍灰马的头颅，更不敢面对他。她的情感成了孤魂野鬼，失去了寄托。她日益消瘦，单薄的身体似乎裹不住她忧伤的灵魂。

白毛风又来了，似乎从很远的地方来，嗓子都哑了。它徘徊在门前沙哑地哀怨地唱起呼麦：呜呼——呼瑞——，呜呼——呼瑞——。

阿尼娅从柜子里拿出了那件崭新的红色的镶银色边的蒙古袍。多年前，为婚礼准备的这件袍子很华丽，是绸缎的，盘扣是纯银的，每一个针脚都很精细。只是，她心爱的男人没等到婚礼，跟着白毛风走了。如今，蒙古袍穿在阿尼娅身上像套在十字架上："白毛风会帮我撑开我的袍子。"阿尼娅把银色的腰带一圈一圈地围着说。穿好蒙古袍后她坐在小镜子前，把已经变成灰白色的头发编成了三股辫子。"白毛风会帮我掩饰我的白发。"她摸着布满皱纹的脸，摸着灰白色的发梢，眼神里满是忧伤，"哎，他还是那么年轻，我时常梦见他。可我已经老了。"

阿尼娅爬上马背，赶着马群，奔向白毛风。她火红的婚服立刻消失在白茫茫的白毛风中……

原载《上海文学》2023年第10期

亚丁的羊

糖 匪

一

一阵松快。水流划出饱满的弧线落在两脚前，欢畅地往地势低处淌，油亮小蛇般，飞快钻进沙地，只留下一道印。

亚丁长舒一口气，懒洋洋不着急起身。风歇了。真静。天气也是真好——上面透亮透亮蛋清色的天，下面起起伏伏望不到头的赤沙地。天地中间，是亚丁，蹲在砂岩背阴处，光着屁股。屁股凉飕飕的，和地上的石头一样光明自在。

身后响起动静，细微急促，好像疾风吹过灌木丛树梢。亚丁提上裤子，迎向声音——是她的羊。一个红色鬈毛团，歪歪斜斜地朝她跑来，脑袋前伸，神情专注严肃。

亚丁大笑着迎过去抱起羊。羊累坏了，黑鼻头凑近她的脸湿漉漉地一抹，就整个贴在她胸口，软绵绵热乎乎的小身体像是没有骨头似的。亚丁手顺着背脊一遍一遍摸，口里反反复复念着羊啊羊啊，声调随着怀中小身体的起伏而起伏，又许是小身体随着声调起伏，说不清楚就这么自然而然合上了，在空阔茫茫的野地里传得很远。

娘说亚丁太宠羊了，把羊搞得腻得不行，不能离人。

亚丁把脸埋进又卷又硬的羊毛里，热烘烘的皮脂气味直冲脑门，她顿时来了精神。就剩下你了，腻就腻吧。亚丁凑近羊的脑袋喃喃说。

整个龙骨尔，就这么一只羊。都说在太奶奶小的时候，坐在毡包里都能看到牧羊人带着几百头大羊从门口奔突而过。隔老远，就觉得脚下大地震动，连带家什一起狂颤。轰隆隆滚雷压近，上千只碗大的蹄子踏来，扬起漫天红沙，好像天上的赤色大河奔涌而来。亚丁每每想象那场景，浑身的血都跟着翻腾汹涌，但又难免颓靡。毕竟她不单没见过那场面，连一只真正的大羊都没见过。她之后的许多孩子，更是连听都不曾听过。

亚丁从没想到有一天她能得着一头羊。那天她抱了羊一宿，连它拉屎撒尿都不撒手。问，给起什么名字？她说就叫羊，就它这一只了，不会错。一晃十五年，亚丁长成了大人。羊只大了一丢丢，才长到人膝盖处。传说里碗大的蹄子，等人高的身躯都没有着落。

亚丁也不是没着急过，四处向没有羊的世界打听养羊的心得。牧羊的老人都走了；大大小小砂岩洞里的壁画被风毁了；各家能找到的毛线画都脏旧得看不出个样子。她回想给羊的那人当时嘱托：喝净水，晒太阳，遛弯。简单得很，没别的。没有可错的。最辗转难安的时候，被羊一双黑晶晶杏仁眼给看明白了。羊趁她仰面平躺着时，前脚带着后脚，踩到她身上，神气活现，大眼肆无忌惮地往她脸前凑。多精神的一头羊！亚丁的脑子转过弯来。她的羊好得很。打那以后，亚丁再也没为羊犯过愁。

脖颈的提示器发出蜂鸣。到打水的点了。亚丁匆忙往回走，去毡包里提桶。春天起，要打水就得跑去几里外。原先的井彻底枯了。

出毡包时撞到娘，她本能转肩护住了羊。

你慢点。娘喊。

不行。马上还要回来补毡包，种蓝晶。

不急。等你。

不行。我设了时间。这个晚了，下面就全乱套了。已经走出老远，其实娘已经听不见了。亚丁喘着粗气说给自己听。是她自己要学外边的人做事有条理有计划的，买了提示器仔细设好时间表——哪个点该干什么，哪个点该干完。一年下来还是手忙脚乱。毡包里长大的人从生到死不看钟表不用提示器。每天该干什么就干什么，手脚不停，活儿好像流水，自然流转一件件就做成了。龙骨尔人不懂时间，不懂一块亘古就有的东西怎么能切成等份。亚丁不一样。她横下心要学会按时间表干活，将来好去外边闯荡。就是横下心容易，身体脑子还是跟不上。每天都像被赶着跑，没道理地累。

打水多跑的路，不在计算内。亚丁告诉自己得加快。她小跑起来。怀里的羊一颠一颠的。幸好有四只手，两只手提桶，两只手抱它。不然真顾不上。也亏了羊听话，蜷着不动弹。以前羊总要伸长脖子四处张望，随时会被什么惹到吼几嗓子。现在它懂事了，安静许多，身子也跟着沉了许多，好像安静有它的重量，结结实实压在羊身上。

二

水位又下去一些。得尽快挖新井才行。

亚丁直起身，小心地把羊放下。羊屈着后腿摇晃两下扑通坐下，斜靠井壁等她。

先往井里投一包解固剂，等井里固态水融化，放桶没入水中，打满，往上提。等桶上来的时候，里面的水又凝成固态。亚丁并排放好桶，登上旁边土丘。往西瞧，天空下一片齐齐整整灰绿色灌木方阵盖在赤沙上。果然又有人做好事了。公益林比上次见又大出许多。外边人热心帮龙骨尔治理沙地。捐一棵树的钱，植树机就种一棵灌木。灌木吃水吃得厉害，还凶。它们在，其他草就长不了，连沙地里的动物都绕着走。但外边人不知道。亚丁挠头，四下张望过，下面两只手插进兜里，又慢慢抽出来。一些蓝色粉末跟着掉出来。龙骨尔人管这个叫蓝晶，一种沙地细菌，用来做解固剂和清洁剂。不知道从什么时候起，孩子中间流传着蓝晶能阻挡灌木的说法，于是总有小孩背着大人偷偷在灌木边界撒蓝晶。

你都快二十了，怎么还胡闹？果然回到家衣兜边沾着的蓝色粉末还是被娘发现了，给她一通骂。

我看了，上面没有监控器才撒的。她狡辩。虽然明知要是真查，监控器一定拍到她的小动作。

乱来，又没用，浪费蓝晶。家里不够用你不知道？

提示器打断阿娘。该补毡包了。亚丁连忙取出两桶固态水放进储水柜里，另外两只手开始穿针引线做准备。其实阿娘正在补呢，刚才因为骂她骂得急，手上的针线追着话，说话间就把最大的窟窿给补完了。毡包是用几百块沙蚤的皮做的，轻薄结实透光又驱虫，但还是扛不住大风里飞石。隔三岔五得检查，发现刮擦痕迹立即缝补加固，等真的有窟窿再补就晚了。亚丁从小做，四只手麻利起来不比娘差——只要她不分心摸边上的羊。亚丁对着一道刮痕落下针。

听说外边的房子不用每天补。

我和你爹都不拦你。你也别指望我们给你收拾烂摊子。娘瞥了一眼羊。羊枕在亚丁腿上，又睡了。

羊跟我走。

娘的四只手停住。带着羊？别说上飞船，你连去联络站的车都上不了。外边什么样都不知道呢，还带着它？阿娘咽下后面的话。

亚丁伤了娘的心，不敢看她，低头摸羊。羊抬起头，湿漉漉的鼻头拱她的手。不试怎么知道？也没说不能带羊。她嘟囔着。

娘的手又动起来。再过两个月，你就满二十。到那时你想做什么就去做吧。

羊钻进亚丁怀里，拿她的衣服蹭脸，又懒懒地舔她。亚丁抱住它回蹭。要没有羊，她大概也不想走。羊太可怜了。孤零零的，就它一个。亚丁想让它见见其他的羊。她也想见见有许多羊的世界。这些话都说不出口。一架无人植树飞行器从毡包上飞过，留下呜呜的尾音不散。

娘招手叫羊。羊不动。亚丁把羊放地上，往娘那推。羊晃了两下稍微站稳，迈腿踉跄往那挪。娘等不了它，伸手够它抱到腿上，两只手在它身上比画用手头彩线记下羊的身量。得做个放它的兜，你出门上路背着它也不显眼。过两天去集市你也问问，车和飞船都能上羊吗？

亚丁更没法看娘了。她捡起地上的玩具球逗羊。羊交叉步子晃过来，一屁股重重坐在脚面，斜瞅了一眼球，头伏下，不动了。亚丁皱眉。这是怎么了？以前缠着我丢球给它捡。娘——羊不会是有小羊了吧？

一根针扎进了娘的手指。娘笑出了声。

三

奶奶留下的毛线画又被翻出来。上次是想知道羊为什么长不大。这次是为了——为了证明娘错了。

男女的事，大人们不避讳。稍微大的小孩都懂。但是羊不一样。大人们又都没真见过。怎么能肯定？就算被娘笑话，亚丁也还是觉得羊有了孕。那个倦怠样和娘怀上妹妹时一样。娘不说话，看她翻弄，还搭手帮她翻出了编织机。

亚丁翻来覆去看着手上毛线画，和龙骨尔所有毛线画一样，这是一个斜截圆锥体。毛线谜一般复杂连缀又有规律地重复着这种连缀方式，最后在三个面上经纬交织出形象生动的图案。即使时间和细沙让毛线褪掉不少颜色，还是能辨认出上面大大小小的羊。每一面的羊都不一样，没有一面能告诉亚丁它的羊到底是怎么了。

亚丁不知道自己在慌什么。蜂鸣器响了。要去洗蓝房子了。明天站长会来检查。亚丁快快拿上工具往外面走。

你别又去折腾，挨家挨户问人家要毛线画看。娘猜出她的心思。

亚丁不吭声，走到毡包正后方蹲下，挖开一截土盖。下面深洞里蓝晶刚好铺上一层。她铲出够用的量放进袋子，又撒了蓝晶的菌苗。盖上土，往蓝房子走。蓝房子在毡包正后面，看着不远，走走也要二十分钟。亚丁走了两步又折回去，抱起跌跌撞撞跟着的羊。

第一次见羊，就在蓝房子里。也是在那，造房子的人把羊给了五岁的她。那人叫李数，外边人，来龙骨尔做维护和勘测。李数长得好看，单眼睑下长眼睛刃一样亮，可惜是个残疾人，只有一双手。他倒不觉得自己可怜，嫌活儿不多，建起小蓝房子。他说他要给龙骨尔每家建蓝房子。亚丁说我们有毡包，不用。他笑起来，眼睛弯成钩。蓝房子是给你们做厕所的。他解释给亚丁听。原来他刚到龙骨尔时发现哪都没有厕所，大小解都是随便找个空地一蹲，难为情。他下了决心走之前一定要让龙骨尔每一家都用上厕所。亚丁明白了个大概。这个厕所就是个给人大小解的地方。可大小解为什么非要弄个盒子把自己关进去，如果不这样就难为情？龙骨尔人从来不觉得。地方那么大，只要不弄到别人身上就好。有目光才会羞耻。可谁会去看？亚丁咬住唇，她知道自己说不明白。就是现在的亚丁，也一样说不明白。

李数十五年前就走了。他造的厕所现在还在，里面还和当时差不多新。龙骨尔人都不用，嫌它费水费蓝晶。每次上边派人来检查前，才咬牙挤出一点蓝晶和水去清洗蓝房子。亚丁做得驾轻就熟，湿布擦过角落，均匀撒上最少量的蓝晶，然后从外面把门缝封上。亚丁靠墙坐下。羊一直在怀里，现在抬头看她，迎着光羊眼睛里泛出白色浊影。浊影上面还是她的影子。亚丁拿脸贴羊的圆脑门。真暖。

没遇到羊之前，亚丁几乎没抱过什么，不知道扎进热乎乎的气息里掂量别人重量是什么滋味。阿娘一天到晚好多的活儿片刻都停不下，阿爹跟着天上的铁跑一年也回不了两次家。再说了，龙骨尔人不兴抱。日头毒，身体贴身体都觉得难受。就连龙骨尔的动物都是不兴抱的。沙地下成千上万的动物长刺长壳自行其是活得生猛。

你有没有听到——那是什么声音？

爬虫还有兽在地里折腾。龙骨尔的动物都在地下。除了羊。但它们已经没了。

真安静。

他们并肩坐在蓝房子里的投影里，目光在无遮无拦的大地上飘荡。那天也没有风。亚丁没有回话。她觉得自己明白李数的意思。因为安静，才能听到不易捕捉的绵绵细小声音。

就像血液流动的声音。我一个人在太空执行舱外任务时，也这么安静。安静得能听到身体里血液流动的声音。

一样吗？

一样。

因为是一个人？

因为你面前的世界太大了。

热气急促地喷到脸上。是羊对着她在喘。亚丁半睁开眼，搂住羊。不急，还要再等会儿。她累坏了，眼皮沉得很。也不知道是梦见，还是回想，总之又见到了李数，和五岁的她一起坐在这。房子建了一半。在亚丁脑海里，李数永远在说话。房子永远建了一半。亚丁又睡着了。

她想起李数跟她说地球上的水是流动的，面积大过陆地。天空是蓝色的，因为大气分子散射的关系。他说话时她一边拼命想那到底是个什么样的地方，一边忍不住为这个人难过。

他离开地球一个人到太空勘测可以用的行星，直到任务完成或者燃料用完才能回去。行星怎么叫能用？亚丁没明白。在外边的时候你就一直一个人？亚丁问。李数不说话，手伸进鼓鼓囊囊的那个兜，掏出一团红色鬈毛。鬈毛轻轻动了一下，露出晶亮的眼睛还有鼻头。亚丁再也移不开眼了。

我有它。这是能在各种重力条件下生存的新品种。在太空和地面都没问题。

是啥？红毛球突然站起来。亚丁手伸到一半又吓得缩回去。她盯着那毛球，毛球也盯着她，尾巴摇得那个欢。是羊？

是狗。地球上有……

真是羊啊！和毛线画上看到的一个样！

在这叫羊啊。什么毛线画？

亚丁给他看毛线画，大概是在李数最后一次来的时候。她不记得他到底来了多少次——就他们家蓝房子修得最慢。她给他看毛线画，连带编织机的等比例模型。用娘的话说，这模型虽小，用它也是可以织毛线画的。李数眼睛一亮，接过模型，又拿起上面夹着的一张打了很多洞的卡片看，小心翼翼摆弄着，突然啊地叫起来，脸上好像有一部飞行器正在发射升空。

洞眼打得那么整齐，一定是有意的。这是打孔卡片啊。编织机根据打孔卡片的孔洞来控制经线纬线，还有第三个维度线条的上下关系。这张卡片是机器储存记忆的地方。机器靠它记忆学习处理抽象的指令完成复杂的运作。你懂吗？这是程序。所以，你们，龙骨尔文明已经有了自己的计算机。

李数的话飓风一样刮过。亚丁不知道意思，所以记不齐整。程序、指令、计算机、龙骨尔文明。亚丁想说龙骨尔没人知道他说的这些。她开不了口。她也不记得她当时要说但没说的话到底是什么。只记得李数那张脸那双眼睛——即使在记忆里在梦里也没办法直视的耀眼白光，来自未来的强光。

李数想要模型。亚丁给了，空手换来沉甸甸热烘烘的身体。羊。

给我？亚丁不敢信。

嗯，你给了我模型嘛。

那你呢？一个人不要紧？

不要紧。我还可以再——李数说了什么？好像是说他会回来。有一天他会回来。他说要回来。

每次到这时候，亚丁就会从梦中醒来。

她睁开眼，在她梦里和李数坐着的同一片阴影里醒来。

蓝晶应该已经完成了清洁工作。再用湿布擦一遍就行。亚丁起身打开蓝房子门。

四

亚丁早该想到会这样。

上午联络站的站长来检查蓝房子。她和羊在毡包后面种蓝晶，往洞里细细铺腐土，听到娘向站长抱怨蓝房子费水费事，没人用，还拖累人，为维护它，人都不能迁走，毡包只能围着它转。哪怕附近地下水就要用完，都不能去别处。为啥要建这个蓝房子？为啥这个蓝房子不能和毡包一样迁走？站长耳朵已经听出茧子来，一边打着哈哈一边仔细检查蓝房子。站长负责所有对外事务，蓝房子要是出问题，他饭碗不保。例行检查没啥问题，站长打招呼要走。蜷在脚边的羊站起来要送，四条腿勉强撑起身体，没撑住，轰然倒下。真的好大动静。在亚丁心里和沙丘塌了一样。

亚丁抱起羊，拦在站长前面。捎我一段。

去哪？

你那。

哪儿？

联络站。我要发个信儿。

别闹了。发啥信？发给谁？我那个联络站早就不顶事了。站长笑着，看向阿娘。阿娘不说话。之前不是帮你发过吗？是给那个李数吧。一点回音都没。别说你的信儿，我们这儿多少正经事要和他们商量，发出的信儿都没回音。当初明明是他们给我们建联络站要求保持通信顺畅。外边人就是这样。只知道在我们这里种树玩。造这个造那个都不当真。

我就问你，每次检查完蓝房子给不给他们报信？

站长不接茬。亚丁转身坐上他的铁皮车。两只手抱羊，两只手牢牢抓住座位。娘跟上来，越过车栏杆看亚丁。亚丁一张口，全是哭腔，说不出话。娘伸手摸她怀里的羊，一遍遍。羊没反应，身体起伏着，全部力气都用来喘气。

万一……就回来。娘说。

天黑透了，站长才把亚丁送回来。

这一次，亚丁是看着站长把自己的信儿发出去的。等了一天，没有回音。从羊眼神不好起，她就托站长帮她发信，她问李数羊怎么了，该怎么办。她说，不能没有羊。没有回音。亚丁觉得兴许是站长偷懒——直到今天都看着站长就在跟前发出信息。回来的路上她四只手紧抱住羊。这一来一去，羊的身子好像忽然轻了不少。路中间颠簸，车的减震履带也不太管事。她轻声唤羊，仿佛怕喊声弄疼它。羊抬起眼皮，用鼻子找着亚丁，找到了，深深看了一眼亚丁，眼皮重重落下，好像就此将自己与这个世界隔开。亚丁好像两脚踩空，几乎什么都觉不到，只剩下一种陌生的不舒服，要蜷成一团，要抱紧羊，要收缩皮肤血管和肌肉。

娘说躺下睡吧她才回过神。原来已经坐在家里。低头看羊，羊和她一样恍惚，软软伏在那。

吃点东西？

亚丁瞧羊没有醒来的意思，便摇头。

不要犯魔怔。迟早的事。羊跟人一样会老。娘给她盖上被子。

可是娘懂什么？她也没养过羊。十五岁的羊怎么算老？亚丁背对娘。羊还在怀里昏睡。和以前一样，她俩脸对脸睡在一个被窝。羊的鼻头真有意思，湿漉漉黑乎乎，布满细纹，和人的指纹一样。有时候亚丁想，要是以后龙骨尔沙地上羊群遍地，她也能凭着鼻头纹路认出她的羊。昏昏沉沉没睡好，半夜听见毡包外呼呼风声，毡子啪啪作响，再听到旷野在凄厉呜咽。不知道哪里毡子裂了，沙灌进来。亚丁捂住口鼻，羊突然抽搐几下，白色糊糊从嘴里涌出来。亚丁急忙扶起它，拍背，清理口鼻。等羊不抽了，她腾地站起来。

你去哪？娘在后面叫。

找爹去。万一他有法子。亚丁掀开帘子，抱着羊冲进夜里。没两步就一个趔趄。风从斜后方狠狠推她。亚丁把羊裹进大氅，压低身子走。沙子飞石打过来，痛得分辨不出是哪里痛。天太黑，只靠大氅上带的小电筒，那点光和人一起被吹得东倒西歪。她没看见脚下石头，几乎是顺势，倒在了风里。风压得人爬不起来。她忽然觉得怀里一空。羊呢？亚丁慌了神，趴在地上打转瞎摸，羊啊羊地大叫。她脑子里全是羊倒在地上不动的画面，又恨又怕，黑腻腻的东西在身体里烧起来，迎着外面的大风。她的绝望像一面火旗在风中猎猎。她的羊呢？

有什么盖住了她。就像扑火时拿毯子盖住着火的那个人。亚丁明白过来一点，知道是娘在抱她。羊呢？她问娘。

一个软软温温的小东西落在她怀里。手心一湿。是羊在舔她。一直就跟在你后面。倒下好几次还是勉强跟着。我再不来你就把它弄丢了。娘说。

亚丁说不出话。还是娘开口。娘说，走，去找你爹。

五

下了车，娘推着她进入爹的帐篷。三个人在里面都直不起身，只能面对面坐下，眼瞪眼。

娘简单说了个大概，问爹有什么法子救羊。

我有啥法子？

亚丁躲开爹的目光。面前这个男人眼生。爹常年在外面捡铁，她从出生起就没见过他几面。

说话。娘戳她。

不需要你有救羊的法子。你能联系到外边的人吗？亚丁哽住。阿爹不是一直在捡天上掉下来的铁？这些铁不都是外边人发到天上的东西吗？他们用这些铁来勘测龙骨尔，测出的数据总得上传吧？上传数据的时候能不能再捎带个信儿？

数据都传到联络站，联络站汇总再传他们那。阿爹纠正。

联络站我去了。好多年都没回信。

我听说有特别重要的铁，那上面的数据都是直接上传。阿娘说。

早没了。早都掉下来被我们捡了拆了卖了。阿爹挠头。都好多年了。你们在家不知道。这些铁好久没有人管，也不再派人打理照顾，更没有人实地校准。现在只有植树机还管用。我们能靠捡铁过日子，就是因为这些铁都报废了，从天上掉下来。好多人都说，外边的人不管我们了。

不管我们？

以前说龙骨尔可能会派上大用场，后来好像外边的人改主意了。就不管我们这边。也好，他们说要是真派上用场，所有人都得迁走。阿爹和阿娘絮絮说着不相干的话，离亚丁越来越远。她好像独自回到了漆黑的外面，弓身忍受大风肆意抽打。不过这次，羊还在。她的羊还好着，在她怀里，紧贴她的胸膛。她能感到它的心跳，和她的心跳是同一个节奏。

他——他们不会回来了。阿爹小心翼翼说。

以前龙骨尔好多人也是一辈子只能遇见一两次，相互给个物件彼此记住。造蓝房子的人，不是收了我们家的编织机模型？他以后看到……

和他没关系，我就想知道怎么救我的羊。亚丁打断娘的话。

别。爹拍她的背，拍得很笨。但爹没说，就一只羊有啥可难过的？

亚丁揉鼻子，斜身子让开阿爹大手，让它如愿落在羊身上。啊呀，还是那么小，和刚来的时候一个样。

羊身子一颤，但不是抽，它不知道哪来的力气，立起来，歪脸蹭阿爹的手。

一下，两下，三下。

用掉了它全部力气。羊软软地顺着亚丁胳膊滑下来。

六

回到毡包，风也停了。

天地之间忽然没了气息。安静得很。

娘站在一边，看亚丁闷头翻出编织机和毛线画，又翻了半天什么也没翻出来。亚丁开始拆毛线画。就这么一幅老人留下的毛线画。亚丁找到线头没有半点犹豫地往下扯。娘不说话，蹲下来帮她抓住毛线画。

亚丁一边拆一边盘，把毛线盘成球。另一双手里抱着的羊一动不动。

她早该想到的，有一天她的羊会孤零零地死去，它身上联结着过去和将来，外边和龙骨尔，自己和李数，还有她和羊的十五年。

这就是生命，可又比生命多出好多，纷纷乱乱，有四只手都理不清楚，牵扯得人疼。

当初在龙骨尔，她想尽办法也没找到会养羊的人。现在，她费尽工夫也问不到李数问不到外边的人能怎么救羊。

回家路上她问娘会不会使编织机。娘说得想想。亚丁要娘教她。我要织毛线画，把我的羊织上去。完完全全按它的样子。以后也不会忘。永远。

试试吧。不过可能没多余的毛线。你得把现成那幅拆了。龙骨尔的毛线都是老人传下来的，新一代拆了老一代的毛线画织自己的。你奶奶说，织毛线画的技术失传很久，连她的奶奶都不会……

亚丁不在乎。有毛线就行。她盘好毛线，架起编织机，跟着娘一步步学。不难。手脚并用。而她有两双手。她把羊放在腿上。羊的脑袋耷拉在外面。她托起那颗小小的头颅放好。它是龙骨尔最后一只羊，是亚丁第一只羊，从小到大他们都在一起，它将她和世界联结在一块，又完完全全信任依赖她。

懂了吗？娘问。

亚丁点头。她学会了编织，一针一勾连，经线、纬线和第三个维度的线条有序交织。现在还看不出来样子。但是没关系。快了。快了。快有样子了。她的羊就快到毛线画上了。那是她的羊，是龙骨尔最后一只羊，也是全宇宙最好的羊，一点都不让人操心。十五年过去仍然又暖又软，美得很。

娘让到一边，她知道可以放心了。亚丁已经学会了。有些事迟早都要学会。娘望着亚丁，望着亚丁的泪水滚滚落下，心疼得很。她想，那可是水啊，眼睛里流出的水。

Last

如同随风撒播的蒲公英种子，共有一百二十名人类受命前往太空，在浩瀚宇宙中寻找适合成为深空量子通信中继站的星球。他们独自驾驶飞船，面对不可知的挑战。李数就是其中一员。这是一项大海捞针的任务。除了寻找量子通信中继星球外，勘测人员还要对沿途所有星球开展实地数据收集以及设备维护，综合评估将这些星球改造成中继站的可能。如果最后没能找到天然合适的中继星——自然条件合适以及没有拥有智慧的生命，那么就只能改造联盟里的行星。

在一颗名叫龙骨尔的小行星上，李数用他的陪伴犬从当地人手里换来一台他们的编织机模型。除了传统编织功能外，那台机器似乎还具备初级的记忆储存系统和自动化功能。李数推测它不仅仅是一台编织机，还可能是一台电子计算机。如果是这样，那就意味着当地文明已经发展到相当高的阶段。地球方面必须予以高度关注。为了证实猜想，他利用业余时间摸索编织机的使用方法，但失败了。

同样地，龙骨尔星的各项数据汇总计算结果也都表明这个星球不适合改造为中继站。李数放弃了。他很快就忘记了这两次失败，也就忘记了龙骨尔，继续在上亿颗如太阳般的恒星和它们的行星中间航行，寻找一颗百分百适合作为人类深空量子通信中继站的星球。

就在前两天，勘测人员发现可作为中继站的行星的消息辗转传到他这里。李数在静默中咂摸着这个消息。巨大的迟来的幸福落在他身上。洁白的无重力的太空舱里，他想象着太空中和地球上同伴们庆祝的样子。终于，他可以回家了。

如果不是在回家途中，他应该不会注意到从龙骨尔传来的讯息。当时他正在整理杂物——为了确保有充足燃料返航，减轻飞行负重。那台编织机模型突然动了。原本挂在机器上的三个维度的彩线受到某种召唤交织成一个毛线斜截圆锥体。李数看不懂上面的图形，事实上，很难称那些混杂错乱的颜色集合为图形。李数心里发毛。编织机继续输出狂乱的颜色，那种只有濒临疯狂的大脑才能想象出的颜色。是不是因为一个人太久，或者因为可以回家过度兴奋……这时，编织机停了下来。与此同时，打孔卡片的卷轴转动，卡片上的孔洞位置和数量发生了变化。李数下意识拿起卡片，透过孔洞去看毛线画。他认出那个图像——亚丁的羊。

李数忽然意识到，被他当作计算机的龙骨尔编织机，其实是一台超出人类理解范围的通信机器。曾经在龙骨尔星上普遍运用的古老的技术，随着生活方式改变以及某个物种的灭绝，被那里的人彻底遗忘了。发现龙骨尔星的人类当然也不可能理解这项技术。他们不会想到这个未开化之地，曾经拥有过他们梦寐以求的基本粒子远程通信技术。在毛线的微管里运动着的粒子能够与遥远天际的粒子发生纠缠，并改变它的状态。由于毛线画的三维空间特征，描述这些粒子状态的态矢量可以在无穷维空间。这就意味着这种信息传输方式具备了无限可能。

人类差点与这项技术失之交臂，全力以赴在太空铺展量子通信通道的同时，却对手中已经拥有的装备和成熟技术视而不见。这并不只是李数的问题。人类只能接受他们愿意接受的事实，任何与他们既有智慧链条不能连接的事实，他们都看不到。好在，一只羊的图案延长了李数的智慧链条。

现在，他接收到了信息。李数毫不犹豫地修改了航向参数，向龙骨尔星飞去。

你知道在量子力学里，测量不是一个单纯的显示过程，而是参与到系统的演化中。从这个意义上看，亚丁对于一只羊的爱就是一次测量，参与了两个文明的演化过程，改变了深空通信技术、人类的未来以及整个宇宙的命运。李数对身后的克隆陪伴犬说道。

原载《上海文学》2023年第8期

黑域密室

付 强

艾尔拘谨地坐在木桌前，干冷的风透过窗户吹进木屋，冻得他打了个冷战。如果不是网络上将这对侦探搭档的事迹传得神乎其神，他才不会跑来这么偏僻的小行星寻求帮助。艾尔做梦也没有想到，名侦探的事务所居然只是一间毫不起眼的木屋，看着房间里简陋的家具陈设，他甚至怀疑在这里能否熬得过冬天。

叫作高云的男子正在咖啡机前忙碌着，他身材壮硕，上臂和脸上挂着伤痕，似是军人出身；不过更令艾尔感到不自在的，还是圆桌对面这个名叫方慧的女性，此刻她正直勾勾地盯着自己，眼神中露出的贪婪与其端丽面容极不相符——那种热切与渴望，让艾尔一度怀疑自己并不是委托人，而是落入了狼群的肥羊。

窗外传来了隆隆声，燥热的气流掀起了窗帘。艾尔向窗外望去，公司的大型太空船已经起航，以缓慢均匀的加速度向高空飞去。他清清嗓子，开口道："我叫艾尔，如二位所见，是远洋星域拓展集团的研究员……"

对面的方慧撑着桌子站起来向前探出身子，语速飞快地问道："你在公司里什么职位？有多少主导权？更重要的是，这次委托你们有多少预算？"

高云恰逢其时地端来了咖啡，不露痕迹地在桌下悄悄踢了搭档一脚，方慧才算恢复了些正常。她坐下干咳两声，说道："据我所知，贵司的业务遍及三十三个星域，不知来我们这穷乡僻壤有何贵干。另外……"她瞥了一眼窗外已经化作亮点的太空船，"你乘坐的太空船为FO-02A旗舰型，是你们公司石兴总裁的专属。一把手亲临现场，动静未免太大了吧？"

艾尔小小吃了一惊，面前这位女性确有侦探特有的敏锐。他摆出一副职业性的笑脸，说道："石总大半时间都在星际飞行，寻找可以开发的行星。他曾在一年内将三十六颗行星纳入公司开发对象，这个纪录至今无人可破。"

"他来错了地方。周边四光年的区域内，是人类的真空地带。"方慧立即回应道，"并且，这颗星球的公转轨道跨越了阿尔法23和伽马31两个星域，两边政府的关系一向紧张，于是这里成了三不管地带，长年遭受宇宙强盗的侵扰。如果晚来半小时，行星将恰好跨越星域的交界处，你们说不定还能和强盗打个照面。"

艾尔露出一丝苦笑。石兴在太空中瞥了一眼就确定这里不过是穷光蛋的聚集地，毫无开发价值，于是面都没露就离开了，只将他丢在这里善后。正当他思索如何将话题继续下去时，方慧却主动拉回了正题："闲聊到此为止吧。说说你们的委托任务是什么。"

艾尔坐正身子："黑域……你们听说过吗？"

"我知道。"高云插话进来，然后一屁股坐到方慧旁边，答道，"一些科幻作品中写到过，用慢光速区域将行星包围，与周边隔绝，就是所谓的黑域。"

"很可惜，这是做不到的。"没等对方回应，方慧便否定了搭档的猜测，"想要降低真空中光的传播速度并不难，例如在脉冲星的周围，强磁场会使得量子真空发生极化，从而降低光速。然而这并没有改变真空光速这个常数，证据就是在脉冲星辐射的光谱中能够观测到切连科夫辐射。"

"你说的这个辐射是什么？"高云问道。

方慧想了想，答道："简单来讲，就是介质中有粒子的运动速度超越了电磁波，也就是光的传播速度。打个比方，飞机的速度超过音速时会发生音爆，那么切连科夫辐射就是光爆。但有一点必须强调，粒子的运动速度虽然超过了光的传播速度，但依然低于真空光速这个物理学常数。"

"方慧小姐真是博学。"艾尔赞赏道，"实际中存在的黑域，通常是富裕的人或者家族找到了一颗自身资源足以长时间内循环的行星，然后用各种手段将其同外界隔离起来形成的，作为世外桃源。有用实体外壳作为小型戴森球包裹的一代，缺点是造价高；也有用强磁场作为屏蔽的二代，缺点是难以抵挡小行星的撞击；我们遇到的这颗星球，则是用QGP作为外壳的三代。这种黑域技术复杂，造价极高，却最接近科幻作品中的概念。毕竟，QGP与黑洞在反德西特空间中有着形式接近的数学表述。"

方慧和高云对QGP这个概念并不陌生，它的全称是夸克胶子等离子体，这是一种极端高能的物质状态，在此状态下组成强子的夸克和胶子不再被禁锢，而是成为游离的新物质形态。如果用传统的温度概念衡量，QGP的温度大约是2万亿度。

艾尔继续说道："三代黑域很难被发现。我们公司的太空船在高速航行时偶尔撞了上去，因为阿库别瑞引擎的保护，在船体损坏的同时，也在QGP保护层上撕了个口子。"

"看样子QGP保护层也挡不住折叠空间的阿库别瑞引擎啊……"方慧抱着手臂叹气道。

"毕竟，所谓的防护层只有几皮米的厚度，而大型的阿库别瑞引擎可以碾碎星体。"艾尔耸耸肩，"事故发生后，飞船派遣无人机降落到了L星——我们内部这样称呼它——却发现上面几乎没有一个活人，可所有的尸体都没有腐烂，就好像……"

"密室。"方慧立即说出了答案，"黑域在没有被突入前，是没有人类，甚至可以说没有物质、信息进入的，从内部同样也无法出来。然而，L星上的人却全死了。这不像是科学难题，倒更像是一起密室杀人事件。"

"是的。"艾尔点头道，"这就是我们找上你的原因。"

说话间，艾尔自公文包中取出一台笔记本电脑，简单敲击几下后，一张全息屏投在所有人面前。

"L星周边的情况和这里类似，有着广袤的无人区，因此获得影像后，我们并没有回收太空船。这段来自二十多年前的影像，就是全部的线索。"艾尔解释道，"请你们先看完，之后我们再讨论。"

方慧做了个请的手势，全息屏上映出了无人机拍摄的画面：

无人机刚刚离开船舱，镜头高速旋转着，大部分区域都是漆黑一片，QGP防护层挡住了星光。视野中唯一可见的是乒乓球大小的蓝色星球，那便是此行的目的地——L星。

无人机内部的AI程序开始运作，镜头很快锁定了L星的位置，机体开始向着目标缓慢加速。画面上的要素渐渐丰富起来，左上角显示出空间内的光谱图，涵盖了从无线电波到伽马射线的全波段，目前只能看到红外光与可见光的峰位，它们来自L星的辐射。左下角显示着周边环境的元素含量，不过暂时只有碳的峰位，它们来自仪器中自带的碳元素。右下角则表明温度，目前没有示数，只画着一条"—"。

"由于这里靠近QGP保护层，为防止游离的高能粒子破坏温度传感器，会离开一段距离后再开启。"艾尔指着温度那里解释道。方慧点点头，继续看了下去。

无人机的速度渐渐加快，屏幕正上方显示出"60×"的字样，代表着目前的快进速度。诚然，四周都是空无一物的深空，如果按照原来的速度播放，恐怕很容易看困。3分钟——也就是无人机时间的3小时后，画面右下角显示出了-271.35℃，旁边还注明了热力学温度"1.8K"。

L星在视野中不断变大，此时无人机不再直线前进，而是改为绕着L星，一边旋转，一边下降。这代表着，无人机进入了L星的近地轨道。

　　周边的元素含量渐渐发生了变化，氧和氮的含量升了上来，二者的比例维持在1∶4，同时还检测出了少量的稀有气体元素。温度在经历了短暂的上升后，慢慢维持在190K，也就是约-80℃，这意味着，无人机已经进入了大气层的中间层。

　　摄像头前方蒙上了一层红色的滤镜，无人机的下部与大气摩擦产生了大量的热。渐渐地，下方出现了城市，各式各样的建筑仿佛沙盘一般错落排布。又过了2分钟，也就是影像中的2小时，无人机已经与地表十分接近了，影像也恢复了正常的播放速率。可就在这时，镜头出现了猛烈的颠簸，屏幕上弹出几行错误代码后，影像蓦地消失了……

　　"着陆时出了点问题，不用急，画面马上就会恢复。"艾尔解释道，"不过，最麻烦的事情也是在这时发生的。"

　　画面渐渐恢复。方慧盯着屏幕上显示出的各个参数，眉头紧蹙："看样子摔得不轻，传感器坏了大半……"

　　"没错。"艾尔叹了口气，"元素能谱仪完全损坏，光谱仪只剩下可见光波段以下的可测，温度探测器运气不错，挺了过来。最可惜的是，声音传感器也摔坏了，从现在开始，我们将回到默片时代。"

　　三人继续看了下去：

　　调整好姿态后，无人机便开始了在L星的探索。它先降落在了城市的郊区，这里种满了林木，仔细看去，有从地球带来的乔木、灌木，同样也有一些L星特有的植被，例如叶片巴掌大、前端分为七叉的高大树木，以及通体如水晶般半透明泛着淡紫色的小花。

　　很快地，无人机进入了城区，这里的温度在27℃上下，还算适宜人类生存。建筑之间的道路很宽敞，但看不到车子和行人，空中同样也观测不到任何飞行器。无人机晃了十几分钟后，停在了一栋高楼前。它伸出前方的机械臂去推建筑的门，毫无阻碍地打开了。

门后是一间大厅，同样没有人，正前方印着一行陌生的文字。无人机继续前进，一层空无一人，在推开二层第二个房间时，镜头中终于出现了人类——一名年轻的女性，她穿着浅绿色的连衣裙，歪七扭八地趴在地上，一旁的电脑显示器还在播放着内容不明的画面。

无人机缓缓靠近女人，尽管画面是无声的，但还是可以猜出它正试图与女人对话。几次接触未见反应后，无人机又伸出两条机械臂，开始检查面前的人类。它先是扶着女人让她平躺过来，明显身体很僵硬，不似正常人类一般柔软。女人的脸上有一些斑点，但从五官判断，是地球人无疑。机械臂的顶端伸出电极，贴在了女性的腹部和四肢上。

"AI判定面前的是人类尸体，会在不破坏的前提下采样。"艾尔解释道，"同时，它会启动寻找其他人类的程序，一旦找到，会立即锁定死者的位置。这套逻辑，符合《星际人权公约》。"

离开女人的尸体后，无人机开始一路向上。它走遍了高楼的每一个角落，但偌大的建筑里只找到了3个人，无一例外都是尸体。尸体的状态与最初遇到的女人类似，都是刚刚僵硬，还没有发生极具画面冲击力的各种尸变。

离开建筑后，无人机来到了城市正上方，一面扫描着城市的地图，一面推算哪里找到人类的概率最高。它先是锁定一处城际列车的车站，那里只找到了一名白发老人的尸体。离开车站后，无人机又进入了一栋貌似医院的建筑，经过一番近乎地毯式的搜索后，发现了5具尸体。

这段影像是以5倍速播放的，即便如此，也花费了半个多小时。推算下来，平均每30分钟找到一具尸体。

无人机苦寻无果后，高速飞行到了另一片城区，依然没有找到一个活人。值得一提的是，无人机一度将目标锁定在一间仓库中，机械臂打不开卷帘门，它便发射激光切开了一个入口。激光点燃了仓库中的物料，可以看到烧黑的木材和聚合物板材，地板上散落着一些蓬松的火球，飞近看，是被点燃的钢丝绒。就在这时，一只花猫自暗处蹿了出来，敏捷地绕开了无人机，自切口处逃了出去。原来，方才 AI 捕捉到的信号来自它。

在无人机不断寻找的过程中，AI 也在不知疲倦地进行建模、运算。不久后，后台算法结合 L 星的城市状况和发现的尸体的分布情况，推算出了 L 星大致的人口数：300 万。

很快，无人机的旅程走到了尽头。它的能量即将耗尽，急需找到备用能源。顺着内部算法的指引，它降落到一座核电站。可正当它准备深入反应堆时，机身发生了剧烈的摇晃。无人机判定受到了攻击，立即发射激光还击，可转瞬便遭受了第二次攻击。影像中的噪点渐渐多了起来，图像传感器捕捉到的最后一幅画面，是一个小男孩自暗中走出，额头淌着血水，持枪的左手已被激光削去了食指……

"这就是全部的线索了。无人机将拍摄到的影像传输给了太空船，再由太空船传输到集团公司的服务器上。"艾尔结束了放映，"我们的问题是：L 星的人是怎样死亡的？"

高云有些无奈道："视频提供的信息很有限，又不能去现场侦察，这恐怕有些强人所难了吧……"

"不。"方慧挽着手臂，露出自信的笑容，"能够让我们推断出真相的线索，已经在视频中全部展示出来了。"

艾尔和高云惊讶地看着方慧，后者却只是轻松地笑笑，说道："推断出真相并不困难，但要同时保证科学和逻辑上的严密性，却不简单。"说罢，她看了看身边的两人，"这样吧，大家一起提出一些设想来讨论。当排除掉全部的不可能项之后，最后剩下的，便是真相。"

高云陷入了沉思，少顷，说道："视频中的资料显示，L 星有几百万居民。尽管规模不大，但也足以形成一种文明了。说起令文明灭绝的原因，最先想到的便是……战争吧。L 星是一个封闭的空间，一旦爆发大规模战争，将是毁灭性的。"

"但视频中所有的建筑物乃至其他物品都完好无损,丝毫没有武装冲突的痕迹。"艾尔补充道,"因此,我们一开始就排除了文明毁于战争的可能。"

高云挠挠头,费力地想了一会儿后,辩驳道:"中子弹……对,用这种武器,可以在不破坏建筑的前提下,杀死居民。"

艾尔立即反驳:"中子弹爆炸的威力虽小,但再怎么说也是加了铍层的小型氢弹,无人机为什么没有找到弹坑?"

"高空爆破。"高云凭借军人的经验给出了答案,"这样就和视频中的情形契合了。"

"可尸体为什么几乎没有腐烂?总不可能是刚刚爆破结束,公司的船就突入了吧!"艾尔不满地说道。

高云双手摊开,苦笑道:"说不定就是这样,你们的运气好极了。可能性虽低,但无法排除。"

一旁观战的方慧扑哧笑了出来,通过视频破案还真是难为总是冲在一线的高云了。她说道:"很可惜,仅仅通过视频,就可以否定中子弹爆破的可能性。"高云摆出一副怀疑的表情,方慧则指挥艾尔将视频退回到24分3秒处,此时无人机刚进入第一栋建筑。

"就是这里。"方慧挥手让艾尔暂停了视频,指着屏幕的一角说道,"看,这是什么?"

"女人的尸体。"高云立即答道。

"再向上看。"

高云皱着眉盯了两秒:"电脑显示器啊,看不清上面的内容。"

"确实看不清,但足够了。"方慧笑道,"屏幕上放映的是某种视频文件,这证明电脑还在正常运转。"

高云恍然大悟:"你是说……中子弹对电子设备的打击同样是毁灭性的。"

方慧点头道:"没错。L星上并没有发生过中子弹爆炸,正常运转的电子设备就是证据。"

艾尔想了想，说道："我们还设想过另一种可能性，会不会是生物兵器？致命的病毒大肆蔓延，L星人无处可逃，被逼上了绝路。"

"对！我刚才也想说这个！"高云硬撑着想要挽回尊严。

"这也是不可能的。"方慧立即答道，"我们在视频中看到的L星人，毫无疑问是地球的移民，既不是什么外星生物，也不是机器人。因此，他们和超级病毒或者超级细菌之间的关系，遵循地球人总结出的传播规律。简而言之，对于致死性再强的病毒，也总会有人获得免疫力。

"我们不清楚L星的具体情况，但用数学模型总可以在一定程度上进行预估，例如SIR模型，或者SEIS模型，等等。但无论使用哪种数学模型，除非将参数设置得十分极端，否则都无法推算出感染者最终灭亡的情形。

"简单理解，随着死亡人数的增加，病毒的传播难度会不断提升，最终达到无人可传染的程度。随着最后一个感染者的死亡，病毒的传播也会停止，其他人类便能幸存下来。在遥远的古代，工业革命尚未到来之际，很多病毒就是以这种方式灭绝的。"

高云忍不住质疑道："就不能设想一些极端情况吗？毕竟我们讨论的是可能性。"

"来说说看，你能想到哪些特殊情况？"方慧笑道。

"毕竟是战争嘛，总无法排除制造出一些超级病毒……对，例如电影和游戏中的丧尸病毒。如果真的研制出这么强大的病毒，灭绝几百万人应该不在话下。"

方慧应道："那我问你，在所有的丧尸作品中，被感染后的丧尸都会去寻找人类，这是为什么？"

"从丧尸的角度讲，这当然是为了寻找食物维持自身代谢。"高云跷腿望着天花板，"从病毒的角度讲……是为了继续传播维持种族繁衍吧？"

"没错。无论是为了什么，都会有一个前提，那就是会有大量的丧尸聚集。"方慧用食指敲了敲桌子，好像老师在提示画重点一般，"在视频中，我们看到的每一具尸体都与其他尸体有很大的间隔，这就从根本上否定了丧尸病毒的可能性。"

"又或者……"艾尔若有所思道，"他们不小心培养出了能够大量消耗氧气的细菌，导致人类窒息而亡？毕竟无人机降落时，大部分传感器都摔坏了，我们始终无法得知L星地表附近的氧气含量。"

"很可惜，这也是不可能的。"方慧应道，"想想无人机突入工厂时的情形。"

艾尔嗯了一声，他回忆起为了进入封闭的仓库，无人机发射激光切割了卷帘门，诱发了一场火灾。

方慧道："还记得都有哪些物料被点燃吗？木材、PVC板材，这些自不必说，不知二位是否注意到里面还有一种物料……"

艾尔皱皱眉："什么？"

"钢丝绒。地球人只能在有着特定氧气含量的大气中生存，范围大概是19.5%—23.5%；而钢丝绒燃烧所需的最低氧含量是19%。"

艾尔用力地点点头，一旁的高云却不服输地说道："说来说去，还是没有办法排除超级病毒的可能性，只要它具有高致死率、高传播性，并且寿命很长、免疫逃逸，不就可以使L星的文明灭绝了吗？"

方慧叹气道："这是一道简单的计算题。纵观人类历史，致命病毒的R0，也就是平均每个患者能感染的人数，在5左右，例如埃博拉是2，艾滋是4，天花这种古老的病毒则介于5和7之间。麻疹的R0高达18，但并不致命。我们就假设这种超级病毒的R0和麻疹一样，或者再高一点，算20吧。简单计算就能知道，要感染L星全部300万人，至少需要5代的传播。

"无人机在探索过程中，从发现一具尸体到发现下一具，平均时间是30分钟。要知道无人机的行进速度很快，病毒随空气的扩散速度则要慢得多。我们假设病毒完成一代的传播要3小时吧，那么5代就是15小时。注意，这是极端理想的情况下，实际情况要复杂得多，也要慢得多。简单估算的话，我们可以将理论时间乘以 10，也就是 150 小时，约 6 天。这么长的时间，最先死亡的人早就开始腐烂了，身体甚至会变成绿色或红色；而我们发现的尸体最多不过出现尸僵，死亡时间不超过 3 天。所以，你说的这种情况，基本可以排除。"

"我想到了！"高云击掌道，"纳米机器！如果这种超级病毒是纳米机器，就可以实现快速传播！"

"还记得无人机降落前的画面吗？"方慧摇晃着食指，"那时元素能谱仪还没有摔坏，我们能清晰地看到 L 星的大气成分和地球接近。如果大气中大量存在某种纳米机器，那么至少会有某种半导体的元素含量高到离谱。纳米机器再怎么厉害也是电子设备，而半导体是一切电子设备的基础。啊，麻烦帮我加一杯咖啡，突然说这么多话，嗓子有些干。"

艾尔苦笑着摇摇头，方慧继续说道："所以正如你们一开始所说，从科学分析的角度几乎不可能找到原因。接下来，不妨天马行空一些。"

不一会儿，高云端来了三杯拿铁，还贴心地打了奶泡。艾尔姿势优雅地用大拇指和中指捏住握柄抿了一口，说道："一板一眼的工作做久了，我的思维模式已经固化。这部分还是交给二位吧。"

高云再次坐定，说道："如果不在意科学的严谨性，那我还算擅长，毕竟我读过很多科幻小说。我先说一个可能性吧：大量的 L 星人藏在地下，毕竟无人机直到损坏为止，也没能探寻到地下的入口。地面上的尸体，只是一批不愿意移居地底的人罢了。"

方慧抿了一口咖啡，应道："如果我是 L 星人，一定不会这么干。"

"为什么？"高云皱着眉问道。

方慧答道："迁居地下的原因，通常是地面的环境太过恶劣。而用 QGP 将星球包裹为黑域本就是为了稳定的生存环境，相当于第一重地下。再去挖一个地下的地下，有什么意义呢？再者，这个假设还是没能解释整个星球的人为什么几乎同一时刻死去。总不可能地底派将地上派视为叛徒，同时执行了 300 万人的死刑吧？"说罢，她又毫不留情地补充道，"同理，天上人、海底人也不合理。"

高云倒也不坚持，沉思片刻，继续说道："第二种假设，L 星人是行星杀死的。如果 L 星本身是一个巨大的生命系统，那么人类就是进入身体的异物。于是星球产生抗体，杀死了人类。"

方慧立即回应："果然是科幻小说常有的设定。不过星球要杀死的通常不是人类，而是人类文明。因为人类是自然进化而来，人类文明却是异化的产物。如此看来，星球最先要做的是毁掉城市，而不是杀死居民。"

"说不定……L 星的抗体只能识别生物呢。"高云也不甘示弱。

"很可惜，这也是不可能的。在视频里我们看到，L 星上有本土的动植物，也有来自地球的乔木、灌木，甚至还有鸟类和猫。如果地球人是异物，那么来自地球的动植物也是。L 星没有理由只杀死人类而放过它们。"

"第三种可能性……"高云皱紧眉头思索着，"量子纠缠态！对，我们看到的 L 星人，是另一颗遥远星球上人类的纠缠态备份！在无人机降落前后，由于本体发生了意外，例如陨石撞击，或者星际战争，在量子纠缠态的超距作用下，备份也跟着死亡……好痛！"

高云捂住酸痛的后脑勺，原来是方慧在他兴致正浓时赏了一巴掌。后者一副气鼓鼓的样子，训斥道："告诉过你多少遍，还没搞清楚纠缠态的概念吗？对 A 进行观测的同时，B 的状态也将确定！在此之前 A 和 B 都必须处在黑箱的状态！我问你，L 星曾经有 300 万人，到底哪里黑箱了？'遇事不决，量子力学'没关系，但请遵循基本原理！这个假设 pass！"

高云猛地一拍桌子，露出自信的笑容："看我的最后一招，克苏鲁！哈哈，既然你说了天马行空，那我们就假设是某种不可抗的邪神，灭绝了 L 星人！他可以是某种高等生物，可以是某种目前科技解释不清楚的自然灾害……怎么样，这次你总没有办法否认了吧？"

方慧露出孺子不可教也的表情："这种机械降神的设定，只要你做得足够细致，总能解释一切。不过，即便是你的邪神，也必须遵循基本的逻辑。"看搭档一副不解的样子，她继续说道，"L 星人被邪神灭绝，无非两种可能，主动和被动。在主动的情况下，是 L 星人招惹了邪神，但 L 星处在黑域里——好吧，你的邪神是如此强大，可以无视黑域，但又是什么动机促使 L 星人透过黑域去直视邪神呢？被动情况下，我要问一个问题，视频中死的只有人，建筑物、动植物、电子设备全都完好无损，相较于它们，人类的特殊性在哪里？请在回答上述问题的前提下细化你的设定，限时三分钟，两百字以内。"

高云无力地趴在了桌子上。一直沉默观战的艾尔开言道："到此为止吧，我想听听你的推理。"

方慧笑道："好吧，现在让我们跳出科学家和科幻作家的视野，从侦探的角度来分析这次密室杀人事件。"她将喝空的咖啡杯捏在手中转动着，一字一句地说道，"相较于普通的密室难题，我们可以将 L 星的问题进一步简化，将 who 和 how 的问题暂且放一放，聚焦在 when 这个要素上。即，L 星的人究竟是何时死的？在密室开启之前还是之后？"

"我先来说一种最极端的情况，那就是 L 星人并没有死。"回到自己熟悉的领域，高云再次来了精神，"既然不去想 how 的问题，那不妨做一些大胆的假设，例如，根本就不存在 L 星人。"

"那视频中我们看到的尸体是什么？"艾尔质疑道，"更何况视频最后还出现了唯一的生者，那个小男孩。"

高云呵呵笑了两声，继续说道："我看过一个故事，一个类似于安康鱼的怪物，特地将自己的触手伪装成美女的样子，将男人诱骗到房子里，而他的血盆大口正等在那里。同样我们可以设想，L 星存在的唯一的生物，就是 L 星本身。那些人类的尸体，不过是他诱骗猎人的'触手'罢了。多亏了你们派遣去的是无人机，如果是人类，恐怕立即被吃干净了！"

"哈哈哈哈——"方慧捂着肚子大笑起来，她擦了擦眼角的泪花，"老高，你还没从想象中走出来吗？好吧，从逻辑上来讲，这也是需要排除的一种可能性。我问你，安康鱼捕获猎物的目的是什么？"

高云被搞得有些难为情了，不满道："当然是吃饱肚子，不然还能是什么？"

"那就对了。L星捕获猎物，只可能是为了质量、重元素、能量、信息，也就是负熵中的一种。但不管它想要什么，既然想要，为什么要把自己封闭起来？这根本就是自相矛盾啊！这就好像，你的安康鱼用一座钢筋混凝土将自己埋了起来，必须等到哪个猎物把混凝土砸开，它才可以一饱口福。"

高云沉着脸不说话了。艾尔接过了话茬："继续用排除法吧，剩下的可能性无非两种，L星人是在密室，也就是QGP保护层被突破前死的，或者之后。"

高云叹气道："死在密室开启之前的可能性基本可以排除掉。无人机从出舱到进入近地轨道，再到降落，经历了大约5个小时。这个时间长度，与地面上尸体被发现时的状态基本是相符的。所以差不多可以判定，L星人是在密室被打破后死亡的。"

方慧笑道："再来讨论'L星人死于密室被打破后'这种可能性。既然说了不再去讨论how，那么我们就假设有这么个按钮，咔嗒一按，整个星球的人类立即完蛋。确实有情形是对应这种假设的，例如全部L星人的意识由统一的主机控制，那么在主机被破坏的瞬间，全人类都会跟着死亡。但很可惜，这也是不可能的。"

高云和艾尔同时看了过来，方慧继续解释道："还记得吗，无人机着陆时，光谱仪摔坏了大半，但可见光波段以下的部分还可测到。"

艾尔点点头："但这又能说明什么？"

"在刚才和老高的辩论中，我否定了量子纠缠态技术作祟的可能性。那么，这个按钮传播信息的速度最快将是光速。从效率上来讲，想要覆盖这么大的空间范围，还要绕过复杂的建筑，无线电波最为合适。但自始至终，在无线电波波段都没有观测到任何异样的信号。因此，这种可能性也可以排除。"

艾尔惊讶道："方慧小姐，你从逻辑上排除了所有的可能性，但 L 星人的死亡确是板上钉钉的事实。这是否意味着，你也对 L 星人灭亡的难题束手无策呢？"

方慧笑道："逻辑上并没有完备哦！我只是排除了死于密室开启前和死于密室开启后两种可能性，不是还有最后一种情况吗？"

在两人惊讶的目光中，方慧说出了答案："那就是，L 星人死于密室开启的瞬间，对，就是 QGP 防护层被打破的瞬间。

"我们沿用上面的假设，全部 L 星人的意识由一台主机统一控制。那么这台主机藏在哪里呢？我们尚不知道这台主机的样貌，但它必然被破坏了。可无人机飞遍了 L 星各处，除了死去的人类外，并没有发现其他任何被破坏的痕迹。但如果这样想的话，思维就被误导了。被严重破坏的存在，从一开始就摆在了我们面前，那就是 QGP 防护层。没错，我们要找的主机并不在密室内部，它就是密室的门。

"视频放映之初，艾尔先生解释过，L 星所在星域的环境和这里类似，周边人迹罕至。既然如此，为什么要花费如此高的代价制作第三代黑域呢？我想，最合理的解释，就是黑域本身还承载了其他的功能。所以真相是：L 星人将意识上传到了 QGP 防护层，但主机在飞船突入时被破坏了。大量意识回到躯体，但由于被破坏了大半，几乎所有人都在无人机着陆前遭遇了脑死亡。根据视频给出的信息，这就是能够推理出的最合理的解释。只不过这样一来，凶手就变成了——"

方慧伸手指向了艾尔："远洋星域拓展集团，你们就是凶手。"

艾尔先是一愣，随后清清嗓子，说道："十分感谢，方慧小姐。我会将你的推理整理成报告，上交给集团董事会。最后，我们来商量一下报酬吧。"

"不要急嘛。"方慧笑道，"L 星的事件结束了，但我这里还有个故事，你不妨听一听。"

艾尔抬眉道："什么故事？"

方慧讲述道:"视频里最后的男孩并没有死。随着 QGP 防护层的消失,所有同胞的意识都遭到了破坏,他的意识却十分幸运地完整保留了下来。这就好像硬盘被破坏,但总有数据能保存下来一样,更何况基数高达 300 万。又或者,在远洋集团的飞船突入防护层时,他恰好下载了意识,在处理现实世界的问题。总之,由于各种原因,他躲过了一劫。

"击毁无人机后,他通过分析里面的设备,得知它来自远洋集团。男孩无法接受几百万同胞就此逝去的事实,他决定潜入远洋集团,找寻真相。功夫不负有心人,若干年后,他成功地入职了远洋集团,还得到了老板石兴的赏识。石兴虽然同样看过录像,但此时的小男孩早已长成了大人——我们暂且叫他 L 吧。并且,石兴大部分时间在星际航行,亚光速航行会带来时间收缩效应,因此他对时间的感受十分混乱。总之,见到 L 时,石兴没有任何怀疑。

"在为石兴工作的过程中,L 渐渐了解到了当年的真相:那并不是一次事故,而是石兴为了强夺行星,刻意令飞船撞上去造成的。如果不是居民的大量死亡使他心存畏惧,这颗星球恐怕早就被他卖掉了。男孩恨得咬牙切齿,他迫不及待地想要杀死石兴报仇。同时,他还必须保全自己,因为自己是最后的遗民。

"终于,L 找到了策略:在阿尔法 23 星域和伽马 31 星域的交界处有一颗不起眼的行星,那里住着一对名不见经传的侦探搭档。他找到石兴,主动提起了当年的行星,提议借助侦探找到真相,如果背后没有潜在的危险要素,就可以卖个好价钱。贪婪的石兴很有兴趣,一口答应了 L 的提议。同时,石兴还对侦探所在的行星产生了兴趣,于是选择同往。但可惜的是,这颗星球并没有什么开发价值,他甚至没有走出太空船。

"到了这一步,L 的计划已经成功了。他一面听侦探侃大山,一面等待着机会——"

"抱歉打断一下。"艾尔抬眼,平静地看着方慧,"我不理解,他在侦探那里能等到什么?"

"在 L 到访的当天，侦探所在的行星将跨越两个星域的边界。双方政府的关系一向不好，如果石兴死在了伽马 31 星域，但与此同时 L 身在阿尔法 23 星域的话，是不会受到法律审判的，因为一个星域不会去管另一个星域的事情，更不会去另一个星域抓人。同时，侦探所在地的周边尽是无人区，石兴的死即便被发现，也是很久之后的事情了，那时 L 早已全身而退。即便不幸被怀疑到，他也有充分的不在场证明，侦探搭档就是证人。为此，L 一早就在太空船上做了手脚，石兴离开后不久，船上的爆炸装置就会将他化作宇宙的尘埃。"

艾尔沉默了许久，他直视着方慧的双眼，问道："那么方慧小姐，你接下来准备怎么做呢？"

方慧的视线落在艾尔的左手上，自从高云端上咖啡，他还未动过食指。她轻松地笑了笑："我不是说了吗，这只是一个故事。而且，我已经不想编下去了。"她将双臂枕在脑后，"故事讲完了。下面我们来谈谈价钱吧！"

原载《银河边缘013：黑域密室》